南洋のエレアル

中路啓太

Nakaji Keita

中央公論新社

南洋のエレアル　目次

装画　草野　碧
装幀　泉沢光雄

南洋のエレアル

昔がわかればエレアル（cherechar、『未来・明日』の意）がわかる。

――パラオの諺《ことわざ》

第一章　日本人は消えてしまった

日本人がどこにも見当たらない。

それが、東京にやってきたシゲルの印象だった。

もちろん、新東京国際空港（成田空港）にも、そこから東京の箱崎という場所まで乗ったリムジンバスにも、都心の地下鉄やその駅の構内にも、また、ずっと夢見つづけてきた銀座通りにも、人は大勢いた。一度にこれほどの数の人を見るのは、生まれてはじめてかもしれない。

シゲルが立っているのは、たしかに日本国の領域だし、人々は日本語で話し、乗り物の乗り方にしろ、買い物の仕方にしろ、日本の習慣に馴染《なじ》んでいる。だから、一見いかにも日本人らしいが、やはり日本人ではないということに、シゲルはショックを受けつづけているのだ。

仕事のための旅ではある。けれども、わずかな自由時間を見つけては、シゲルは東京の地下鉄路線の複雑さや、乗客の多さに戸惑《とまど》いながら、この大都会のあちこちを精力的にまわっていた。短い滞在期間のうちに、できるだけ多くの日本の風景と、日本人の姿を見たいと思っている。

中でも彼が真っ先に向かったのは、皇居前広場だった。長年、訪れたいと念願していた場所だが、昭和六十三年（一九八八）十二月のそのとき、一刻も早くそこへ行かねばならないという焦りにシゲルはとらわれていた。

この年の九月、八十七歳の天皇が大量に吐血をしたことが公表され、以来、新聞やテレビなどを通じて、彼が吐血と下血を繰り返していることが何度も国内外に報じられるようになった。そして、十二月に入ると、血圧が極端に下がるなど、天皇の容態がいよいよ悪化し、誰もが「昭和の終わり」を実感するにいたっていたのだ。日本の多くの雑誌にシゲルは目を通していたが、やはり天皇の病気とともに、「昭和」という時代を総括しようとする記事が目立っている。それはすなわち、戦争と敗戦、そして戦後復興、さらには国際的な経済パワーへの飛躍など、日本が世界史上でも類を見ない劇的な変化を経験した時代である。

地下鉄有楽町線の桜田門駅に着いたシゲルは、地上への階段をのぼるときも、桜田門を潜《くぐ》って皇居前広場に出るときも、思わず急ぎ足になっていた。長年写真や映像でしか見たことがなかった、濠《ほり》の向こうの二重橋や伏見《ふしみ》櫓《やぐら》は現実感がなく、舞台や映画のセットのように思えた。しかしそれでも、シゲルは胸を締めつけられるような感覚をおぼえた。もちろん、櫓よりもさらに奥に暮らす御方への思いからでもあったが、みずからの幼き日々が思い返されたからでもあった。

すでに五十代半ばになっているシゲルだが、かつて学校の教師に教えられた通りに、両足を揃《そろ》えて立ち、掌《てのひら》をぴたりと体側につけた。そして、腰を折り曲げ、深々と頭を下げた。濠端にはほかにも多くの人がいたが、シゲルのように恭しく拝礼する人はいなかった。拝礼を終えたとき、みなが自分を奇異の目で見ていることにシゲルは気づいた。やはりここでも、日本人は見かけない、あるいは、日本人と言えるのは自分だけなのかもしれない、などとも思った。

その後、シゲルは広場を北へ三百メートルほど歩き、宮内庁の通用口である坂下門前に移った。そしてそこに設けられた記帳所の列に並び、自分の名前と住所を書いた。それからまた、皇居外苑を日比谷濠まで引き返すように歩く。目当ては忠臣・楠木《くすのき》正成《まさしげ》の像である。

四メートルの花崗岩《かこうがん》の台座に載った、四メートルの銅像は、戦前から観光名所として知られていたものだ。血管を浮き出させて目をむき、前脚を上げる馬はいまにも駆け出しそうで、それを甲冑《かっちゅう》姿も凜々《りり》しい楠公《なんこう》がぐいと手綱を引き、留《とど》めているさまは何とも迫力があった。惚《ほ》れ惚《ぼ》れと銅像を見上げるシゲルは、しばらくその前から動くことができなかった。

巧みな知略をめぐらして幾度となく大敵を迎えうち、どこまでも後醍醐《ごだいご》天皇への忠義に生きた男だ。その忠節のゆえに、負けるとわかりきった戦いに身を投じて死んでしまった。何という純粋な心を持った、真の勇者であろうか。

シゲルは周囲にいる誰かを捕まえて、楠公の気高さ、強さ、美しさについて語り合いたいとさえ思った。けれどもそこにいる人々は、ただそこにいるだけに見えた。売店で菓子やコーヒーを買い、寒空に突っ立つばかりで、楠公像へ向ける目にはさしたる感嘆も見られない。もしシゲルが「ナンコーは私の子供の頃からのヒーローなのですよ」と言えば、彼らは「へえ、あなたのような人がねえ」と言って困惑するか、あるいは笑い出すかもしれないと思った。

強い孤独感を抱きつつ皇居前広場をあとにしたシゲルが、地下鉄を乗り継いで次に向かったのは、九段下の靖國《やすくに》神社であった。ここもまた、東京に来たら、何があろうと訪れなければならないと思っていたところである。

厳かな気持ちでいくつもの鳥居を潜り、皇室の菊の紋章をつけた神門を潜って拝殿前にいたっただけで、シゲルの五体は雷に撃たれたように震えた。そして、柏手《かしわで》を打ち、手を合わせて瞑目《めいもく》したときには、落涙を禁じえなかった。その涙は、長らく会えなかった人に会えた懐かしさの涙であり、死者を悼む涙であり、また憤りの涙でもあった。その憤りは、多くの尊い命を奪った戦争に対するものでもあるが、多くの者に犠牲的な死を強いながら、その御霊《みたま》を大事にしない国や人々に対するものでもある。

シゲルの脳裏《のうり》には、一人の日本軍の兵隊の顔が浮かんでいた。幼かった頃のシゲルにとっては「お兄さん」だったが、いまから考えれば、彼もまたほとんど「子供」と言っていい年齢だっただろう。

大きな決戦を控えた彼に「死ぬのは怖くないのですか？」とシゲルは問うたものだ。すると、彼は汗ばんだ手でシゲルの頭を撫《な》でながら、にっこり笑った。そして、「ちっとも怖くないよ。戦死しても、みんなが靖國神社へ会いに来てくれるからね」と答えたのを昨日のことのように記憶している。おそらくその後、彼は故郷からはるかに南方の、補給もままならない孤島で勇敢に戦って死んだものと思われるが、「靖國神社でみんなと再会できる」と信じて戦死した人は、ほかにも大勢いたことだろう。

ところが、いまや天皇も、総理大臣も、靖國神社に参拝しないという。一般の国民のあいだにも、「参拝してはならない」という声があるらしい。あの戦争が終わってから四十年以上が経《た》っているが、日本国の要人が参拝すると、日本の〝侵略戦争〟の被害者と称する国々から、「反省していない」「戦争を賛美している」と批判されるからだというのだ。

シゲルには、靖國神社に参拝したからといって、どうして先の戦争を賛美することになるのかがわからなかった。戦陣に散っていった人々との、「必ず靖國神社に会いに行く」という約束を平気で破るような国家や国民こそ、戦争の悲惨さも、平和の尊さも、あまりにも軽く考えているると言えるのではないだろうか。

何よりも、外国から文句をつけられるからといって、国の命令の下に死んだ御霊との大事な約束すら守れないような人々を、誰が信用できるだろうか。ずっと、日本人こそは世界で最も信頼できる人々だと思ってきたシゲルだったが、その意味でも、日本人は地球上から消滅してしまったのではないかという気がしてならなかった。

拝殿をあとにし、参道を引き返すあいだも、シゲルは涙を止めることができなかった。すれ違う人々に、不思議そうな目でじろじろ見られてもかまわず、シゲルは落涙しつづけたが、やはりそのときも激しい孤独感に苛《さいな》まれていた。

シゲルが神社の境内にいたのは、ごくわずかな時間だった。本当はもっとゆっくりしていたかったが、後に仕事の予定があったのだ。その夕、東京に住む同郷のナカノとともに、シゲルは麻布のビルに入っているレストランを訪れ、旅行会社の関係者や、与党・自由民主党の中堅議員、またその秘書らとの会合に出席した。

和食レストランであったから、鮪《まぐろ》や鮃《ひらめ》などの新鮮な刺し身はもちろん、とろけるような和牛のソテーも出されたが、それだけではなく、フランスから空輸されたというフォアグラにキャビアと、なぜだか金箔《きんぱく》を載せた料理なども出てきた。金箔はさらに、日本酒の中にも入っていた。シゲルははじめて金属を食べたが、何の味もしなかった。

シゲルより十歳ほど若く、アメリカへの留学経験もあるナカノは、「和牛はアメリカの有名店で食べるステーキよりずっとおいしいですね」と感激した声を上げていた。しかし、好きな日本食は何かと尋ねられ、「鯖《さば》の缶詰」と答えて同席者に笑われたシゲル自身は、どれもそれほど旨《うま》いとは思わなかった。

趣味がダイビングで、世界中の海に潜《もぐ》っていると自慢げに語る国会議員は、たしかにシゲルと同じくらいの年齢ながら、よく日に焼け、引き締まった体つきをしていた。彼はさらに、高級ワインを飲みながら、世界のリゾート開発事業の可能性についても滔々《とうとう》と語った。日本には開発を成功させる技術も、投資資金も十分にあるが、そうした事業を行うことは単に日本経済の発展につながるだけでなく、現地の人々にも仕事を与えることになるのだ、と。ナカノに「素晴らしいお話だ」と言われた彼は、とても満足そうだった。

　はたして、この議員は本当に信頼できる人なのかを確かめたくなったシゲルは、

「今日は靖國神社へお参りしました」

と話題を変えた。

　赤ら顔でそれまで饒舌《じょうぜつ》であった議員は、まるでシゲルの言葉など聞こえなかったかのような表情で黙っていた。

「どうして日本の総理大臣は、靖國神社に参拝しないのですかね？」

「ああ、そうか……シゲルさんは戦争を直接経験されているのでしたね」

　ようやく応じた議員の表情は、楽しい宴《うたげ》の席で、どうしてそのような話題を持ち出すのかと困惑しているかに見えた。

「まあ、あそこにはA級戦犯が合祀《ごうし》されていますからね……」

「罰を受ければ罪は消えるのではありませんか？　刑務所に入った人も、刑期を終えれば社会復帰を許されるじゃないですか。死刑判決を受けたA級戦犯も、殺された時点で罪はなくなるのではないでしょうか。少なくとも、その霊をどう祀《まつ》ろうが、どう慰めようが、日本人の勝手だと私は思いますが」

「私もね、本心を言えば、シゲルさんと同じ考えなんです。しかし、いろいろと事情がありましてね。現代の国際社会で生きていくためには……金持ち喧嘩《けんか》せず、って言葉もありますし」

　議員は苦笑しながら言った。

「文句を言ってくる国には、その国なりの事情もあるんでしょう。しかし、こっちは戦後、経済大国

になった。もうじき、経済ではアメリカを抜くかもしれない。外国と下手《へた》に喧嘩をするより、譲れるところは譲って、経済発展をつづけるほうがましじゃないですか。あなたには気に入らないのかもしれませんが、それが、戦後日本が選択した道なんですよ」

「日本は経済でアメリカを抜くと思いますか？」

議員は、さてわかりませんな、などと言ったあと、非常に自信に満ちた様子でつづけた。

「資産だけで考えたら、もう日本はアメリカを超えているんじゃないですか。だって、日本の国土はアメリカの三十分の一なのに、日本の土地評価額はアメリカ全土の四倍なんだから。アメリカの凋《ちょう》落《らく》は、火を見るより明らかですな」

シゲルはそこで、こうも問うてみた。

「そのわりに、日本は経済摩擦問題などで、アメリカに譲歩ばかりしているように見えますが」

「なかなか厳しい質問をしますね。シゲルさんが野党の議員じゃなくてよかったな」

議員が冗談めかしてそう言うと、同席者たちがいっせいに笑った。

その頃、空前の株高を経験していた日本の政界は、いわゆる「リクルート事件」で揺れていた。財界人が便宜をはかってもらう見返りに、自社の未公開株を政治家に不正に譲渡したという疑惑である。公開後に、与党の有力政治家たちが多額の売却益を得たとして、国会で連日のように追及が行われていたのだ。その結果、つい先日、竹下登内閣の宮澤喜一大蔵大臣が辞任したばかりだった。

「貿易交渉では、もちろん日本国内の産業はしっかり守らなければなりませんがね、しかし、日本はアメリカに防衛を肩代わりしてもらっているのです。アメリカがあんまり弱りすぎてしまっても、日本としては困るわけですよ。わかりますか？」

議員の喋《しゃべ》り方は、知識の乏しい子供を相手にするようなものに聞こえた。しかしそれは、彼の自信のなさのなせる業だとシゲルは思った。日米関係や安全保障の問題は、いわば戦後日本のアキレス腱《けん》であって、日本の政治家としては、できれば真正面から議論したくないのだろう。

もし、日本がアメリカに伍《ご》するか、あるいは超えるような力をつけたのなら、安全保障も自前で行えばよいではないか。原子爆弾まで落とされた相手に、どうしてこれほど諂《へつら》わなければならないのか。本当はそう問いかけたかったが、場が白けはじめているのを感じていたし、また、この議員に質問しつづけたところで、満足のいく回答など得られるはずもないとも思って、シゲルは黙った。

会合の後、「もう一軒行きませんか。面白い店ですよ」と議員秘書に誘われたが、シゲルは疲れているからと断った。実際、軽い頭痛や眩暈《めまい》をおぼえていたのだ。旅行会社の人が渡してくれたタクシー券を使ってすぐにホテルに帰ることにしたが、タクシーに乗るとき、二次会のために残ったナカノが「あの人は堅物《かたぶつ》ですから」と議員に囁《ささや》いているのが聞こえた。


翌朝、目覚めたとき、シゲルはひどいだるさを感じていた。昨夜、それほど飲んだわけでもないのに、ベッドから起きあがるのもやっとだった。しかし、その日もなかなか忙しく、休んでいるわけにはいかなかった。航空会社の関係者や、また昨夜とは別の国会議員、戦没者の遺族の代表らと面会したり、さらにはいくつかの在日大使館を、視察もかねて表敬訪問したりしなければならなかったのだ。

またも行動を共にしたナカノは元気いっぱいで、ときおり「昨夜はあのあと、楽しかったですよ。あなたも一緒に来ればよかったのに……東京には美人が多い」などと笑顔で語ってきかせた。しかし、シゲルのほうは、予定をこなすにつれて、本格的に頭痛と寒気、そして鼻水に苦しめられるようになっていった。

久々の長距離旅だし、慣れない土地で緊張を強いられたこともあって、心身ともに疲れていることはシゲルも自覚していた。その上、この時期の東京の寒さは堪《こた》えた。これほど冷たい風は経験したことがない。こちらに来てから、慌ててコートを買ったが、化繊の安物であったせいか震えは募るばかりだった。おそらく、高熱を発しているのだろう。

しかし、その日のスケジュールをすべてこなし、ナカノと別れたあとも、シゲルはホテルには戻らず、夜の街を歩いた。早く休んだほうがよいのはわかっていたが、その日のうちにどうしても訪ねたい場所があったのだ。

東京の空には、晴れている日でも星はほんの少ししか見えないが、その代わりに、天の川が地上に降りてきたように街は輝いていた。街灯やビルの窓の明かり、広告のネオン、クリスマス・イルミネーションなど、人工の光で溢《あふ》れているのだ。白い息を盛んに吐き、足を引きずるように歩くシゲルには、それらが揺れ、踊っているように見えた。

彼が歩いているのは、表参道という場所だった。明治大帝が祀られた、明治神宮の正面入り口に向かう道という意味だと聞いている。明治大帝はいまの天皇の祖父であり、日本の近代化を成し遂げた偉大な天皇として、シゲルが昔から尊敬してやまない人物だ。

シゲルは街の明るさだけでなく、歩いている人の数にもまた驚いていた。天皇の不例のため、日本ではさまざまなイベントが中止されたり、その規模が縮小されたりしているという。もちろん、政治家や公の機関がそうしろと命じたわけではなく、国民の自粛によるものとされているわけだが、民主化した戦後社会において、天皇個人の病気を理由として、一般国民の生活が事実上、制限されるのはいかがなものかといった批判が、メディアなどでなされているようだ。

ところが、この凍えるほどの寒さの中でも、夜の街は着飾って浮かれ騒ぐ人々でいっぱいだ。このあたり一帯だけで、あるいはシゲルの故郷の人口に匹敵する人々がいるのではないかとすら思った。

クリスマス・イルミネーションの前で写真を撮る若いカップルや、酔っぱらって声高に話しながら歩くオフィスワーカーたちの姿は、自粛しているようには見えなかった。

時とともに風俗が移ろっていくことくらい、シゲルも理屈ではわかっていた。きっと自分は、日本の昔話の「浦島太郎」のようなものなのだろうとも思う。けれども、古くさい価値観の持ち主だと言われようとも、日本の女たちはアメリカ映画に出てくる娼婦のようで、また、男たちはそれを物色するギャングのように見えて、好感は持てなかった。現在の天皇が病気であるかどうかは別にしても、大帝を祀る神社の門前を歩くに相応《ふさわ》しい姿には、シゲルにはどうしても感じられないのだ。

その日、酒は一滴も飲んでいないのに、シゲルは発熱のせいと、電飾と人の多さに当てられたせいで、酔っぱらったようにふらつきながら歩かざるを得なかったが、それでも、交差点の表示や、電柱に貼りつけられた住所表示のプレートを必死になって確認した。やがてとあるプレートの前で、シゲルは足を止めた。

シゲルは黒い布鞄《かばん》を、肩からストラップで提げていた。鼻水を啜《すす》り、かじかむ手をこすり合わせたのち、布鞄の脇ポケットから彼は黒い手帳を取り出した。そのページを開こうとしたとき、よろけると同時に強い衝撃を左肩に受けた。急ぎ足に歩く男とぶつかってしまったのだ。手帳が宙を舞い、路面に落ちて転がった。

「痛《いて》えな」

「すみません」

謝りながらも、シゲルの視線は数メートル先の手帳に集中している。急いで追いかけたが、手帳はさらに黒い革靴に蹴られ、黄色のピンヒールに踏まれた。シゲルは人込みをかき分けて進み、ようやく手帳を拾いあげた。

「なんだよ、この人」

「迷惑だな」

華やかな夜の街を歩く、夢のような時間を妨げられた人々は、シゲルを罵《ののし》った。

「ごめんなさい」

シゲルは頭痛を堪《こら》えながら、周囲に何度も頭を下げた。

それまで憤慨や不機嫌さをあらわにしていた人々だったが、街灯やショーウィンドウの明かりでシゲルの顔を確認するや、あっけにとられた様子で黙った。そして、舌打ちなどをしつつも、すぐにその場を去り、雑踏にまぎれて消えていった。おそらくみな、それ以上、シゲルとはかかわりたくないと思ったのだろう。シゲルが彼らとは異なる風貌や、肌の色をしているからだ。

日本は一億二千万人もの人口を抱えた国だが、そのうちの圧倒的多数を人種的、文化的に同じような背景を持つ人々が占めている。世界中に先進技術を用いた製品を輸出したり、投資を行ったりする経済大国でありながらも、日本に暮らす人のほとんどは、同じような背景を持つ相手と、内輪のつき合いをして暮らしていると言っていいのだ。「以心伝心」とか「あ・うんの呼吸」などというものが通用しない相手とつき合うのは概して苦手で、外国語も下手糞《へたくそ》だから、〝ガイジン〟が目の前にあらわれると怯《ひる》んでしまうらしい。

それは、シゲルが成田空港に降り立ってからもずっと実感してきたことだった。日本語で話しかけているというのに、日本人たちは、シゲルの肌色が自分たちの大多数より濃いことに気づいただけで、何となく身構えた雰囲気になる。

自分の知るかつての日本人は、こうではなかった。もっと堂々として、威厳があり、それでいて大らかで、懐が深かったように記憶している。そもそも日本人とは、みずからを非欧米圏の盟主と考え、欧米人に堂々と対抗するばかりか、欧米人に圧迫されていた人々を助けようとした人々であったはずだ。もちろん、シゲルの記憶の中に棲《す》む日本人が特殊であったのかもしれないし、あるいはまた、実際よりも美化されて記憶に留められているだけのことなのかもしれない。しかし、少なくともはっきりと言えるのは、今回の旅の途次で、「先生」や、その家族のような素晴らしい人には、まだ出会っていないということだ。

人の波に抗《あらが》うように、一人ぽつんと立ちつくすシゲルが、拾いあげた手帳の表面を見ると、靴痕や地面の汚れがついてしまっていた。それを手ではたいたり、こすったりしてから、栞紐《しおりひも》を挟んだページを開いた。そこには東京都渋谷区神宮前の住所が、漢字と数字だけでなく、片仮名の読み方とともに書いてあった。

シゲルは手帳の文字と、電柱の住所表示をよく見比べ、華やかな大通りから離れるように右に曲がり、細い道へ入っていった。

さらに右へ左へと曲がりながら進むシゲルは、表通りの明るく、けばけばしいものとは打って変わった世界にいたった。街灯がぽつぽつと立つばかりの暗い通りに、小さな飲食店のネオンが灯《とも》るさまは、闇夜に淡く光る蛍のようだった。

さらに奥へ進むと、地味な戸建て住宅や、集合住宅などが目立つ地区にいたった。表通りに並ぶ、いくつもの階層と窓を持つビル群にくらべ、見るからに古く、華奢《きゃしゃ》な造りの「アパート」を、シゲルは興味深く見た。地震が多いことで知られる日本に建っていることを考えるといささか心配にもなったが、この時が止まったような雰囲気を、シゲルは好もしくも思った。子供の頃、わくわくしながら歩いた街並みに、どこか似ている気がしたのだ。

鼻水と咳《せき》にも苦しめられながら、凍える手に手帳を持って歩くシゲルは、ある電柱の前で足を止めた。住所表示にじっと見入り、手帳の文字にも目を落とした。それから、すぐそばに立つ建物にじっくりと目を向ける。

通りから奥へ細長くつづく、長方形の木造アパートだった。二階建てで、建物の右側に各部屋の玄関が、上下ともそれぞれ三つずつある。

アパートの奥のほうは闇に沈んでいるが、鉄製の階段がしつらえられた、通りに面した側は街灯の光に照らされていた。板が割れ、ところどころささくれ立った壁は全体にくすんだ灰色をしており、周辺でも際立って古く、みすぼらしいたたずまいである。左隣の三階建ての鉄筋のアパートと、右隣の、トタン板に覆われた倉庫か作業場のような建物とに挟まれて立つさまは、肩身が狭そうにも見えた。

シゲルの胸中では、ここが目当ての場所であってほしいという気持ちと、間違いであってほしいという気持ちが交錯していた。先生はこのようなところに住むに相応しい人とは思えなかったからだ。シゲルの記憶の中の先生とその家族は、立派な官舎に暮らす人々であった。

しかし、建物の住所は明らかにここであり、部屋番号は「二〇三号室」だから、目当ての場所は二階のいちばん奥の部屋だと思われた。

手帳を鞄のポケットに仕舞うと、シゲルは赤錆《あかさび》だらけの手摺《てす》りに掴《つか》まり、荒い呼吸をしながら、ゆっくりと階段をのぼっていった。革靴を履いた足を前に出すたびに、階段ばかりか、建物全体が揺れるように感じられる。あるいは、階段の板が抜け落ちるのではないかという恐れも抱いた。

階段をのぼりきり、二階の通路に出たとき、シゲルは目が回るのを感じた。鼻が詰まっているから、肩で息をしても十分な空気を吸い込めず、苦しくて仕方がないのだ。頭も割れるようにずきずき痛んでいる。

三つある部屋の玄関脇の窓には、どこにも明かりがなかった。玄関前の通路の右側は背の高い、窓のない壁が迫っており、いちばん奥は、戸建てらしき建物の、庭木の枝がしなだれかかるように伸びてきている。木の種類はわからなかったが、小さめの葉がびっしりとついた枝の影には、息が詰まるほどの重圧感があった。その暗い通路を、シゲルの背中側から強い寒風が吹き抜けていく。シゲルは右側の手摺りに体を預けるようにして進んでいった。

三番目のドアは、二階のほかのドア以上に老朽化して見えた。腐っているのか、通りに面した外壁以上に表面の板があちこち裂け、まるでこちらにお辞儀でもしているように、反《そ》り返《かえ》って垂れ下がっている。ドアの上部には部屋番号を示す金属のプレートが、そしてそのすぐ下にはプラスチックの表札があった。ケースに名前を書いた紙を差し込むタイプの表札だが、暗いせいで文字は読み取れなかった。

ドアの中央よりやや下側に空いた郵便受けには、広告やら、封筒やらがぎちぎちに詰め込まれ、はみ出していた。下の床にも紙や封筒などが散らばっており、シゲルはそのうちから、オレンジ色の封筒を二つ拾いあげてみた。暗い中でも、表面に〈督促状〉とか、〈請求書〉〈支払いに関する重要なお知らせ〉などといった赤い文字がスタンプで押してあるのがわかった。

街灯からわずかに届く光に封筒をかざし、宛名を見ると、姓はたしかに〈宮口〉だが、名前は知らないものだ。先生の身内だろうか。いずれにせよ、この部屋の住人が経済的に逼迫《ひっぱく》していることは間違いあるまい。

やがて、シゲルがぎょっとする事態が起きた。右手すぐそばで、がさがさと音がし、影がむくりと立ちあがったのだ。

まさかそこに誰かがしゃがんでいたとは思ってもみなかったシゲルは、あっ、と短く声を漏らし、手にしていた封筒を落として後ずさった。

「宮口かよ？」

かすれた、男の声だ。

「ずいぶん、待たせやがって。寒くてかなわねえや」

防寒のためか、男は水色の、ビニール布のようなものを肩から羽織《はお》っていた。シゲルより小柄だったが、身構え方や、声の調子に迫力がある。

「私は、違います」

「違う？　同業者じゃねえだろ？」

「同業？」

「あんた、誰だよ？　宮口とはどんな関係だ？」

喋りながら、男は肩から布を落とし、間合いを詰めてきた。背を丸め、重心を低く保った歩き方だ。油断ならない相手だと直観して、シゲルはさらに後退する。

「友達です」

「じゃ、宮口の居場所を知っているな」

「知りません」

「嘘《うそ》を言うな、てめえ」

「嘘じゃないです」

「嘘かどうかは、すぐにわかる。俺も、この仕事が長いからな」

「私も、宮口先生の居場所を探しているんです」

そのとき、シゲルは背後に靴音を聞いた。先生が帰ってきたかと思って振り返ると、別の男が二階にあがってきているのがわかった。いままで話していた男より大柄で肥《ふと》っているが、シゲルよりは少し背が低い。

「こいつは誰だ？　宮口か？」

肥った男が問うと、奥の小男は、

「宮口の友達らしい」

と応じた。二人は仲間のようだ。

「友達なら、奴《やつ》の居場所を教えてくれるな」

「知りません。私もどこにいるか知りたいんです」

シゲルは必死に訴えた。しかし、通路の端に潜んでいた小男も、あとからやってきた腹の大きく突き出た男も、どちらも穏やかに話ができる相手ではなさそうだった。二人とも攻撃的で、相手に呑《の》まれる前に呑んでやろうという気迫に満ちている。彼らの目的が「借金取り」か、近ごろ日本で流行《はや》っているという「地上げ」なのかは知らないが、おそらくヤクザと呼ばれる種類の人間なのだろうとシゲルは判断した。

シゲルは出発前、周囲から「くれぐれも日本でトラブルに巻き込まれるな」と言われていたが、この二人こそは、旅中で決して深く関わってはならない相手と言えるだろう。何とか自分がただの旅行者であることをわかってもらい、さっさと解放してもらう方法はないものかとシゲルは思う。しかしそのいっぽうで、この部屋の住人が先生やその家族ならば、いったい、彼らに何があったのか、いまどういう境遇にあるのかを二人から聞き出したいという気持ちもあった。

あれこれ考えながら突っ立つシゲルのもとに、男たちは両側からどんどん近づいてきた。

「とりあえず、一緒に来てくれよ。じっくり話そうじゃないか」

肥った男が言ったときには、二人の顔が間近にあった。そして、シゲルは両側から腕を摑まれた。

「ちょっと待ってください」

シゲルは恐ろしくてたまらなくなった。腕を動かし、身をよじって二人から離れようとしたが、彼らはシゲルをがっちりと摑まえて放さない。

「待ってください。あなたたちこそどなたですか？」

「あんたと一緒さ。宮口の友達だよ」

痩せっぽちの小男が笑い混じりに言った。

「本当ですか？」

「本当だとも。あいつにはずいぶん親切にしてやったんだよ。ところが、あいつは裏切りやがった」

すると、肥った男が言う。

「せっかく親切にしてやった友達に、恩を仇《あだ》で返される悲しさは、あんたにもわかるだろ？」

「どんなことをされたと言うんです？」

「ま、いいから来いよ。暖かいところで話をしようじゃないか」

二人の男はシゲルを両側から押さえ、階段のほうへと引っ張っていく。

シゲルは咳まじりに懇願した。

「放してください。危ないですから」

「暴れるなって。かえって危ないだろ」

「お願いです。放してください」

階段を見下ろせるところまで来ると、街灯の光が強くなった。肥った男が、シゲルの顔を見て瞠目《どうもく》する。

「お前、ガイジンか……」

小男のほうも驚いた顔になった。

「宮口は、しようがない奴だ。ガイジンにも金を借りていたのか」

呆然《ぼうぜん》とする二人の腕の力が弱まったのを、シゲルは感じた。頭痛とだるさを堪え、あらためて腰を屈《かが》めて、腕を振る。小男がバランスを崩し、シゲルの腕から手を放した。だが彼はすぐに腕を伸ばし、

「この野郎」

と言って、シゲルの灰色のコートの襟を捩《ねじ》るように摑んできた。もともと縫製が悪いせいもあるのだろう、コートのどこかが、びりびりと音を立てた。

怖かったし、このような乱暴な扱いをされるいわれはないという怒りもあった。そのせいで、シゲルはとっさに小男の胸を突き飛ばしていた。

小男は階段の手摺りで体を支えようとしたが失敗し、シゲルが肩から提げていた鞄のストラップを慌てて摑んだ。ストラップは肩からずり落ちる。小男はストラップを摑んだまま、叫びをあげて階段を転がり落ちていった。

「てめえ」

肥った男が叫び、シゲルの肩を両手で摑んできた。シゲルも相手の肩や肘を摑み、二人は階段の上で柔道の試合を行っているようにもみ合った。興奮する相手の腕を殺しておかなければ、殴られると思った。

そのうちに、シゲルは大外刈《おおそとが》りをかけられ、平衡《へいこう》を失った。後ろ向きに階段に落ちる。しかし、シゲルも男を摑んで放さなかったから、二人はもつれて階段へ落ちた。シゲルは背中をしたたかに階段に打ちつけた。

肥った男にのしかかられたまま、シゲルの背中は階段の上を滑った。錆《さ》びてささくれ立った階段にコートの生地がひっかかり、裂けたのがわかる。背中に焼けるような痛みをおぼえながら、シゲルの体は階段のいちばん下のあたりまで滑って止まった。

彼の上には、脂肪を全身にたっぷりまとった男が乗ったままだ。彼もまた、手摺りの鉄骨や階段に体のあちこちを打ちつけたようで、短く髪を刈った頭部や、右頬、また、コートの袖がめくれ上がってむき出しになった右肘からも血を流していた。

足が階段の上方、頭が下方にある状態で、二人はなおもみ合った。肥った男は、さかんに腕を動かし、肘をシゲルの顔や胸に打ちつけて、両手の自由を得ようとする。シゲルのほうも、上から顔面を殴られ、ノックアウトされてたまるものかと、頭に血がのぼろうが、拳が相手のコートの生地にめりこんで手首に激痛が走ろうが、必死に防御に努めた。肥った男は格闘技の経験者と思われたが、シゲルにも柔道の心得があった。

先に階段を落ち、倒れていた小男がふらつきながら立ちあがった。髪を乱し、鼻血を流しながら、茫然《ぼうぜん》たる様子で立っている姿が、シゲルの目に逆さまに映っている。やがて男の目に力が戻ったのがわかった。怒りを湛《たた》えた視線が、シゲルをとらえた。

「よくもやりやがったな」

呟《つぶや》きながら、逆さまの男が近づいてきた。作業靴のような、ごついブーツを履いた足をあげる。深く溝を切った、分厚いラバーの靴底が、シゲルの顔面を襲う。

シゲルはとっさに首を動かし、蹴りを避けた。踏んづけられた階段が、がんと音を立てる。小男はすかさずまた足をあげ、二発目の蹴りを繰り出そうとした。

シゲルは肥った男の肘や肩をもう一度しっかりと摑んだ。左足を踏ん張り、体をのけ反らせて、右足の靴裏で男の腰を蹴る。

肥った男の脚は宙を舞い、シゲルの頭上を越えた。そして、小男に激突した。

二人が折り重なり、唸《うな》りながら倒れたすきに、シゲルは体をひねり、脚を上半身に引きつけて体を起こした。手摺りを摑み、立ちあがったとき、サイレンの音を遠くに聞いた。

シゲルは二人の男の体を踏んづけ、跳躍した。左足が階段下の地面に達したとき、シゲルは横向きに倒れた。肥った男に脚を摑まれていたのだ。

シゲルの体は、アスファルトの道路に叩《たた》きつけられた。内臓の奥深くまで衝撃が走って、すぐに起きあがることができなかった。

「どけ、この野郎」

肥った男は小男を押しのけ、体を起こした。シゲルに駆け寄ると、腹に蹴りを喰らわせてきた。

シゲルは路上を嘔吐《えず》きながら転がった。だが、そのまま寝ているわけにもゆかず、歯を食いしばって立ちあがった。なおも蹴りつけようとする相手の腿《もも》に肩をぶつけ、両脚を抱える。相手は後ろ向きに、尻餅をついて倒れた。

さっきまでとは反対に、シゲルは肥った男の上に馬乗りになった。男は下から殴ろうとするが、シゲルはその腕を摑み、上から体重をかけて押さえつけた。またしても、二人でぜいぜい荒い息を吐きながら摑み合い、膠着《こうちゃく》状態となった。その間、サイレンの音はさっきよりも大きくなっている。

できれば穏便に話をしたかったのに、どうしてこのような立ちまわりをやらかすことになってしまったのだろうか。自分でもその理由がわからず、シゲルは悲しかった。けれども、もはやこうなっては、全力で身を守らなければ殺されかねない。

シゲルは、小男が襲ってくることを恐れたが、彼の姿は見えなかった。おそらく、逃げてしまったのだろう。

と思ったとき、背後から羽交い締めにされた。後ろの男は獣のようにわめきながらシゲルを締めつけ、その体を乱暴に振りまわそうとする。

シゲルの圧力から解放された肥った男は、下から腹を蹴りあげてきた。シゲルも必死に腕を振りまわし、防戦に努めるうち、拳が肥った男の鼻と顎《あご》に当たった。肥った男は気を失い、動かなくなったが、背後の男はなおもシゲルに組みついている。

シゲルは自分が複数の人間に取り巻かれているのを悟った。小男がヤクザの仲間を連れてきたのだ。シゲルは両腕を振り、体をよじって、叫びをあげた。

「助けて。殺される」

憧れつづけていた地にようやく来られたのだ。ずっと会いたかった人に会えると思って遠路はるばるやってきたのだ。それなのに、会いたい人には会えず、故郷の家族や友人に再会することもできず、ヤクザに殺されるなどということがあってたまるものだろうか。

「助けて。助けて」

叫びながら、シゲルは必死に暴れた。

すると、前からシゲルの顔をのぞき込むように見た男が、

「落ち着きなさい、あんた」

と言ったのがわかった。警察官の制服を着ている。

自分を羽交い締めにしている腕も制服に覆われていることにシゲルは気づいた。まわりにいるのはヤクザではなく、警察官であったようだ。

助かった、とシゲルは思ったが、警察官は羽交い締めをやめようとしない。耳元で、

「落ち着きなさい」

と言いつづけている。

「落ち着いていますから。放してください」

「暴れるなって。暴れたら、放せないだろ」

「もう暴れません。だから、放してください。お願いです」

シゲルは体を動かすのをやめた。警察官の腕の力が弱まったところで、ゆっくりと立ちあがり、倒れたままの肥った男から離れた。だが息があがっており、頭が痛くてふらつき、またしゃがみ込みそうになった。それを、四十絡みと思《おぼ》しき警察官が支えてくれた。

「おい、大丈夫か?」

「はい」

もう一人の警察官は、肥った男のそばに屈み、大丈夫か、と声をかける。肥った男は目を開けた。

小男の姿はどこにも見えない。

「ちょっと、こっちへ来て」

シゲルを支えていた警察官が、腕を引っ張る。

「もう放してください。私はこの人とは関係がありません」

「そんなわけにはいかない。君も怪我《けが》しているじゃないか」

背中が大きく裂けたコートや、顔の傷などをしげしげと見ながら、警察官は言った。

「さあ、こっちへ来て。なぜ、喧嘩になったんだ?」

シゲルはアパート前の路上に停められたパトカーへと連れていかれた。自転車に乗った警察官も新たに到着していた。その上、どこから集まってきたのか、弥次馬《やじうま》らしき人々も遠巻きに見ている。

多くの人々の好奇の視線を感じながら、警察官に促されるままに、シゲルはパトカーの後部座席に座った。切り傷やら、打撲傷やらで全身に痛みが走る。もちろん、頭が割れるような頭痛もつづいていた。

警察官はドアを閉めると、反対側のドアから乗ってきて、シゲルの右隣に座った。運転席にも別の警察官がおり、また、ドアの外にももう一人の姿があった。

「いま病院に連れていくけど、とりあえずパスポート持ってる？　パスポート、わかる？」

右隣の警察官は、書類を載せたバインダーのようなものと、ペンを持って尋ねてきた。

「パスポート・プリーズ」

さっきも日本語で喋ったというのに、自分とは肌の色が違う者に訊問《じんもん》するというだけで、下手な英語を使おうとする姿は滑稽だった。

「いま、持ってません」

「え？　ノー？　ノー・パスポート？」

「盗《と》られました」

「いい加減なことを言うなよ」

「本当です」

身分証明書や財布などが入った鞄は、先に階段から落ちた小男に持ち去られてしまっている。

「名前は？　ユア・ネーム？」

「私、日本語で大丈夫です」

「ああ、そうか。日本語できるんだね」

「名前はシゲルです」

「シゲル。吉田茂さんと同じ名前。有名な総理大臣の」

警察官は一重の目と薄い唇の口を開いた。この名前は意外であったらしい。シゲルのような顔つきや、肌の色の人間は、「シゲル」などという名前を持つはずがないと思い込んでいるらしい。

「ユーはジャパニーズじゃないよね？」

なおも日本語と英語をまじえて話す相手の料簡《りょうけん》がわからない。

「パラオ人です。シゲル・イデイールと申します」

警察官はぽかんとした表情でシゲルの顔を見守った。

「パラオ？　どこにあるの？」

「日本のずっと南」

「パラオ人ね……そのパラオ人がなぜここにいて、暴れていたんだ？」

「私は何もしていません。ただ、からまれただけです」

「喧嘩する奴はみんなそう言うんだよ。向こうが勝手にからんできたって……しかし君、日本語うまいねえ。どこで覚えたの？」

何ということだろうか。警察官たるものが、パラオがどこにあるのかも知らず、なぜこちらがシゲルなどという名前を持ち、日本語を喋れるのかもわからないとは。

物を言うことが馬鹿馬鹿しくなってしばらく沈黙した後、シゲルは逆に問いかけた。

「あなたは何人《なにじん》ですか？」

「何だって？」

「何人ですか？」

「僕は日本人だよ。決まっているじゃないか」

言い終えて、警察官は鼻で笑った。ガイジンが変なことを言っていると思っているのだろう。

「本当に、日本人ですか？」

「君は、ふざけているのか？」

警察官は急に、気色《けしき》ばんだ。

「すみません。日本人ではないような気がしたので」

シゲルは、首をかしげる警察官から、車窓へと視線を移した。そして、救急車が到着しつつあるのを見ながら、思った。世の中は不公平にできている、と。

小さな島々から成るパラオは、歴史的にスペインやドイツといった大国の支配を受けることを余儀なくされてきたが、第一次世界大戦に際しては、日本の支配下に置かれるにいたった。それまでドイツ領であったパラオ諸島のほか、マリアナ諸島、カロリン諸島、マーシャル諸島も含めた西太平洋赤道以北の島々を日本海軍が占領したからである。戦後に国際連盟が設立されると、それらの島々は、連盟が日本に統治を委任する「委任統治領」(mandated territory) と位置づけられ、日本人は同地域を「南洋群島」などと呼ぶようになった。もちろん「南洋」は日本を中心とした概念であって、いまや単なる歴史用語に過ぎなくなっているが。

しかし当時、事実上、大日本帝国の南方の領土となったパラオで、幼き日々を過ごしたシゲルたちは、親から日本風の名前を与えられ、日本語教育を受け、日本風の文化に馴染んで育ったのだ。

ところが、日本が第二次世界大戦で敗戦国となると、かつて「南洋群島」と呼ばれた島々は、今度は国際連合がアメリカに統治を信託する「太平洋諸島信託統治領」(Trust Territory of the Pacific Islands) と呼ばれるようになる。学校では英語教育が行われ出し、社会制度なども諸事アメリカ式に切り替えられた。その急激な変転の中で、人々は、「自分たちはいったい何者なのか」という問いを抱きつつ、大変な苦労を強いられた。

そしてなお、その問いのはっきりとした答えは見つからないままだと言っていい。シゲルはみずからを「パラオ人」と称したが、それは「国籍」ではなかった。財政や経済の面での、日本との関係強化を目指す公務のために、パラオ共和国大統領府の名刺や、大統領自身の親書を携えて来日したシゲルだが、同時に信託統治領政府発行の旅券も携えて来ていた。パラオ共和国は、まだ正式には存在していないと言っていいのである。

太平洋諸島信託統治領に暮らす人々のあいだでは、一九七〇年代から、自分たちの運命をみずから決める方法を模索する動きが活発化し、アメリカ政府との交渉が行われてきた。結果として、北マリアナ諸島はアメリカ内の自治領となることを選び、マーシャル諸島共和国やミクロネシア連邦は独立したが、パラオだけはまだきちんとした方向性を決められないでいた。

一九八一年に、自治政府としてのパラオ共和国は成立している。さらに翌年には、パラオ共和国とアメリカ合衆国とのあいだで自由連合盟約も締結された。パラオ共和国は内政権と外交権を持つものの、安全保障はアメリカ合衆国に委ね、その見返りに合衆国から財政的援助を受けるという内容の取り決めである。ところが、この自由連合盟約が住民投票で繰り返し否決されているために、パラオ共和国は独立国家になれないのだ。

パラオ共和国が制定した憲法には、領域内での核兵器の使用、実験、貯蔵、廃棄などを禁じる「非核条項」があったが、安全保障をアメリカに委ねるのならば、パラオはアメリカの核戦略に組み込まれなければならない。その矛盾にパラオの住民は悩み、なかなか民意の集約を達成できないままでいるのである。すなわちパラオは、大国との関係にいまなお翻弄《ほんろう》されつづけているわけだ。

シゲルが日本に暮らす人々に不公平感をおぼえてやまないのは、彼らが、みずからが日本人であることを確信しているように見えるからだった。日本が過去に、あるいは現在にいたるまで、世界にどのような影響を与えたかについて、彼らはまったく無頓着である。そして、先の大戦のことや、現在の憲法とアメリカの核の傘に入ることとの関係などについても、まともに総括する必要性も感じず、平然としている。そして、「経済大国だ」「ジャパン・アズ・ナンバーワンだ」といって得意げな顔をしていられるのだ。そのことはシゲルには、不公平に思えるばかりか、不思議でもある。

だからこそ、隣に座る警察官や、パトカーの外にいる弥次馬たちがどう思っていようが、シゲルは強烈な孤独感のうちにこう思わざるを得ないのだった。せっかく日本に来たというのに、どうして日本人に出会えないのだろうか、と。

「きちんと話しなさい。あんたは何者なんだ？　ここで何をしていた？」

警察官に問われて、シゲルは当惑する。

「さて、私は何者なのでしょうか？」

「自分が誰なのかもわからないのかね？」

「私は、友達を探しているのですが……それは、自分が何者かを探すためなのかもしれません」

シゲルを見つめる警察官の表情は、あからさまに苛立《いらだ》ったものになっていた。

第二章　楠公と尊徳

1

道場全体が大きく揺れていた。

大勢が畳を激しく踏みしめ、人が投げられて、畳に叩きつけられる。また、気合いの声と、荒い息の音も満ちている。下は七歳くらいから、上は十二歳くらいまでの二十人ほどの少年たちが、汗まみれで柔道の乱取りをしているのだ。

指導しているのは、小山田哲郎《おやまだてつろう》である。まだ三十前で、柔道家として脂が乗りきったときと言っていいかもしれない。東京の講道館でも稽古を積んできただけあって、体にはしっかりとした筋肉と、ほどよい脂肪をまとっており、ただ立っているだけで周囲を威圧する雰囲気があった。

小山田の柔道着も、汗をたっぷり吸っていた。開け放たれた窓の外には、眩《まぶ》しい陽光が降り注ぎ、椰子《やし》や蘇鉄《そてつ》の葉、またプルメリアやブーゲンビリアの花々をくっきりと浮かびあがらせている。気温はおそらく、摂氏三十度を超えているだろう。道場内の空気も蒸し蒸しして、ただじっとしているだけでも汗が噴き出してくるのだった。

昭和十七年（一九四二）三月のことである。

「内地」と呼ばれた日本本土では、ようやく春めいてくる頃だが、横浜から船で三千キロ以上南下したパラオのコロール島では、一年中、真夏のような気候がつづく。

小山田の号令によって、少年たちは乱取りを開始し、やめ、そして右横へ移動して、新たな相手と対戦する。それが、何度も繰り返された。宮口智也《みやぐちともや》は内心、もうそろそろ終わりにしてもらいたいと思っている。

小山田はパラオ国民学校の訓導（教員）だから、道場で稽古する者の多くが、同校の児童だった。智也もまた、その二年生だ。

乱取りは実戦形式の練習であり、お互いに真剣に技をかけ合わなければならない。手加減をすれば、小山田に怒鳴られる。しかし、智也は同学年中でも背が低く、体力もないほうだから、呼吸が苦しく、足下がふらついて、もはや相手の柔道着にぶら下がるように摑まっているばかりだった。畳の揺れもあって、船酔いを患っているような気分にもなっていた。

いや、智也は物理的にばかりか、精神的にも大いに揺さぶられていたのだ。おそらくその動揺は、国民学校の他の生徒たちも同じく感じていることだろう。原因は〝ガジュマル〟だ。

ガジュマルの奴は、年齢は智也と同じはずなのに、背が頭一つ分以上も高かった。もちろん小山田ほどではないけれど、腕や脚も太く、大木の幹のように見えた。ガジュマルという渾名《あだな》で呼ばれるのもそのせいだ。

本来のガジュマル（我樹丸）は、熱帯地方ではよく見かける樹木で、大きなものでは高さ二十メートルにも達した。枝からは地面に向かって気根が垂れ下がり、いくつもの脚を生やした化け物のような姿に育っていく。パラオの厳しい日差しを避けるため、公園や学校の校庭などにも植樹されていたし、また、砂糖黍《さとうきび》の搾汁《さくじゅう》を大量に煮詰める製糖工場では、薪《まき》の材料として重宝された。

まさにガジュマルのような体格の男が、対戦相手を立てつづけに畳に叩きつけていた。彼の得意技は大外刈りだった。大きな体を相手にがつんとぶつけ、右足で相手の右足をひっかけて、浴びせ倒すのだ。


智也もガジュマルと対戦したが、強い力で左へ右へと振りまわされているうちに足をかけられ、仰向けに畳に倒れてしまった。そこへ、あの巨体が胸の上に落ちてきて、一瞬、息ができなくなった。

対戦相手が別の者に代わったあとも、智也はガジュマルのことが気になって仕方がなかった。誰かがあいつを倒してくれないものか、いや、倒さなければならないと思っていたのだ。なぜならば、ガジュマルは「島民」であって、「日本人」ではなかったからだ。


パラオはかつてはドイツ領だったが、第一次世界大戦のときに日本が占領し、その後、国際連盟が日本に統治を委任する「委任統治領」となった。あくまでも統治を委任されているだけで、純然たる日本領ではないという建前から、もともとパラオに住んでいた人々、およびその子孫は日本国籍に組み込まれなかった。日本は昭和十年（一九三五）に国際連盟を脱退した後もパラオを統治しつづけたが、それでも、彼らには日本国籍は付与されなかった。いわゆる「パラオ人」は、この当時は「土人」「島民」などと呼ばれていた。

いっぽう、日本国籍を持つ者――大日本帝国憲法下における「臣民」――の子孫は日本人とされた。日本で生まれ、幼い頃に父母に連れられてパラオに来た智也はもちろんだが、パラオで生まれ育った者であっても、日本人の子は日本人なのである。

日本人と島民では通う学校も別だった。日本人の子供は、満七歳になる年に国民学校（昭和十六年、尋常小学校から改組）初等科に入学する。修業年限（義務教育期間）は六年で、その後、それぞれの能力や家庭の事情に応じて修業年限二年の国民学校高等科や、旧制中学校、高等女学校、実業学校などの中等教育機関へ進む機会を与えられた。

島民の子供は、満八歳以上で公学校本科に入学した。修業年限は三年で、その上に修業年限二年以内の補習科があったが、それを終えたあとに進学できる普通教育機関はなかった。コロールにある木工徒弟養成所で職工技術を学ぶ機会は与えられたが、入所を許されたのは補習科での成績がとくに優秀な、ごくわずかな者だけであった。

日本人と島民を同じ学校、同じカリキュラムで教育しようと試みた時期もあったが、入学時点で日本語の修得状況にあまりにも差があり、やはり難しいと判断されて、群島内では二つの教育制度が布《し》かれることになったのだ。しかし、どのような理由があるにせよ、日本人と島民とでは子供のときから待遇にはっきりとした差があった。

この小山田の柔道教室は放課後の活動であるから、国民学校の者も、公学校の者も一緒に練習できた。ガジュマルは以前からどこかの道場で練習していたようで、公学校の先生から「小山田先生のところへ通ってはどうか」と勧められたらしい。年始に、智也たちの目の前に突如あらわれた。国民学校と公学校とのあいだでは職員の人事交流もあり、先生同士はみな親しい間柄であったから、そうした紹介は珍しくなかった。

しかし、智也たちは小山田から、柔道の元となった柔術は、武士の「組み打ち」の技であったと教えられている。すなわち合戦のとき、敵を組み伏せ、鎧《よろい》のすき間から刀を突き入れたり、首を掻《か》き切ったりするための、日本古来の技術なのだと。そうであるのに、日本人が島民にまったく歯が立たず、次々と投げられること以上の屈辱はなかった。

島民は概して、それほど背が高いわけではない。伝統的な衣装を着た、上半身裸の大人の男には筋肉質な者が多いようだが、日本人との身長差はあまりない。ところが、ガジュマルは島民の子供たちのあいだでも際立って体格がよく、その上、動きが機敏であった。

やがてガジュマルは、国民学校の三年生、酒井《さかい》と組むことになった。智也より一学年上の酒井はガジュマルほどではないけれども背が高く、柔道も強かった。得意技も、ガジュマルと同じく大外刈りだ。

酒井は、智也にとって苦手な相手だった。いわゆるガキ大将で、逆らえばどんな目に遭わされるかわからないのだ。けれども、智也は酒井に対し、心中で声援を送っていた。ガジュマルに勝てる者がいるとすれば、酒井しかいないと思ってのことだ。

智也のそのときの乱取りの相手は、智也と同じくらいの体つきの一年生だったが、二人は組み合いつつも、あまり技を出さずにいた。どちらも自分たちの稽古より、酒井とガジュマルの勝負が気になっていたのだ。

ガジュマルはまた、相手を動かし、引きつけて、大外刈りをかける機会を狙っていた。日に焼けた酒井よりも黒い肌で、縮《ちぢ》れ毛《げ》を短めに刈ったガジュマルが猛然と攻めかかる姿には、智也もぞっとした。

しかし、酒井も負けてはいない。眉尻をつりあげながら両腕を突っ張り、左右に回り込んで、ガジュマルの攻めをうまく躱《かわ》した。そして、相手のすきをついては足を出し、大外刈りや小外刈《こそとが》りを仕掛ける。そのせいで、ガジュマルの大きな体は何度もぐらついた。

いけ、いけ――。

智也と一年生が、ほとんど突っ立って酒井とガジュマルの戦いに見入っていたとき、小山田の叱責が飛んできた。

「こら、そこの二人、まじめにやれ」

智也と対戦相手が首を縮めたときだ。ついに決着をつけようと意を決した酒井が、勢いよく前に出た。

刹那、ガジュマルは敵に背中を見せるように体を翻した。そして、酒井の前に右脚を伸ばす。酒井の体はまるで、ガジュマルの腰を飛び越えるように宙を舞う。そして、背中から畳に落ちた。体落《たいお》としである。

大外刈り一本槍《いっぽんやり》だと思っていたガジュマルが見事な体落としを決めたことに、智也は驚いた。しかもさらに、ガジュマルが素早く酒井にのしかかり、あっと言う間に袈裟《けさ》固《がた》めを決めたのにも舌を巻いた。酒井がいくら逃れようともがいても、彼の右腕を押さえるガジュマルの左腕も、首に巻きついたガジュマルの右腕もびくともしない。

「よし、そこまで」

小山田に言われ、ガジュマルは押さえを解くと、跳びあがるように立った。いっぽう、酒井はしばらく、悔しそうに畳の上に座り込んだまま動けなかった。

稽古は終了した。整列し、小山田に礼をして引きあげるとき、国民学校の者たちはみな無口だった。智也もまた、落胆しきっていた。

あろうことか、日本人が日本の伝統芸で島民に完敗した――。

前年の十二月、日本はアメリカ、イギリスに宣戦布告した。以来、イギリス支配下の香港やマレー半島、アメリカ支配下のフィリピン、さらにはオランダ支配下の蘭印（オランダ領東インド。ほぼ現在のインドネシアに相当）などで、日本の陸海軍は大勝利をあげていた。それなのに、自分たちはあっけなく島民に負けてしまった。戦地で気を吐く兵隊さんたちに顔向けができない。そのような思いに、智也は浸っていた。

それにしても、ガジュマルは憎たらしい奴だった。しょんぼりした国民学校の者たちの前で、「どうだまいったか」と言いたげに胸を張り、馬鹿にするように大きな目を真ん丸にして笑っている。ガジュマルの後ろには別に二人の公学校の者がいたが、大して柔道がうまいわけでもない彼らもまた、勝ち誇ったような笑顔を浮かべていた。

やはり、日本人でない連中は武士の情けというものを知らないようだ。ふざけやがって。そのようなことを思って、智也が悔しさを嚙《か》みしめているときだ。

「何だこの、三等国民が」

と酒井が言った。

それまでにこやかだったガジュマルの表情が険しいものに変わった。

「いま三等と言ったのは誰だ？　三等国民に負けた奴は何等なんだ？　四等か？　五等か？」

智也はまた、驚き入った。ガジュマルは柔道がうまいだけでなく、日本語も非常にうまいじゃないか、と思ったからだ。コロールに暮らす島民は一般に、パラオの他の地域の者より日本語がうまいものだが、それにしても弁が立つ。

「この野郎」

酒井が息巻いて言い返したとき、小山田が雷を落とした。

「こら、お前たち」

道場の中央にいた小山田は、のしのしと畳を踏みしめて、出口付近で睨《にら》み合《あ》う子供たちのところへやってきた。

「いま、三等国民と言ったのは誰だ？　酒井、お前か？」

声や顔からして、小山田が本気で叱っているのがわかる。

「謝りなさい」

と小山田は言ったが、酒井は不貞腐《ふてくさ》れた顔で黙ったままでいる。

「失礼なことを言ったのだ。謝りなさい。自分の非を認められない者は、決して『一等』ではないぞ」

酒井も観念して、

「ごめんなさい」

と言い、ガジュマルに頭を下げた。

ガジュマルもこくりと頷《うなず》いた。謝罪を受け入れたということらしい。

この当時、パラオの人口は三万四千人ほどであったが、そのうちの二万七、八千人が日本人だった。日本人が四分の三を占める社会において、一等国民、二等国民、三等国民などという言葉が用いられていた。

「自分たちは一等国民だ」と言って威張っていたのは概して「内地人」だった。すなわち、日本の北海道、本州、四国、九州、およびその近隣の島々からやってきた人々である。彼らの中に、沖縄県出身者や朝鮮出身者を二等国民、島民を三等国民として見下す者がいたのである。

南洋群島の統治組織である南洋庁の官吏や、国策会社の南洋興発をはじめとする大企業の社員など、上流階級を構成するのは内地から来た人が多く、開拓農民や工場労働者、職人などは沖縄県や朝鮮から来た人が多かった。また、島民は一般に、零細な農漁業に従事したり、官庁や民間企業、商店の下働きを務めたりしていた。そうした社会集団のあいだに収入や生活水準における格差があったため、出身地に応じて一等、二等、三等と差別する言葉が使われるにいたったのだ。

しかし、制度上において、そのような等級や身分があるわけではもちろんないし、「何等国民」などという言葉が決してよいものではないという意識は、子供たちも持っている。小山田に叱られた酒井も、恥じ入っているように見えた。

「みんな、武道を学ぶ意味がわかっているのか？」

小山田は、国民学校の児童も、公学校の児童も等しく見まわしながら語り出した。

「武道を学ぶ目的は、意気がって喧嘩をするためではないぞ。そんな考えの者は、神聖な道場に来てはいかん。道場は、チンピラを育てるところではないのだ。武道の武という字は、『戈《ほこ》を止める』と書く。いつも先生が『礼にはじまって礼に終わる』と教えているように、武道を学ぶのは自らを律し、相手を敬い、平和を築くためだ。『お前は何等だ』などと言って、相手を馬鹿にしたり、喧嘩をふっかけたりするような者は心得違いも甚だしい」

そして最後に、小山田は道場中を震わす声で、

「わかったか」

と言った。

子供たちはみな、びくりとして、はい、と返事をした。

「わかったのならば、よし。みんな、気をつけて帰りなさい」

国民学校の者も、公学校の者も一礼して道場の外に出、それぞれに別れて帰途についた。

この道場の正式名は武徳殿といった。南洋庁が運営する、昌南《しょうなん》倶楽部と呼ばれる日本人向けの娯楽施設の一角にある。同倶楽部にはそのほか、囲碁会などが行われる部屋や、新聞雑誌が置かれた部屋などがあり、コロールに住む日本人のサロンのような役割を担っていた。

石造りの門柱が立つ正門から外に出ると、コロールの目抜き通りが東西に延び、あたりには官衙《かんが》が

立ち並ぶ。昌南倶楽部と通りを挟んだ南側には、正面玄関に長い階段をしつらえた南洋庁の本庁舎が、その西側には、正面に列柱状の装飾を持つ、南洋庁パラオ支庁舎があった。

南洋庁は、いわゆる南洋群島が正式に日本の委任統治領となった大正十一年（一九二二）に設置された民政機関である。パラオのコロールに本庁が置かれ、さらにサイパン、ヤップ、パラオ、トラック（チューク）、ポナペ（ポンペイ）、ヤルート（ジャルート）の六ヶ所に支庁が置かれた。南洋群島における経済の中心は、製糖業が盛んであったサイパンだが、政治の中心はコロールであったと言っていい。堂々たる威容を誇る庁舎の周囲には、白い官服や、ぱりっとした背広姿の官吏たちの姿が多く見られた。

日本人が威信をかけて築いた官庁街を、智也は他の国民学校の四人とともに、しょんぼりと西へ歩いた。やがて、先頭を行く酒井が言った。

「ガジュマルを懲《こ》らしめてやらなきゃならない」

酒井は立ち止まり、一同を振り返ってさらに言った。

「みんなで待ち伏せして、袋叩きにしてやろうぜ」

また、酒井が勝手なことを――。

小山田先生に、意気がって喧嘩をするようなことは武道の精神に反すると叱られたばかりではないのか。さっき、酒井がしんみりとした様子であったのは、反省していたからではないのか。しかも、一人の人間を大勢で袋叩きにするなどというのは、いくらなんでも卑怯《ひきょう》ではないか。そういう思いから、智也は反応できなかった。まわりの友達も黙ったままだ。

「今度、作戦会議をやる。わかったな」

するとみな口々に、「わかった」「あいつをやっつけてやろう」などと返事をした。智也も気は進まなかったが、酒井のことが恐ろしくて、何となく頷いてしまっていた。

2

パラオ国民学校の宮口恒昭《つねあき》教頭は、事務作業が一段落したところで、職員室に備えられた新聞を机上に広げた。

彼はマスクで鼻と口を覆っていた。喘息《ぜんそく》持ちなのだ。熱帯のパラオでは、布製のマスクも、耳にかける紐も汗でびしょびしょになり、息苦しいが、帳簿に書き込みをするときや、本や新聞を読むときはマスクがないと安心できない。教室で子供たちの前に立つときはできるだけマスクをはずすようにしているが、板書のときには息を止めていないと、くしゃみが出はじめ、喉《のど》の調子がおかしくなり、やがては咳が止まらなくなってしまう。

恒昭が広げたのは、船便で届けられた、一週間ほど前の内地の新聞だった。ジャバ島（ジャワ島）に上陸した日本軍が要衝を次々と占領しているという戦果が、華々しく記されていた。もうじき、オランダがこの地球上から消えうせるだろうとも書かれてある。すでにオランダ本国は日本の同盟国であるドイツに占領されてしまっているが、蘭印に残った総督府もまた、日本軍の進撃によって風前の灯火《ともしび》だというのだ。

内地に暮らす者からすれば、新聞やラジオのニュースに登場するハワイやマレー、フィリピン、ジャバなどといった戦場は、パラオと目と鼻の先に感じられるようだ。だから、内地の両親や知り合いからは、こちらの生活を気遣う手紙がいくつも届けられている。しかし、コロールは平和だった。学校の授業は普段通り行われているし、街の商店の賑《にぎ》わいも変わらない。

もちろん、昭和十二年以来の支那事変（日中戦争）の長期化や、日米関係の悪化、さらには対米英開戦という状況の進展によって、環境に変化があったことも確かである。住民への軍事訓練が頻繁に行われるようになっているし、たくさんの兵隊がこの島に送られてくるようにもなった。彼らのほとんどは、しばらく島に駐屯した後、また船に乗って、最前線に送られていく。

港や周囲の海には、それまでになく多くの軍艦の姿が見られるようにもなった。木造平屋の校舎の端からは、マングローブの林につづき、海が見えたが、そこに帝国海軍の艦船があらわれると、児童らはいつも、あれは駆逐艦だ、あれは巡洋艦だ、などと高ぶった様子で言っている。

しかし、日本軍の優勢な戦いぶりに大人も子供も歓喜する中、恒昭だけは〈上陸僅か五日　精鋭猛進　ジャバ島の死命制す〉などといった新聞の仰々しい文章を見ても、白けた気分になる。人前ではあからさまには言わないが、

国家などというものは、いずれは克服され、人類は真に一つにならなければならない――

という思いを抱いているからだ。

恒昭が眉をひそめつつ新聞に目を落としていると、若い訓導の蓑田《みのだ》が職員室に飛び込んできた。

「教頭先生、内務部長のお出ましです」

それだけ言って、蓑田は部屋の外へ出ていった。廊下を走って遠ざかっていく音が聞こえる。いつも児童には廊下を走るなと教えているのに、放課後とはいえ、困った人だ――。

恒昭が呆《あき》れていると、蓑田は駆け戻ってきた。

「部長、怒っているみたいですよ」

入り口から顔だけ出して言うと、蓑田はすぐにまた走り去っていった。

恒昭は立ちあがり、窓の外を見た。正門から校庭に入ってすぐのところには大きなマンゴーの木が

たくさん生えていたが、その木陰に人が群れていた。教職員が四人と、いかにも官吏といった風情の、背広姿の者が四人だ。そこへ、蓑田が遅れて駆けつけようとしていた。

人々の中央に、鼻の下と顎に短い髭《ひげ》を生やした、小太りの男を認める。首藤《すどう》内務部長だ。

南洋庁の内務部は、地方行政や警察を司《つかさど》る重要部署である。教育行政もまた、内務部地方課が管掌するところだったから、内務部長が来訪したとなれば、職員総出で出迎える慣わしになっていた。とりわけそのとき、校長は内地への長期出張中であったから、まだ三十代の若輩ながら、教頭の恒昭は学校を代表し、急いで挨拶《あいさつ》に出なければならなかった。

いったい、何を怒っているのだろう――。

もともと蓑田はおっちょこちょいなところがあるから、「怒っている」というのは勘違いではないかとも思った。しかし、首藤は苛々《いらいら》とした様子で扇子を使い、また、何度もポケットから懐中時計を取り出したり、しまったりを繰り返している。

不安を抱きながら、恒昭は校舎から校庭に出て、マンゴーの木陰へ急ぎ足で近づいていった。

恒昭に気づいた首藤は、まるで匕首《あいくち》を持つような手つきで、閉じた扇子の先を向けてきた。そして、挨拶をする暇も与えず、いきなり怒鳴った。

「お前はいったい、何のつもりだ」

首藤は、扇子の先を、今度は校門の脇に向けた。そこには、薪を背負い、本を読みながら歩く童の石像が立っている。二宮金次郎像だ。

「それが、何か……」

学校にはこの像が付き物だと考えている恒昭は、戸惑うほかない。

二宮尊徳（通称金次［治］郎）は、江戸時代後期の天明七年（一七八七）、相模国足柄上郡《さがみのくにあしがらかみぐん》（神奈川県

小田原市）の百姓の家に生まれた。父の病気や死、また自然災害などの影響で貧窮のうちにあったが、早朝に起きて薪を取り、夜は草鞋《わらじ》を編んで一家の生計を支えつつ勉学に励んだ結果、生家を再興させ、さらには小田原藩士や幕臣に仕えて、彼らの知行地の農村再建にも貢献したと伝えられる。農政家として名を揚げた尊徳は、やがては幕府に召し抱えられ、関東各地の天領の村々の再建にも尽力している。

つまり尊徳は、苦学して自らを助けたばかりか、その学徳をもって広く社会に貢献した人物なのである。だからこそ、「一生懸命勉強をして、世のため人のために尽くす人物に育ってもらいたい」との願いを込めて、日本の学校にはほとんど必ずといっていいほど、彼の像が建てられているのだ。

首藤の頭は、白髪交じりの周囲を残し、真ん中は禿《は》げあがっている。恒昭がぽかんとしたままでいると、彼の頭頂部がみるみる充血していくのがわかった。やがて、首藤は声を張りあげた。

「なぜ、ここに楠公像がない」

「楠公像ならば、遥拝碑の隣にございます」

恒昭は南東方向を指さしながら言った。天皇の御真影を納めた奉安殿と、東京の宮城《きゅうじょう》に礼拝する際に目印とする石碑があるのだが、その隣に、楠木正成の像を建てたばかりだった。

「楠公像は校門のそばに建てよという指示であったはずだ。その程度のことが理解できないで、よく教頭が務まるな」

南洋庁から、楠木正成像を正門脇に建てよとの通達があったことは恒昭も知っている。言い出しっぺは海軍軍人らしい。このところ、海軍の在勤武官たちの現地民政への口出しが目立っていた。

「もちろん、指示の内容はわかっていますが……二宮尊徳もまた、児童たちにとって愛着のあるものです。私たち教師もまた、『よく勉強をし、尊徳のような立派な人になりなさい』と子供たちに教えてきたのです。それなのに、急に尊徳像をどこかへ移すというのもおかしな話ではありませんか。だいたい、この台座の上に、あの大きな楠公像を載せるのは不恰好《ぶかっこう》です」

「お前は、いまの時局を何と心得ているのか?」

何でも時局、時局だ――。

何と便利な言葉だろうかと恒昭は思う。「時局」と言えば、面倒な議論なしに相手を黙らせることができる。

「この時局においては、尊徳よりも、忠義の武人、楠公の精神の宣揚こそが大事なのだ」

国民学校の教頭と、南洋庁の幹部とでは身分が違うのはわかっていたが、恒昭は言い返した。

「楠公の精神の大事さを児童に教えていないわけではありません。大事であるとの認識があるからこそ、宮城の二重橋近くに楠公像が建てられているように、遥拝碑のそばに楠公像を安置したのではありませんか」

なかなか自分の言葉に服さない恒昭の姿に、首藤も興奮していった。

「お前のそんな勝手な判断など聞いておらん。現代の戦争は総力戦である。銃後の者もまた、前線の兵士と同様、上の指示に忠実に服し、行動しなければならん。とにかく、いま児童らに教えるべきは、尊徳よりも楠公の滅私奉公の精神であり、敢闘の精神なのだ」

首藤はさらにこう言った。

「だいたい、そのマスクは何だ。お前がそんなものを着けていては、子供たちの戦意も沮喪《そそう》するわい。取れ」

「これは、失礼しました」

恒昭は急いでマスクを取り、ズボンのポケットにしまった。それでも、言い返すのをやめなかった。

「きちんとした事前の断りもなく、楠公像を指示とは違う場所に建てたことは私の過ちでありました。お叱りはいかようにも受けます。しかし、学問に励み、もって貧窮にあえぐ村々の復興に努めた尊徳の精神もまた、戦時下においてなくてはならないものだと思います。これもまた、滅私奉公でありましょう」

恒昭と首藤は汗まみれで、黙って睨み合った。これからどうなるのかと、教員や首藤のお付きの者たちが不安そうな表情でいる。

強い風が吹いた。地面の上で、マンゴーの大きな葉の影が揺れる。湿った熱風に煽《あお》られて、恒昭の五体からはますます汗が湧いた。

やがて、首藤は扇子を振りあげ、切りつけるように降ろした。その先をぴたりと恒昭の顔に向ける。

「楠公像を正門に建てよ。以上」

言うや、首藤は恒昭に背を向け、門のほうへ歩き出した。お付きの者たちも慌てて後を追う。

首藤の姿が門外に消えると、周囲にいる教員たちが、「えらい剣幕でしたな」「楠公像など、どこにあってもいいじゃないか」などとぶつぶつ言い出した。しかし、誰も恒昭にまともに話しかけようとはしなかった。

恒昭もまた、一同に背を向け、マスクを着けて、校舎のほうへ歩いていった。つい悪い癖が出て、内務部長と言い合ってしまった。もっと穏便な話の仕方があったはずだ。いまさらながら、そういう反省や恥ずかしさがあって、一人になりたかった。

ところが、「宮口先生」と呼びながら、追いかけてくる者がある。小山田であった。柔道の稽古から戻ってきたところ、校門付近で恒昭と首藤の口論に出くわしたらしい。

「あの……」

がっちりとした体つきの小山田は、小柄な恒昭の前で直立している。

「何だい？」

「私も、先生のおっしゃる通りだと思います。二宮尊徳の刻苦勉励《こっくべんれい》や利他の精神は、いまの時局においても重要性を失うものではないでしょう。けれども……」

恒昭は頷いた。

「さっそく、楠公像を正門脇に移す手配をしよう」

「すみません。出過ぎたことを申し上げてしまいまして」

恒昭は笑顔で、首を横に振った。

「恥ずかしい限りだが、僕はいつまでたっても年甲斐《としがい》もないことばかりしてしまうんだよ。心配をかけてすまなかったね」

礼節を重んじる小山田は、なおも申し訳なさそうだ。恒昭は話を変えた。

「柔道の稽古のほうはどうだい？」

小山田は明るい表情になって、みなよく頑張っていると語り出した。児童の名前を挙げては、それぞれの長所や課題などを述べる。

「智也君も頑張っていますよ」

小山田は、このパラオ国民学校に通う恒昭の長男についても話した。

「あいつは注意がつづかんだろ。苦労をかけるね」

小山田はにやりと笑いながらも、庇《かば》うように、

「まだ二年生ですからね」

と言った。

「毎度、ちゃんと道場に来るだけで立派です。国民学校の子も、公学校の子も、みな熱心に通ってくれて嬉《うれ》しいですよ」

そう言った直後、小山田が少し顔をしかめたのに恒昭は気づいた。

「何かあったのかい？」

「いや、それが……我が校の子が、公学校の子に『三等国民』などと言ったもので、そういうことは言ってはいかんと叱ってやったのです」

小山田は、二宮尊徳像へ振り返った。

「時局柄、敢闘精神も重要ですがね……どうもここのところ、意地を張ったり、人をひどく見下したりする者が多くなっているような気がしてなりません」

さきほど首藤と感情的な言い合いをしてしまった恒昭は、自分が小山田に叱られているような気がして恥ずかしくなった。と同時に、一見、平和そのもののパラオだが、やはりここにも確実に戦争はやってきているのだな、ともあらためて思った。

二宮尊徳像を見やると、楠木正成に定位置を奪われようとしている彼の顔が、何とはなしに淋《さび》しそうに見えた。

3

コロールの街は東西に広がっている。西の端から南洋庁パラオ支庁までは官舎街になっていて、「文化村」などと呼ばれていた。建物も他の地区に比べて立派なものが多いし、歩いている人々の身《み》形《なり》も概して上品な印象だ。パラオ支庁や本庁から東へ行くと、大小の商店や料亭、飲食店、宿屋などが並び、その先には公学校や木工徒弟養成所などがある。それを過ぎると、島民たちが多く住む地区があった。

宮口教頭の一家は、島の西側の官舎に住んでいた。八畳間に六畳間が二つ、さらに四畳半までつき、風呂や台所を備えた官舎は、夫婦と幼い子供二人の家族には十分な広さだった。

夕方になると海風が強まり、日中よりいくぶん過ごしやすくなるが、虫も活発になった。パラオでは防虫用品が生活必需品である。島民の家などでは蚊遣《かや》りとしてココヤシの外皮を燃やしたが、宮口家では、卓袱台《ちゃぶだい》を囲んで夕食をとる頃、内地産の蚊取り線香の匂いが部屋に満ちる。

食卓に並ぶものも、内地の家庭料理と基本的に変わらなかった。このコロールの商店では、手に入らないものはないと言ってよい。その夜の献立も、鰹《かつお》の刺し身と煮付け、野菜の煮物、漬物、そしてご飯に味噌汁《みそしる》だった。ただ、漬物の野菜はパパイヤで、煮物にはタロイモが入っているなど、パラオ独特の材料も使っている。

幼い子供たちと囲む食卓の賑やかさといったらなかった。恒昭の妻、綾子《あやこ》は食事中、八歳の智也、そして五歳の真次《しんじ》に、「きちんと座りなさい」「左手はどこにいったの？」「こぼさずに食べなさい」などと、行儀作法について細々《こまごま》と注意しつづけている。また、智也に対しては、「宿題はやったの？」「明日の準備は今日のうちにしておきなさい」などとも言う。それに対して、ランニングシャツ姿の子供たちが、「はい、はい、わかってます」などと返事をすると、綾子はまた「『はい』は一つでいいの」などと叱ったりして、浴衣《ゆかた》姿で黙って箸を持つ恒昭は、よくもこれだけいろいろと喋ることがあるものだ、と呆れるほかない。

だがその晩は、恒昭は率先して子供に話しかけていた。

「智也、今日の柔道はどうだった？」

「乱取りをした」

「一生懸命やったか？」

「一生懸命やって、疲れた」

自分のような弱い体になってほしくないと思って、恒昭は智也を小山田の柔道教室に通わせていた。真次も、学校に上がったら小山田に預けようと思っている。

「小山田先生に聞いたぞ。公学校の子に『三等国民』などと言った者がいたそうだな。お前はそんなことは言わないな？」

「言わないよ」

「本当だな」

智也は頷く。

「そういうことは言うべきではない、と小山田先生がおっしゃったのだな。武道の精神に反すると」

智也はまた頷いたが、不満げな顔をしているように見えた。小山田の教えに心底納得していないのかもしれない。

「誰だかは知らないが、どうしてそんなことを言ったんだ？」

智也は少し唇を尖《とが》らせてから、答えた。

「公学校の奴が、負かした相手を馬鹿にしていたから……」

「その子は強いのか？　お前も負けたのか？」

智也は悔しげな顔つきで頷いた。

「いくら相手に悪いところがあったにしても、三等だなどと言うのはよくないことだとお父さんは思うぞ。世の中をよくするためには、一緒に暮らす人みんなが仲良くし、力を合わせなければならないはずだ」

日本人は一般に、自分たちの植民地経営が欧米のそれとは違うと自負してきた。すなわち、欧米人はただ自国の利益のために植民地を利用しようとし、現地の人々の幸福など顧みないが、自分たちは植民地の人々も「天皇の赤子《せきし》」と考えて統治を行うのだ、と。実際、台湾や朝鮮でも、教育水準や衛生水準の向上、食糧増産、産業発展などのために多額の投資を行ってきた。それぞれの人口が大幅に増えていることは、日本の統治策の、成功の一つの証左と言えるだろう。

しかし、そうした経営方法は、持ち出しばかりが多く、利益はあまり生まない。旧ドイツ領の太平洋の島々を日本の統治下におさめることに大蔵省が当初、反対したのもそのためだ。財政負担が嵩《かさ》むだけだから、島々は他国に売却してしまったほうがよいと主張したのだ。

結局、自分たちの手柄に固執する海軍部の意向が通って、「南洋群島」を日本の統治下に組み込むことが決まると、そこでも朝鮮や台湾と同様の統治方針が採用された。島民たちは日本国籍を持たないけれども、学校や病院を作り、発電所を建て、あるいは産業指導を行うなどして、あらゆる面での生活の向上が目指された。そのために日本から群島にやってきた教育者や医療関係者、土木技術者などの多くも、自分たちの使命に誇りを持ち、真摯《しんし》に努力してきたと言っていい。結果として、大蔵省の当初の予想に反し、主に製糖業の発展によって、昭和七年以降は南洋庁は財政的自立を達成している。

恒昭は国民学校での教育だけでなく、公学校の教科書の作成などにも携わっていたが、彼もまた、その背景や国籍などにかかわりなく、パラオで暮らす人々みなのために、できるだけの貢献をしたいと考える一人だった。

「人を馬鹿にする者は、自信のない者だ。人から馬鹿にされることを恐れているから、人を馬鹿にしないではいられないのだ。人に三等国民などと言うのは情けないことなのだぞ。わかったね」

　恒昭がそう言ったとき、綾子が口を挟んできた。

「お母さんも、そんなことを言う人は嫌いです。もし負けて馬鹿にされて悔しいなら、一生懸命に稽古して、柔道で相手に打ち勝つべきでしょう」

　真次までが、

「僕もそう思う」

などとわかったようなことを言った。

しょんぼりとした智也に、恒昭は少し同情した。綾子の言葉は正論だけれども、体の小さい智也は、いくら稽古しても、体の大きな子供には、そうやすやすとは勝てないだろうと思ったからだ。

「まあ、わかればいいんだ。べつに智也自身がそういうことを言ったのではないわけだしな」

　恒昭は笑顔で言うと、今日の煮物はなかなか旨いな、などと話題を転じた。しかし、その後も、智也は元気がない様子だった。

4

　恒昭は翌日、「文化村」にある樋山視学《ひやましがく》の官舎を訪れていた。

　視学は当時、中央と地方に置かれた、学事の指導監督にあたる役職だ。南洋庁の樋山の場合、南洋群島中の学校や教員に対する監督権や人事権を持っていた。

　土曜日の午後であったが、玄関で恒昭が声をかけると、

「おう、上がれ」

という声が奥から返ってきた。

恒昭が上がると、長い白鬚《しらひげ》を顎から垂らした肥った男が、畳の上に褌《ふんどし》姿で胡坐《あぐら》をかいていた。樋山である。いつもの官服姿の出で立《い》《た》ちとあまりに違うので、はっとなった恒昭を見るや、樋山は、まるで力士が取り組み前に気合いを入れるように、太鼓腹を掌でぴしゃぴしゃと叩いた。

「また肥えたと言うんだな」

「そんなこと、申してないじゃないですか」

「顔に書いてあるわい。つくづく遠慮というものを知らん男だ」

にやにやしながら、樋山は言った。そして、家畜の乳を搾るように顎鬚をいじりつつ、

「まあ、座れや」

と促した。

恒昭は樋山と対座した途端、くしゃみをした。喉の奥にも、ざらついたような違和感をおぼえる。座敷の周囲には本や書類が山積みになっており、その埃《ほこり》のせいと思われた。

樋山も恒昭の喘息のことは心得ていて、

「マスクせいよ」

と言った。

「してもよろしいですか?」

「せい、せい。男の独り住まいだから、掃除も行き届いておらんのでな。すまんことだ」

「では、失礼して……」

樋山はポケットからマスクを取り出し、着けた。教員には怖い存在でもある視学だが、樋山とは仕事上はもちろん、しばしば囲碁をするなど、私生活でもつき合いがあった。

「君は、内務部長とやり合ったみたいだな」

やはり、その話で呼ばれたか――。

「いったい、どうした？」

「例の、楠公像の件でして……」

恒昭はなおもときおりくしゃみや咳払いをしつつ、首藤内務部長に叱られた経緯を話した。

「ご迷惑をおかけいたしまして、すみません」

教師に態度の悪い者がいれば、視学の監督不行き届きということになる。おそらくは、部長かその側近から、樋山は小言をもらったに違いない。

「やはり、遠慮のない男だ」

樋山は腹を揺らして笑った。

「教育者としての君の気持ちもわからんではないがな、よりにもよって内務部長を相手にやり合わんでもよいだろうに。表であんまり大声では言えんことだが、官吏なんてもんは、服務規程を守り、上役の前で大人しくしていれば、身分は安泰なんだからね」

「は……」

「とりあえず、部長のところへ一升瓶を持って謝りに行くことだな」

首藤の酒好きは有名だった。

「わかりました。本当にすみませんでした」

そこでまた、恒昭はくしゃみをし、咳払いをした。あらためて樋山を見ると、彼が渋い表情になっているのに気づく。

「何か……」

「いやまあ、大したことではないんだが、ちょっと気になることがあってね。一部に嫌な噂《うわさ》が広がっているらしい」

「何のことです？」

尋ねても、樋山はなかなか先を話そうとせず、大きな腹をまた、ぴしゃぴしゃ叩く。

「私に対する噂ですか？」

樋山はようやく口を開いた。

「それがなあ、君がアカだというんだよ」

恒昭は、言葉を失った。「アカ」とは当時、取り締まりの対象とされた共産主義者を指す隠語である。

「君は以前に、海軍さんともやり合ったことがあっただろう。その上、今度のことがあって、よほど反抗的な奴と思われたようだぞ」

対米英開戦前のことだが、日米関係の悪化を受け、青少年を総動員して軍事訓練を行おうという話が持ちあがり、パラオ支庁の支庁長や地方課長、在勤軍人、教育関係者らで会議が持たれたことがあった。南洋群島教育理事や群島内小学校教員代表などに任じられていた恒昭も出席していたが、軍事訓練の指導者として教員を出してもらいたいとの要請に異を唱え、某海軍中佐と口論に及んだのだった。

学校の教室や教員の数に比べて子供の数が多かったため、学年によっては二部授業をしなければならず、担当教員の負担は大きなものであった。しかも、教員はすでに在郷軍人会の訓練などにも協力していたから、その上さらに、青少年総訓練にも協力しろというのは無茶な話だ、と恒昭は反対したのだ。それに腹を立てた中佐が「あんたは非国民だ」と口走り、恒昭も激昂《げっこう》して「非国民とは何事だ。

学校からは一人も出さない」と言って、席を立ってしまった。その後、支庁の人たちがあいだに立ち、学校職員の参加は最小限度とするということで話がまとまっていた。

「宮口君がいまもアカだなどということはないと、私から内務部長には申し上げておいた。ちょっとした、若気の至りにすぎないとね。だから、そんなに心配はないと思うが」

樋山は苦笑しながらそう言った。

「お気遣い、恐れ入ります」

「だが、気をつけたほうがいい。いまはそういう時局なんだ。以前ならば、何でもないようなことが、大事になりかねないからね」

また時局か――。

「君がよくやっていることは、私にもわかっている。君が存分に仕事ができないようになれば、パラオだけでなく、群島全体の初等教育にとって大いなる損失だと思っているんだ。だからこそ、もう少し気をつけてもらいたい」

「わかりました。ありがとうございます」

樋山視学の官舎から出てきたとき、玄関のそばのマンゴーの木から、オオコウモリが飛び立つのを恒昭は見た。

翼を広げると大きいもので二メートルにもなるオオコウモリは、小型の蝙蝠《こうもり》とは見た目も生態も違っている。日中は洞窟などの暗い場所に暮らし、音の反響で位置を確認しながら飛ぶ小型のものと違い、オオコウモリは視覚に頼って飛ぶがゆえに、明るいうちにその姿を見ることができるし、耳が小さく、キツネのように鼻面《はなづら》の突き出た顔をしている。英語ではフライング・フォックス（flying fox）などと呼ばれるほどだ。小型のものが昆虫などの小動物を主食とするのに対し、オオコウモリは花の蜜や果実を主食としているから、その肉にまったく臭みがないといい、島民はスープに入れて煮込み、好んで食べていた。

大きな翼を広げて飛ぶオオコウモリの優雅な姿が、恒昭は好きだった。しかし、そのときには脳裏に「気をつけたほうがいい」という樋山視学の警告がまだ響いていたせいで、オオコウモリの黒々とした翼が、不吉なもののように感じられた。

若気の至りか——。

恒昭が最初に奉職したのは山口県の尋常小学校だったが、それからほどなくして、彼は特高警察に引っ張られた。県内の紡績工場で労働争議があり、頼まれてアジテーションのビラの作成などを手伝ったことが露見したのだ。警察官に口頭で注意されただけで恒昭は釈放されたが、同僚や児童の父兄から「あの人はアカだ」と白眼視され、いたたまれなくなってしまった。そのため、南洋庁に出願し、試験を受けて群島の教員として採用されたのである。いわば、家族を連れて、南洋に逃げて来たようなものであった。

古いしがらみのない南洋ならば、貧富の格差や争いのない社会をつくりやすいかもしれない、という思いもあった。教師として、そうした素晴らしい世界の実現を担う子供たちを育ててみたいという理想も抱き、努力してきたつもりだった。しかしここでも、人とぶつかり、恨みを買ってしまったようで、その揚げ句、前歴を調べられ、あることないことを吹聴《ふいちょう》されるにいたった。どうも自分は、周囲とうまく折り合いをつけて生きられない性分らしく、喘息の持病を抱えているのもそのせいではないか、などとも思ってしまう。

だが、南洋にいられなくなれば、自分も、家族も、どこにも居場所がなくなる——。

綾子はパラオの土地に馴染み、近所の人々とも親しくつき合って、子育てにも一生懸命だ。智也と真次も、自然豊かな土地で伸び伸びと育っているように見える。不甲斐ない自分の運命に、妻子を無理やりつき合わせてしまっているのではないかとの、自責の念にも　恒昭はしばしば嘖まれたが、しかし、すでにパラオの教員として、妻子とともにこの地に生活の根をおろしているのだ。また子供たちにとっては、故郷といえば内地よりもここパラオなのだ。ここ以外に行く場所はない。ここでまたしくじるようなことは、決して許されない。

何としても、妻子を守らなければならない——。

悲壮な思いに浸った恒昭の目の前で、夕日を浴びたオオコウモリは、風に乗って滑空し、森の奥へと消えていった。

第三章　男に七人の敵あり

1

金網籠《かなあみかご》を提げて家を出た宮口智也は、できるだけ木陰を歩いた。午前中だというのに、パパイヤや椰子の木の葉を透かしてきらめく太陽の光は眩しかった。

金網籠は、長さ三十センチ、幅十五センチ、高さ十センチくらいのものである。屋根側についた針金の把手《とって》を、智也は右手で持っていた。彼が歩くあいだ、籠は把手を中心にゆらゆら揺れ、それに応じて、中のものが鳴き声をあげ、激しい鼻息を噴いて、右へ左へと動く。一匹の鼠《ねずみ》だった。

鼠というより、兎《うさぎ》に近い大きさだと智也は思っていたが、敵意をあらわにして、歯を剝《む》き出すその顔は、兎とはまるで異なる憎たらしいものだ。こんな奴に嚙まれたら大変だと思い、把手を指先でつまむように持っている。家を出るときも、母から「気をつけて持っていきなさい」と注意された。

智也が訪れたのは家からほとんど目と鼻の先の、南洋庁水産試験場だった。その日は日曜日ということもあり、入り口の事務所には人の姿はなかったが、智也は遠慮せず、敷地内に入っていった。

試験場には、コンクリートでできた水槽がいくつも並び、魚や貝などがたくさん飼われていた。南洋群島の水中生物の生態を調査するとともに、それらを産業発展に活かす方法を研究する施設だから だ。たとえば、新たに缶詰にできる魚はないかとか、宝飾品に使える貝殻がないかなどを探っている のである。

智也は水槽を興味深く見ていった。中でも、瘤《こぶ》のようにおでこが突き出た、大きなメガネモチノウ オが、青い体をゆったりとうねらせて泳ぐ姿に注視した。智也は、ナポレオンフィッシュという別名 を持つこの魚が大好きだった。

「おう、智也」

と声をかけられて、智也は我に返った。

水槽のあいだの通路を、鼈甲《べっこう》でできた眼鏡《めがね》をかけた痩せた男が、半ば広げた新聞を手にして歩いて くる。黒田晴海《くろだはるみ》だった。智也は嬉しくなった。

パラオで暮らす子供たちは日々、海や川で魚や蟹《かに》を捕ったり、綺麗《きれい》な貝殻を集めたりして遊んでい る。だから、水中生物の特徴についていつも優しく、楽しく教えてくれる黒田のことが、智也は好き だった。

中学（旧制）を中退してパラオに来た黒田は、まだ十五歳である。やがては水産試験場の正式な技 師になることを目指し、南洋庁の水産講習所で学ぶ身だ。よって、ここでは見習いのような立場なの だが、智也にとっては、親しみやすい兄貴分だった。

「智也は、メガネモチノウオが好きだな」

智也は頷いた。

「海の王様みたい」

パラオの海では、陸や船の上からのぞき込むだけでも、色とりどりの、たくさんの魚影が見えたが、メガネモチノウオが泳ぐ姿を見つけるたびに、智也はいつも感嘆の声をあげた。その王侯貴族のような優雅な泳ぎ方が、たまらなく恰好よいのだ。周囲の生き物が何をしていようと我関せず、堂々と自分の道をゆく、という態度を持しているかに見える。自分自身が海中の王様であることを、まるで疑っていないのではなかろうか、とすら思えた。

「もっと王様っぽい魚もいっぱいいるだろ。鮪とか、ホオジロザメとか、ジンベエザメとか……」

智也は首を横に振った。

「でかければいいってもんじゃないんだよ」

黒田は、困った奴だと言いたげな笑みを浮かべた。

「智也にとっては、ジンベエザメなんかより、ナポレオンフィッシュのほうが王様らしく見えるんだな」

「もちろん」

と応じてから、智也は金網籠を持ちあげて見せた。

「また捕れたよ」

急に籠を揺らされて、鼠は大きな鳴き声をあげた。あるいは、これから自分を待ち受ける運命を予感し、恐れおののいているのかもしれない。

蚊取り線香や蚊帳《かや》だけでなく、鼠捕りの罠《わな》や毒餌《どくえ》も、パラオにおいては生活必需品だった。少し油断すると家は鼠だらけになり、蓄えておいた大切な米や野菜を食べられてしまう。

「おお、でかいな」

黒田は智也から籠を受け取ると、感心した声をあげた。

「さぞかし、宮口先生の家にはご馳走《ちそう》がいっぱいあるんだな」

黒田は軽口を叩いたあと、ついて来て、と言うように首を振り、歩き出した。

あとにつづいて、智也も歩く。やがて、黒田はある水槽の前で足を止めた。中には二頭の鰐《わに》が飼われていた。窮屈そうに並び、鼻や目を水面に出しながら、じっとしている。

インドや東南アジア、オーストラリア、蘭印、パラオ、フィリピンなどに分布する、いわゆるイリエワニ（入江鰐）であった。入り江や、マングローブ林に囲まれた川の汽水域などでよく見かけるもので、智也たちも、水遊びをするときは注意しろと言われている。

黒田の説明では、外国語では「クロコダイル」と呼ばれる種類で、大きなものは体長五、六メートルにもなるそうだ。しかし、そこで飼われていたのは、どちらも体長二メートルほどのものだった。

「さあ、どっちが勝つかな」

黒田は楽しげに言いながら、水槽の上で籠を傾け、端の蓋《ふた》を開けた。籠を揺すぶると、中から鼠が水槽に転げ落ちた。鼠は慌てふためき、水中でもがく。

すると、それまで眠っていたかのようにじっとしていた鰐が、長い尻尾《しっぽ》で水をはね上げ、動いた。智也は思わず後ずさる。一頭の鰐が、瞬く間に鼠に喰らいつき、体をぐるりと回転させながら、飲み込んでしまった。獲物にありつけなかったほうの鰐の顔が哀れに見えた。

家に仕掛けた罠に鼠がかかると、その処分のため、水産試験場まで運ぶのが智也のいつもの仕事だった。だから、鰐が鼠を食べる姿は見慣れていたのだが、その素早さには毎度ぞっとさせられる。

「すごいね、鰐って。餌があるときとないときでは全然違う」

と言った智也に、黒田は説明してくれた。

「鰐は、普段はわざと動かないでいるのさ。動いてしまえば、自分がそこにいることがばれてしまうだろ。まるで石かマングローブの根っこのようにじっとしていて、油断した獲物が近づいてきたところで突然動く。まさに電光石火《でんこうせっか》、日本軍さながらだ」

「日本軍が鰐で、敵が鼠？」

「そうだ。白人どもは鼠みたいなもんだ。あいつらは、日本人など敵ではないと油断していたんだ。仲間と集まって圧迫しておけば、日本人は屈服すると思っていたんだろう。ところが、日本人は立ちあがった。そして、奴らをやっつけてしまったのさ。〈罪業・東亜に三世紀　自業自得　嗤《わら》われて終《しゅう》焉《えん》〉さ」

「何それ？」

「新聞記事だよ。蘭印が日本軍に無条件降伏しただろ」

黒田は金網籠を水槽の縁に置くと、小脇に抱えていた新聞を広げ、その記事を智也に見せた。

蘭印政府が日本軍の猛攻の前に降伏し、オランダという国が世界中からなくなってしまったということは、智也もラジオを聴きながら母に説明してもらっていた。

「オランダだけじゃないぞ。アメリカもイギリスもフランスも、アジアの有色人種に鼠のように取りついていたんだ。そして、アジア人の食べ物や宝物を横取りしていたのさ」

喋るうちに、どんどん自分の言葉に酔い、熱くなっていくのが黒田の特徴だ。

「いや、あいつらのあくどさは、そんなもんじゃないな。鼠の癖して、王様を気取っていたんだ。アジア人を奴隷にし、長い年月にわたって、さんざんいじめてきたんだからな。まさに〈罪業・東亜に三世紀〉さ。しかし、日本軍がアジア人を助けるために敢然と立ちあがると、奴らの鼠に過ぎない本性があらわになってしまったというわけだ」

それから黒田は、東南アジアの各地で、現地の人々が、遠征してきた日本軍を大喜びで迎え、敵の情報を教えてくれたりしている、という話もした。

日本軍が鰐だという話は、智也にはしっくり来なかった。その冷たい目つきといい、恐ろしげな長い口といい、正義の味方という感じがしないからだ。けれども日本軍が、これまで威張り、悪事の限りを尽くしてきた欧米人を懲らしめ、結果としてアジア人から大いに感謝されているという話を聞くのは気分がよかった。とりわけ黒田の口から聞くと、胸のすく思いがした。黒田の話はいつも臨場感があり、子供にもわかりやすかった。

「黒田さんは、兵隊さんにはならないの？」

「兵隊か……」

黒田はそれまで日本軍の行動を嬉しそうに褒《ほ》め称《たた》えていたのに、にわかに言葉につまった。

「そりゃもちろん、いずれは日本男児として行かねばならんとは思っているけど……俺には、講習所で勉強しているほうが性に合っているかな。智也はどうだ？　兵隊に行きたいか？」

「僕は行きたいよ」

「智也は偉いな。さすがは、教頭先生の子だ」

この人は死ぬのが怖くて、戦争には行きたくないのかな――。

智也は黒田のことを少し馬鹿にした気分になった。

「黒田さんは、どうしてパラオに来たの？」

「狭い内地にいたくなくなったんだよ」

「内地がそんなに嫌いだったの？」

「嫌いというわけではないけど、俺は三男だから、内地にいても継ぐ家業はないし、喰っていけなかったのさ」

「ふーん」

「まわりからは兵隊になったらどうかとも言われたけれど、寒い北支《ほくし》（現、中国の華北）や満洲《まんしゅう》（現、中国の東北部）あたりにやられてはかなわないと思ってさ。だって、あっちでは酒すら凍るっていうからな。寒いなんてもんじゃないぜ。俺は寒いのが苦手だから、暖かいところに行ってやろうと思って南洋に来たんだ」

黒田がパラオに来たとき、もちろん米英とは緊張は高まっていたけれども、まだ開戦前だった。だから当時は、戦場といえば中国大陸のことだったのだ。

「智也はいずれ、内地に帰るんだろ？」

「どうかな……」

昭和八年（一九三三）に山口県に生まれた智也は、同十一年に父母に連れられてパラオに来ている。だから、それ以前の内地の様子はまったく覚えていなかった。昨年、両親と帰郷し、多くの親戚と会ったり、内地の街を見たりする機会があったものの、馴染めなかった。

どこへ行っても、物珍しそうにじろじろ見られ、「やはり、南洋育ちの子は黒い顔をしている」などと言われるのも、内地で流行《はや》っているラジオ番組や雑誌について知らないことをからかわれるのも愉快ではなかった。パラオで普通にやっているように、弟と野兎や蛙《かえる》を捕まえ、焼いて食べただけで、親戚中から「気持ち悪い」と白眼視されたのも理解できなかった。母はそのことにつき、智也の父方の祖父から、「パラオで暮らそうが、息子をまともな日本人に育てなくてどうする」とこっぴどく叱られていた。

江戸期には長州藩領だった周防国吉敷郡《すおうのくによしきぐん》の百姓家に生まれた祖父は、幕末の志士たちと交流があったとか、明治維新以降も、何人もの偉い政治家に直接会ったことがあるという話を誇らしげにしていた。その祖父からすれば、自分の孫が野人のように振る舞うのが許せなかったのだろう。しかし、この「帰郷」によって、智也は自分の故郷は内地ではなく、パラオなのだという思いを強めたのだった。

「だけど智也は、お父さんのように一生懸命勉強をして、内地の師範学校へ行かなければならないだろ？」

「僕は兵学校に行くんだよ」

親が教師であるというだけで、成績が良くなければならない、良い学校へ行かなければならないと期待されるのは、智也にとって辛《つら》いことだった。また、内地で生活する自分の姿もまるで想像できなかった。しかしそれでも、海軍士官養成学校である海軍兵学校に入りたいという夢を智也は持っていた。

軍人たちが日本ばかりか、東アジア全体の平和のために献身的に活躍するさまが連日のように報道され、子供たちの遊びも、戦争ごっこや軍用機の模型作りなどが多かった時代である。陸軍士官学校や海軍兵学校へ進むことは、智也だけでなく、多くの子供にとっての憧れであった。

しかしそれだけでなく、南洋育ちゆえに馬鹿にされた経験を持つ智也は、内地の者を見返してやりたいという思いも強く持っていた。戦時下というのは、まともな国民とはどのような者で、どのような義務を負っているのかが何かにつけて問われるものだ。そのような時代にあって智也もまた、自分は決して中途半端な日本人ではないということを証明したかった。大きな軍艦に乗って下関あたりに寄港し、階級章やサーベルを輝かせて上陸する自分の姿を、人々に見せつけてやりたかった。

「そうか、兵学校か。いずれにせよ、智也は一生懸命勉強しなければならないな」

士官学校も兵学校も、非常な難関校であることは言うまでもない。一生懸命勉強しなければならないという話になると、智也の心はぐらついてくる。

「でもやっぱり、僕も水産講習所に入ろうかな。魚や蟹や亀が好きだから」

黒田はけらけらと笑った。

「この野郎、水産講習所なら、それほど勉強しなくても入れそうだって言いたいのか？」

「そういう意味じゃないけど……」

「初志貫徹《しょしかんてつ》だ。お前は水産講習所なんかじゃなくて、兵学校を目指せよ」

水産講習所なんか、という言い方が、智也にはひっかかった。

「水産講習所の勉強はつまらないの？」

「いや、そんなことはない。面白いよ。俺も生き物が好きだからね。やり甲斐も感じるよ。だって、自分が研究したことが、いずれ南洋群島の産業発展に大いに貢献することになるかもしれないんだからね。いや、必ずや貢献したいと思っているさ」

黒田は、じっとあらぬ方《かた》を見ている。

「智也は軍艦に乗って、俺たちを守ってくれ。俺はその間に太平洋に住む人々の暮らしを少しでも豊かにできるように研究を進めるよ」

熱く語っていた黒田は、最後はひどく照れ臭そうな表情になった。しかし、その姿が、智也には眩しく見えた。少し年上の遊び相手くらいに思っていた黒田が、非常な大人に見えたのだ。どうやって身を立て、人々に貢献するかについて彼はきちんと見定め、そこへ向かってまっすぐに進んでいるらしい。黒田の姿が、メガネモチノウオに重なってすら見えた。

「わかった。じゃあ、僕も兵学校へ行くために勉強に励むよ」

水産試験場からの帰路も、智也は自分がサーベルを吊《つ》っている姿を思い描きながら、「海の男の艦隊勤務は月月火水木金金だ。今日は日曜日だけれど、学校の予習復習をして過ごそう」などと思った。

やがて、坂道の途中の、白木の垣根の家の前にさしかかったとき、

「おう、宮口」

と声をかけられた。

垣根の上に、真っ赤なハイビスカスの花と並んで、毬栗頭《いがぐりあたま》の、瓜《うり》のように長い顔が出ていた。級友の寺岡忠士《てらおかただし》だった。彼の父は南洋庁パラオ支庁の経済課に勤めているため、智也と同じく官舎街に住んでいた。

「おう、おう」

智也が立ち止まって手を上げると、寺岡も嬉しそうな笑顔で手を振り返した。教室でも机が隣同士の寺岡は、智也のいちばんの仲良しだった。

「どこへ行くんだ？」

「行ってきた帰りだよ」

智也は空っぽの金網籠を持ちあげて見せた。

「鼠か」

「そう。鰐に喰わせてきた」

「あとで家《うち》へ来ないかい？　秋山《あきやま》も来るんだ」

「何して遊ぶんだ？」

「さあ、メンコかな。軍艦の模型で遊んでもいい」

智也の心は騒いだ。寺岡の家には、戦艦や潜水艦の模型がたくさんあった。一緒に遊びたいと思いつつも、智也は言った。

「いや、今日はやめておくよ」

「え、どうしたんだ？」

「勉強するんだ」

「へえ……」

寺岡は、お前の口から勉強などという言葉が出てくるとは思わなかった、と言いたげな顔つきをしている。

「子供にとっての大東亜戦争とは、勉強を気張ってやることなんだと思う」

大東亜戦争とは、支那事変と対米英蘭戦を合わせた今次の戦争に対して、日本側が用いた呼称である。それまで欧米諸国に植民地支配されていた東アジア各地を解放し、そこに新たな秩序を打ち立てるための戦争という意味を込めて、東條英機《とうじょうひでき》内閣が閣議決定したものだ。

「国を背負って立つ、立派な大人になるために、僕たちは勉強しなければならない。僕はきっと江田《えた》島《じま》に行き、いまの大人から使命を引き継いで聖戦を成し遂げるよ」

広島県の江田島に、海軍兵学校はあった。

「へえ……」

「それからさ、三年の酒井さんが言っていたことがあるだろ」

「何だ？」

「ガジュマルをみんなで懲らしめるって話」

「ああ、あれね」

「僕は、その考えには反対だ。島民を守り、助けるのが真の日本人なんだと思う。島民をいじめたがるのは欧米人だ」

「たしかに宮口の言う通りだ」

「だから僕は、酒井さんの企《たくら》みには加わらないよ」

「僕だって、いくらガジュマルが生意気だからといって、みんなで懲らしめるなんて気が進まないよ」

「じゃ、僕らはその仲間には入らないことにしよう」

「そうだな。そうしよう」

やはり、寺岡は話がわかる――。

「では、秋山によろしくね。遊ぶのはまたにするよ」

そう言い残すと、智也は家路を急いだ。

2

国民学校教頭の宮口恒昭が、日本酒の一升瓶を提げ、南洋庁の首藤内務部長の官舎を訪れたとき、お手伝いの島民女性は、当惑した表情で出迎えた。

「いま、別のお客さんがいらっしゃっていまして」

「お忙しいようでしたら、また改めて伺います。とりあえず、これを」

恒昭は酒瓶を女性に渡し、引きあげようとした。正直なところ、あまり気の進まない訪問だったのだ。

するとと、彼女は、

「ちょっと待ってください」

と言って、奥へ引っ込んでしまった。

こうなれば、恒昭は玄関で突っ立って待つしかない。ずいぶん経ってから、件《くだん》の女性は戻ってきた。

「どうぞ、お上がりください」

恒昭は靴を脱いで玄関を上がった。

官舎の大きさはもちろん、官吏の身分によって差がつけられている。南洋庁内務部長の官舎は、日本人向けの娯楽施設、昌南倶楽部の裏手にあったが、一般の住居というよりは、「役所」と呼びたくなるほどに立派なものだ。玄関を入ってすぐのところに来客面会用の洋間があり、恒昭はそこへ案内された。

入室すると、窓際の棚に箱形の振り子時計が置かれてあり、その前に据えられた丸テーブルを挟んで、首藤内務部長と、恒昭もよく知る、公学校の志村敏雄《しむらとしお》訓導が対座していた。

志村が恒昭と同じようにシャツをきちんと着ているのに対して、首藤は白いズボンに、白の肌着姿であった。不精髭《ぶしょうひげ》のせいで、いつもはきちんと整えてある髭の輪郭もぼんやりとしている。テーブルの上には煙草《タバコ》入れと灰皿があったが、吸っているのは首藤のみのようで、志村の両手は、ぴたりと膝の上にのせられていた。

恒昭より二つばかり年上の志村は、いつもは話し好きな、朗らかな人物なのだが、まるで通夜の席のようにしおらしい様子だ。鰓《えら》の張ったその顔も、緊張のせいか青ざめて見える。見られたくないところを恒昭に見られたと、恥じ入っているようでもあった。

首藤は恒昭の訪問に、いささか驚いているように見えた。今日は何の用事だ、と言いたげな目だ。

「休みの日にご苦労だな。さ、君も座りたまえよ」

「よろしいのですか?」

自分が同席しては、志村に申し訳ない気がしたのだが、志村自身が隣の椅子へ掌をさし出し、どうぞ、どうぞ、と言う。そこで、恒昭も席に着くことにした。

「先日は、大変申し訳ありませんでした。楠公像については、すぐに正門側に移すよう手配をいたしました」

恒昭は頭を低く下げて言ったが、志村が隣にいるところで謝罪をするのは情けない気分だった。いや、志村のほうも、いたたまれない様子である。

「わざわざ、土産物《みやげもの》までいただいたそうだ。そんなに気を使ってくれんでもよいのに、悪いね」

先日は、こちらの顔を見るなり怒鳴りつけてきた首藤だったが、この日は気持ちが悪いほど穏やかに話している。

「宮口先生は、樋山視学にずいぶんと目をかけてもらっているみたいだね。視学は、『彼は教育者として、南洋になくてはならん者だ』と言っていたよ」

樋山の優しさが身にしみた。何というありがたい人かと思っていると、首藤が意地の悪い感じの微笑を浮かべたのに気づいた。

「先生にまつわる変な噂は事実でない、とも言っていたな」

「……と、おっしゃいますと？」

首藤は意味ありげに、にやにやしつづけている。

「君自身がいちばんよくわかっているだろう。昔、いろいろとあったという話さ。君が赤い旗を振っていたとか、いなかったとか」

恒昭は、頭に血が上ったようになった。何か言わなければならないと思ったが、どう反応していいかわからない。

首藤は志村のほうを見た。志村は首藤から目を逸《そ》らすと、ちらりと恒昭を見、すぐに視線を落とした。

恒昭は言った。

「一度、警察の厄介になったのは事実であります。知り合いに頼まれ、人助けだと思って、労働者の運動に協力してしまいました。まったく、若気の至りであったと思い、反省しています。私の態度にはいろいろと問題はあるかもしれませんが、私がアカであるということはございません」

恒昭が自分の過去をはっきりと認め、反省を口にすると、首藤は目を丸くして、

「まあ、そんなことはいいさ。いずれにせよ、昔の話だ」

と、話を打ち切ってしまった。

だが、恒昭の心の動揺は収まらなかった。首藤の本心がわからないせいだけではない。自分が本当にいまでは「アカ」ではないのかについて、恒昭自身、はっきりとはわかっていないせいもあった。

昭和初期の日本は、大変な不況下にあった。大正期に起きた第一次大戦後の不景気や、関東大震災によって大量の不良債権が発生したが、その処理がうまくゆかず、金融への信頼は大きく揺らいでいた。その上、世界大恐慌の余波を受け、街には失業者が溢れ、農村では娘の身売りが横行するにいたった。

そうした世相にあって、恒昭の学生時代には、カール・マルクスの本などをひそかにまわし読みすることが流行ったものだ。教員として奉職後も、その頃の気分のままでいたため、特高警察に捕まったのだった。

もはやいまでは、労働運動に参加することもなく、「アカ」と呼ばれる人々とのつき合いもなくなっている。けれども、いまなお厳しい社会的格差は解消されておらず、根本的な社会改革が必要だという思いはいまだ、恒昭のうちには燻《くすぶ》っていた。

いや、そればかりではないのだ。決してあからさまには言えないけれども、いま日本が戦っている戦争も、欲の皮の突っ張った帝国主義者同士の戦いに思えてならず、どんな形であれ、それに協力することには躊躇《ためら》いをおぼえるのだった。いや、そもそもが、日本が南洋群島を統治していることにも、疑問を感じないではいられない。

南洋で暮らす多くの日本人が、島民のために真剣に働いていることは間違いないし、自分もまた、教育者としてできるだけ島民に貢献したいとは思っている。けれども、自分たち日本人が南洋にいること自体が、島民を日本の帝国主義的進出の犠牲者にしている証《あかし》ではないのかという思いを、恒昭は禁じ得なかった。

「先日は、私のほうもつい強い口調になってしまった。そのことはすまないと思っている」

首藤はそう言って頭を下げた。

「だが、いまや戦時下だ。何事も、海軍の意向を汲《く》みながらでなければやってはいかれんのだ。私の立場もわかってくれ」

「は……」

わかればいいんだ、というように首藤は頷いた。それから、恒昭と志村を交互に見ながらつづけた。

「時局柄、教育者としての君たちの役割はますます大きい。この難局を立派に乗り越え、やがては皇運を扶翼《ふよく》する者に子供たちを育てあげなければならない」

恒昭は志村とともに、首藤の訓示を、はい、はい、と相槌《あいづち》を打ちながら聞いた。だが胸中では、やはり反発心が頭をもたげてくる。皇運を扶翼する者とは、資源や市場の拡大を目的とする、帝国主義的戦争を遂行するための兵士のことではないのか。自分が預かる子供たちを、そのような戦争の消耗品にはしたくない。彼らを戦争も、身分の上下もない世界に生かしてやりたい。そのために力を尽くすことが自分の使命ではないか。そうした思いを、恒昭は抱えていた。

首藤の官舎をともに出た恒昭と志村は、コロールの目抜き通りを、連れ立って西へ歩いた。

すっかりいつもの気さくな男に戻った志村は、深い皺《しわ》が刻まれたおでこや、角張った顎の汗をハンカチで拭いながら、

「参りましたな」

と言った。

湿度の高い日で、空にはうっすらと雲がかかり出している。

「宮口先生、いったい何があったんです？」

「楠公像を建てる場所がけしからんということで……私は正門脇の二宮金次郎は動かしたくなかったもので、楠公像を遥拝碑のそばに建ててしまったのです」

「なるほどね」

「それで、部長のところへ伺ったというわけです。樋山視学の入れ知恵で、一升瓶を持って」

志村はへらへら笑う。

「私も一升瓶を持っていきましたよ。同じく視学に言われましてね……」

「志村先生は、なぜ内務部長のお宅に？」

「それがですね、部長が公学校にいらっしゃったとき、うちの児童がまともに挨拶ができなかったというのですよ」

「そんなことで……」

「『教師の教育が悪い』と怒った部長は『お前の担任を連れてこい』と命じられたのですが、その子

がまた、『先生、禿げたおじいさんが呼んでますよ』なんて叫んだものだから、まさに火に油を注ぐことになりました」

首藤は禿げあがり、白髪も多かったが、まだ四十代のはずだった。

「間の悪いときに、私がお邪魔してしまったようで、すみませんでした」

「いいえ、宮口先生がいらっしゃった途端、部長は穏やかになられ、私は助かりましたよ。部長と二人きりで面会しているあいだ、私はさんざんに絞られていたのです。島民といえども、皇国の民として育てなくてどうする、とか何とか」

「それは、そちらも災難でしたね」

二人が笑顔で見つめ合ったとき、雨が降ってきた。

南国では突然の雨は珍しくないが、そのときはシャワー程度の、さして強くないものだった。よって二人とも濡《ぬ》れるのもかまわず、官舎街を通る道を歩きつづけた。

「そう言えば、宮口先生に相談がありまして」

「何です？」

「練習生のことなのですが、先生にもお力をお貸しいただけないかと思いまして」

島民の子供を、公学校の放課後に日本人の家で預かり、家業や家事の手伝いなどをさせる練習生制度というものがあった。「制度」とはいっても、正式なものではなく、生きた日本語や、日本人の生活に島民を慣れさせるべく、慣例的に行われていたものだ。

「奥様ともご相談なさらねばならぬかと思いますが、お宅にお預けできれば、いろいろと勉強になるのではと……」

志村はおずおずと言う。

「いや、妻にわざわざ相談する必要はありませんが、私の家になど来て、勉強になるかどうか」

「お宅にはお子さんもおられるから、日本の子供がどのように家で勉強し、また、どのようにお手伝いをするかなどを、島民に学ばせることができると思います」

「うちの子たちが模範になりますかね」

「なりますとも。先生のところには、手のかからない、礼儀正しい子を行かせますので……お願いできませんかね」

「もちろん、お引き受けはしますが、手のかからない子を行かせようというのはよろしくありません。教師の家こそが、いちばん問題のある子を引き受けるべきではありませんか」

恒昭は、教育についての持論を展開した。

「だいたい問題というのは、その子の個性と言ってもよいと私は思うのです。単純に否定すべきものではありません」

「はあ、宮口先生はそのようにお考えですか……」

「ですから、ぜひうちには、大きな問題のある子を寄越してください」

志村のおでこの皺がいっそう深くなった。口をゆがめ、笑い出す。

「いや、今回斡旋《あっせん》する中に、それほど問題のある子はおりませんが……本科の子をお願いいたしましょうかね」

「本科……」

練習生として日本人家庭に預けられるのは、三年間の本科を終え、それなりに日本語がうまくなった補習科の生徒が多かった。

「どんな子です？　男の子ですか？」

「ええ、男の子です。とても日本語がうまく、しっかりとした性格です。あの子なら、決して内務部長に『禿げたおじいさん』などとは言わないでしょう。ただ、まあ……」

「どんな問題が？」

「問題というほどのことはありませんが、非常な負けず嫌いで、剛直に過ぎると言いましょうかね」

「そうですか。それは楽しみだ」

道の分岐に来た。まっすぐ行くと恒昭の家、左へ行くと志村の家である。

雨の中で立ち止まりながら、恒昭は言った。

「その本科の子、お引き受けいたします」

「ありがとうございます。よろしくお願いいたします」

「今日はお互いに、それほど大事にならなくてよかったですね」

そう言った恒昭に、志村もにっと笑って見せたが、やがて首を少しかしげた。

「首藤部長には、油断しないほうがいいと思います」

「どういうことです？」

「あの人は、なかなか根に持つほうだという噂もありますからね」

言い終えると、志村は口を引き結んだ。その顔を雨滴《うてき》が叩いている。言わなくてもよいことを言ってしまったという顔つきだ。やがて、

「では、失礼します」

と言って、志村は雨に煙る左の道へ進んでいった。

恒昭はその後ろ姿をしばらく見守ったあと、みずからも家に向かって、駆け足で進んでいった。

3

智也は学校にいるあいだ、ずっと困惑していた。隣の席の寺岡が、自分を無視しているように思えてならないのだ。剣戟《けんげき》映画の話をしても、漫画の話をしても、海軍の航空機の話をしても、面倒くさそうな返事しか返ってこないし、目も合わせてくれない。

一昨日の日曜日、家に遊びに来ないかと誘ってくれたのに、断ったのがいけなかったのだろうか。けれども、昨日はいつもとまったく変わらず、楽しく話をしてくれていた。それが今日になって寺岡の態度がまったく変わってしまったのだから、智也にはわけがわからない。

いや、様子がおかしいのは寺岡だけではなかった。ほかの友達も、智也に対してよそよそしい態度を取っているように感じられた。休み時間に楽しそうに話をしている輪に入ろうと智也が近づいていくと、みな、途端に黙ってしまうのだった。

学校にいるあいだ、孤独だった智也は放課後、家にまっすぐ帰ろうかとも思った。けれども、このまま一日を終わらせたくはなかった。やはり、友達と楽しい時間を持ちたいと思って、いつもみなが集まり、野球やチャンバラごっこをする空き地に行ってみることにした。

もうじき、官舎か大手企業の社宅が建設されるとおぼしき空き地には、やはり国民学校の子供七人が集まっていた。智也と同じ二年生が五人と、三年生が二人だ。寺岡もそのうちにいた。

みな、木の枝を手にしているから、チャンバラごっこか、戦争ごっこをしているのだろう。智也は喜び勇んでみなのもとに駆けていった。ところが、智也の姿に気づいた誰もが「嫌な奴が来た」というような冷たい目つきになった。

「何をしているんだい？　僕もまぜてよ」

智也は言ったが、みな、返事もしてくれない。ただ一人、中心にいたガキ大将の酒井が口を開いた。

「お前なんか、仲間に入れるわけがないだろ」

「え、どうして？」

「国賊だからだよ」

「何のことですか？」

「お前は日本人の敵だ。スパイだ」

智也は、何を言われているのかわからなかった。いったい、自分の知らないあいだに、みなはどんな話をしていたのだろうか。寺岡に目をやったが、彼はすぐに視線を逸らしてしまった。

「僕はスパイなんかじゃない」

酒井はこう言い返してきた。

「ガジュマルのような奴の肩を持つなんて、日本人じゃない」

「いつ、僕がガジュマルの肩を持ったって言うんです？」

「ちゃんと、わかっているんだぞ。嘘つきめ」

智也はまた、寺岡を見た。寺岡は下を向いたままでいる。疚《やま》しそうな様子だ。ガジュマルを懲らしめるのはよくない、と智也が言ったのを、寺岡は酒井に話したに違いない。

「嘘じゃない。僕はガジュマルの肩なんか持っていません。あいつの態度は、僕もむかついた。だけど、ガジュマル一人を国民学校のみんなでいじめようというのには反対です。それこそ、日本人らしくないふるまいだ」

「何だと」

体の大きな酒井が、眉尻をつりあげて叫んだ。その形相《ぎょうそう》に、智也は少し怯んだけれど、勇気をふり絞る。

「日本は、白人たちにいじめられていた人々を助けるために立ちあがったんだ。ガジュマルを大勢でいじめようなどというのは、アメリカ、イギリス、オランダなどのやることだ」

智也の言葉を聞いた子供たちは啞然《あぜん》とした。酒井とともにガジュマルをいじめることが、まさか敵の行いに等しいなどとは、ほとんどの者が考えていなかったに違いない。

ところが、酒井は言い負かされなかった。

「じゃあ、蔣介石《しょうかいせき》はどうなんだ？　白人以外であっても、東亜の安寧《あんねい》を乱す奴は敵だろ」

中国国民党の蔣介石は、日本が中国大陸で戦っている相手であった。支那事変は昭和十二年（一九三七）に、北京郊外の盧溝橋《ろこうきょう》付近で起きた日本軍と中華民国の国民革命軍（国民党軍）との小競り合いからはじまった。日本はこの紛争の早期収拾をはかろうと、和平を持ちかけたり、国民政府の分裂工作を行ったりしたがうまくゆかず、蔣は四川省の重慶に引きこもり、アメリカやイギリスの支援を受けながら日本軍への抵抗をつづけていた。

「ガジュマルは蔣介石じゃない。柔道が強いことを鼻にかけた、ちょっと生意気なだけの奴でしょ」

「ガジュマルは敵だ。敵に味方する奴は国賊だ」

「ガジュマルが敵だとしても、一対一でやるべきだ。大勢で一人をいじめるなどというのは、一等国民のやることじゃない」

「お前、よくも……だったら、お前がガジュマルを一対一で倒してこい」

「言い出しっぺの自分が、一人で倒せばいいじゃないか」

酒井は目の前に迫ってくるや、左手で智也の腕を押さえ、右手で智也の首を摑んだ。背の高い酒井に押さえられて、智也は伸びあがってしまい、身動きが取れなくなる。

「下級生のくせに、なんだその言い方は。やはり、お前はアカだな」

「アカ？」

「とぼけるな、アカが。やはり、親父《おやじ》がアカだと、子供もアカだ」

酒井の言葉の意味はあまりわからなかったけれども、自分の父が侮辱されているようだと思って、智也はかっとなった。親が国策会社、南洋拓殖《なんようたくしょく》の偉い人らしく、金持ちであるのを鼻にかけて威張っている酒井のことを、智也は前から嫌な奴だと思っていた。その思いが一気に噴き出し、みずからも腕に力を込めて酒井の体にしがみつくと、叫んだ。

「上級生の癖に、卑怯者だ。一人でガジュマルに向かっていく勇気がないんだろ」

言った直後、智也は足をかけられ、仰向けに地面に叩きつけられた。上から、なお酒井が首を押さえている。さらに、酒井は、

「アカめ」

と言いながら殴りつけてきた。智也は手をばたつかせて防御に努めたが、左頬とおでこを何発も殴られ、戦意を喪失した。

酒井は智也を放し、立ちあがった。

「弱い癖に意気がりやがって。アカはあっちへ行け」

ゆっくりと立ちあがった智也は体じゅう土だらけだ。右肘は擦《す》りむいて、血が滲《にじ》んでいた。

智也と酒井のことを見ている子供たちは、木か岩かのように何も言わず、突っ立っているだけだった。その彼らに、酒井は言った。

「いいか、アカの相手をしたら、お前たちもアカだからな」

智也は仕方なく、空き地を立ち去り、家に向かって帰っていった。悔しくて、悲しくて、涙がこぼれてきた。土まみれの手や腕で涙を拭いながら、歩く。

家に帰り、玄関の戸を開けると、たまたまそこに母の綾子がいた。母の顔を見た途端、智也はほっとして気が緩み、また涙が込みあげてきた。

「どうしたの、泥だらけで」

母は驚いた声をあげた。智也は泣けて泣けて、喋ることができない。

「喧嘩でもしたの？」

智也は母の胸に飛び込み、思いきり泣きたいと思った。しかし、母は叱りつけるように言った。

「男の子が、何を泣いているの？」

「わけのわからないことを言われて、殴られてさ……」

「それで逃げてきたの？　だらしがない」

「そんなことを言ったって、向こうは上級生だし、取り巻きが六人もいるし」

「男は敷居をまたげば七人の敵がいるのです。もういっぺん行って、喧嘩をやり直してきなさい」

智也は唖然として、泣きやんだ。

「さあ、行きなさいって」

少しは慰め、優しい言葉をかけてくれるかと思っていた母の思わぬ冷たい態度に、智也はその場でしゃがみ込み、また泣き声をあげてしまっていた。

母は草履《ぞうり》を突っかけ、三和土《たたき》に降りてきた。

「何をぐずぐずしているのです。さあ、行きなさい。そんなめそめそした男が、兵学校になんか行かれるとでも思っているの」

母は智也の腕を摑むと、引きあげた。智也を立たせ、玄関の外へ引っ張り出そうとする。智也は母の体にしがみつこうとしたが、母は智也を表に突き飛ばした。

「さあ、喧嘩してきなさい。勝って帰ってくるまで家には入れませんよ。ご飯も食べさせませんよ」

言うや、母はぴしゃりと玄関の戸を閉じてしまった。心細さから、智也は慌てて戸に取りついたが、中から鍵をかける音まで聞こえてきた。

戸の前で突っ立って泣きながら、智也はこれからどうすべきか考えた。

男には七人の敵がいるものだとはいっても、酒井やその取り巻きが待っているところへ一人で行くのは無謀というものだ。だいたい、酒井一人を相手にしても、とても勝ち目はないのだから。

けれども、空き地に戻り、勝利しなければ家に入れてもらえず、ご飯も食べさせてもらえない。これは一大事である。家に入れてもらえなくても、夜は海辺の木の下か、学校の軒下ででも眠れるが、ずっとご飯を食べられなければ、やせ細り、やがては死ななければならない。自分も日本男児の端くれならば、座して死を待つよりは、果敢に戦いを挑むべきではないか。

しかし、そうは言ってもな――。

真に恐れるべきは酒井か、母かと迷いながら、何となく空き地へと道を引き返すうち、急に強い風が吹いてきた。木々が大きく揺れ、智也も体を煽られる。スコールがやってきそうだった。

もし大雨が降れば、空き地にいる連中は退散するかもしれない。敵はもはやいなかったと言えば、母も許してくれるのではないか。いや、スコールはすぐに止《や》む場合が多いから、彼らは一度退散しても、また戻ってくるかもしれない。空き地には行かず、どこかで時間を潰してから家に帰り、「誰もいなかった」と母に嘘をつくのが最も賢いやり方かもしれない。そのような狡《ずる》い思いも頭をよぎる。

あれこれ考えながら、道をうろうろしているときだ。風に巻きあげられた砂ぼこりの向こうから、二つの人影が近づいてきた。その輪郭が次第にはっきりとしていく。

「智也、どこへ行くんだ？」

父の恒昭であった。

母に冷たく突き放された智也は、父に出会って少しほっとした。そのために涙が出そうになったものの、すんでのところで堪えた。父の隣に、別の者がいたからだ。

父よりは背は低かったが、智也からすれば見上げるほどの背丈である。腕も脚も胴も太く、髪は縮れ毛だ。あまり瞬《まばた》きもせず、じっと智也のことを見ている。ガジュマルだった。

目の前まで来て立ち止まった父は、呆れ顔で言った。

「どうして、そんな汚れた恰好をしているんだ？　顔も真っ黒じゃないか」

まさかガジュマルの前でみっともない顔を見られたくないと思って、智也は慌てて手で顔を拭った。ところが、父は顔をゆがめる。

「汚い手で触るな、触るな」

それから父は苦笑しつつ、ガジュマルに、

「困った奴だが、うちの長男の智也だ」

と紹介した。

腹立たしいことに、ガジュマルは智也の顔をあらためて見てにやにやしている。智也はガジュマルをきっと睨みつけ、問うた。

「この人は誰？」

「公学校のシゲル君だ。これからしばしば家に来るから、仲良くしなさい」

父が言った直後、ひときわ強い風とともに、とうとうあたりが霞《かす》むほどの激しい雨が降ってきた。

「よろしくお願いします」

シゲルは雨に打たれながら、にこにこと笑って言い、智也に頭を下げた。

第四章　エレアルとエレアン

1

激しいスコールを浴びながら、父、恒昭は言った。

「家に帰るぞ」

智也は首を横に振る。

「帰れない」

父も、その隣に突っ立つ「ガジュマル」、すなわち島民のシゲルも、雨に打たれた目を、不可解そうにしばたたかせている。

「家に入れてもらえないよ。お母さんが怒っているから」

父は眉間《みけん》に皺を寄せた。

「いったい何をやらかしたんだ、お前は?」

酒井に殴られて泣いて家に帰ってきたら、母に追い出された次第を、智也は順序立てて説明したかったが、うまく考えがまとまらない。自分の身に立てつづけにふりかかった出来事の理不尽さを思ううち、何も答えぬまま、ふたたび噎《むせ》び泣いてしまった。

「この泣き虫めが」

顔をしかめて言った父の隣で、シゲルはにやにやしている。

「風邪《かぜ》を引くぞ。一緒に来い」

父は先に立って走り出した。シゲルもそれについていく。智也もあとを追いかけた。

父は家に着き、玄関を開けると、

「おい、綾子」

と呼びかけた。

奥から出てきた母は、家に飛び込んできた三人に目を瞠《みは》った。

「みんな、びしょびしょね」

「スコールにあってさ」

と言ってから、父は隣に立つガジュマルの肩に手を置いた。

「今日から練習生として来てくれる、公学校のシゲル君だ」

母は頷いたのち、智也に厳しい目を向けた。智也はいたたまれない気持ちになったが、母はすぐに奥に引っ込んだ。そして、手拭いを何枚も持って玄関に戻ってきた。シゲルの縮れ毛の頭を拭き出す。

「自分でできます」

シゲルは手拭いを母から取りあげようとしたが、母はそれを許さなかった。

「シャツを脱ぎなさい」

と言って、シゲルのシャツを巻きあげるように脱がす。

上半身裸になったシゲルは非常に決まりの悪そうな顔で、頭や体を拭かれるままになっていた。パラオの伝統的な衣装は裸に腰蓑《こしみの》だけであるはずだが、日本人の家で、しかも大人の女の前で裸になるのは、やはり恥ずかしいらしい。

いっぽう、父は智也の頭を拭いてくれたが、すぐにこう言った。

「お前は風呂へ行って、自分で汚れを落としてこい」

酒井に地面に倒され、殴られたときの泥が、智也の体にはいっぱいついていたのだ。

智也は足を拭いたあと、玄関を上がったが、母は何も言わなかった。それでも智也は、逃げるように風呂場に急いだ。

溜めてある雨水で体を洗ってから、智也は新しいシャツに着替えた。居間の座敷へおそるおそる行くと、両親と弟の真次、そしてシゲルの四人は、すでに和《なご》んだ様子で座っていた。

シゲルは父の下着を借りたようで、晒《さら》しのシャツをまとっていた。肩のあたりはだぶだぶだったが、太った腹まわりはぴたりとしており、シャツの上から臍《へそ》のくぼみがはっきりとわかった。

智也も部屋の隅に座ったが、真次はもともと人見知りしない性格で、もうすっかりシゲルになついているようだった。どこに住んでいるの、とか、蝙蝠《こうもり》は捕まえたことがあるの、などと、さかんに話しかけている。それに対して、シゲルもにこやかに、上手な日本語で答えていた。彼が用いる日本語は、智也や国民学校の級友たちが使うものにくらべて丁寧で、大人びて感じられた。

真次とシゲルの会話から、シゲルの出身地は、コロール島から北東方向に狭い海峡を隔てたバベルダオブ島であることがわかった。コロール島の面積が約八平方キロメートルなのに対し、バベルダオブ島は約三三一平方キロメートルであるから、「パラオ本島」とも呼ばれていた。

バベルダオブ島には、日本人農家が開拓した村がいくつもあった。シゲルはそのうち、島の南部の、瑞穂《みずほ》村近くに暮らす「酋長」一族の出身であるらしい。良い教育を受けるべく、何年も前からコロールに住む親戚に預けられてきたという。

日本はパラオの統治にあたり、伝統的な権威を有する各地の酋長たちの力を借りており、その見返りに、彼らを地元のお祭りや公学校の行事、南洋庁関係の式典等に賓客《ひんかく》として招くなど、丁重に遇した。統治国は原住民の物質的・精神的幸福や社会的進歩を極力増進させなければならないとの国際連盟の理想に基づいて、島民の飲酒は禁止されていたが、そうした特別な行事の場では、酋長にだけはしばしば酒類も提供された。シゲルはそうした酋長一族の名誉を背負って、日本人が多く住むコロールに、いわば「留学」していたというわけだ。

練習生は日本人家庭に預けられ、家事の手伝いなどをしつつ、日本語や日本の習慣を学ぶことを期待されるが、智也の両親はシゲルに、その日は初対面の挨拶がすめば、すぐに帰ってよいと言った。けれども、シゲルはみずから進んで、台所の床の拭き掃除をして帰っていった。


翌日の午後も、シゲルは宮口家に来たが、庭の草取りや、家の中の拭き掃除などを、非常に真面目《まじめ》に行った。そのいっぽう、いつも紙切れの束と鉛筆をズボンのポケットに入れており、宮口家の者との会話でわからない日本語が出てくると、熱心に質問し、いろいろと書き込んでいた。

真次はシゲルの脚に抱きついたり、腕にぶら下がったりしてじゃれていたが、智也はシゲルとはあまり関わろうとしなかった。母に「あなたもお手伝いをしなさい」とか、「シゲル君に火の着け方を教えてあげなさい」などと言われて、仕方なしにシゲルと一緒に箒《ほうき》を持ったり、紙屑《かみくず》やほぐした椰子の皮などを使い、竈《かまど》の炭に火を着けて見せたりもした。だが、シゲルがしばしば親しげに笑いかけてきても、智也は終始、冷たい態度を取りつづけた。

気持ちの整理がつかなかったのだ。智也が酒井に殴られた揚げ句、のけ者にされてしまったのは、ある意味ではシゲルを庇おうとしたせいだった。必死に働いたり、勉強したりするシゲルの姿に感心した母から「智也も見習いなさい」などと言われると、「お前のせいで俺はひどい目にあったのだぞ」という怨みが高じてしまうのだった。


夕方、父が帰宅したあと、シゲルは宮口一家と夕食をとった。智也はそのとき、シゲルの小食ぶりに驚かされた。智也だけでなく、五歳の真次すらご飯をお代わりしているのに、背も高く、腹には肉がいっぱいついたシゲルは、

「お代わりは？」

と母に尋ねられても、

「いえ、もう十分です」

と言うのである。

「本当にもういいの？」

「はい、お腹《なか》いっぱいです」

母は父としばらく目を合わせてから、シゲルに言った。

「あなたは家《うち》のために一生懸命働いてくれたんだから、遠慮する必要はありませんよ」

「いえ、練習生として当たり前のことをしたまでです。遠慮していません」

母は居住まいを正した。

「シゲル君、この家にあなたを預かる以上、私はあなたを智也や真次と同じく、自分の本当の息子だと思っています。あなたの親御さんをはじめ、ご家族はみな、コロールで勉強するあなたのことを心配しているでしょう。それはあなたのことを大事に思い、愛し、慈しんでいるからです。そのお気持

ちを思えば、私もあなたのことを自分の息子として扱わなければ罰が当たるというものです」

「バチ……」

シゲルはぎょろりと目をむいて呟いた。

「さ、遠慮せずに、お代わりしなさい。食べて大きくなることは、子供の仕事です。それが親孝行なんです」

母はシゲルから茶碗を引ったくると、お櫃《ひつ》のご飯をたっぷり盛ってさし出した。

「ありがとうございます」

シゲルは蚊の鳴くような声で言って茶碗を受け取り、食べた。さっきはお腹いっぱいだといっていたのに、がつがつと食べる。

「おいしいです。おいしいです」

言いながら食べるうち、シゲルの頬を涙が伝った。

一同がぎょっとする中、真次は無邪気に口を開いた。

「何で泣いているの？　シゲルさんは泣き虫なの？」

「今日は智也君ではなく、僕が泣き虫です……本当にありがとうございます。嬉しいです」

シゲルはしっかり者で、腕っ節が強く、道場で組み合えば恐ろしいばかりの奴とばかり智也は思ってきた。しかしその実、非常な感激屋で、繊細で脆《もろ》い心の持ち主でもあるようだと気づかされた。

「まあ、そんな大袈裟《おおげさ》な……」

母が言いかけたとき、シゲルはさらにつづけた。

「僕のお父さんも、伯父《おじ》さんも、伯母《おば》さんも言っていました。日本人の家でご飯を食べて、みんな泣いたって」

智也には、シゲルが何を言いたいのかがわからない。

「パラオに来たスペイン人も、ドイツ人も、島民を家に入れませんでした。ご飯を一緒に食べるなんてことは、あるわけもないです。彼らにとって、島民は動物と同じ。人間じゃなくて家畜です……でも、日本人は同じ卓袱台に島民を招いて、ご飯を一緒に食べさせてくれます」

白人は有色人種を人間以下と見て、いじめてきたとは智也も聞いていたが、これほどひどいとは思っていなかった。自分は有色人種の中でも強い軍隊を持ち、白人たちをやっつけられる日本人として生まれたからよかったものの、それ以外の非白人たちは本当に気の毒だと痛感した。

シゲルはそれから、家に来るたびに夕食を食べていったが、その食べっぷりは呆れるばかりだった。母に次々とご飯のお代わりを求めるだけでなく、真次が残したおかずもみな平らげてしまう。

内地同様、パラオでもいろいろな物品に配給制が布かれ、隣組の回覧板でも、米の代わりに芋や麦、豆などの代用食品を積極的に利用しましょうと訴えていた。いくら母に実の息子と同じに考えると言われたからといって、少しは遠慮というものを知るべきではないか。そのように智也は思うのだ。

実際、シゲルが帰った翌日は、ご飯茶碗の中の芋の割合が増えている気がしたし、シゲルが練習生として家に来るようになってから、罠に鼠があまりかからなくなったようにも思えた。

2

いろいろと気に入らないところはあっても、シゲルの勉強熱心さについては、智也も舌を巻かざるを得なかった。

シゲルがいつも鞄に入れている帳面には、日本語の平仮名や片仮名だけでなく、漢字もびっしりと書き込まれていた。宮口家の人々に聞いたことを、まずは小さい紙に素早く書き取り、あとで帳面に清書しているようなのだ。

彼はさらに、内地の事物についても聞きたがった。汽車の様子やその乗り方、天皇がいる宮城のこと、富士山のこと、桜の花のこと、東京の賑わいのこと、冬に降る雪のことなどである。智也は内地のことはあまり知らなかったけれど、母は何度か東京にも行ったことがあるようで、宮城や銀座通りのありさまなどを教えてやっていた。シゲルはそれに、惚れ惚れとした表情で聞き入った。

「シゲル君は、どうしてそんなに勉強熱心なの？」

ある日、母も大いに感嘆して尋ねると、シゲルは次のような話をはじめた。

「あるところに、お父さんとお母さん、そして息子二人が住んでいました。息子のうちの兄さんはエレアルという名前で、弟はエレアンという名前でした。エレアルは日本語で『明日』という意味で、エレアンは『今日』という意味です」

ちょうど居間で、母とシゲルと智也の三人でくつろいでいるときであったが、そばで聞いていた智也は、

「わかりづらいな」

と呟いた。するとシゲルは、むきになって言い返してきた。

「日本語にもわかりづらい言葉がいっぱいあります。食べるときに使うハシと川にかかったハシとか、木になるカキと海に棲んでいるカキとか……」

母が、

「そうね」

と肩を持つように頷いたので、シゲルは満足した様子で話の先をつづけた。

「お父さんとお母さんは、息子二人に銛《もり》と笊《ざる》を渡し、『魚を捕ってきなさい』と言いました。それで二人は海に行き、魚捕りをはじめました。だけど、兄のエレアルが一生懸命、魚を捕っているあいだに、弟のエレアンは怠《なま》けて家に帰り、お父さんとお母さんに『お腹が減った』と言いました。家にはタロイモがありました。お父さんはエレアルよりエレアンのほうが可愛いと思っていたので、『タロイモを食べていいよ』と言いました。エレアンはタロイモを食べました。おいしかったので、自分のだけでなく、兄さんの分まで食べてしまいました」

智也は面白くもない話だと思っていたが、母は「あら、まあ」などと声をあげながら、真剣に聞いている。

「魚をいっぱい捕って家に帰ってきたエレアルは、自分のタロイモがなくなっていたので怒ってしまい、お父さんに『エレアンのことばかり考えて、エレアルのことは考えていないのですね』と言いました。そして、家にあったお金や宝物を全部持って、家出してしまいました。お金や宝物が全然なくなって困ったお母さんは、お父さんに『あなたがエレアンのことばかり考えて、エレアルのことを考えなかったから、こんなことになったのです』と言いました」

「へえ、それで?」

と母は先を促す。

「貧乏になってしまったお父さんとお母さんは、その後ずっとエレアルを捜しつづけました」

「エレアルは行方不明になったの?」

「そうです。見つかりません。見つからないから、お父さんとお母さんは、ずっと捜しつづけなければなりません」

そこまで聞いても、智也にはこの話に何の意味があるのか、まるでわからなかった。母も首をかしげながら、シゲルを見つめている。

シゲルは言葉を足した。

「今日のうちにエレアルの面倒を見ておけば、明日は安心できます。でもエレアルの面倒を見なければ、良い明日はありません。今日のことばかり考えるのではなく、明日のために今日から備えておけば、素晴らしい明日を過ごすことができます」

「ああ、それでシゲル君は、将来のために頑張って勉強しているわけね」

シゲルはにっこり笑って頷いた。

「エレアンは怠け者です。エレアルは真面目です。ちゃんと面倒を見れば、エレアルはきちんと仕事をするし、お金や宝物など、大事なものをなくすこともありません。僕はエレアンよりエレアルのために頑張ります」

シゲルが話し終えた直後、母は、

「何て立派な考えなの」

と言うや、智也の肩をぴしゃりと叩いた。

「あなたも見習って、エレアルの面倒を見なさい」

これだから、シゲルはむかつくんだ――。

母は智也の内心を察したのか、また肩を叩いた。

「兵学校へ行くんでしょ？　怠けていちゃいけませんよ」

それから母はシゲルに頭を下げた。

「シゲル君、智也のことをよろしくね。良い友達になってやって」

「はい」

「この子は無愛想で、話しかけても返事もしないし、最近は誰とも遊びに行かず、一人でぼんやりしてばかりで、本当に困ったものだけれど……」

宮口先生の家に練習生として「ガジュマル」が来ているという話が学校で広まって以来、智也にとって状況は余計に悪くなっていた。「やはりあいつはガジュマルの仲間で、日本人の敵だ」という印象が強まったようで、智也の孤立は深まっていたのだ。

みなから無視されていることは、智也は親に言っていなかったし、学校の教師である父も気づいていないものと思われた。父は教頭で、智也の組の授業には直接関わっていなかったからだ。しかも、周囲の子たちは、いまのところ智也の体に危害を加えるような、直接的な行動を取るわけではなかったから、担任の蓑田先生も、智也と周囲の異変については察していないだろう。

智也は、いじめにあっていることは大人に知られたくなかった。日頃、強い子になれと言われ、柔道教室にも通わされている。また将来は、海軍兵学校に行きたいと公言もしていたのに、いじめられているなどということは恥ずかしく感じられる。

しかも、智也の心中には、親に心配をかけたくないという思いもあった。自分がみなから無視されていると知ったならば、親はひどく悲しむだろうから、このことはできるだけ秘密にしておきたかったのだ。

「智也君は、僕の友達です」

大きな声で、シゲルは言った。

「奥さんは、僕のことを本当の子供のように考えていると言ってくださいました。ご飯もいっぱい食べさせてくださいます。だから、智也君は僕にとっては本当の兄弟と同じです」

「ありがとうね。しかしあなた、本当に日本語が上手。勉強の賜物ね」

「いえ、まだまだです」

「シゲル君と智也が切磋琢磨《せっさたくま》して勉強し、立派に育って、将来、南洋のために協力して働くようになったら、どんなに素晴らしいかしらね」

母は言いながら、目を潤ませていた。


この日以来、智也がいくら素っ気ない態度を取っても、シゲルは智也に積極的につきまとうようになった。

小山田先生の柔道教室では、そばに寄ってきて、練習相手になりたがった。街中で会っても、目と口を大きく開いて、嬉しそうに手を振ってくる。その上、親愛の情を示すつもりなのだろうか、家に来るときは、智也の好物であるパイナップルやパパイヤをどこかからいっぱい手に入れて持ってきた。

そして、シゲルが智也に親しげにすればするほど、国民学校の同じ組の子供たちは、上級生やその取り巻きにいじめられるのを恐れて、智也に対してますます疎遠な態度を取るようになった。

さらには、智也はそれまで以上の嫌がらせを受けるようにもなった。柔道着や靴、筆記用具などがしばしば見当たらなくなるのだ。捜してみると、それらはゴミ箱や校庭の植え込みの一角などに捨てられていた。

3

学年が終わり、三年生としての新学期がはじまるまでの休みに入ると、智也は少しほっとできた。しかし、遊び相手を失った智也は、家で一人で過ごしてばかりいた。

母も心配になったのだろう、

「友達と遊びに行かないの？」

と問うてきた。

「行かないよ」

「真次は美川《みかわ》さんのところへ行ったわよ。あなたも遊びに行けば？」

美川さんというのはすぐ近所の家だった。智也より少し年上の姉妹がおり、真次はその二人に可愛がられていた。

「行かないよ。女と遊んでもしょうがない」

智也は漫画を読みながら、つっけんどんに返答した。日本人の少年が南の島へ行き、現地人を手下にする冒険譚だった。

「外で遊ばないなら、漫画ばかり読んでないで勉強したら？　宿題は？」

「ないよ」

智也が漫画から目を離さず、返事もしなくなると、母はどこかへ行ってしまった。ところがしばらくすると、母はまた、智也、智也と呼びかけてきた。

うるさいな――。

「智也、お客さんよ」

「え……」

智也は漫画から目を離し、窓の外を見た。麦藁《むぎわら》帽子をかぶって庭に立ち、満面の笑みでこちらに手を振る、半ズボン姿の男がいる。シゲルだった。

「あいつか」

ため息をついた智也の手から、母は漫画を取りあげた。

「呼んでるじゃないの。二人で出かけてきなさい」

「いいよ」

「家でだらだらしてばかりなら、ご飯は食べさせませんよ。さ、ちょっと外に出ていらっしゃい」

ご飯のことを言われると、智也は弱い。仕方なしに立ちあがり、玄関へ行った。靴を履いて表に出ると、シゲルは庭のほうから走ってきた。折り畳んだ麻袋のようなものを、紐で腰に括《くく》りつけている。

「やあ、元気？」

「元気じゃないさ」

「どうしたんだ？　具合が悪いのかい？　お腹が減っているの？」

深いため息をついてから、智也ははっきり言ってやった。

「僕が、君のことを相手にしたがっていないことくらいわかるだろ？」

シゲルは少しがっかりした顔つきをしたが、すぐにまた笑顔になる。

「いいところに連れていってあげるよ」

「僕がいま言ったことを聞いていなかったのか？」

「いま言ったことって？」

「君はあれだけ真面目に日本語を勉強しているんだ。僕の言ったことの意味がわからないはずないだろ」

ところがシゲルは、智也の言葉などまったく意に介さない。

「さ、行こう。秘密の場所を教えるから」

「つき合いきれない」

智也は家の中に戻ろうとしたが、玄関に母が麦藁帽子と水筒を持って立っていた。笑顔でシゲルに、

「よろしくね」

と言うと、智也の頭に帽子を載せ、水筒を押しつける。そして、玄関の戸を閉じてしまった。

智也は腰に手を当て、しばし戸を見つめた。振り返ると、シゲルの笑顔があった。

「さあ、行くよ」

シゲルは歩き出した。智也もついて歩き出したものの、やはりこのままシゲルのあとを追うのも癪《しゃく》だという気持ちが湧いてきて、何度も立ち止まり、無為に地面を見つめたり、木の上を眺めたりした。そのたびに、シゲルは手を引っ張ったり、肩を押したりして智也を歩かせた。

「すごいものを見せるから」

「本当かよ?」

「本当だよ」

「嘘だったら、許さないぞ」

「本当だったら、どうしてくれる?」

シゲルの切り返しは素早い。日本語がうまいのはもちろん、頭の回転も速いことは、智也も認めざるを得ない。

シゲルは官舎街を東へ歩いていく。やがて、坂道の左側の、白木の垣根の上に、長い顔が出ているのに気づいた。学校で机を並べている寺岡忠士だ。シゲルと連れ立って歩く智也のことを、決定的な場面を目撃してしまったというような、興奮した表情で見ていた。

卑劣な奴め——。

智也が「シゲルを複数でいじめようとする酒井の考えは間違っている」と言ったとき、寺岡は一度

は同意したような態度を取った。ところがその後、彼は「智也は反抗的である」とか何とか、酒井に告げたに決まっていた。

　シゲルとつるんでいる姿を見られたところで、これ以上、状況が悪くなるわけでもないだろう。それにそもそも、卑怯卑劣な寺岡の前で、こそこそした態度は見せたくなかった。

　自分の悪い噂を流したければ、流すがよい。この恥知らずが――。

　そういう思いを込めて、智也は寺岡をきつく睨みつけてやった。寺岡は、気後れしたように目を泳がせた。智也は寺岡から目を逸らすと、シゲルと並び、ゆうゆうとその家の前を通り過ぎた。

　南洋庁や昌南倶楽部などがあるコロールの中心部に来たシゲルは、なおも東の、舗装路の両側に商店が並ぶ地区へ進んでいった。さらにそこも通り過ぎて、一般の家が並ぶ街区へ進もうとする。

「どこへ行くんだよ」

「もうじき、もうじき」

　やがて、背の高い椰子の木に囲まれた、三角屋根の大きな建物が見えてきた。釘《くぎ》を一本も使わずに建てられたパラオの伝統建築で、バイと呼ばれるものだ。村の集会所などの役割を果たすらしい。正面の破風《はふ》の部分や、壁面には、動植物などの絵が無数に描き込まれている。

　バイを通り過ぎると、シゲルは細い脇道に入っていった。あたりの家々は、智也が住んでいる官舎街とはまるで違った小さいものばかりだ。瓦屋根もあるけれど、台風が来れば吹き飛んでしまいそうなトタン屋根も多い。柱も細く、壁も薄くて、あきらかに傾いている家も目についた。島民や、裕福ではない日本人、とりわけ沖縄県出身者や朝鮮出身者らの家が並んでいるものと思われる。

　昼下がりのこの時間、住人の多くは男も女も漁に出たり、工場や畑で働いたりしているはずだが、四、五人で地べたに車座になり、酒を飲んでいるおじさんたちもいた。また、頬っかむりをした、腰の曲がったおばあさんが、果物を山積みにした、大きな笈《おい》を担いで歩いているのにも行き合った。そうしたとき、智也は何とはなしに緊張をおぼえた。服装にしろ、たたずまいにしろ、智也が暮らしている地域の人々とは、彼らはまるで違って見えた。

さらに進むと、椰子の葉で屋根を葺《ふ》いた、床の高い木造建築があり、そのそばで島民の大人の男が三人、木陰で難しい顔をして立ち話をしていた。みな、上半身裸である。そこへ近づいていくとき、彼らはあきらかに智也のことをじろじろと見ていた。やがてそのうちの、手斧《ておの》のようなものを肩にかけた一人が、シゲルに話しかけてきた。

大人の島民とシゲルは、智也にはまったく理解できないベラウ語（パラオ語）で話していたが、自分のことを話題にしていることは窺《うかが》われた。大人は厚い胸の筋肉を際立たせるように腕を組んでおり、眉間にくっきりと皺をつくって話している。智也は、自分が何か彼の気に障ることをしてしまったのだろうか、と心配になった。

話が終わって、その前を通り過ぎたとき、智也はシゲルに聞いた。

「あの人、何だって？」

「智也のことを、『その子は誰だ』って聞いてきたから、国民学校の先生の息子だって言った。練習生としてお世話になっている家の子だって」

「それで？」

「これから、一緒に遊ぶところだって言ったよ。そうしたら、あの人は『それはいい』って言っていた」

「嘘をつくな。本当のことを教えてくれよ」

「本当だよ」

「あの人、怒ってなかった？　怖い顔をしていたけど」

「怒ってないよ。もともと、ああいう顔の人なんだよ。日本人にも、そういう人っているでしょ？　楽しくても、怒っているような顔の人」

　そう言われれば、智也も返す言葉がない。

「あの人は、良い人とつき合うことは良いことだと言っていたよ。良い人とつき合えば良い人間になり、悪い人とつき合えば悪い人間になるって。また、恩のある人の家族には親切にしなさい、とも言っていた」

「僕はべつに、良い人じゃないよ」

「でも、君と喋っていれば、僕は日本語の勉強ができる」

「そういうことかよ」

　シゲルは、自分を日本語の教科書だと考え、便利に使おうとしているのか。そう思うと、智也はあまり良い気がしなかった。するとシゲルは、慌てて言い足した。

「いや、そういうことだけじゃない。智也は良い人だ。日本人だから」

「日本人だといい人なのか？」

「日本人は白人じゃないのに、白人に支配されていない。そして、白人と肩を並べるどころか、白人を追い越すほどの力を持ち、白人から多くの民族を解放するための戦争に勝っている。これはすごいことだ。日本人は努力家で、勇気があって、強い。僕ら三等国民とは全然違う」

　シゲルが自分たち島民のことを「三等」と言ったことに、智也は呆れた。

「どうして、そんなことを言うんだ？　シゲルは、酒井の奴に対して怒ったんじゃないのか？　三等国民と言われて」

「僕があの人に怒ったのは、日本人らしくないからだ」

「どういうことだ？」

「島民が日本人ほど立派でないことについて悪く言われても、僕は怒らない。だけど、自分が負けた腹いせに、『三等国民』と悪口を言うなんて、だらしがないだろ。卑怯だ。日本人には、そんなふうになってほしくない」

以降、二人は黙って、住宅が果てた先の道を歩いていった。道の両側ばかりか、真ん中からも草が伸びた、静かな場所だったが、やがて前方から声が聞こえてきた。大勢の歓声である。

右へ湾曲する坂道を下るうち、眺望が開けた。道の先は海岸だった。左側は砂地になっており、右側には岩場がある。パラオで暮らしていながら、智也は来たことがない場所だ。

岩の上にも、砂浜にも大勢の子供たちがいた。とりわけ、岩場のまわりや、沖合の珊瑚《さんご》のあたりに集まって泳いでいる。銛を持っている子の姿もあった。ざっと見たところ、島民の子供だけでなく、国民学校の子供もいるようだが、官舎街に暮らす子供の姿はなかった。彼らが分け隔てなく遊ぶさまは、官吏や大企業の幹部の子供とばかり遊んできた智也には、驚くべき光景だった。

砂浜にいた子供たちは、シゲルの姿を認めると、彼の名を呼びながら手を振ってきた。シゲルも、おう、おう、と言って、手を振り返していた。その姿を見て、智也は羨ましくも思った。

しかし、シゲルは彼らのもとへは行かなかった。海岸へとつづく道の途中で、

「こっち、こっち」

と智也に言い、背の高い椰子やテリハボクなどがたくさん生えた、左手の密林の中に入っていく。

薄暗く、足場の悪いジャングルの中をすたすたと歩くシゲルのあとを、智也は必死についていった。

やがて、智也の腹くらいの高さの大きな岩の前に来ると、シゲルは立ち止まり、

「靴を脱ごう」

と言った。

そのあたりから周囲は、いわゆるマングローブを構成する木々が目立つようになっていた。河口近くの汽水域に群生する植物である。おそらくすぐ近くに川の流れがあるのだろう。いまは潮が引いているが、満潮時には智也たちが立っているあたりまで水中に沈むものと思われた。二人は靴を脱ぐと岩の上に置き、それからまた歩き出した。

ごつごつとした岩や、密集して土から突き出た樹木の根などで足を怪我しないよう、智也は慎重に歩いていったが、シゲルは脚も長いし、どこに何があるかをよくわかっているようで、どんどん進んでいってしまう。そしてしばしば、急げと促すように智也を振り返った。

「どこまで行くんだよ」

「もっと向こうだ。秘密の場所だよ」

ジャングルの中は同じような景色がつづいているから、智也にはまったく道筋が見えなかった。けれどもシゲルは自分がいまどこを歩き、これからどこへ向かえばよいのかをちゃんと心得ているらしい。ときおり智也に、「そっちには鰐が棲んでいるから気をつけろ。こっちを歩くんだ」などと注意したりした。

やがて前方の木々のあいだから、明るい光が差し込んできた。樹木のトンネルが終わりつつあるのを智也は悟った。

トンネルを潜った先には黄色い砂地が広がっていた。砂地を左から右へえぐるように細い水が流れ、その先に一面の蒼《あお》い海があった。

子供たちが遊んでいた海岸からそれほど離れているわけでもないのに、人の姿はいっさいなかった。

あたりはしんとして、砂地には足跡一つなく、川の水も、海も、森も、空も、すべてが神々しいまでに輝いている。まさに「秘密の場所」という言葉に相応しい景色だと智也は思った。

砂地には、石ころを撒《ま》いたように丸い粒状のものがたくさん見られた。その一つ一つがじわじわと動いている。潮が満ちているときには隠れている小さな蟹たちだった。

「ここは、すごいな」

これほど多くの蟹を一度に見たことがなかった智也は叫びをあげ、そのもとへ歩いていこうとした。だが、シゲルは止めた。

「もっと大きいのを捕まえよう」

シゲルは川の上流方向へ歩き出した。智也もついていったが、シゲルはまたもや途中で左の、暗い茂みの中に入ってしまった。半ズボン姿で裸足で歩く二人は、蛸足《たこあし》のように植物の根が絡み合う、生暖かい、ぬかるんだ地面を進んでいく。

やがて、智也は脛《すね》に冷たい水の流れを感じた。川の支流がこのあたりに流れてきているのだろう。シゲルのあとへついていくと、だんだんと足を浸す水が深くなり、水位が膝下あたりまで来るところにいたった。シゲルは立ち止まるや、智也に向かって目を真ん丸にして、歯をむき出した。何か面白い物を見せてやるぞ、と言いたげな顔だった。

シゲルはそこから、そろりそろりと足を忍ばせるように進み出した。水底に黒く開いた穴に近づいていく。

シゲルは立ち止まると、しゃがんだ。右腕を水に浸す。そして、木の根と根のあいだの穴の中に右手を差し入れた。シゲルの右腕はみるみる穴の中に入っていき、上半身は右へ右へと傾いた。

「うっ」

うめき声をあげるや、シゲルは腕を小刻みに震わせはじめる。

「ううっ」

ひときわ大きくうめくと、シゲルは一気に手を穴から引き抜いた。すると、何かが穴から飛び出してきた。体は黒っぽいが、ところどころ褐色がかっている。大きな蟹だった。

蟹はすぐに穴に戻ろうとしたが、シゲルはすばやく蟹の甲羅《こうら》を尻側からおさえた。水上に持ちあげる。蟹は大きな鋏《はさみ》を振りあげ、抵抗しようとしているが、シゲルは鋏に挟まれないよう、上手に持っていた。

「すげえ。でかい」

智也は、感嘆の声をあげた。鋏や脚を広げた蟹は、シゲルの顔よりも大きく見えた。

いわゆるマングローブガニだった。日本語で言えばガザミの仲間で、泥土の中に巣を作って暮らしているから、英語ではマッドクラブ（mud crab）とも呼ばれる。見た目は恐ろしげで、しかも泥臭く見えるが、食べても臭みなどまったくなく、甲羅の中には甘味の強い身がたっぷり入っていて、人々のご馳走だった。

シゲルは腰につけていた袋を広げ、中に慎重に蟹を入れると、智也に言った。

「あそこにも蟹の穴がある。次は、智也が捕れ」

「馬鹿を言え」

智也たち日本人の子供は、大人から、蟹の鋏の恐ろしさを耳に胼胝《たこ》ができるほど聞かされていた。下手に巣穴に手や足を入れると、指を失うことになるぞ、と。

「馬鹿？」

シゲルは不思議そうに智也を見ている。

「指がなくなる」

「大丈夫だよ」

シゲルは体を大きくゆすって笑った。

「巣の中に蟹がいても、すぐに掴もうとしては駄目だ。指先が蟹に触ったら、一瞬だけつまんで引っ張り、すぐに放す。ちょっと引っ張っては放すのを繰り返して、蟹を穴の外に出すんだ。そうすれば、鋏でやられない」

「僕にはできないよ」

街中では威張っている日本人も、海や川、森の中では島民にはとうていかなわないと智也は思った。

「智也は臆病だな。それでは海軍には行かれない」

「何だって？」

「兵学校に行きたいんだろ？　だが、智也のような臆病者は海軍さんにはいない」

「そんなことはない。海軍と蟹の巣穴は別だ」

「僕のほうが日本人らしい」

笑いながら、シゲルは勝ち誇ったように言った。

「だから言ってるだろ。蟹なんか捕まえられなくたって――」

「蟹はそこにいるんだって。捕まえてみろよ」

シゲルはすぐ先の穴を指さした。

智也は両手を腰にあて、ため息をついた。しばらく考えた後、穴に近づいていった。

「捕まえろ。絶対に逃がすなよ」

シゲルがはやし立てる中、智也は穴のそばにしゃがんだ。鼓動が高鳴る。水面に映る自分の顔が、血の気を失っているように見えた。冷たい汗が、頭からしきりに垂れてくる。

智也は穴の中に、恐る恐る手を入れた。だが、なかなか奥へ手を突っ込むことができない。

「もっと奥に入れなきゃ駄目だ、智也。何をしているんだ」

「うるさいな」

智也は水面に右頰を近づけ、少しずつ、少しずつ、手を奥へ進めていったが、全身の震えが止まらなくなってきた。いつ指先が蟹に触れるかわからず、生きた心地がしない。

「蟹に触ったら、引っ張れよ」

「わかってる」

「引っ張ったら、すぐに手を放せよ。でも、逃がしては駄目だ」

「わかってるって」

下手をすれば、あの大きな鋏で指を切られてしまうと思うと、智也は気分が悪くなってきた。

「蟹、いたか？」

「いない」

「絶対いる。もっと奥へ手を突っ込め」

「いない……」

「もっと奥」

仕方なく、智也がさらに手を奥に進めたときだ。何かごつごつしたものが指先に触れた。それは動き、奥に引っ込んだ。摑んで引っ張ることもできず、智也はあっと叫びをあげ、腕を穴から引き抜いてしまった。そしてその拍子《ひょうし》に平衡を失い、水中に尻餅をついた。ズボンも下着もびしょびしょになった。

放心状態で水に浸かっていた智也は、シゲルの大きな笑い声で我に返った。シゲルは腹を抱えている。

「やはり、僕のほうが日本人らしい」

言うや、シゲルは帽子の庇《ひさし》をつまみあげ、頭上から降ってくる木漏れ日《こもれび》に目を向けた。その姿は、まるで光の柱の中にすっぽりと包まれているようだった。

「僕は皇運を扶翼する、立派な日本人になってみせる」

シゲルの言葉には、並々ならぬ覚悟が感じられた。智也は、ゆっくりと立ちあがりながら、呆然とシゲルを見つめた。

「そんなに、日本人になりたいのか？」

「なりたい……この気持ちは、智也にはわからない。奥さんに勉強しろ、勉強しろと言われている智也が羨ましいよ。僕ら島民は、いくら勉強したくても、智也たちのように上の学校には行かれないんだから。智也は頑張れば、兵学校に行かれるかもしれないけれど、僕はいくら頑張っても行かれない」

智也は申し訳ない気持ちになりながら、問うた。

「じゃあ、何でそんなに勉強するんだ？」

「僕が一生懸命に勉強して、島民も立派な日本人になれることを証明できれば、僕の弟や、あるいは僕らの子供たちは、上の学校に行くことを許されるかもしれない。内地の学校にも行けるようになるかもしれない」

シゲルはなおも真上を向き、眩しそうな顔で光を浴びつづけている。

「それが、シゲルのエレアルなのか……」

「そうだ。エレアルだ」

シゲルは智也へ目を向け、にっと笑った。

「だから、僕に日本語や日本のことを教えてほしい」

「シゲルは日本語が十分にうまいよ」

「いや、そんなことはない。まだ下手だから、教えてほしい。その代わりに、僕は智也に蟹の捕り方を教えてあげるから」

「教えてもらわなくていい」

「智也も、エレアルの面倒を見なければいけない。立派な海軍士官になるために」

「海軍士官と蟹の捕り方は関係ないって言っているだろ」

「関係ある。天皇陛下は、蟹にびくびくしている士官など頼もしく思われないだろう。さ、こっちへ来て」

シゲルは、また別の巣穴らしきものを指さす。

「いやだ」

と言うと、智也は駆け出した。

「待てよ」

シゲルが追いかけてくる。智也は必死にジャングルの中を走った。

周囲には二人が水を蹴る音がこだました。

4

智也はその後、しばしばシゲルとつるんで遊びに行くようになった。いや、シゲルだけでなく、シゲルの友達の子供たちとも、銛や網を使って魚を捕ったり、木に登って椰子の実を採ったりして遊ぶようになった。あいかわらず巣穴に潜むマングローブガニを捕まえることはできなかったが、彼らと遊んでいると、淋しさなど一切感じず、一日は瞬く間に過ぎ去った。

このまま新学期などはじまらなければ、酒井やその取り巻きに嫌がらせをされることもなく、毎日楽しく過ごしていられるのにな——。

たっぷり海で遊んだあと、そのようなことを考えながら、銛を担いで一人で家路についていたときだ。寺岡の家の垣根の上から、また顔が出ているのに気づいた。

「宮口……」

寺岡に呼びかけられても、智也は黙ってその前を通り過ぎようとした。

「おい、待てよ」

「何の用だ?」

「どこへ行っていたんだ? またガジュマルと遊んでいたのか?」

「お前に関係ないだろ」

智也が強く言うと、寺岡は怯《おび》えたような顔つきになった。

「宮口、ちょっとこっちへ入ってこないか? 話があるんだ」

「お前となんか話すかよ。どうせ僕が言ったことを、あとで上級生に告げ口するんだろ」

「怒ってるのか……」

「怒ってるに決まってるだろ」

「僕の立場もわかってくれよ」

「お前なんかとは絶交だ」

「待ってくれ。僕だってこのあいだ、酒井さんに『宮口は悪い奴じゃない』って話をしたんだぞ。『宮口は別にガジュマルの肩を持っているわけじゃなく、卑怯なことが嫌だと言っているだけだ』って。酒井さんも『そうか』って言ってたよ」

「だから何だよ？」

「だから……宮口がガジュマルとあまり親しくし過ぎるのはまずいと思ってさ。宮口のためを思って言っているんだ。せっかく、酒井さんが宮口を許そうと思っているのに」

「そんなこと、お前にとやかく言われる筋合いはない」

「怒っているなら、謝るよ。埋め合わせはするから、僕の話を聞いてくれよ」

「埋め合わせ？」

「また、宮口が仲間に戻れるよう、みんなを説得するからさ」

智也はかちんと来た。智也が仲間外れにされたきっかけは、寺岡が酒井やその取り巻きに智也のことを悪く言ったからではないか。それなのに、仲間に戻れるよう口をきいてやるとは、何というふざけた言い草だろうか。

「やはり、お前とは絶交だ」

智也はまた歩き出した。すると後ろから、寺岡は慌てた口振りで言った。

「あの戦艦の模型、やってもいいよ。宮口がほしがっていたやつだ」

智也はつい立ち止まり、振り向いてしまっていた。

「くれるのか、戦艦？　本当か？」

「本当だとも。だから、家《うち》に来てくれよ。僕の話を聞いてほしいんだ」

あれほど怒っていた智也だったが、寺岡の手招きに応じ、彼の家に入っていった。

第五章　やむにやまれぬ大和魂

1

智也が寺岡忠士の家にあがると、妹の晶子《あきこ》が挨拶に来てくれた。この四月から国民学校の一年生になる、おかっぱ頭の彼女は、白い帽子をかぶり、赤十字の印をつけた白い鞄を肩から提げており、智也の前で手を上げて敬礼した。従軍看護婦になり切っているのだ。智也も笑顔で敬礼を返した。

「男同士の話があるから、お前はあっちへ行け」

寺岡は晶子にぞんざいに言うと、智也を自分の部屋に招き入れた。智也は弟の真次と同じ部屋で寝ているが、寺岡は自分だけの部屋を与えられていた。

教科書や偉人の伝記本などが並べられた本棚の上には、軍艦や飛行機の模型が置かれている。その中には、智也がほしがっていた戦艦の模型もあった。時局柄、ブリキなどの金属を使った玩具は製造を禁止されていたから木製だが、マストに旭日旗とZ旗を掲げた姿は恰好がよかった。

寺岡の母が、麦茶やドロップなどを持って部屋にやってきて、

「宮口君、久しぶりね」

と言ったときも、智也は愛想よく挨拶しておいた。しかし、彼女が部屋から出ていき、寺岡と二人きりになると、腕組みをして黙り込んだ。

畳の上に向かい合って胡坐をかき、黙ったままでいる時間が過ぎていく。それに耐えきれなくなったように、寺岡が口を開いた。

「そんな怒った顔をするなよ、宮口」

「怒ってるから、怒った顔になるんじゃないか」

「だから言ってるじゃないか。謝るって」

「僕が、どんなにひどい目にあわされたかわかってるのか?」

「ごめんよ。あの戦艦、持っていっていいからさ、許してくれよ」

寺岡は両膝に手を突き、頭を下げた。

「僕の意見に賛成するようなことを言ってた癖に、裏切りやがって」

「僕だってまさか、宮口がこんなことになるなんて思わなかったんだよ。本当に僕は、宮口の考えに賛成だったんだ。酒井さんに宮口の考えを話して、僕も賛成だって言おうとしたんだ」

「そうしたら?」

「『僕も賛成です』って言い出す前に、酒井さんがすごく怒り出しちゃったものだから……」

「ふざけるな」

「本当に、すまないよ。謝るさ……だけど、僕もどうしていいかわからなくなっちゃって……」

「この野郎」

智也が大声を出すと、寺岡はびくりとして引き戸に目を向けた。外にいる母に聞こえるのではないかと心配しているようだ。それから、小声で話した。

「でもね、僕もやっぱり君にすまないと思って、あとできちんと酒井さんに話したんだよ。宮口はべつにガジュマルの味方をしているわけでも、酒井さんに挑もうとしているわけでもないって。それで昨日、酒井さんは僕に、『宮口を俺のところに呼んでこい』って言ったんだ」

「酒井の馬鹿となんか、僕は会わないよ」

「そんなこと言うなよ。もう、連れていくって、酒井さんに約束しちゃったんだから」

智也はまたひどく腹が立ってきた。結局のところ、寺岡は人の心配をしているようでいて、実は保身ばかりを考えているのだ。

「まずは酒井さんに会って、自分の考えをきちんと話せばいいじゃないか」

「あの人が、僕の話を聞いてくれるとは思えない」

「そんなことはない。『連れてこい』って言っているのは、向こうも誤解を解こうと思っているのさ。それに、もし君がいつまでも意固地なままなら、君の弟までが酒井さんに睨まれることになるぞ」

弟と言われて、智也はどきりとした。

「なぜ、真次が関係するんだ？」

「関係あるよ。宮口の弟なんだから」

五歳の真次はまだ学校にあがっていないが、コロールの日本人社会はそれほど大きなものではない。子供たちは年齢に関係なく、昌南倶楽部の子供向けの催しや、南洋神社のお祭りなどでしばしば顔を合わせ、一緒に遊んでいた。だからたしかに、兄がガキ大将に睨まれれば、弟にも何らかのとばっちりが及んでおかしくはなかった。

「とりあえず酒井さんとの関係はこれ以上、悪くしないほうがいい。いっぺん、会って話をすればいいだけだよ。それに……」

寺岡は、なかなか先を言おうとしない。

「それに、何だよ？」

「親父さんのことだって……」

「何だ？」

「やはり教頭先生はアカだ、ってことになるしさ……子供がアカみたいなことをしていると、親もアカのはずだってね」

「アカってどういう意味だよ？」

また「アカ」という言葉が出てきた。悪い言葉であるのは間違いないだろうが、智也にはいまひとつ意味がわからなかった。

寺岡もよくはわかっていないようで、しばらく考えてから、こう言った。

「それは国賊ということだろう。日本人ではない奴だ」

「それがアカか？」

「アカは天皇陛下に反逆する奴だと聞いた。そして、日本が戦争に負けるように仕向けるんだ」

「僕のお父さんがそんなことをするものか。僕だって、そんなことはしない」

智也はかっとなって片膝立ちになった。右手で、寺岡のシャツの襟《えり》を摑む。

「それは、わかってるよ」

寺岡は胡坐をかいたまま、びくびくしながら言った。

「いったい、どうしてそんなデタラメな話が広まっているんだ？」

「よく知らないよ。でも、酒井さんが、『宮口先生は昔、警察に捕まったことがある』って言っていてさ」

「嘘だ」

智也は怒鳴った。

「おい、大声を出すなよ。お母さんや妹に聞こえるだろ」

「僕のお父さんはアカじゃない」

「それは、わかっているって。だから、酒井さんと話をしろって言っているんだ」

「あんな奴と話なんかするか」

「宮口は馬鹿だ」

「何だと？」

「酒井さんにわかってもらえなかったら、『宮口先生はアカだ』って話を否定できないじゃないか。この話はどんどん広まっていくことになるぞ」

言い合っているうちに、入り口の戸をがたがた叩く音がして、寺岡の母親が入ってきた。

「あなたたち、何をしているの？　喧嘩？」

智也は寺岡の襟から手を放した。立ちあがり、

「帰ります」

と言って、部屋を出た。

玄関で靴を履いているとき、また晶子が来て敬礼した。けれども、智也は答礼しなかった。淋しげな晶子を尻目に、智也は外に出た。

西へ傾いて、黄みがかった陽光を浴びながら、早足に家に向かっていると、寺岡が追いかけてきた。

「待てよ、宮口」

智也は立ち止まり、振り返った。走ってくる寺岡は、手に戦艦の模型を持っていた。目の前に来る

と、

「これ」

と言って、模型をさし出す。

「いらないよ」

「約束だ。持っていけよ」

智也はかぶりを振った。

「さっきは、かっとなって悪かったよ」

「それは、僕のほうこそだ」

「戦艦はいらない。酒井さんには会うよ」

「そうか」

しばらく立ち話をしたのち、二人は別れた。智也は戦艦を受け取らずに家に帰った。

2

翌日の午前、智也は寺岡と連れ立って、南洋神社の参道を歩いていた。コロールの街の東南にあたる、アルミズ高地に建てられた官幣大社だ。御祭神は天照大神《あまてらすおおみかみ》で、敷地は九万六千坪余りという広大なものだ。

日本の支配地の多くには神社が建てられていたが、コロールには長らく神社がなかった。しかし、「自分たちの街にも神社を建ててほしい」「南洋庁の所在地に神社がないようでは、パラオや南洋群島そのものが低く見られているようだ」などといった声がコロールの住民からあがり、皇紀二千六百年記念事業の一環として建設が進められた。

そして、初代天皇の神武天皇即位から二千六百年目にあたる昭和十五年（一九四〇）の十一月には、勅使・伊藤博精《いとうひろよし》公爵を迎えて鎮座祭が盛大に行われた。以来、同神社は文字通りに住民たちの精神的な支柱であり、縁《えにし》の中心としての役割を果たしていると言っていい。例大祭の日などに多くの人が集まるのはもちろん、日頃から、各学校や業界団体、町内会などが、集団で清掃奉仕などを行ってきた。

拝殿のある高台から南へ目を向ければ、静かな湾内に多数の小島が浮かんだ、美しい光景が見晴らせた。現地の人々はそれを「パラオ松島」と呼んでいたが、その拝殿へのぼる階段の下へ智也たちが来たときには、すでに酒井は三人の取り巻きとともに待っていた。

寺岡につき添われた智也が近づいていくと、酒井たちは怖い顔で睨みつけてきた。智也は負けてはならないと思って、できるだけ平静を保とうとした。けれども、以前に殴られた記憶が蘇《よみがえ》り、膝が震えるのを抑えられなかった。

智也が目の前に来ると、酒井は体格のよさを際立たせるように胸を張った。腕組みをして智也を見下ろしながら、何も言わない。智也のほうも黙っていた。呼ばれたから来たのであって、自分から話す必要はないと思っていたのだ。

だいぶ経ってから、右隣に立っていた寺岡が智也の背中を突いてきた。何とか言えよ、という意味らしい。それでも智也が黙っていると、寺岡自身がおずおずと口を開いた。

「宮口を連れてきました。許してやってください。宮口は、べつにガジュマルの味方をしようとか――」

「お前ん家《ち》に、ガジュマルが練習生で来ているそうだな」

酒井が突然、にやりとしながら言った。智也がなおも何も言わないので、寺岡はまた話した。

「たしかに、それはそうですけど、だからといって――」

また、酒井が遮《さえぎ》る。

「仲良くしているらしいな、ガジュマルと」

だから何だと思って、愛想のない態度を取りつづける智也の隣で、寺岡は焦った口調で話した。

「いや、彼は練習生を預かる家の子供として、また、教頭先生の子供としてガジュマルとつき合っているだけですし……たしかに、このあいだの宮口の酒井さんに対する態度はよくなかった。あれは謝るべきだと僕は思います。殴られても仕方がなかった。だけども、宮口は一人を大勢で叩きのめすようなことは卑怯だと言っているだけで、べつにガジュマルの味方をしようとか、そういうことを言っているわけでは……そうだろ、宮口?」

智也はやはり黙っていた。悔しくてたまらなかった。自分が強ければ、酒井なんかぶっ飛ばしてやるのに、と思っていたのだ。

やがて、根負けしたのか、酒井はこう言った。

「宮口、殴られたときの傷は治ったか?」

智也は頷いた。

「あれは、お前が生意気だから悪いんだからな」

反論を許さないような言い方をしてから、酒井はつづけた。

「いいか宮口、ガジュマルはいっぺん懲らしめなければならない」

「僕は日本人だから、そういうことは――」

「先生の子供だからって、いい気になるなよ。やっぱり、お前はアカの子だ」

智也は、背筋が痺《しび》れるのをおぼえた。それは怒りと恐怖がないまぜになった感覚だった。

「お父さんは、アカなんかじゃない」

「じゃあ、お前だけがアカなのか？」

「違う」

「お前は日本人ではない。なぜ生意気な島民の側に立つんだ？」

「島民を大勢でいじめるほうが日本人じゃない。それは、白人のやることだ」

　智也は、またもや殴り合いになることを覚悟した。しかし、寺岡が割って入った。

「宮口、待てよ。そんな話をしてどうするんだ？　今日は誤解を解くために来たんだろ。それに酒井さんは、島民みんなをいじめるなんて一言も言っていないんだぞ」

　それから、寺岡は酒井に言った。

「宮口はついかっとしてしまう性格なんです。だけど、宮口もガジュマルは生意気だと思っているんです」

　寺岡が必死に両者を宥《なだ》めたため、智也も酒井も落ち着いてきた。

　酒井は言った。

「俺はべつに、島民が嫌いなわけでも、白人みたいに島民をいじめたいわけでもないぞ。ただ、生意気な島民を一度は懲らしめる必要があると言っているだけだ。ガジュマルが大人しくなれば、それでいいんだ」

　智也もかつては、酒井にシゲルを懲らしめてほしいと思ったことがあった。けれどもいまでは、シゲルが懲らしめられる姿を見たいとは思わなかったし、また、日本人よりも日本人であろうとしているシゲルが、そう簡単に酒井に屈服するとも思えなかった。

　智也は尋ねた。

「懲らしめるって、どうするつもりですか？」

「今度の土曜日、始業前の最後の朝稽古があるだろ」

学校が休みのあいだも、小山田先生の柔道教室は午後を中心に、ときおり朝にも開かれていた。

「あいつは、しばしば神社へ参拝に来る。とくに柔道の朝稽古の前にはかならずここに寄っている。だから、土曜日に待ち伏せしておいて、みんなで木刀でぶっ飛ばすんだ」

「そんな――」

「一度だけだ。しかも、怪我をさせるようなことはしない。あいつが後悔し、心を入れ替えればそれでいいんだ」

智也は抗議の声をあげようとしたが、寺岡が智也の前に立った。

「一度だけだ。宮口も、ガジュマルの態度はよくないと言っていたじゃないか。それを改めさせるだけだ」

それから、寺岡は小声で智也に耳打ちした。

「さっきも言っただろ。弟のことも考えろ。お父さんだって、アカだってことになるぞ」

弟や父のことを言われると、智也は考えがまとまらなくなり、何も言えなくなった。

「お前たち、何をぶつぶつ喋っているんだ？」

酒井が笑いながら言った。

「宮口も、ガジュマル襲撃作戦に加わります」

寺岡が答えると、酒井は、そうか、と言った。その上で、智也に命じた。

「土曜日の朝、木刀を用意してこい。働きぶりがよければ、お前がアカではないと認めてやるさ」

それだけ言うと、酒井は取り巻きと一緒にどこかへ行ってしまった。

寺岡と別れたあと、智也は家に帰って昼食に饂飩《うどん》を食べた。食べ終えた直後、シゲルが家にやってきた。

「海に行こう」

と言う。

智也は、シゲルとは出かけたくなかった。早く行きなさいと母に急《せ》かされても、満腹のせいもあり、畳の上で寝転がったままでいた。

「何してるの？　シゲル君、待っているじゃないの」

とうとう、母が癇癪玉《かんしゃくだま》を破裂させたので、仕方なく、智也は家を出た。

シゲルと二人で向かったのは、街の東側にある、日本人の子供も島民の子供も分け隔てなく遊んでいる海岸だった。そこにいる者たちのほとんどとは、シゲルと遊ぶようになるまで、智也はつき合いがなかったが、いまでは知り合いだらけになっている。けれどもその日、智也は少しも楽しくなかった。

海で泳いでも、蟹がたくさんいるジャングルを歩いても、気持ちが塞ぐばかりだ。シゲルや他の友達が何を言っても、智也は気のない返事ばかりしていた。

シゲルもおかしいと思ったのだろう。砂浜のテリハボクの木陰に座り、海を見ている智也のそばに突っ立ちながら、

「どうしたんだよ？」

と問うてきた。

「どうもしないよ」

「暗い顔ばかりしていて、何も喋らないじゃないか」

日焼けした顔に、潮風が当たってひりひりする。それを感じながら、智也は蒼い海と、はしゃぎ泳ぐ子供たちを見つめていた。

「なぜ黙っているんだ、智也？」

「いままで、ありがとう」

「え？」

「シゲルと遊ぶのは、今日が最後だ」

シゲルは、目をしばたたかせている。だいぶ経ってから問い返してきた。

「どうして？」

智也は、何も答えられなかった。

「友達じゃないってこと？」

智也は、それにも答えられなかった。シゲルの表情は悲しそうだ。

「僕と遊ぶと、文化村の人たちにのけ者にされるのか？　そうだろ？　柔道教室で、僕が文化村で暮らす奴らに嫌われているのはわかっているよ」

沈黙が流れたあと、シゲルはまた言った。

「よくわかったよ。遊ぶのはこれが最後だね」

智也は、涙が出そうになるのを必死に堪えている。

「シゲル、次の朝稽古の前、南洋神社には行くな」

シゲルは眉根を寄せて智也を見つめた。頭のよいシゲルのことだから、智也の言わんとするところをすぐに察したようだった。

「どうしてそんなことを教えてくれるんだ？　友達じゃないのに」

「行くな、絶対に」

「僕にそんなことを教えたら、智也は文化村の奴らからのけ者にされるんじゃないのか？」

智也は立ちあがった。

「じゃあね」

乾ききってささくれ立った唇を噛んで、智也は歩き出した。砂浜をのぼっていく。その背に、シゲルは言った。

「南洋神社で会おう」

智也は振り返った。

「何を言っている。行っては駄目だ」

シゲルは厳しい目つきになった。

「僕は、立派な日本人になる。それとも智也は、島民は日本人のようには振る舞えないと言いたいのか？」

しばらく見つめ合ったあと、智也はまた背を向けて歩き出した。胸には、激しい疚しさがあった。シゲルの視線が背中に突き刺さるように感じて、智也はできるだけ早く砂浜から去りたかった。けれどももどかしいことに、砂は足に重たくまとわりつき、なかなか前に進むことができなかった。

3

児童にとっては休み中であっても、宮口恒昭は、国民学校の職員室で書類仕事に追われている。口と鼻はマスクで覆っていた。

喘息治療のため、定期的に通う南洋庁パラオ医院の医師によれば、喘息の詳しい原因はまだよくわかっていないものの、欧米の研究では花粉や壁蝨《だに》の死骸など、「有機粉塵《ふんじん》」との関係が指摘されているという。そして、恒昭の症状も、有機粉塵に起因する可能性があるというのだった。

熱帯のパラオは、年中花が咲き、花粉が飛んでいる。また、多くの人が出入りする学校は、そもそも埃っぽいところだ。よって、日頃からできるだけマスクをするようにと忠告されていた。しかしとりわけ、油断して発作を起こすのは、帳簿や書類をばたばたとめくったりしたときが多いように恒昭は思っている。

恒昭は子供が好きだし、教育こそ天職と思って教師になったはずだった。しかし、いまや学校にいても、校長が内地へ長期出張中ということもあり、子供たちと直接触れ合うことはほとんどなく、書類仕事ばかりをしている。教員たちは「教壇で死ねれば本望」などと半ば戯《たわむ》れて言うものだが、「俺は南洋庁へ提出する書類仕事の最中に、喘息の発作で死ぬかもしれない」などと思うと、やり切れない気持ちになった。

「まったくもう、肩が凝ってたまらない」

ペンを机上に放り、伸びをしたとき、同僚の小山田訓導と、公学校の志村訓導が職員室に入ってきたのに気づいた。彼らは恒昭に近づいてくる。

「お忙しそうですな、宮口先生」

いつもの明るい笑顔で、志村は挨拶した。恒昭がマスクを外して応対しようとすると、彼が喘息を患っていることを知る志村は、

「そのままで、そのままで」

と言ってくれた。

「志村先生、今日はどうしました？」

「それが――」

と話しはじめたのは小山田だった。深刻な表情をしている。

「どうも、児童らの様子がおかしいのです。柔道教室に来ている子たちですが」

おかしいとはいったい、どういうことだろう。戸惑いながら、小山田の顔を見つめていると、彼はさらにこう言った。

「喧嘩と言うべきか……」

恒昭は立ちあがると、志村と小山田を、父兄との面談などに使う応接室に連れていった。

「誰と誰の喧嘩ですか？」

一同が席につくとすぐに恒昭は問うた。小山田はまた、それがその、などとしばらく言いよどんでから話した。

「国民学校と公学校の児童のあいだがどうも変なのです。いままでにも、両校のあいだでぎすぎすした感じになることはありましたが、今回はどうも……」

南洋群島では、教育は日本語で行っていたから、日本人の親のもとで、生まれたときから日本語を喋っていた子供と、島民の家庭に生まれ、ある程度育ってから日本語を習うようになった子供とのあいだで、学力上の差が生じてしまうのは避けられなかった。けれども、できるだけ両者を等しく扱おうというのが南洋庁の教育方針であって、日本人の子供と島民の子供とのあいだでいがみ合いなどが起きた場合には、教師は厳しく戒《いまし》めてきた。

「それほど深刻な状況ですか？　小山田先生の指導も効き目がありませんかね？」

恒昭は冗談めかして言った。柔道家の小山田は、子供たちから恐れられている。

「私もつねづね、口を酸っぱくして言ってはきたのです。武道の根本精神は相手に敬意を持ち、和を作ることだ、と。しかし、お恥ずかしい限りですが、まったくの力不足でありまして、子供たちを真に納得させることはできていなかったようです。一人一人呼び出して、両校の児童のあいだで何があったのかを聞き出そうとしても、誰も何も話してくれません。それで、宮口先生にご相談に参ったのです」

恒昭は戸惑った。いつも子供たちと直《じか》に接している小山田や志村以上の何が自分にできると言うのだろう。

すると、志村が渋い顔つきで言った。

「力不足は私も同じなのですが、宮口先生にお尋ねしたいことがありまして……先生のお宅でお世話になっているシゲル君のことなのですが」

「うん？」

「彼が、もう宮口先生のところには行きたくない、別のお宅に変えてくれ、と私に言ってきたのです」

恒昭には寝耳に水である。妻の綾子からは、シゲルはとても勉強熱心である上に、働き者で、長男の智也ともとても仲良くしていると聞いていた。

「すみません。私にはまったく心当たりがないのですが、どういうわけでしょう？」

「いくら尋ねても、シゲル君はわけを言おうとしません。ついこのあいだまでは、『いいところに預けてもらって嬉しい』と言っていたのに、突然の申し出で、私もびっくりして理由をしつこく聞いたのですが、彼は『とにかく変えてほしい』と言うばかりでして。私が『せっかく宮口先生のところに頼んで承諾していただいたのに、理由もなしに変えるようなことはできないじゃないか』と言うと、彼は黙り込んでしまいましてね。どうにも、埒《らち》が明きません」

志村は恐縮した様子で言った。恒昭は頭を下げる。

「私こそが力不足ですな。お役に立てず、大変申し訳ありません」

「いえいえ、そんな――」

「いや、これは私や家人《かじん》の責任です」

「そういうことを言うつもりでここへ参ったのではないのですが……シゲル君とお宅の智也君とのあいだで何があったのかがわかれば、公学校の子と国民学校の子とのあいだのこともわかるのではないかと思いましてね」

つづけて小山田も言った。

「智也君に、聞いてみてはもらえませんか？　いったい、どういうことになっているのかを」

「わかりました。聞き出します」

と応じてから、恒昭は志村に尋ねた。

「シゲル君のことはどうしましょうか？」

「まあ、説得をつづけますよ。私としては、今後とも、彼は宮口先生のところにお預けするのがよいと思いますので……しかし、本人がどうしても宮口先生のお宅は嫌だと言い張るのであれば、考えなければならないかもしれませんがね。別のお宅にお願いするとか」

「そうですか……そうですよね」

恒昭は、息子の様子の変化にも気づけないでいた自分のことが情けなくて仕方がなかった。

帰宅した恒昭は夕食後、自分の書斎に智也を呼び、二人きりで話した。

「お前、シゲル君と何かあったのか？」

「何かって？」

智也の顔には、警戒するような色が浮かんでいる。

「公学校の先生に聞いたんだが、シゲル君が、もううちには来たくない、と言っているらしい」

智也の目が見開かれた。この話をはじめて知ったのかもしれない。

「シゲル君と智也は仲良くしていたんじゃないのか？」

しかし、智也はそっぽを向いて唇を噛んでいるだけだ。

「何があったんだ？　喧嘩したのか？」

智也は首を横に振った。

「じゃあ、どうしたんだ？　言えないことか？」

「シゲルがどう思っているかなんて、知らないよ」

「でも、何もないのに、うちに来たくないなんて言わないだろう。何か心当たりはないか？」

「シゲルは真面目だから、僕みたいな怠け者とつき合うのが嫌になったんでしょう」

勉強熱心で、働き者のシゲルと比べられて、「怠け者」と言われることが智也は嫌になり、二人の仲は悪くなったのだろうか。

「公学校の子と国民学校の子のあいだで何かあったのか？　小山田先生も心配していたぞ」

智也は否定も肯定もしない。ただ黙っている。

「学校が違うとか、日本人か島民かなどの理由で、どうして対立する必要があるんだ？　前にも言ったように、同じ南洋に暮らす者は、この地をよくすべく協力しなければならない」

するとと智也は、父をまっすぐに見た。

「お父さん」

「何だ？」

「アカって何？」

「何だって？」

「アカって何？」

智也は、責めるような目で父を見ている。

「そんな言葉、お前どこで聞いたんだ？」

智也は目を逸らした。書斎から出ていこうとする。

「おい、待て」

と言ったが、智也は出ていってしまった。

恒昭も、なぜだか智也を引き止めることはできなかった。

4

コロール島西部の新波止場は、南洋群島の首府とでも言うべきこの地の表玄関である。群島内の島々や、内地とのあいだを結ぶ客船や貨物船が出入りする港だ。大きな船は西方のマラカル島に着くが、乗客や船荷のほとんどは艀《はしけ》でここに運ばれる。コンクリートで固められた波止場には、乗客だけでなく、見送りや出迎えの人々の姿も多く見られた。

三角屋根の休憩所のまわりには、黒い車体を輝かせた多くの自動車が停まっていた。だいたいが、南洋庁の官吏たちが乗る車である。そこから北東方向に、ほぼまっすぐに五、六百メートルも走ると、南洋庁の本庁やパラオ支庁が並ぶ地区にいたった。

波止場にはまた、滑車を使って船荷を揚げおろししたり、荷物を肩に担いで歩いたり、荷車で移動させたりしている労働者も多く見られた。そのほとんどが島民である。

そうした人々のあいだを縫うように、智也は歩いていた。肩にはマングローブの根を二本、担いでいる。

とくに波止場に用事があるわけではなかった。家に帰れば、両親にシゲルとのあいだについて聞かれたりして面倒くさいから、いろいろな船を眺め、できるだけ時間を潰しているのだ。

中でも智也の目当ては軍艦だった。港を守るように沖合に停泊している、大きな巡洋艦の甲板上で、白い制服を着た水兵がきびきびと動くのを見ながらぶらぶら歩くうち、知り合いが波止場のベンチに座っているのに気づいた。

靴を脱ぎ、膝を折り曲げて、素足をベンチにのせている。鼈甲の眼鏡をかけた目で眩しそうに海を見つめながら、サイダーの瓶を手にしていた。

「黒田さん」

智也は近づきながら、声をかけた。

「おう」

相手も智也に気づき、持っていた瓶を持ち上げた。南洋庁水産講習所の講習生、黒田晴海だった。

「智也、何を持っているんだ？」

「マングローブの根っこ。あっちで取ってきた」

波止場から少し離れたマングローブ林で切ってきたのだ。地面から突き出ている蛸足状の根で、丈杜根などと呼ばれる。

「そうか」

　と、黒田は気のない返事をする。

「このあいだ、水産試験場に行ったよ。捕まえた鼠を持って。だけど、黒田さんはいなかったね」

「あそこは、もう辞める」

「ええっ？」

　黒田は南洋庁水産試験場の技師となるべく、一生懸命に勉強していたはずだった。海の生物のことに詳しいお兄さんとして、智也も慕ってきた。それが突然、辞めるなどと言うのだから、びっくりしてしまった。

「技師はあきらめた」

「それで、これからどうするの？」

「まだわからんよ」

「パラオには残るんでしょ？」

「さてな」

　黒田の視線の先には、島に挟まれた水道を抜けて出航しようと沖合へ向かう貨客船があった。巡洋艦や駆逐艦のあいだを、煙を吐き、海面に航跡を描いて進んでいく。

「何があったの？」

　黒田は舌打ちをした。

「あの野郎、俺が見習いだからって馬鹿にしやがって……こっちだって、一生懸命やっているんだ」

「あの野郎って？」

智也が聞いても、黒田は答えなかった。頬を膨らませて瓶の口をくわえ、サイダーを飲んでいる。

黒田さんも、誰かにいじめられているのかな――。

「辞めないほうがいいよ。せっかく講習生として勉強しているんだから」

「お前に何がわかるんだ？」

黒田は、いままで見たこともないような冷たい態度で言った。彼の誇りを傷つけてしまったことは、智也にもわかった。

「ごめんなさい……でも、黒田さんがどこかに行ってしまって、会えなくなっちゃうかと思うと、僕は淋しいよ」

黒田の表情が少しだけ和らいだ。

「そうなれば、俺だって淋しいさ。短気を起こして講習所を辞めないほうがいいってこともわかっている。だけど、『やむにやまれぬ大和魂《やまとだましい》』ってやつでなあ」

「何それ？」

「『かくすればかくなるものと知りながら　やむにやまれぬ大和魂』さ。吉田松陰《よしだしょういん》の歌だよ」

「誰？」

「吉田松陰」

「え？」

「お前、吉田松陰を知らないのか？　智也の故郷は長州《ちょうしゅう》だろ」

呆れ顔で智也を見てから、黒田はつづけた。

「松陰は幕末の長州の偉い先生だよ。長州から多くの志士が生まれたのは、松陰の教えのおかげさ」

「へえ」

「ペリーが黒船に乗って日本に来たときのことだ、当時は、勝手に外国人に接触することは幕府によって禁止されていた。けれども松陰は、日本を異人から守るためには、異人の社会や技術などを研究する必要があると思って、小舟を漕《こ》いで黒船に近づき、『アメリカへ連れていってくれ』と頼んだんだ。そのため獄につながれたり、幽閉の身となったりしたが、それでもなお国を憂い、倒幕のために奔走しつづけた。その結果、刑場の露と消えることになったわけだが、その彼が詠んだ歌が、『かくすればかくなるものと知りながら　やむにやまれぬ大和魂』だ」

「かくすればかくなる……」

「かくすればかくなるものと知りながら」

「かくなるものと知りながら」

「そう。やむにやまれぬ……」

黒田は、松陰の歌を何度も繰り返し智也に聞かせ、暗唱させた。

「どういう意味？」

「死刑になるとわかっていても、日本男児としてどうしてもやらずにはいられないことがあるという意味だ。俺だって、ここで講習所を辞めてしまえば、今後の自分の人生にとってよくないとはわかっている。わかってはいるが、指導者の許しがたい不正や横暴を前にしては、『やむにやまれぬ大和魂』が黙ってはいられないんだよ」

黒田が直面している講習所の人間関係の問題と、吉田松陰が直面した幕末の国難とが同じ重みを持つかのような話しぶりには、智也は必ずしも納得できなかった。けれども、吉田松陰の「大和魂」の歌は、純粋に恰好いいと思った。

黒田と別れたあとも、智也は歩きながら、この歌を何度も繰り返し呟いていた。

帰宅すると、智也は庭のマンゴーの木の下に茣蓙《ござ》を敷き、取ってきたマングローブの根の皮を、折り畳み式のナイフで削り出した。いわゆる「肥後守《ひごのかみ》」で、鉛筆を削ったりするためにいつも持ち歩いているものだ。

パラオの子供たちは、湾曲したマングローブの根を肥後守で削って木刀を作り、チャンバラごっこをする。反り具合のよいものを切ってきてうまく加工すれば、本物の日本刀のような形に仕上げられるため、みな日頃から、あの林のあの根はよい刀になりそうだ、と目をつけておくのである。

だが智也にとって、いつもは勉強などよりずっと面白いはずの木刀作りが、まったく面白くなかった。シゲルを懲らしめるための刀だからだ。

シゲルのことを思うと、肥後守を動かしながら、ため息ばかりが出る。シゲルは「もう宮口家には行きたくない」と言っているそうだが、その理由は、智也のほうがもうシゲルとは遊ばないと言ったからに違いなかった。

海岸で別れるとき、堂々と「南洋神社で会おう」と言ったシゲルの表情が目に浮かぶ。あるいはシゲルは、智也に迷惑がかからないようにと気づかって、宮口家との縁を切ろうとしたのかもしれない。やはり自分たちは住む世界が違うのだから、敵味方に分かれて戦ったほうがお互いのためだと思ったのではないか。

そのシゲルの潔《いさぎよ》さに対して、ガキ大将の言いなりになっている自分のだらしなさは何だろうか、と智也は思った。

どっちが日本人かわからない――。

自己嫌悪に陥りつつも、ナイフを使いつづけていると、家の中から弟の真次が出てきた。

「刀を作ってるの？　僕にも作って」

「今日は駄目だ」

「遊びに行くの？　僕も連れていってよ」

「今日はもうどこへも行かないよ」

「いつ使うの、その刀？」

「土曜の朝……」

「連れていって」

「駄目だよ、危ないから」

「どうして？」

「遊びに行くんじゃない。決闘だ」

言った途端、左手の親指にちくりと痛みが走った。右手の肥後守でうっかり切ってしまったのだ。

「痛っ」

第一関節をほんの少し切ってしまっただけだが、たちまちに血が出て、皮をはいだ木刀の表面を汚してしまった。

「大丈夫？」

真次が慌てた様子で言った。智也は指を口にくわえる。

「大丈夫だよ、これくらい」

血を吸っては指を口から出し、また口に入れるのを繰り返しても、血はなかなか止まらなかった。そこで、智也は人さし指で傷を強く押さえた。ずきずきとした痺れをおぼえながら、自分の手をじっと見つめる。

「決闘って、誰と？」

いったい自分は誰と闘うべきか――。

怪我をした指をひたと見つめて智也は考えた。

「真次、決闘のことは聞かなかったことにしてくれよ」

真次はぽかんとした顔つきをしている。

「土曜日のことは、誰にも言っては駄目だ。お父さんやお母さんにも言っては駄目だぞ。頼む、約束してくれ」

兄の神妙な様子に、真次は少し意外そうな表情になったが、

「わかった」

と言ってくれた。

「男と男の約束だぞ」

真次は頷いた。

智也は、削りかけの木刀をしばらく見つめ、心を決めた。

「真次にも、辛い思いをさせることになるかもしれないな……」

「辛い思いって？」

「わかってくれ、真次。やむにやまれぬ大和魂なのだ」

「何それ？」

「吉田松陰の歌だ」

「誰の歌？」

「お前は吉田松陰も知らないのか？　俺にもお前にも、長州人の血が流れているのだぞ。吉田松陰は、幕末の志士たちの先生だ」

「そうなんだ」

「ペリーが黒船で日本に来たとき、松陰は黒船に小舟で近づいていってだな……」

ひとくさり、智也は黒田から聞いた話を弟に聞かせた。さらには、『かくすればかくなるものと知りながら　やむにやまれぬ大和魂』を何度も復唱させ、覚えさせた。

「日本男児たるもの、あとでどうなろうと、どうしてもやらねばならないことがあるものなのだ。南洋神社の露と消えることになろうとも、『やむにやまれぬ大和魂』なのだ」

「そうなんだね」

「そうだ。わかってくれたか、真次？」

「うん、わかった」

それを聞いて満足した智也は、また根を削りはじめた。本物の刀のように、切っ先を細くしていく。

その作業を、真次もそばに座り、見物していた。

5

恒昭にとって、久しぶりの非番の日だったが、智也は友達の家に行くと言って、早々に出かけてしまった。

書斎で二人きりで話した日以来、智也は父を避けるようになっていた。恒昭のほうも、彼との距離をどう縮めていいかわからなかった。「父親に対して、何だその態度は」と威圧的に叱りつけるのは簡単だが、それで親子の関係が改善するとも思えないし、智也とシゲルの関係や、国民学校と公学校の児童のあいだがうまくいくようになるとも思えなかった。

しかしそれにしても、智也にアカとは何かと問われたのには愕然《がくぜん》とした。あのときの智也の目は、あきらかに「お父さんはアカなのか？」と問い詰めるものであったように思う。いったい、どこでそのような話を聞いたのだろう。あるいは、自分に悪意を抱く大人が、智也に変な話を聞かせたのかもしれない。

庭では、兄に置いてきぼりにされた次男の真次が、ゴム鞠《まり》を庭木や垣根に投げつけて一人で遊んでいる。恒昭も庭に出て、

「水産試験場に鰐を見に行くか」

と声をかけた。

「うん、行く」

元気よく返事をした真次に、恒昭は智也のことを聞いてみた。

「お兄ちゃんは最近、シゲル君とはまったく会っていないのか？」

「知らない。僕は遊びに連れていってもらえないから。刀も僕のは作ってくれない。お兄ちゃんのだけ」

「チャンバラか？　お兄ちゃん、誰と遊ぶって？」

真次の表情が急に曇った。いつもはお喋りなのに、何も言わなくなった。

「お兄ちゃん、何か言っていなかったか？」

「何かって？」

「シゲル君のこととか、公学校の人のこととか」

「知らない」

「本当か？」

「知らない」

　真次はまた、木に向かってゴム鞠を投げた。自分のところとはずいぶん離れた場所に跳ね返った鞠を、走って追いかける。

「真次、ちゃんと聞いてくれ」

　真次は鞠を手にしたまま立ち止まり、父のほうへ向いた。

「お父さんには、お兄ちゃんが、よくないことをしようとしているような気がするんだ」

「どんな？」

「シゲル君ら公学校の子と喧嘩をしようとしているんじゃないかな？」

「ふーん」

「しかし、公学校の子も国民学校の子も、それからまだ学校に行っていない真次も、みんな、南洋の子供だ。友達のはずだ」

　真次は黙っている。

「お前、何か知っているな。お父さんに話してくれ」

「知らない」

　恒昭は鎌をかけ、わざと怖い顔を作って言った。

「嘘をつくな。わかっているんだぞ」

　すると真次は、

「知っていても、言えない」

　と応じた。

　やはり、智也から何か聞いているな——。

「なぜだ？」

「約束だから。男と男の」

子供の癖に、利いた風な口をききやがって――。

「お兄ちゃんは、悪いことをしようとしているんだぞ。親や学校の先生に叱られるようなことをしようとしているんだ。だから、止めなきゃならないんだ。それはわかるだろ？」

真次はまた黙ってしまった。

「さ、お父さんに教えてくれ」

「やむにやまれぬ大和魂」

と言って、真次はかぶりを振った。

「何だ、それは？」

「叱られるとわかっていても、お兄ちゃんは南洋神社に行くよ。日本男児の、やむにやまれぬ大和魂だから」

「南洋神社？」

真次は口に手を当て、しまった、という表情になった。

「何が大和魂だ、馬鹿者。知っていることを言いなさい。言わないと承知しないぞ」

恒昭が大声で怒鳴りつけると、真次はわっと声をあげて泣き出した。

真次を絞りあげたあと、恒昭は急いで国民学校に走った。

校舎に飛び込んだところ、教室脇の廊下を歩いている小山田を認めた。

「あれ、教頭先生。今日は非番では？」

「すぐに一緒に、公学校に行っていただけませんか。志村先生は、今日は出勤されているはずです」

「どうしたのです？」

「今度の土曜日の朝です」

話の要領が摑めないようで、小山田は口を半開きにしている。

「場所は南洋神社」

「何のことでしょう？」

「例の国民学校の児童と、公学校の児童の件です」

「ああ、何かわかったのですか？」

「決闘です。徒党を組んで――」

「決闘？」

「すぐに志村先生にもお知らせしなければなりません。とりあえず、小山田先生も同道してください」

「わかりました」

それから二人は連れ立って、公学校へと向かった。

第六章　南洋神社の決闘

1

商店や料亭、遊廓などが立ち並ぶコロールの街路を、国民学校の訓導、宮口恒昭と小山田哲郎は連れ立って、急ぎ足で東に向かっていた。行き先は、歩いて十五分から二十分くらいの距離にある公学校だ。

二人ははじめ、並んで歩いていたが、やがて日頃から体を鍛えている小山田が先に進むようになり、恒昭は息を切らしながら、必死についていかなければならなくなった。

二千人ほどの児童が通う国民学校の校舎に比べ、三百人足らずしか通っていない公学校の校舎は小さい。しかし、校舎の前の植え込みはきちんと整えられており、校庭の清掃も行き届いて、教育に相応しい場所に思えた。休み中だからひっそりとしていたが、何人かの女児が登校し、植え込みに如雨露《じょうろ》で水をやっていた。

恒昭と小山田は玄関に着くと、志村敏雄訓導に面会を求めた。志村は彼らを誰もいない教室に招き入れ、三人は子供用の低い椅子に腰掛けて、話し合いを持った。

「決闘とは驚きましたな」

恒昭の話を聞いた志村は、目をしばたたかせながら言った。

「智也君は、具体的にどう言っていたのです？」

「智也は何も言いません。しかし、次男の真次を問い詰めたところ、おおよそのことがわかりました。決闘の日時は、今度の土曜日の朝、場所は南洋神社のようです」

「両校の児童のあいだで、そこまでのいがみ合いがあったとは……シゲル君が、お宅にはもう行きたくないと言ったのも、そういう経緯があったからですかね？」

「おそらく、そうでしょう」

「何人くらいの子が関わっているのでしょう？」

「それは、よくわかりません」

「複数人同士の決闘とは困ったことだが……」

と言ったところで、志村は鰓の張った顔をほころばせた。

「私たちは首藤内務部長に褒められるかもしれませんな」

南洋群島の地方行政を管掌する首藤部長が、扇子の先を人に突きつけながら話す姿を、恒昭は思い浮かべた。

「褒められる？　どうしてです？」

「徒党を組んで喧嘩をするなんて、時局柄、勇ましくてよろしいと言われるんじゃないですか。『よくぞそのような子供を育ててくれた。君たち教員がよくやっている証だ』とね」

「志村先生、何をおっしゃっているんです」

恒昭は大きな声を出した。志村は自分より年上だし、また、軽口を言うのが彼の癖のようなものだということはよくわかっていたが、いまの場合、あまりに不謹慎ではないかと思った。

「こんなことは、何としてもやめさせなければなりません」

「それは、もちろんです。つまらぬことを申しまして、すみませんでした」

志村は神妙な面持ちになって頭を下げたが、恒昭はなおも言った。

「しっかりと戒《いまし》めるべきです。喧嘩のために集まるようなことはいかんと」

「しかし、いまは休み中ですのでねえ。誰が決闘に参加するかわからない状態では、訓戒しようにもなかなか……」

「公学校と国民学校の児童のあいだでいがみ合いが生じたのは、小山田先生の柔道教室においてだと思われます。だから小山田先生から、教室に通う子供たちにしっかりと注意をしていただくのがよいと思います」

志村も、

「なるほど、それがいいですね」

と恒昭に同意した。

ところが、小山田の反応は意外なものだった。

「いや、子供たちには土曜日の朝、南洋神社に集まらせてやりましょう」

「何ですって？」

恒昭の声は、おのずとまた大きくなった。

「島民の子と日本人の子が対立するなどということは、教育者として決して許してはならないはずです」

「それは、わかっています。自分も柔道教室において、島民も日本人も仲良くしなければならないという話を何度もしてきました。そして子供たちもその場では、『はい』と元気よく返事をしていました。しかし、今回このような経緯にいたったということは、ただ訓示を垂れてみても意味がないということでしょう。少なくとも自分の力量では、言葉で言って聞かせたところで、彼らをきちんと指導することはできません」

「だからと言って、教師が悪いことは悪いと言わなくてどうしますか。いままでのやり方でうまく指導できなかったのなら、やり方を工夫して――」

「『喧嘩はするな』と注意すれば、たしかに土曜日の決闘はなくなるでしょう。しかしそれで、公学校の子たちと、国民学校の子たちとの対立がなくなるわけではないと思います。またいずれ、別の日、別のところで、教師の目を盗んで殴り合いが行われます」

　恒昭には、小山田の態度は投げやりなものに感じられた。若い訓導がこれではいけない、と思う。

「では、どうすればいいとおっしゃるんです、小山田先生？　土曜日に殴り合いをやらせようというのですか？　それで、何の解決になるのです？　ますます、対立が深まるかもしれないじゃないですか」

　恒昭の脳裏には、そのとき進行中のアメリカ、イギリス、オランダなどとの戦争のことがよぎっている。もちろん、日本が生き延びるためには、敵の経済封鎖を打破し、資源を確保しなければならないという理屈はわかる。しかし、東アジアや太平洋の地域から敵を追い出し、日本が占領地を広げていったとして、はたしていつ、どのような形で真の平和は実現されるのだろうか、と思うのだ。

　志村も、小山田に反論した。

「喧嘩を放っておいて、怪我する者が出たらどうしますか？　我々は、父兄から大事な宝を預かっている、ということを忘れてはいけないと思います」

「いえ、自分だって、児童が怪我をしてよいなどとは思っていません」

と小山田は、とても落ち着いた態度で応じた。

「自分の考えはこうです。彼らが決闘しようとしていることに我々が気づいていないふりをしていれば、両校の児童は意気込んで南洋神社に集まるでしょう。それを、我々は待ちかまえておくのです。いざ決闘がはじまろうというときに、隠れていた我々が姿をあらわし、こっぴどく叱りつけてやれば、子供たちは魂消《たまげ》て、二度とこのようなことをやろうと思わなくなるでしょう」

恒昭ばかりか、志村も、しばらく呆然と小山田の顔を見守った。沈黙を破ったのは志村だった。

「ほう、機先を制するというやつですね」

「奇襲作戦ですか？」

と恒昭も言った
小山田は頷く。

「奇襲を成功させるには、決してこちらの動きを気取《けど》られてはなりません。ですから宮口先生、智也君とはもうこの話はしないでください。決闘が行われようとしていることなど、まったく気づいていないふりをして、放っておいていただきたいのです」

結局、三人の話し合いは、一番若い小山田が主導する形で進んでいった。

2

土曜日の朝、恒昭は目覚めていながら、布団の中にいた。室外の音に耳を澄ましている。

「今日は、ずいぶんと早いのね」

玄関のあたりから、妻の綾子の声が聞こえる。

「待ち合わせしてる」

「誰と？　寺岡君？」

「そう」

智也の返答は素っ気ないものだった。

「どこで？」

「二人で自主練習する」

まだ表は暗い。それなのに出かけようとする以上、智也は決闘のために南洋神社に行くつもりなのだ。恒昭はそう確信した。

玄関の引き戸が開く音がして、

「行ってきます」

という智也の声が聞こえた。

引き戸が閉まる音を聞いたとき、恒昭は布団から起きあがった。出かける準備に取りかかる。

寝室の襖《ふすま》が開き、綾子が入ってきた。

「出かけたわよ、智也」

「わかってる」

「あなた、朝ご飯は？」

「食べている暇などない」

智也に見つからないよう、別の道をたどりながら、南洋神社に先回りしなければならなかった。

家の外に出たとき、空にはまだ星がまたたいていた。それを見上げながら、恒昭は東へ急いだ。

南洋神社までは、家から五キロメートル以上はあるだろう。かつて、神社での奉仕活動のため、炎天下、児童らを集団で歩かせたところ、多くの子供がばてて歩けなくなり、輸送のためのバスを急遽《きゅうきょ》手配しなければならなくなったことがあった。そのため、南洋庁パラオ支庁や在勤軍人らのあいだで、「バベルダオブ島の農村部の学校には、何時間も山道を歩いて通学する児童も少なくないのに、コロールの子供はひ弱でよろしくない」という議論が起こり、以来、子供たちにしばしば行進訓練をさせるようになった。よっていまでは、智也なども、暑い日中であろうと、一時間半や二時間くらい、平気で歩くようになっている。

しかし、訓練をさせているほうの恒昭は歩くのはあまり得意ではなかった。途中、志村、そして小山田とも合流したが、そのときには大分息があがっていた。

「智也君はもう出ましたか?」

と問うた小山田は、柔道着を身につけている。

「出ました……しかし、情けない」

このようなことに自分の倅《せがれ》が関わっているかと思うと、恒昭はやりきれない気持ちになる。

「さ、急ぎましょう」

小山田に促されてまた歩き出したが、その後も、恒昭は荒い息とともに、情けない、という言葉を吐きつづけていた。

コロールの街の、東の外れに分岐があり、それを右に行くと、高地の南側の山腹を通る一本道にいたる。左へ湾曲したその道を歩くと、右手には、静かな海に、たくさんの小島が浮かぶ、「パラオ松島」の眺望が広がっていた。それを進んだ先が南洋神社だった。

沿道にはタマナとも呼ばれるテリハボクや、蘇鉄、椰子などが植えられている。その木陰に、柔道着姿で、手製の木刀を携えた国民学校の子供たちがいた。その数、十人である。

彼らは道の下側の斜面に伏せていたが、一様に腕や首、脚を手で叩いたり、かきむしったりしていた。蚊が群がってくるのだ。

「痒《かゆ》い。畜生」

誰かが声を上げたとき、一団を率いるガキ大将の酒井が、

「静かにしろよ。ここにいることが敵にばれるだろ」

と注意をした。

「だって、痒くてたまらないぜ」

同級生の永野《ながの》が言うと、酒井は声を抑えながら言い返した。

「日本の兵隊さんたちは、蚊どころか、毒虫や毒蛇がたくさんいるところでも勇敢に戦っているんだぞ」

永野は出っ歯をむき出して言い返した。

「そりゃ、そうだけど……ガジュマルはまだ来てないじゃないか」

「油断は禁物だ」

それから酒井は、下級生の寺岡へ目をやった。寺岡は酒井のすぐ後ろで、四つんばいになっていた。

「宮口の奴、遅いじゃないか」

「そうですね……」

「そうですね、じゃないぞ。本当に来るのか？」

「来る、でしょう……ちゃんと来るって、言ってましたから」

答えながら、寺岡はびくびくしていた。一度は対立した酒井と宮口智也のあいだを取り持ったのは寺岡だった。しかし、やはり智也は酒井に逆らったとなれば、彼の怒りの矛先《ほこさき》は自分に向かうことになるだろう。

酒井は言った。

「まさかあいつ、俺たちを裏切ってないだろうな？」

「裏切るって……」

「俺たちがここで待ちかまえていることを、ガジュマルに教えていないだろうな、って聞いているんだ」

「まさか、そんな……」

すると、永野が汗まみれの顔をしかめ、歯をむいた。

「もし宮口がガジュマルに俺たちの作戦を漏らしたとしたら、ガジュマルは仲間を連れて来るぞ。あるいは、すでに俺たちのことをどこかから見ているかもしれない」

「俺たちのほうが待ち伏せされているのか……」

酒井の声も緊迫したものになった。

上級生二人の心の緊張は、下級生にも伝わった。敵はすぐそばにいるかもしれない、もう取り囲まれているのでは、などという震えた声がまわりから聞こえて、寺岡も恐ろしくてたまらなくなった。

そのとき、

「ガジュマルだ」

と言う者があった。

白んでいく空のもと、太った体に柔道着をまとったシゲルが、街のほうから国民学校の子供たちがいるところに近づいてくる。下駄《げた》を履き、それをからからと鳴らしながら歩いていた。武器のようなものは何も持たず、胸を張り、堂々と歩く姿は、西郷隆盛みたいだと寺岡は思った。

「一人で来たな。馬鹿め」

酒井はほくそ笑んで言った。


「シゲル君は一人だけですね」

と言ったのは、小山田だった。

「国民学校の者たちの中に、智也君の姿はありませんね」

志村も意外そうに言う。

そばにいる恒昭も驚いていた。

教師たち三人は、道の上側の林に潜み、そこから子供たちを見下ろしていた。彼らに見つからないよう、表の道路を避け、藪《やぶ》の中を歩いてきたものだから、教師たちも体中を虫に刺されている。

いずれにせよ、彼らは困惑していた。当初、予想していたのとはまったく違うことが目の前に展開しているからだ。たしかに国民学校の児童は十名ほど集まっているが、そこに智也は交じっておらず、公学校から来ているのはシゲル一人だった。

誤った情報を他の二人に伝えてしまっていた恒昭は、申し訳なくも、恥ずかしくも思ったが、それにしても、智也は南洋神社に決闘に行くと言っていた真次の話は何だったのだろうか。智也はずいぶん前に家を出たはずだが、いったいどこに行ってしまったのだろう。

シゲルは、国民学校の子たちが潜むあたりへ近づいてくる。警戒した様子は見られなかった。やがて、強い風が吹いたわけでもないのに、沿道の木々が揺れた。斜面の下側から、国民学校の子供たちが道にあらわれ、シゲルの行く手を塞ぐように並んだ。その中央にいたのは、今度四年生になる酒井だった。

シゲルは、少し身を震わせて立ち止まった。彼は体格も良いし、柔道もなかなか強いと恒昭は聞いている。しかし、いくら何でも十人を一度に相手にしては、シゲルに勝ち目があるとは思えなかった。にもかかわらず、シゲルは逃げようとしない。

「さ、行きましょう」

恒昭が先頭を切って立ちあがろうとしたとき、小山田が、

「ちょっと待ってください」

と止めた。

小山田は国民学校の子供たちの後ろ側、すなわち神社の方向を指さした。新たな柔道着姿の子供が、木刀を肩にかけるように持ち、走ってくる。智也だった。

恒昭は、先回りして智也を待ちかまえるつもりでいた。しかし、智也はいちばん最初にこのあたりに着いて、隠れていたのかもしれなかった。

国民学校の子供たちは、後ろから足音が近づいてくるのに気づいて振り返った。

「お、やっぱり来たな」

「どこにいたんだ？　遅かったじゃないか」

子供たちが口々に言うのが聞こえる。

恒昭は呟いていた。

「あいつめ……」

やはり、自分の倅も大勢で一人に襲いかかるような卑怯な行いに加担していたのかと思うと、あら

ためて怒りが湧きあがる。

智也は木刀を振り上げ、国民学校の仲間のもとに来たが、さらに走りつづけた。仲間のあいだを抜けて一同の先頭に出、シゲルのもとに迫る。自分が先陣を切ろうというつもりなのだろうか。

シゲルも身構えた。右足を後ろに引き、両手を前に出して、腰を落とす。

智也の勢いを見て、仲間たちも、おう、と声を上げ、あとを追いかけた。十一人の子供たちが自分に向かって来るというのに、シゲルは身構えたまま動かない。

智也は、シゲルの目の前に来るとぴたりと止まった。木刀を振り上げながら、シゲルと睨み合うと思ったら、智也はシゲルに背を向け、振り返った。木刀は振り上げたままである。

国民学校の子供たちはびくりとして動きを止めた。喧嘩を止めるべく飛び出ていこうとしていたはずの三人の教師も、智也と他の児童との対峙《たいじ》に驚き、動けなくなっていた。

「てめえ、何しているんだ？」

酒井が怒鳴ったのに、智也はこう応じた。

「俺は卑怯者の一味にはならない。シゲルに味方する」

国民学校の子供たちは息を呑んだ。だがやがて、意気がりやがって、ふざけるななどと、智也に罵声を浴びせ出した。

「やはり、お前はアカの子だな。敵だ。日本人じゃない」

と酒井は言った。

智也は身震いして、大声で言い返す。

「日本男児たるもの、一人を大勢で取り囲み、叩くなどという卑怯なふるまいはできないものだ。またそれを見過ごすことも、日本男児のとる道ではない」

恒昭は、酒井が「アカの子」などと言ったこと以上に、倅の言葉にびっくりしていた。体も小さく、甘えん坊で、学校の成績もあまりよくない癖に、どこで覚えたのか、変な啖呵《たんか》ばかりは一人前に切れるようになっている。子供とは恐ろしいものだとつくづく思った。

隣にいる志村が、くっくっと喉を鳴らした。

「勇ましいご子息ですな」

志村は必死に笑いをこらえている様子だ。

また、国民学校の集団から声が上がった。

「偉そうに言いやがって、チビが。ガジュマルとお前の二人だけで、俺たちに勝てるとでも思っているのか？」

智也は手にした木刀を見つめ、また言い返す。

「不利とわかっていても、戦わねばならない。『やむにやまれぬ大和魂』だ。まずは俺が相手になってやる。シゲルを打ちのめしたい者は、俺の屍《しかばね》を越えてゆけ」

もはやこらえ切れず、志村がぱっと唾を吐いた。その直後、国民学校の子たちがいっせいに動いた。智也のもとに殺到する。

智也は何本もの木刀で、ひっぱたかれはじめた。智也も木刀を振って応戦したが、すぐに泣きべそをかきはじめる。やがて、複数に取り囲まれる中、しゃがみ込み、姿が見えなくなった。

智也を助けるべく、シゲルも敵の一団に突進していった。ひっぱたかれながらも、相手の木刀を摑み、取り上げたりしているが、なにしろ多勢に無勢であるから、やはり押されてしまっている。

「さ、急ぎましょう」

小山田が真っ先に茂みから出た。そして、

「お前たち、何をしているか」

と怒鳴りながら、斜面を駆け降りてゆく。

恒昭と志村も、こら、やめないか、などと叫びながら、小山田のあとを追った。

三人の教師があらわれ、走ってくるのを見て、子供たちは青ざめ、動きを止めた。

「やばい」

酒井が言うや、街の方向へ逃げ出した。すると、他の子供たちも彼とともに走り出す。

「待て」

小山田と志村も子供を捕まえるべく、走った。

智也とシゲルは、ぼけっとした顔つきで道に立ち、蜘蛛《くも》の子を散らすように逃げる者たちを見ていた。そこへ、恒昭は近づいていった。

シゲルはこちらを認めると、突っ立ったまま、恥じ入った様子でうな垂れた。智也は、父に背を向けて走り出す。恒昭は足を速め、智也の柔道着の襟を摑んだ。

「なぜ逃げる？」

捕まえられた智也は、掌で目を擦《こす》りながら泣き出した。

「なぜ泣いているんだ？　さっきまでの元気はどこへ行った？」

しかし、智也はもはや何も言えず、ただただ泣くばかりだった。

3

教師にその場で取り押さえられたのは、シゲルと智也を入れて六人だけだった。けれども、捕まえられた子たちが他の者の名前を白状したため、南洋神社に集まった者全員が、教師によって把握された。

また彼らは、個別に教師から訊問を受けると、今度の騒動の実情についてもあっさりと口を割った。すなわち、公学校のシゲルのことを気にくわないと思う国民学校の者たちが、彼を待ち伏せし、集団で袋叩きにしようとしていたのだ、と。

智也ももちろん、訊問を受けた。他の子たちは学校に呼び出されたが、智也の訊問は自宅の、父の書斎で行われた。

父は、なぜお前はあの朝、南洋神社に行ったのか、なぜシゲルを助けたのかとしつこく聞いたが、智也は自分の気持ちをなかなかうまく言葉にできなかった。考えた末、

「酒井たちのやることが、正しいことだとは思わなかったから」

とだけ言った。

すると父は、

「みんなが正しくないことをしようとしていると思ったのなら、なぜお父さんや他の先生に相談しなかったのだ？」

と問い返してきた。

智也はそれには、答えるべき言葉をまったく見つけられなかったし、そもそも何を言っても父にはわかってもらえない気がした。心の中のことは算術の問題のように、すっきりと答えが割り出せるものではないのだ。

たしかにあとから考えれば、親や教師に相談するという手もあったかもしれないと思わなくもない。けれどもやはり、これは大人には関係ない、子供の世界のことであった。

智也が事前に相談し、父が教師として「ガジュマル襲撃作戦」阻止に乗り出したとしたら、酒井は智也を「父にチクった卑怯者」と見なし、「アカの親子」が非国民的な行動に出た、と言いふらすに違いなかった。それでは、何の解決にもならないのではないだろうか。

智也が黙っていると、父は「何とか言え」「まったく、思慮が足らない」などとがみがみ言った。それが智也には嫌でたまらなかったし、父が「アカ」などという変な噂を立てられていること自体にも、あらためて反発をおぼえた。

けれどもそのいっぽうで、智也がずっと、父の名誉を汚す者には全力で抗いたいと思ってきたのもたしかだった。この心中でぶつかり合う、相反する思いの複雑なありように、智也は混乱するばかりであったのだ。

いや、智也を混乱させていたのは、それだけではない。シゲルに対する思いもまた、その原因の一つであっただろう。

シゲルはいつも、智也の良き友達であろうと一生懸命だった。にもかかわらず智也は、自分のほうから一方的に「もう遊ばない」と言ってしまった。ガキ大将とその子分たちからいじめられたくないという、弱い思いからだ。

シゲルは以来、智也の前にあらわれなくなった。自分とつき合いつづければ、迷惑がかかると思ったためかもしれず、そうであれば、それもまた、智也に対する友情のあらわれと言えなくもない。自分の弱さに比べ、シゲルの何と立派なことかと思う。

智也の心は罪悪感に満ち、彼はそれを晴らすべく、何とかしなければならないと考えるようになった。その際、シゲルの真剣な友情に見合うのは、教師や親に助けを求めることなどではなく、シゲルのもとに一人で駆けつけ、彼と二人きりで困難にぶつかることしかない気がしたのだ。しかしそれが、父を納得させられるような「正しい選択」とは言えないことも、智也にはわかっていた。

だから、父に何度も、

「どうしてこんな馬鹿なことをしたんだ？」

と問い詰められた揚げ句に、智也の口から出てきたのは、黒田から教えられた、

「やむにやまれぬ大和魂」

という言葉だけだった。

それを聞いた父は、

「この馬鹿者」

と大声で雷を落とした。

その後は、智也はもはや何も言えず、泣いているしかなかった。


長々と叱られるのは、くたびれるものだ。父にさんざん油を絞られた翌日、智也は何をする気力も湧かず、ただ胡坐をかき、窓の外の庭木を眺めて時を過ごした。

真次はその日、智也のそばに近寄ろうとしなかった。父たちが南洋神社の参道で待ち伏せできたのは、真次が「男の約束」を破り、口を割ったからに違いないだろう。けれども智也は、真次をとっちめてやろうとは思わなかった。そのような気力すら失うほどにくたびれていたということもあるが、真次が決闘のことを父に告げ、教師たちが助けに来てくれなければ、自分はどれほどひどい目にあっていたかわからないのだ。結局のところ、真次の裏切りによって救われた面があることは、認めないわけにはゆかなかった。

いっぽう、母はふと気がつくと、用もないのにいつの間にか智也のそばに座って、顔をじろじろの

ぞき込んできた。

「何？」

と智也が問うても、にやにやしているだけだ。

智也のそばを離れて台所に立っていても、洗濯物を干していても、母は何だか嬉しそうだった。鼻歌なども歌っている。父に叱られた上、母にもまた叱られるだろうと思っていた智也は、ちょっと拍子抜けした気分だった。

智也が漫画を読みはじめると、母はまた隣に座ってこちらを見た。智也が知らぬ顔をしていたら、

「漫画ばっかり読んで」

とは言うものの、漫画を取り上げようとするわけでもない。やがて、智也の顎をぐいと摑み、自分のほうへ向けた。

「何だよ？」

「まったく馬鹿な子だね。こんなに腫《は》らして」

智也の額には、木刀でひっぱたかれた傷ができており、ヨードチンキを塗ってあった。

「蚊にもいっぱい刺されて……首も腕も、ひどいじゃないの」

と母は呆れ顔で言うが、しかし、声音《こわね》は楽しそうだった。

「お父さんも、痒い、痒いって言って、体のあっちにもこっちにもムヒを塗ってたわ。あんたのこと、『あいつは誰に似たんだ』とか言いながらさ」

母が笑いながら言う前で、智也は不貞腐れるしかない。

「あんた、大勢に一人で向かっていって、勝てると思ったの？」

智也が首を横に振ると、母はまた笑った。

「それでは、兵学校には行かれないわ。そんな馬鹿な人が偉くなって指揮をするようになったら、従う下の人たちが可哀想でしょ」

あまりにも馬鹿、馬鹿、と言われ、智也も腹が立ってきた。

「どうせ僕は馬鹿だよ」

すると、母は智也を優しく見つめながら言った。

「お父さんが、褒めてたよ。あんたのこと」

「え……」

「立派に育ってきているって。まだまだ子供で、未熟だけれどね、まわりがどうしようと、誰に何と言われようと、自分が正しいと思ったことを、体を張ってするのは偉い、ってさ」

思いも寄らず、智也は言葉を失った。

「あんた、お父さんに、アカか、って聞いたんだって？」

智也は後ろめたい気持ちになった。やはり自分は、父に聞いてはいけないことを聞いたのだと思った。

「アカなんて言葉、どこで知ったの？」

「お前はアカの子だから、シゲルの味方をするんだって……上級生が」

「お父さんは、アカなんかじゃないよ」

母はきっぱりと言った。

「お父さんは、人より正義感が強かっただけ。それで誤解されて、アカだと言われたことがあるだけよ。それもずっと昔のこと」

頷いた智也の頭を、母は撫でた。

「やっぱり、あんたはお父さんに似たんだね」

智也は嬉しくなったが、それまでほころんでいた母の表情がきついものになった。

「偉いと言ったって、未熟で馬鹿なんだからね、あんたは。忘れなさんなよ」

「わかってるよ……うるさいな」

「シゲル君も、智也に似ているのかもしれないね」

母はまた、笑顔に戻っている。

「あの子は、国民学校の子たちが待ちかまえているのを知っていたみたいね。誰が教えたのかしら？あんたが教えたの？」

智也は黙っていた。

「『自分が狙われているのを知っていたのに、どうして仲間に声をかけず、一人で行ったんだ？』って公学校の志村先生が聞いたんだってさ。そしたらシゲル君は、『これは他の子を巻き込むようなことじゃない。自分が殴られればすむことだ』って言ったらしいよ」

母は、智也の頰の虫刺されを指先でいじる。

「シゲル君、『智也君を仲間に引き入れたおぼえもないから、彼を叱らないでください』とも言ったんだってよ。まったく、あんたらは馬鹿同士ね」

母はそれからまた、智也の頭を撫でた。

「馬鹿同士、今後ともシゲル君とは仲良くしなさいよ。ずっと、ずっと仲良くしなさい」

智也は涙ぐみながら、頷いていた。

4

午前中ながら、太陽は激しく燃え、地面に木々の濃い影を焼きつけている。しかも、空気は猛烈な湿気を帯び、木陰に入ろうが、屋内に入ろうが、この暑さから逃げられる場所はどこにもなかった。

白い官服を身につけて、南洋庁本庁舎玄関の長い階段をのぼる恒昭は、すでにして水をかぶったように汗みずくになっている。彼が訪れたのは、南洋群島の教師を監督・指導する樋山視学が待つ部屋であった。

迎え入れた樋山も官服姿だったが、やはりのぼせたような顔をしていた。大きく膨れた腹のあたりがきつそうで、対座すると、いまにも服のボタンが弾《はじ》け飛《と》びそうだった。

「毎日の暑さでばててはいるんだが、痩せはしない」

腹を撫でながら樋山が言ったので、恒昭はつい笑ってしまった。

いつものように樋山は、自分で笑わせておきながら、恒昭に窘《たしな》めるような目を向けて、

「遠慮を知りなさい」

と言った。それから、問うてきた。

「立ちまわりがあったのかね、南洋神社で？」

「子供たちのことですか？」

一人の島民の子を、国民学校の一部の子らが大勢で痛めつけようとしていたのを、自分たちが待ち伏せをして止めた、という経緯を、恒昭は簡単に説明した。

「それが、何か？」

細く伸ばした白い顎鬚を、難しい顔でしばらくいじった後、樋山は言った。

「今日、わざわざ来てもらったのは他でもない。君には転勤してもらうことになった」

「そうですか……どこへでしょう？」

「瑞穂国民学校だ。校長に補職するから、栄転と言えなくもないがね……」

瑞穂国民学校がある瑞穂村は、コロール島の北東に位置する、バベルダオブ島の南西部にあった。同島には日本人によっていくつもの開拓村がつくられていたが、どこも住人は少ない。瑞穂村の戸数は九十くらいで、瑞穂国民学校の児童数も百人ほどに過ぎなかった。そこに移るとなれば、実質的には左遷と言っていいのだろう。

「いつです？」

「すぐだ」

「命じられたのなら、私は喜んで瑞穂へ参ります。学校の大きさや児童数と、仕事の大切さは関係がないと思いますし……しかし、なぜこの時期に？」

新学期はすでにはじまっており、智也も三年生に進級した。仕事に支障を来《きた》さないためにも、もっと前もって転勤の内示をしてくれなければおかしいではないか。そのような不満を、恒昭は当然おぼえたのだ。

樋山は目を逸らしたまま、またしばらく鬚をいじった。

「件《くだん》の子供たちの立ちまわりさ」

「その責任を取らされての転勤なのですか？」

「いや、立ちまわり自体はそれほど問題視されてはおらんな。私のまわりでも、『男の子は喧嘩するくらい元気なほうがよい』という人が何人もいるくらいで……首謀者は『酒井』って児童だろ？」

樋山が事情をよく知っていることに、恒昭は驚いた。

「小山田訓導の説諭により、本人も反省しているようですが」

「酒井の親は、南洋拓殖の者とのことだが、首藤内務部長と親しくしておってね」

樋山はいまいましそうに顔をゆがめ、二度、三度と自分の腹を強くひっぱたいた。

「内務部長にご注進に及んだらしい。宮口という教師はけしからん、と」

「私がいったい、何をしたと言うのです？」

「さてな……自分の倅が叱られたのが気にくわなかったのだろうがね、『宮口はアカの疑いがある』と言ったそうだ。『聖戦遂行中の時局柄、ああいう国賊が教壇に立つのはけしからん。すぐに辞めさせるべきだ』とね。それで、内務部長が私を呼び、『宮口を学校から締め出せ』と曰《のたま》ったというわけだ」

まだ、そのような話が陰でなされているのか、と思うと恒昭は許せない気持ちになった。理不尽だという思いを言葉にしようとした直前に、樋山は肩や肘に力を込め、怒鳴るような声を出した。

「何が時局だと言うんだ。子供が教師に『卑怯な真似《まね》をしてはならん』と叱られると、その親が反発し、教師に仕返しをしてやろうとする。こんなことがまかり通ってたまるものか。だから私は内務部長に、『宮口は決して辞めさせない』と言ったんだ」

そこで、樋山の全身から力が抜けた。下を向く。

「言ったんだが、私の力不足だ。君を瑞穂へ移すことで納得してもらうしかなかった」

「ありがとうございます。視学には感謝の言葉しかありません。私のような者のために――」

「君は大事な人材だ」

「これからは、農村の子供たちを相手に、精いっぱいやります。引き継ぎを終えたら、私は喜んで瑞穂村に参ります」

「それがな、『引き継ぎの必要はない。すぐにでも向こうへ行け』とのことなんだ」

　腹が立った。しかしそもそも、すべては身から出た錆《さび》なのだと、恒昭は思い直した。若い頃に警察の世話になるようなことをしたのも、以前に首藤内務部長と衝突したのも、自分のいたらなさのせいだ。もし納得のいかない気持ちを抱えて転勤するとすれば、瑞穂国民学校の児童やその父兄に対して申し訳ないことになるだろう。だから、もう何も文句は言わず、命じられるままに速やかに転勤しようと思った。

「承知いたしました」

「君がアカでも、国賊でもないことは、私にはよくわかっている。いいか、腐るなよ。自棄《やけ》になるなよ。教師を辞めようなどと、ゆめゆめ考えるなよ。いまはじっとして、目の前の仕事に打ち込むんだ。時が経ち、戦争が終わればまた、南洋全体のために、君が必要となるときが来る」

「お言葉、痛み入ります。教師を辞めるつもりはありませんが、自分が国賊でないかどうかは、自分でもわかりません」

　樋山は目をむいている。ずいぶんと大胆なことを言ったものだ、と思っているのだろう。

「私は、戦争は嫌いです。自分の教え子たちが『お前たちは勇敢だ』と励まされ、戦場で戦って死ぬかと思うと、居ても立ってもいられない気持ちになります。同じ人間が、国が違うとか、肌の色が違うとかで、なぜ戦わなければならないのかがわかりません。自分自身も、できれば戦争で死にたくありません。子供たちの成長をずっと見守っていたいです」

　樋山は顔をゆがめながらも頷いた。

「腹の中でそう思うのはかまわんが、本心を述べる際には時と場所を考えろよ。ここは、南洋庁の庁舎なんだぞ」

「はい、すみません。視学のご忠告、肝に銘じます」

「それを聞いて安心した。君は病気持ちだ。瑞穂村ではくれぐれも体には注意しろよ」

「はい」

樋山に対する感謝の念のせいで、恒昭の声は震えていた。

辞する恒昭を送り出した樋山の目も、赤らんでいるかに見えた。

5

公学校の前の通りを北上すると、やがて珊瑚礁の中を通る突堤にいたり、波止場に行き着いた。バベルダオブ島へ向かう客船が発着する場所だ。

宮口一家がその波止場に来たとき、昼の忙しい時間にもかかわらず、すでに見送りの人々が集まっていた。学校の先生や児童の父兄、教え子、また近所の人たちもいたが、南洋庁の官吏や、教科書を作る上で父が協力を仰いだ熱帯産業研究所、水産試験場、気象台などに勤める人たちもいた。

「智也君も、真次君も元気でね」

などと大人に声をかけられると、真次はけろりとした様子で頷いていたが、智也の心中は複雑だった。

大きな荷物はバベルダオブ島の官舎に送ってあり、父は転勤が決まってから何度か同島に行って、新生活の準備を進めていた。しかし、母と智也と真次がバベルダオブ島へ渡るのははじめてのことだった。向こうでの生活に、智也は正直なところ不安を感じていた。

だいたい、コロールでの新学年はすでにはじまっていたのだ。三年生になって学校に行ったところ、智也を無視したり、いじめたりする者はいなくなっていた。酒井やその子分たちがさんざん叱られ、大人しくなったせいもあるが、先生たちが智也のことを、なかなか勇気がある子と認めているような雰囲気を感じた他の児童たちも、智也に一目置くようになったせいでもあった。いい三年生生活がはじめられそうだと思った矢先の転校は、やはり残念でならなかった。

だから、父母がいろいろな人と朗らかに挨拶をしているあいだも、智也は沈んだ気持ちで自分の影を見つめてばかりいた。

そこへ、

「智也」

と声をかけてきた人物がいた。黒田晴海だった。

「聞いたぞ、智也。ずいぶん派手に暴れたらしいな。恰好いいじゃないか」

黒田は、眼鏡の奥の目を細めている。智也が黙っていると、とぼけるな、と言うように、黒田は指先で智也の胸を衝《つ》いてきた。

「大勢を相手に、チャンバラをやったっていうじゃないか」

智也は、どう応じていいかわからなかった。大勢に木刀で叩かれて身動きが取れなくなっただけのことで、恰好いい話ではないと思った。おでこにはまだ、そのときにできた瘤も残っている。

「その元気があれば、向こうでの生活も心配いらないな」

「黒田さんは、これからどうするの？」

「どうって？」

「水産講習所、辞めるんでしょ」

「俺がそんなことを言ったか？」

「『やむにやまれぬ大和魂』って……」

「辞めるわけないだろ。辞めたって、どこにも行く場所はないんだし」

「あんなに怒ってたから、僕はてっきり……」

「そんなこともあったかな。しかしまあ、『ならぬ堪忍《かんにん》するが堪忍』と言ってな」

「ならぬ……」

「智也はそんなことも知らないのか？『ならぬ堪忍するが堪忍』だよ」

黒田のあまりの態度の変わりように、智也は呆れた。しかし、黒田が今後も水産試験場の技師となるべく修業をつづけるようだとわかると、少しほっとした。

「じゃ、コロールに遊びに来たときは、また会えるね」

「もちろんだ。コロール島とバベルダオブ島は目と鼻の先じゃないか」

波止場からは、洋上にバベルダオブ島が大きく見えている。

「智也、向こうで珍しい貝殻などを見つけたら、拾って持ってきてくれよ」

「うん、持っていくよ」

そのとき、黒田の背後でこちらを見ている人物がいるのに智也は気づいた。智也に話しかけたいのだが、黒田との会話が終わるのを待っているようだ。

「シゲル……」

シゲルは、目をくりくりとさせ、白い歯をむいた。気づいてもらえたことを喜んでいる。智也とシゲルが笑顔で見つめ合っていると、黒田は邪魔をしてはならないと思ってか、後ずさり、智也から遠ざかっていった。

　シゲルは智也に歩み寄ってきた。手にした麻袋をさし出す。智也がそれを受け取り、中を見ると、大きなマングローブガニが三匹入っていた。脚をもぞもぞ動かしながら、もつれ合い、甲羅と甲羅がぶつかって、かたかた音を立てている。

「でかい。やっぱり、シゲルは蟹捕りの名人だな」

「だろ」

　シゲルは得意げに言った。

「持っていきなよ」

「ありがとう」

　シゲルとも離れて暮らさなければならなくなるかと思うと、智也は淋しかった。智也がしんみりしていると、シゲルはまた笑顔になった。

「バベルダオブ島はいいところだよ」

「シゲルの故郷だもんな」

「自然がいっぱいだ」

「楽しみだよ」

　と智也は言ったが、本当はこのままコロール島にいたかった。

「嬉しかった」

　突然、シゲルが言った。

「何が？」

「助けに来てくれただろ」

「たいして助けにはならなかったけどね」

「智也は勇敢な日本人だ。日本男児の中の日本男児だ。尊敬する」

「それを言うなら、シゲルも日本男児だろ。あんな大勢が待ちかまえているところに、たった一人で来るなんて、大した度胸だ」

シゲルは顔を輝かせたが、かぶりを振る。

「いや、僕はまだまだだよ。修業が足らない」

「何を言っている。日本人も島民も関係ないだろう」

「智也なら、兵学校に行ける」

と言ったあと、シゲルはこうつけ加えた。

「ずっと友達だ」

そんなことを言われたら、照れ臭くなるだろ——。

そう思いながら、智也も、

「そうだ。友達だ」

と応じた。

「瑞穂村に行ったら、ちゃんと蟹を捕れるように練習しろよ」

「いや、そんな練習はしない」

「しろよ」

「しない」

言い合っているあいだ、シゲルはにこにこ笑っていた。

船が出る時間になった。智也たちが乗ったのは、いわゆるポンポン船だった。船が出発し、沖合に出ても、宮口一家は見送る人々が見えなくなるまで手を振っていた。智也も必死に手を振った。小さくなっていくシゲルも、いつまでも手を振ってくれていた。

　波止場の周囲は浅瀬だったが、船は間もなく濃紺色の深い水道に出た。それを一キロほど進むと、ふたたび珊瑚や硨磲《しゃこがい》貝などが間近に見える浅瀬にいたった。船が岩礁を迂回《うかい》しながら、ゆっくりと進んでいくあいだ、智也と真次ははしゃぎながら、色とりどりの魚が泳ぐのを眺めていたが、内心は、智也は鬱々としていた。けれども、魚影のうちに、メガネモチノウオの姿を見たとき、智也ははっとした。

　そのときもまた、海の王侯のように悠々と泳ぐメガネモチノウオを見て、自分もあやかりたいと思った。いや、シゲルに日本男児だ、尊敬すると言われた直後だけに、少しばかりはメガネモチノウオに近づいたのではないか、という気もした。

　淋しがっていてはいけない――。

　船はそのうちに、両岸にマングローブ林が広がる川筋に入っていった。コロール島では見たことがないような、大きな川だった。

　川を五百メートルほども遡った頃だろうか、森が切れ、視界が開けて、波止場が見えてきた。船はそこに近づき、着岸した。

　波止場には、大人の若い男性とトラックが待っていた。男性は瑞穂国民学校の先生のようで高田《たかた》と名乗った。智也と真次は、よろしくお願いします、と言って頭を下げた。

　宮口家の四人は高田が運転するトラックの荷台に乗り、出発したが、島の景色はコロールとはまるで違っていた。道路は舗装されておらず、トラックは土埃をあげ、激しく揺れながら走る。商店街や役所の建物はなく、民家もぽつり、ぽつりとまばらに立っているだけだ。

　やがて、父が車の進む方向を指さした。

「あれが新しい学校だぞ」

畑が並ぶ土地のただ中に立つ校舎は、コロールの学校に比べて、ずいぶん小さく、みすぼらしく見えた。さらに父は、学校のすぐそばに立つ、古ぼけて感じられる建物をさし、

「あれが、新しい家だ」

とも言った。

そばに座っていた真次が、智也のシャツを引っ張る。

「お兄ちゃん、僕、家《うち》に帰りたい」

「馬鹿なことを言うなよ」

と智也は窘めた。

しかし、智也も本心では、あそこには住みたくないな、と思いながら風に吹かれていた。

第七章　大空襲

1

宮口智也と真次の兄弟は、瑞穂国民学校の校庭で、鎌を使って草刈りをしていた。天空にはぎらぎらとした太陽があり、北の山の向こうからは、入道雲が立ちのぼっている。

校庭の隅には、木柵《もくさく》と金網で囲われた檻《おり》があった。刈った草は、その中で飼われている山羊《やぎ》の餌になった。

昭和十九年（一九四四）三月のことだ。四月になれば、智也は五年生に、真次は二年生になる。しかし、いまは新学年がはじまる前だから、学校に児童の姿はほとんどなかった。

バベルダオブ島の瑞穂村は農村だ。東側が高地で、南西へなだらかに下り、海岸にいたる土地に、農地が五町歩《ちょうぶ》ずつ区画されて並んでいた。南洋庁が開拓者に割り当てたものだ。その頃の戸数は九十余である。

かつて、山のほうは密林であったが、低地よりも土が肥えていたため、多くの開拓者が苦労して山中を開墾《かいこん》した。よって瑞穂村は、低地に建てられた学校から、はるか遠くへと広がっている。

いや、瑞穂国民学校に通うのは、瑞穂村の子供だけではなかった。さらに遠くのガキップ、ウルシャル、アイライ、エレゲー、アイミリーキなどの地区からも来ており、中には片道七、八キロも歩いて通う者すらいた。ほとんどが農家の子供だから、日頃から家業の手伝いで忙しく、ましてや休み中には、学校にはあまり姿をあらわさない。

よって、休暇のあいだの学校の清掃などは、校庭に面した官舎に暮らす、教員の子供たちの仕事となるのだ。学校には正規の訓導（教員）は四人しかいなかったが、そのうちの三人は官舎に住んでいた。片山《かたやま》先生の家は夫婦のほか、三人の男の子と一人の女の子が、高田先生の家は夫婦と二人の女の子、それにその祖母が暮らしている。子供たちのほとんどが、瑞穂国民学校の児童だった。

「よく食べるな、シロは」

山羊がしきりに口を動かし、草を食べる姿を、真次は柵に寄りかかりながら、じっと見ている。群れからはぐれた野生の子山羊を捕まえ、学校で飼っていたのだ。全身、真っ白な毛に覆われているので、「シロ」と名づけられている。パラオにはもともと山羊はいなかったが、ヨーロッパ人が家畜として持ち込んだのち、野生化したらしい。

「たくさん食べさせて、どんどん太らせよう」

智也は言って、草をどっさりと柵の中に放り込んだ。

「こいつが太れば、内地からの輸送がしばらく途絶えても心配はないからな」

「どうして？」

「こいつを潰して喰えばいいからだよ」

「駄目だよ。シロは食べない」

と真次は叫んだ。

「お前、鶏《にわとり》や家鴨《あひる》は食べるのに、なぜ山羊は食べないんだ?」

コロール島に住んでいたときとは違い、官舎のまわりにも広い敷地があった。そこには芋類や落花生《らっかせい》、パイナップルなどを植えた畑が作られ、バナナやパパイヤの木も何本も植えてあったほか、鶏や家鴨も飼われていて、かなりの食料を自給できた。

「鳥とシロは違うよ」

「どう違うんだ?」

「シロを殺して食べるなんて、可哀想だ」

「そんなことを言えば、鳥だって捌《さば》いて喰われたら可哀想じゃないか。お前、このあいだ鶏鍋を、旨い、旨い、って言いながら食べただろ」

「だから、鶏や家鴨とシロは違う」

向きになる弟を見て、智也は笑った。

「明日には、シロはいなくなっているかもな。俺が喰っちゃっているかもしれないぞ」

「駄目だよ、絶対に」

弟をからかううち、煙草《タバコ》をくわえながら、リアカーを引いて近づいてくる人影に智也は気づいた。

パイナップル缶詰工場の大津《おおつ》という男だった。官舎の裏手には農事組合の売店があって、日用品などが売られていたが、そこに缶詰を届けてきたものと思われた。

「何を採《も》めているんだ、坊主たち」

大津が声をかけてくると、真次は訴えた。

「お兄ちゃんはひどい人間なんだ。シロを食べるって言うんだから」

大津は笑いながらさらにそばまで近づいてくると、首に巻いた手拭いで顔の汗をふき、言った。

「それより坊主たち、マラカル港にな、戦艦武蔵《むさし》がおるぞ」

マラカル島はコロール島の西にあり、両島は橋でつながれている。そのマラカル島には、大きな船が停泊する港が造られていた。

「おじさん、見たの？」

「おう、見た、見た。でかいぞ」

四十代にしては皺が深く刻まれた顔に笑みを浮かべ、大津は言った。昨日、仕事でコロール島へ行く機会があり、戦艦武蔵を見たというのだ。

大和と同型艦の武蔵は、全長は二百六十三メートル、満載排水量は七万二千八百余トン、乗員数は三千数百という、当時の日本海軍が誇る大艦だった。山本五十六《やまもといそろく》連合艦隊司令長官が昭和十八年四月に戦死した後、長官に就任した古賀峯一《こがみねいち》大将の座乗艦で、連合艦隊の旗艦である。

「あのでかさには驚いたね。船というよりは、ほとんど島だな」

「そんなにでかいんだ」

智也が言うと、大津はしみじみとした口調になった。

「ああ、でかい。坊主たちにも見せてやりたかったな……正直なところ、今度の戦《いくさ》はなかなか難しいと思っていたんだ。このパラオにも、いつ敵が来るかもわからん、とな」

「敵は来るの？」

不安げに尋ねた真次に対して、大津はにっこり笑った。

「いや、武蔵を見て、俺は心を強くしたぞ。武蔵がパラオにいれば、心配はいらんだろう。敵が来ても、武蔵が片っ端からやっつけてくれるさ」

そう言い残して、大津はまた空のリアカーを引いて歩き出した。その背中を見ながら、智也はため息交じりに言った。

「戦艦武蔵か……」

智也はみずからの体温が、何度か上昇したように感じた。まだ見ぬ武蔵の姿を、いろいろと空想した。

島のように大きな鉄の城――。

それからはもう、智也の頭の中は武蔵のことでいっぱいで、草刈りにも身が入らなくなった。真次が話しかけてきても、上の空で返事をするばかりでいた。

そこへまた、別の人たちが近づいてきた。三人の兵隊だ。

前年から、パラオの島々にやってくる兵隊の数が多くなっていた。バベルダオブ島でも、各地にさまざまな部隊が駐屯している。学校のすぐそばにも一中隊が駐屯しており、森の木を切り出して組み、椰子の葉で屋根を葺いた兵舎がいくつも建てられていた。

兵隊たちはしばらく島に駐屯すると、前線の戦場に向けて出発していった。そして、代わりの兵員がまた別の場所から新たにやってくるのだが、去っていった者たちが帰ってくることは基本的になかった。しかも、その多くが戦死しているという噂も、智也や真次のような子供ですら聞いていた。

「君たち、手伝おうか？」

兵の一人が言った。

兵たちは隊務の合間に、草を刈ったり、校舎の修繕をしたりするなど、学校のために働いてくれていた。

「いいよ。自分たちでやらないと、お父さんに叱られるから」

智也は断った。

「本当に手伝わなくていいのかい？　疲れた様子だけど」

と言った兵に、智也は問うた。

「兵隊さん、武蔵を見た？」

三人は顔を見合わせた。

「戦艦武蔵かい？」

「来ているんでしょ？」

「そうらしいね」

「兵隊さんは、武蔵を見てないの？」

「見てないよ。ずっと君らのそばで暮らしているんだから、見られないだろ」

一人の兵隊が笑いながら言うと、他の二人も一緒になって笑った。

「そうか。でも、やっぱり武蔵はパラオにいるんだな……武蔵がいれば、敵が来ても大丈夫だ」

「武蔵なんかいなくても、君らは心配いらないよ。俺たちがここにいるんだから。敵は、陸軍が追い払ってやるよ」

海軍に嫉妬《しっと》してか、兵の一人はそう言った。

「そんなに武蔵を見たければ、お父さんに連れていってもらえばいいじゃないか。お父さん、仕事でコロールに行くことがあるだろ？」

兵隊たちも、智也と真次が校長先生の子供だということは知っている。

「その手があった……真次、俺たちも武蔵を見よう」

「見る、絶対に」

兄弟二人は兵たちを置いて、官舎のほうへ駆け出した。

官舎の裏手の畑では、父の恒昭と母の綾子が畑仕事をしていた。

バベルダオブ島には、コロール島のように商店街があるわけではないし、戦争の長期化に従い、最近ではさまざまなものに配給制が布かれて、簡単には手に入らないものが多くなっていた。だから、畑仕事はたしかに、食料を補うための重要な作業であった。けれども父にとって農作業は、それだけを意味するわけではないようだ。

父はいつも、「この村は、開拓農家の人々によって作られた。だから、この地の児童を預かる教員は、みずからも畑を耕さなければならない」と言っていた。すなわち父にとって、畑仕事は、児童やその父兄と同じ苦労を分かち合うための業なのであった。

「お父さん」

呼びかけながら、智也たちが駆け寄っていくと、父は集中を妨げられたというような顔で子供たちを見た。

「お父さん、南洋庁に行く用事はない？」

「南洋庁？」

「用事があれば、僕らを連れていってよ」

父はときおり船に乗って、コロールにある南洋庁の庁舎に出向くことがあった。

「このあいだ、本を買ってきてやったじゃないか」

「いや、本がほしいんじゃないんだ……」

智也がそこまで言ったとき、真次が、

「戦艦武蔵」

と叫んだ。

そばでしゃがんでいた母が、けらけらと笑い声を立てた。

「そんな軍事機密を、お父さんが知っているわけないだろ」

智也が聞くと、父は眉間に皺を寄せた。

「武蔵、いつまでいるかな？　まだしばらくはいるよね？」

智也と真次はそろって肩を落とした。

「なるほどな。しかし、残念だが、しばらく南洋庁に行く予定はないぞ」

父は微笑《ほほえ》む。

智也も言った。

「武蔵を見たい」


翌日の午後、恒昭は学校の校長室で上半身裸になっていた。山崎《やまさき》軍医中尉が聴診器を当てて、恒昭の肺の音を聞いている。山崎は学校のそばに駐屯する中隊に所属していた。

喘息持ちの恒昭は、コロール島で暮らしていた頃は、南洋庁パラオ医院に定期的に通っていたが、バベルダオブ島に移ってからは、なかなか通えなくなった。それを知った軍医たちは、ときどき学校に来て診察してくれるのだ。

部隊が学校のそばに駐屯するようになった当初は、教師たちは困惑した。何しろ、授業中にも窓から兵隊が訓練する様子が見えるものだから、児童たちの集中は妨げられてしまう。恒昭が隊長に、訓練時間などを考慮してもらいたいと申し入れたこともあった。

しかし以来、学校に迷惑がかからないよう、軍側は配慮してくれるようになった。そればかりか、兵たちがマングローブの森を海岸まで切り開き、橋をかけてくれたり、川の水を学校のそばまで引いてくれたりしたから、子供たちの生活環境もよくなった。

子供たちはみな、兵隊のことが大好きだった。人口もあまり多くなく、娯楽も少ない農村部に暮らす者にとって、外から大勢がやってくること自体、とても刺激的な出来事であり、みな、彼らに対して興味津々《しんしん》なのだ。しかも、兵たちのほうも、郷里に残してきた自分の子供や弟妹のことを思ってか、村の子供にとても優しく接してくれたから、人気があって当然だった。

軍では、兵たちが歌や踊り、楽器演奏などの特技を競う演芸会がしばしば開かれたが、そこには学校の児童も招待された。また、児童のほうもそこで踊りを披露することがあり、つねに兵隊たちの喝《かっ》采《さい》を浴びていた。

部隊同士で野球の試合が行われることもあり、それを観戦するのも、児童らの大きな楽しみであった。演芸会などで親しくなったお兄さんたちの活躍を、みな大声で応援した。

山崎軍医もまた、子供たちに人気のある一人だった。なかなかのハーモニカの名手で、彼が童謡などを吹奏すると、子供たちがまわりに集まり、自然と合唱会がはじまった。

恒昭の胸の音を聞いたり、各所を指先で触診したりしたあと、山崎は、

「いまのところ、大きな問題はありませんな」

と言った。

「そうですか。それはよかった」

「とにかくこの病気は、無理をすることがいけません。お忙しいでしょうが、よく休み、夜は十分に眠ることです」

「はい」

恒昭は、脱いでいたシャツをまた羽織った。そのボタンを留めているあいだ、山崎は尋ねてきた。

「ご家族のみな様も、元気でいらっしゃいますか？」

「ええ、元気です」

「聞きましたよ。ご子息は大変優秀で、級長さんだとか。やはり、先生のお子さんだけありますね」

「優秀だなんて、そんな……田舎《いなか》の学校ですからね」

級長というのは、長男の智也のことである。

コロールではあまり成績がふるわなかった智也だったが、瑞穂村に来てからは、学年でつねに一、二を争う成績となり、級長にも選ばれるようになっていた。しかしそもそも、コロールのパラオ国民学校と、瑞穂国民学校では、児童の数がまったく違う。戦争の激化を背景に、内地へ引き揚げる家が増えたこともあって、いま智也と同学年の男子児童は十数人しかいなかった。

しかも、瑞穂国民学校に通う児童のほとんどは農家の子である。彼らは家業の手伝いを強いられ、なかなか学業のために十分な時間を割くことができない。両親もたいていは、彼らには自分たちが開拓した農地を継がせたいと思っており、上級学校にやるべく勉強させなければならないとは考えていなかった。よって、智也の好成績が目立つのは、ある意味で当然と言えたのだ。

「田舎の学校でも、成績がよいことは立派ではないですか。褒めてやらなければなりません」

山崎は恒昭より少し若いようだが、なかなか落ち着いた、世慣れた雰囲気があって、その言葉には傾聴すべき重みが感じられた。しかし、恒昭には、自分の伜を人前で褒めることに対するためらいがあった。

「将来は、内地の学校に進学させるのでしょう？」

「さて、どうですか……本人は兵学校へ行きたいなどと、大きなことを言っていますがね」

「海軍さんか。やはり、陸軍は不人気かな」

苦笑しながら言った山崎に、恒昭も苦笑を浮かべる。

「あいつは、コロールに連れていけってうるさくてね。『南洋庁に用事があれば、一緒に連れていってくれ』などと言うのですよ。戦艦武蔵を見たいらしくて」

するとと、山崎は笑いを納めた。

「残念ながら、武蔵はもう、マラカル港にはいないようです。出港したと聞きました」

「ああ、そうですか」

山崎の顔が、何やら深刻さを帯びているのに恒昭は気づいた。

「何か……」

「先生のお宅では、内地への引き揚げはお考えにならないのですか？」

「引き揚げ？　学校の児童を置いて、自分だけ引き揚げるわけにはいきませんよ」

「ご家族だけでも、引き揚げさせることを考えはしませんか？」

「敵が、ここにも来るということでしょうか？」

「トラック諸島が空襲を受けたのはご存じでしょう」

「ええ、それは」

昭和十六年十二月にはじまった対米英蘭戦は、緒戦においては日本軍が快進撃をつづけ、占領域を広げていったが、次第に敵の反撃も激しくなった。十八年の二月にはソロモン諸島のガダルカナル島からの撤収が行われ、同年四月には山本連合艦隊司令長官を乗せた一式陸上攻撃機が、ブーゲンビル島上空で撃墜された。

その後も、敵の攻勢は熾烈《しれつ》さを増している。この当時は軍当局によって情報統制がなされていたから、報道では国民の戦意を沮喪《そそう》させないよう、「撤退」を「転進」、「全滅」を「玉砕」と言い替えるなどしていた。しかしながら、各地で日本軍が「玉砕」し、「転進」によって日本の占領域が縮小しつつあることは、一般の人々にも明らかだった。

「トラックへの敵の攻撃は、それほどひどいものだったのですか？　大本営の発表では、味方は相当の損害を受けながらも、奮戦によって敵を撃退したようですが」

トラック諸島（チューク諸島）は南洋群島の一部で、十八年九月に大本営・政府が決定した絶対国防圏のうちに位置する、帝国海軍の一大根拠地であった。

山崎は声を低くした。

「もはや、港としてはほとんど利用できないほどの大打撃を受けたようです。戦艦武蔵をはじめ、主要な艦艇は敵接近の報を受け、急ぎ脱出し得たのですが、港に残った船は壊滅状態とのこと。また航空機も相当数を失ったらしいです」

「へえ」

「それで、連合艦隊はトラック諸島を放棄し、パラオに根拠地を移すことにしたのですが……武蔵はもう、パラオには帰ってこないかもしれませんね」

「パラオも放棄したということですか？」

「自分らには詳しいことはわかりませんが、そういう噂は聞くのです。敵が近づきつつあるため、退避したのではないかと」

それが本当だとしたら納得がいかない、と恒昭は思った。敵と戦うべき軍隊が、敵の来襲を恐れ、民間人をほったらかしにして真っ先に逃げるとは筋が通らないではないか。

「もし、ここにも敵が攻撃してくるとして、それはいつになりそうなのです？」

「それも、わかりません。しかし、上からは、警戒をこれまで以上に強化するよう言われています」

本来、民間人には軍内部の情報を伝えてはならないはずだ。にもかかわらず、山崎がこのような話を聞かせるのは、恒昭やその家族に並々ならぬ好意を抱いてくれている証《あかし》だと思われた。

「しかし、最近では敵の潜水艦がひんぱんに出没していますからね。家族を引き揚げ船に乗せたほうが、ここに留めるより安全なのかどうか……」

「まあ、そうですね」

と、山崎は恒昭にいちおうは同意した。しかし、視線を落としてさらにこうも言った。

「ここだけの話ですが、敵は相当に手強《てごわ》い。それは、覚悟しておかなければなりません」

「もちろんです」

と応じてから、恒昭はつづけて言った。

「今後のことについては、家内ともよく相談してみようと思います」

山崎は頷いて、帰っていった。


その夜、恒昭は寝室で夫婦二人きりになったとき、綾子に切り出した。

「今日、ある方から、この戦は相当に厳しいという話を聞いた。敵はかなりの戦力で攻勢をかけてきているというんだ」

「そうですか」

さして驚きもしない様子で、綾子は返事をした。

「お前、子供たちを連れて、内地に引き揚げるか？」

綾子は夫の顔をしばらく見つめた。

「あなたも内地へ帰るのですか？」

「いや、俺は村の子供たちを置いていくわけにはゆかない。お前と智也と真次だけで帰るか、と聞いているんだ」

「あなたがここにいるなら、私たちもここにいます」

「敵が来るかもしれないんだぞ。智也や真次を守るためには、先に引き揚げさせるべきではないか？」

「では、あなたはなぜ、村の人たちに引き揚げるよう勧めないのですか？」

「すでに引き揚げた人もいるし、近々の引き揚げを考えている人もいるだろうが……多くはここに留まると腹を括《くく》っているに違いない。精魂込めて開墾した土地だ。彼らにとっては、ここが自分たちの土地であり、自分たちの故郷なんだからね」

「そんなことを言ったら、智也や真次にとっては、このパラオが故郷ですよ。二人とも、瑞穂村の子供です。私も、ここに骨を埋《うず》めるつもりで、あなたについてきたんです」

返す言葉をなくした恒昭に、綾子はさらに言った。

「あなたは、自分も村の人々と心を一つにし、運命を共にするとおっしゃっていたじゃありませんか。畑仕事に打ち込むのも、そのためなんでしょ？　なぜ自分の家の者にだけ、村人とは違うことをさせようとするんです？」

それだけ言うと、綾子はさっさと布団に仰臥《ぎょうが》し、目をつぶってしまった。

恒昭も黙ったまま、隣の布団に横たわるよりほかなかった。

2

翌日、恒昭は胸騒ぎのようなものをおぼえて目を醒《さ》ました。遠くから、耳慣れない音が聞こえる。

隣の綾子は、まだ寝息をたてていた。

三月三十日薄明のことである。

はじめは気のせいかと思った。しかしやはり、雷鳴でも地鳴りでもない轟々《ごうごう》たる音が迫ってくる。

「何かしら？」

綾子も目を覚まし、上体を起こした。恒昭も起きあがる。

響いているのは、エンジン音のようだ。

恒昭は立ちあがると、蚊帳の外に出て、寝巻きのまま玄関に向かう。綾子もついてきて、二人で外に出た。

空には雲が多かった。雲の向こうから、音はやってくる。

親の慌てた様子に気づいてか、智也と真次も玄関から出てきた。寝《ね》ぼけ眼《まなこ》で、どうしたの、何の音、と言っている。

他の官舎からも人が出てきた。大人も子供も、並んで南の空を見上げる。

「何でしょうな？」

「演習ですかね？　朝から大変ですな」

口々に言っているうちに、雲のあいだから、四機の飛行機が見えてきた。

「海軍ですか？　陸軍ですか？」

と誰かが言った。

だが、恒昭には見覚えのない翼の形だ。

まさか——。

四機は並んで翼を傾け、耳をつんざくような音を立てて急降下をはじめた。いや、その後から、さらに多数の機影があらわれた。大編隊が、同じく急降下していく。それは、マラカル港の上空あたりではないかと思われた。

サイレンの音が響き渡った。付近に駐屯する諸隊がいっせいに鳴らしている。空襲警報だ。

それとほぼ同時に、コロール島方面から対空砲火があがり、空に無数の黒煙が広がった。大編隊は、米軍のグラマン戦闘機だったのだ。

「敵襲だ。みなさん、避難して」

恒昭が叫んだ直後、頭上に飛行機のエンジン音が迫ってきた。反射的にみな、身を低くする。直後に機銃の音がして、校庭の土が舞いあがった。校舎の窓や屋根からも破片が飛び散る。

「早く、防空壕に」

みな、走った。大人は子供の手を引いたり、抱えたりして家の中に入る。それぞれの官舎には、床下に防空壕が掘ってあった。


官舎の防空壕は、壁をコンクリートで固めた、それなりに立派なものだ。しかし、その中に潜んでいても、ずしずしと爆音が響く。

コロール方面の敵機の爆撃や、味方の迎撃の対空砲火による音だけではあるまい。バベルダオブ島においても、瑞穂村の東方のアイライに建設中の飛行場があり、そこへも敵は爆弾を落としているようだ。また、学校のそばに駐屯する部隊も射撃していて、その高射砲や機関銃の音もすさまじかった。

真次は手で耳を塞ぎながら身を縮め、震えていた。智也も正直なところ、不安だったが、

「ここにいれば、大丈夫だからな。少しの辛抱だ」

と弟を慰め、励ました。

ところがしばらくすると、真次は智也の顔を見つめ、もじもじし出した。何やら言いたげな様子だ。

「どうしたんだ？」

「シロ……」

「何だ？」

「シロを助けなきゃ」

「何を言っているんだ。山羊なんて放っておけ」

真次は目に涙を溜めて、不貞腐れたような顔になった。

「すぐに味方の航空隊が、敵の奴らをみんな撃ち落とすさ。それから、シロの様子を見に行けばいいだろ」

智也が強く言うと、真次は頷いた。それを見てほっとした智也は、うつらうつらしてきた。早朝から緊張がつづいた疲れもあってか、暗い防空壕の中で膝を抱えてじっとしていると、眠くて仕方がなくなる。

だがそのうちに、はっとした。隣にいるはずの真次がいない。

顔を上げると、真次は梯《はしご》をのぼり、防空壕の外に出ようとしていた。父も母も下を向いて座っており、それに気づいていない。

「待てよ、真次。どこに行くんだ」

智也は立ちあがり、真次を追いかけた。

待ちなさい、外に出るな、と両親が叫ぶのも構わず、真次は壕の外に出ると、玄関に走った。智也も走る。

真次は履物も履かずに、表に飛び出た。だから、智也も裸足《はだし》で追いかけた。

真次は驚くほどの速度で校庭を横切り、山羊のもとに走っていく。

校舎の脇の広場では、土嚢《どのう》を積み上げて陣地構築をした兵隊たちが、機銃を空に向けて撃っていた。

そこへ、敵の戦闘機がうなりをあげて降下してきた。

「止まれ、真次」

智也は叫んだが、その声は真次には届いていないことだろう。周囲には射撃音と、戦闘機のエンジン音や、翼で空を切り裂く音が満ちているからだ。

やがて、地面から土煙が立ちあがり、それが一直線に真次や智也のもとに迫ってきた。敵機の機銃掃射だ。

智也はようやく真次に追いつき、背後から弟の肩を摑んだ。地面に押し倒す。重なり合って倒れた二人の頭のすぐそばを、土煙が駆け抜けていった。

父も駆けつけてきた。二人のそばに伏せる。

「何をしている、お前たち」

「だって、真次が――」

「二人とも、無事か?」

「大丈夫」

と智也は言ったが、真次は敵弾に撃たれてはいないものの、物も言えないほど震えている。

「校舎に走るんだ。急げ」

言うと、父は智也と真次を立たせた。三人は、通用口から教室の中に飛び込んだ。そこへまた、エンジン音が迫り、校舎にも機銃の弾丸が撃ち込まれる。

「伏せろ」

三人は机の陰に伏せたが、航空機の機銃掃射はすさまじいものだ。窓ガラスはもちろんのこと、机や壁などの木材も、文字通りに粉々になり、周囲に弾け飛んだ。そして、粉塵がもうもうと空気中に漂った。

飛行機の音が遠ざかり、射撃音もやんだところで、父は立ちあがった。ガラスの砕けた窓へ駆け寄り、握りしめた拳を振りあげ、表に向かって叫んだ。

「子供たちの学舎《まなびや》に、なぜ銃弾を撃ち込むんだ。貴様ら、それでも軍人か」

そのあまりの剣幕に、智也は息を呑んだ。父は日頃、もちろん子供がよほど悪いことをすれば強く叱ることはあったが、このように度を失って大声でわめいたりはしない人であった。

「それがお前たちのやり方か」「恥ずかしくないのか、アメリカめ」などと、散々に叫んでいた父はやがて、洟《はな》をずるずると啜り出し、さらに咳き込みはじめた。敵の射撃による粉塵の影響であろうと思われた。

校舎の脇にも、児童たちが大勢で入れる防空壕があった。三人はそこに移り、しばらくじっとしていたが、折を見て外に出た。

山羊は怯えた様子ではあったが、元気だった。

「家に連れていく」

と主張する真次に、父は、

「シロは放してやろう。シロはもともと野生動物だったんだから」

と言った。

「駄目だよ。餌をやらなきゃ、シロはお腹を空かして死んでしまう」

「こんなところに閉じこめてあるから、危ない目に遭うんだ。放してやれば、シロは敵の来ないところに自分で逃げられる。餌なんかやらなくたって、野山の草を食べて生きていかれるさ」

父が柵を開け、檻の外に出してやると、シロはぼんやりとあたりを見まわしていたが、やがて山のほうへ早足に歩き出した。

「元気でな。撃たれるなよ」

と言って真次が手を振るうち、山羊は森の中に消えていった。

シロを見送った父は、

「人間も檻の外に出られたらよいのに……」

と、智也には不可解なことを言った。

三人はまた官舎へ戻ることにしたが、その途中、コロール方面に、山よりも高い火柱と、黒々とした煙がいくつもあがるのを智也は見た。敵機の爆撃によるものなのだろう。対空砲火はつづいていたが、敵機が墜《お》ちるところは見られなかったし、友軍の機影も見当たらなかった。

3

敵襲は夕方にはやんだため、みな、蒸し暑い防空壕の外に出たが、官舎の電気はつかなかった。そのため、蠟燭《ろうそく》やランタンを灯し、家族で雑炊《ぞうすい》を食べた。それがその日、はじめて食べたまともな食事だった。

父の咳は昼間よりもひどくなっていた。声も嗄《か》れており、体中を震わせて咳をする。鎮咳薬《ちんがいやく》は切らしているらしく、母は非常に心配して、父の背中をさすりながら、

「横になりますか?」

と何度も尋ねた。

しかし父は、返事もせずに胡坐をかき、汗まみれで喘《あえ》ぐのみである。横になると、余計に咳が激しくなるらしいのだ。

「あなたたちは先に寝なさい」

と母に言われ、智也と真次が寝る支度をしようとしたとき、玄関の戸を叩く音がした。母が出てみると、下士官が立っていた。

「恐れ入りますが、中隊本部まで校長先生にいらしていただきたい」

「どういうご用事です？」

母が問うても、下士官は、

「中隊長が、ご足労願いたいと申しております」

とだけ言う。

「いま、宮口は疲れて休んでおります」

母が父の体調を心配し、下士官を追い返そうとしていることは、智也にもわかった。ところが、父自身が立ちあがり、玄関に出ていった。

「参りましょう」

「でも、あなた――」

止めようとする母に、父は、

「すぐに戻ってくるから、心配するな」

と言った。そして、下士官とともに家を出ていった。

ところが、それから一時間経っても父は帰ってこなかった。

母は子供たちに、

「早く寝なさい。大丈夫だから」

と言いながらも、ひどく心配そうにしている。

智也は以前に母から、「喘息の発作というのは、下手をすると命を落とすものだ」と聞かされたことがある。だから、母が心配するのも当然だと思った。

「お母さん、僕、ちょっと様子を見てくるよ」

「危ないから、やめなさい」

「大丈夫。夜は敵は来ないよ」

「でも……」

「遠くへ行くわけじゃない。心配いらないよ」

それから、智也は真次に言った。

「お前、お母さんの面倒を見るんだぞ」

真次がしっかりと頷いたのを見て、智也はランタンを手に、外に出た。

学校の裏手の小高い場所に、中隊本部はあった。そこに登る道の途中で南へ振り返ると、暗い中、遠くに赤々とした光が見えた。おそらく、コロールの街中や港のあたりで火事がつづいているのだろう。

「畜生め」

智也は独《ひと》り言《ご》ちると、光に背を向け、また中隊本部に向かって歩いた。

本部の周囲では、いくつもの火が焚《た》かれていた。その明かりで、木造の本部のまわりに、土嚢が積み上げられているのがわかった。建物の入り口には、剣付き鉄砲を持った歩哨《ほしょう》が立っていた。夜中に子供が目の前にあらわれたせいか、歩哨は驚いた表情になった。

「瑞穂国民学校校長、宮口恒昭の長男、宮口智也と申します。父はこちらにおりますか？」

歩哨は中に、

「宮口先生のご子息です」

と伝えてくれた。

中に入ると、ちいさなランタンの明かりを囲んで五人の大人が立っており、そのうちの一人は父であった。

軍服姿の二人のうち、眼鏡をかけた、恰幅《かっぷく》のいいほうが隊長であることは、智也も知っていた。そのほか、軍服に似た服を着た二人の人物がいたが、村の警防団員と思われた。警防団は、空襲や災害から住民を守るべく、警察や消防の活動を補助する民間人の組織である。

父は困惑した様子で智也に言った。

「お前、どうしたんだ？」

「お父さんがなかなか帰ってこないから、お母さんが心配している」

父はますます困った顔になった。いや、居合わせた他の人々も、難しい顔になっている。どうやら、自分は来るべきではないところへ来たのだ、と智也は思った。

「お母さんに、もうじき帰るから、心配するなと伝えなさい」

その父の声はとても掠《かす》れていた。このままでは父は本当に倒れて死んでしまうかもしれないと智也は思った。

「お父さん、帰ろう」

聞き分けのない奴だ、と言いたげに、父は舌打ちをした。

すると、隊長が口を開いた。

「可愛いお子さんだ。先生、一緒に帰ってあげてください」

それから隊長は、警防団員に向かって言った。

「小曽根《こそね》さんも、今夜は帰ってください。こうした子供たちを守るために、全力を尽くすのが我々の務めではありませんか？　早まった考えはいけません」

すると、小曽根と呼ばれた年嵩《としかさ》の痩せた男は、目をむき、体を硬くして大声を出した。

「我々が子供を可愛いと思っていないとでもおっしゃるのか？」

「いや、そんなことは一言も――」

「村の婦女子を守る義務があるからこそ、我々は手榴弾《しゅりゅうだん》を配っていただきたいと要請しているんだ」

話の内容は、智也にはわからなかった。しかし、大人が手榴弾について激しく言い合っている姿は恐ろしく思った。

小曽根はなお、声を荒らげて言う。

「明日にも敵が上陸してきたら、どうするのです？　婦女子が辱めを受けるのを、黙って見ていろと言うのですか？　この気持ちは校長先生にもおわかりのはずだ。そんなことになる前に、みなで潔い最期を遂げるべきなのです」

智也にも、この人たちは、村人みなで自決する話をしているのだ、とわかった。

「ですから、自分の一存で、みなさんに手榴弾を配るようなことは決められません」

隊長は言い返したが、小曽根は、

「だったらいますぐに、連隊本部でも、師団司令部でも、権限のあるところへかけあってください」

と主張する。

隊長はため息をついた。

「そんなことはできません」

「なぜできないのですか？」

「そもそも、そのようなことを考える状況ではありません。何度も申しているように、敵機は来ておりますが、敵の上陸用艦艇が周辺に来ているという情報はないのです。もしかりに敵が上陸してくるようなことがあっても、我々がみなさんをお守りします」

「軍が死力を尽くし、よく戦っておられることは私も否定しない。しかし、駐留部隊が玉砕した島も多いようだ。このパラオだってどうなるか」

智也は思わず、父の背後に隠れた。父母も、自分も真次も、また、隣家の人々や、同じ学校の友達までが、いっせいに爆弾で死ななければならないと思うと、背筋が凍りつくような感覚にとらわれた。

父は胸や喉をぜいぜい鳴らしながら、隊長と小曽根の話をじっと聞いていたが、やがて掠れ切った声で、小曽根に語り出した。

「あなたがたは、このパラオの密林を命がけで切り開き、畑を耕し、作物を育ててきたのではありませんか。当初はこの島には森に山羊がいるだけで、何もなかったと聞きます。そこに家を建て、家庭を築き、みなで手を取り合って、よき村を作ってきたのではありませんか。私はこの地に赴任して以来、そうしたあなたがたのことを尊敬してまいりました。何と立派な人たちかと思い、それに少しでも追いつきたいといつも考えながら、私は教員としての務めに励んできたつもりです。その立派なみなさんが、血と汗を流して築きあげたこの村を、あっさりとみずから壊し、捨てようと言うのですか？　警防団こそは、苦しいときにもうろたえることなく、最後の最後までこの村を守るべく全力を尽くすべきなのではありませんか？」

父は言いながら、涙していた。そのような父の姿も、智也は見たことがなかった。

「みなさんのお宅の子供たちは、私の子供でもあります。彼らはこの自然豊かな村で、立派な、信頼すべき父兄にはぐくまれ、すくすくと育っています。その子供たちを、敵が上陸してきてもいないこのときに死なせる相談など、私はしたくはありません」

そのあと、みな黙った。警防団の二人の目にも、光るものがあるようだった。

やがて、小曽根が言った。

「先生のおっしゃる通りかもしれません。敵を前に冷静さを失い、お恥ずかしい限りです」

「いえ……」

「まずは、村のみなや、軍当局とも相談し、この島や村を守るべく最善を尽くしたいと思います」

「ありがとうございます」

父は深々と頭を下げた。

警防団の二人が帰っていったあと、隊長がほっとした様子で父に言った。

「先生、ありがとうございました。もう帰って休んでください。しかし、やはり先生にご足労を願ってよかった。昨日今日、この島に来た我々では、村の人々を説得するのはなかなか難しい」

本部を出たあと、父はしばらく立ち止まり、コロール方面の赤い光を見つめながら、智也の背中をさすった。その掌は、火傷《やけど》しそうなほどに熱かった。

それから二人は、連れ立って丘を下りていった。家に帰ったあと、父は母にもたれかかるようにして寝室に入り、布団に倒れ込んだ。

4

敵機による空襲は、翌三十一日もつづいたから、その日も智也たちは、ずっと防空壕に身を潜めていなければならなかった。

攻撃の中心はコロール島や、海軍の飛行艇基地があるアラカベサン島、大きな港があるマラカル島などのようだったが、瑞穂村上空にも断続的に敵機が飛ぶ音がし、官舎の周囲にも爆弾の破裂する音や、機銃掃射の音が響いた。

父は横になったり、胡坐をかいたりを繰り返した。母はつねに父に寄り添っていた。

いっぽう智也は、

「わが軍は勇猛果敢に戦っている。今日こそは、敵を撃退する」

と、弟と自分自身に何度も言い聞かせて、不安な時間をやりすごした。

昼前には、敵の攻撃はいったんやんだように思われた。そのとき、静かになった表から、宮口先生、と呼びかける声が聞こえてきた。立ちあがろうとする父の代わりに、防空壕から出ていった母について、智也も玄関に向かった。

外にいたのは、昨夜、中隊本部にいた警防団の小曽根だった。

「先生の具合はどうですか？」

「まだ発作がつづいていて……敵が来ているあいだは医者にも診《み》てもらえないし……」

不安げに答えた母に、小曽根は言った。

「ここは見晴らしのよい、広々としたところで、学校のような大きな建物もあるから、敵に狙い撃ちされます。みなさん、いまのうちに私のところに移ってください。うちは山の中だから、敵にも狙われません」

この申し出を受け、みなで小曽根のところに避難することになった。宮口一家が準備をして官舎を出てみると、お隣の片山家と高田家の人々も揃って出ていた。

表には小曽根のほか、他の警防団員が何人もいた。彼らは官舎の教員一家を移動させるべく、山を下りてきてくれたのだ。

一同は列をなして出発し、森に入り、山道を登っていった。その途中、南方へ目を向けると、日本の艦船がアラカベサン島沖を航行しているのが見えた。それを敵の航空機が追いまわしている。鳶《とび》か何かが舞い降りるように、敵機は海面近くに急降下すると、爆弾や魚雷を投下した。そのたびに、大きな水柱がいくつもあがる。そして、船に命中すると、天を焦がすほどに高々と、炎と煙が舞いあがった。

友軍の迎撃機の姿はまったく見えなかった。対空砲火の煙はいくつも見えたが、悔しいことに、敵機に当たっている様子はない。敵機に追いまわされる日本の船は、次から次へと渦を巻きながら、海中に沈んでいった。

「早く逃げろ、早く、早く」

智也が叫ぶと、真次も、

「負けるな、逃げろ」

と叫んだ。

いや、他の家の子供たちも、

「逃げろ」

と、一緒に叫び出したかと思えば、同道する大人たちも、「もっと早く進め」「撃ち返せ」などと、大声をあげはじめた。

日本の船は算を乱し、それぞれが別々の方向に、ゆがんだ航跡を残して進んでいく。その姿がまた、智也には無残に思えた。

「何をしている。逃げるんだ」

彼が叫んだ直後、輸送船だろうか、また一隻が爆撃を受けた途端に真っ二つになり、ひしゃげて、海中に呑まれた。

「さ、先を急ぎますよ」

小曽根に促され、南を見つめて突っ立っていた人々は、また歩き出したが、智也は悔しくて涙を止められなかった。

空襲はその日、一日中つづいたが、智也たちが身を寄せた小曽根家に敵弾が撃ち込まれることはなかった。

空襲警報が解除されたのは、翌四月一日の夕方になってのことである。教員の家族はそれから山を下り、官舎に戻った。前日から、小曽根家にあった鎮咳薬を飲むことを得た父の容態は、その頃にはだいぶ落ち着きを見せているようだった。


この昭和十九年三月三十日、三十一日の空襲は、「パラオ大空襲」と呼ばれるものだ。アメリカ軍は、ニューギニア北岸のホーランジアへの上陸作戦を行う準備として、付近の日本軍の拠点であったパラオを、大型空母六隻、小型空母五隻、戦艦六隻を中心とする大艦隊で攻撃したのである。

二日間にわたって、のべ約七百機の航空機がコロール島、アラカベサン島、マラカル島、バベルダオブ島のほか、ペリリュー島などにも襲いかかり、日本側は大小四十余りの艦船が沈没したり、擱坐《かくざ》したりする被害を受けた。とりわけ、工作艦や給油艦を二十隻も沈められたのは、ほとんど致命的な大打撃と言わなければならなかった。その上、航空機は百五十機近くを失い、港湾や陸上軍事施設のほか、コロール市街もほとんど焼き尽くされてしまった。

敵の襲来を察知した連合艦隊は、事前に虎の子《とらのこ》の戦艦武蔵をパラオから脱出させ、フィリピンのダバオに向かわせていた。しかし、武蔵も途中で米潜水艦の魚雷攻撃を受け、修理のため、呉《くれ》に引き揚げなければならなくなっている。

四月四日付の大本営発表は、同地周辺に空襲があったことは報じたものの、〈所在我が部隊は之を邀撃《ようげき》し其の約八十機以上を撃墜せるも若干《じゃっかん》の損害あり〉と結んでいた。

しかし損害が決して〈若干〉ではないことは、現地の人々にとっては明白であった。この大空襲こそは、それまで比較的平穏に暮らしていたパラオの人々に、敵が間近に迫りつつあることを悟らせた大事件だったのである。

第八章　死は鴻毛より軽し

1

瑞穂国民学校のそばに暮らす教員たちや、彼らの子供たちが、新学年を迎える前に行ったのは、敵の空襲を受けた学校の清掃であった。

それまで、校舎は床も、机や椅子も、窓も磨き上げられ、花壇や畑も、校庭も、きちんと整えられていた。しかし、空襲警報が解除された翌朝、宮口智也が、校長である父、恒昭や、母の綾子、弟の真次、また他の教員の家族らとともに見た学校のありさまは、目も当てられないものだった。

校庭は穴だらけで、校舎内も崩れた壁土や木片、ガラスの破片などが足の踏み場もなく散らばっていた。敵機の機銃掃射のせいだった。校庭の入り口に立つ、石造りの門柱にも、いくつもの弾丸が食い込んでいる。

彼らはまず、いつもは刈った草を集めるときに使う熊手《くまで》で、校舎内のゴミを外にかき出していった。しばらくすると、付近に駐屯する兵隊や、学校の様子を見に来た児童、およびその父兄らも作業に加わってくれたが、校舎を使えるように整えるのは大変な作業だった。

三々五々、人が新たに清掃作業に加わるたびに、みな、「お宅のみな様はご無事でしたか?」「あちらのお宅の様子はどうです?」などと安否を確認し合った。そして、犠牲者はいなかったと聞くと、「よかった、よかった」と喜び合った。

その後も、教員たちは児童らの家庭を訪問し、安否の確認に努めたが、瑞穂国民学校の関係者には犠牲者はいなかった。さらに、同じバベルダオブ島の清水《しみず》国民学校や朝日《あさひ》国民学校、ガラルド公学校、マルキョク公学校においても、大きな被害はなかったことも判明していった。

けれども、コロール島の様子はなかなかわからなかった。パラオの中心地であるし、バベルダオブ島に暮らす人々の知り合いや親戚も多く住んでいたから、みな、その被害状況については知りたがったが、街中が焼かれ、通信網も寸断されていた。

しかしやがて、そのひどい状況が明らかになるにつれて、人々のあいだに動揺や悲しみが広がっていった。智也のかつての同級生やその家族にも、多くの死傷者がいることがわかった。コロールのパラオ国民学校で机が隣同士だった寺岡忠士の妹、晶子も、被災して亡くなったということだった。

けれども、智也が最も心配していたうちの一人、シゲルの安否については、その後もまったくわからなかった。日本人の消息はいろいろな伝手《つて》からわかったが、島民の情報はまるで伝わってこない。シゲルはしこい男だから、空襲を受けても何とか生き延びているに違いないとは思うものの、一日も早く無事であることを智也は確かめたかった。

新学年がはじまっても、空襲警報はしばしば発令された。敵機が実際に頭上に来ることもあれば、何事もなく警報が解除されることもあったが、早朝に警報が発令されると、学校は休みになった。また、授業中に警報があった場合には、児童は防空壕に退避後、様子を見て帰宅させられたから、授業もままならず、児童も父兄も落ち着かない日々を過ごした。

四月以降、パラオに続々と兵員が派遣されてきたことも、人々の心を騒がせた。それが迫る敵への対処のための配備であることがうかがわれたからだ。

軍機にかかわることだから、一般には詳細は知らされていなかったが、兵員の中心は、井上貞衛《いのうえさだえ》中将率いる第十四師団であった。同師団はもともと宇都宮《うつのみや》を衛戍地《えいじゅち》としており、主に剽悍《ひょうかん》をもって鳴る北関東出身者によって構成された精鋭である。支那事変勃発後は華北を転戦し、パラオ移駐前は満洲に駐屯していた。

日本陸軍にとっての最大の仮想敵国は、明治以来ずっとロシア（ソビエト社会主義共和国連邦）であったし、日本が事実上、支配していた満洲帝国とソ連との、あるいは、ソ連の勢力圏であったモンゴル人民共和国との国境付近では、軍事衝突が繰り返されてきた。その上、ソ連はヨーロッパでは連合国の一員として戦っていたこともあって、日本陸軍は満洲に多くの精鋭部隊を置いていた。しかし、ソ連と日本とのあいだには、日ソ中立条約が結ばれていたこともあって、太平洋での戦局が悪化するに従い、満洲から南方へと兵員を移していったのである。

日本側がパラオの防衛態勢強化を急ぐいっぽう、米軍も空襲を激化させた。五月にはさらに空襲警報が頻発され、六月に入ると、学校側はもはや児童に登校を求めず、専ら自宅で学習させることとした。学習の進捗状況を把握したり、質問に答えたりするため、教員が手分けをして児童らの家を訪問してまわることで、学校教育を維持しようとしたのだ。だがそれも長くはつづかず、学校は結局、閉鎖されることになった。

閉校という決定が下される上で、大きな影響を与えたのは、米軍がサイパン島に上陸したことだった。

北マリアナ諸島のサイパン島は、内地から南洋群島の各島に向かう船の中継地であり、また、製糖業の大きな拠点として栄えていた。砂糖黍プランテーションの労働力として、家族ぐるみの移民が奨励され、南洋群島内で最も多い、三万人近い日本人が暮らしていた。そこが戦場になったことは、パラオの日本人にとって衝撃の出来事だった。

内地から南洋に移住した民間人が地上戦に巻き込まれるのは、パラオに暮らす人にとっても、もちろん他人事《ひとごと》ではない。しかももし、サイパン島が敵に占領される事態となれば、内地からのパラオへの輸送は途絶えるかもしれないし、またパラオから内地へ引き揚げることもできなくなるかもしれない。

こうなると、人々の関心は、子供たちの教育などより、内地に帰る方法を探すのか、現地に残って身の安全を図るのかといった、危機的状況下での身の処し方に向けられるようになったのだ。

2

学校は閉鎖されたといっても、智也の父も他の先生も、残務があるため、学校から離れることはなかった。だから、宮口家、片山家、高田家の人々は、あいかわらず隣り合った官舎に暮らしつづけていた。

いや、瑞穂村の他の住人たちも、ほとんどがここに留まるつもりでいるらしい。汗水垂らして開墾した農地を手放したくないという気持ちもあっただろうが、もはやサイパン周辺に敵が満ち、しかもパラオ周囲の海域にも敵潜水艦や敵機が出没する中、安全に内地に帰ることは難しくなっていたのだ。

その中、早朝に警防団の小曽根が山から下りてきて、官舎の家族に、

「みな様、表にお集まりいただきたい」

と求めた。

父母や弟の真次とともに、智也が玄関の外に出ると、片山家の人々も、高田家の人々も表に出てきた。官舎に暮らす十五人を前にして、小曽根は非常に緊張した面持ちで話し出した。

「みな様もご存じのことと思いますが、サイパン島においては、軍民が力を合わせ、一進一退の攻防をつづけております。そして、この島もまた、いつサイパン島と同じ状況になるかわかりません」

小曽根は広々とした校庭や、海辺に広がる木々の茂みなどへ目をやってから、つづけた。

「このあたりは海に近い。敵が上陸してくる際、最も危険な場所と言えます。ですから、いつでも逃げられるよう、荷物をまとめておいていただきたい」

みなが真剣な表情で、はい、はい、と聞いているから、智也も恭しい態度を取っていた。

「それから、間諜《かんちょう》の活動には大いに警戒をしなければなりません」

小曽根が言ったのに、それまで大人しくしていた真次が、首をかしげながら、

「カンチョー？」

と聞き返した。

「間諜とはスパイのことです」

小曽根は鋭い目を真次に向けながら言った。

「敵は上陸するにあたり、島の地形や、兵員の配置、数、そして、住民の住居などをスパイに探らせるのです。敵と戦うのは軍のみなどと考えてはいけません。我々も防諜の意識、すなわち、スパイの活動を許さぬという意識を強く持ち、怪しい者を見かけたならば、即刻、軍に通報しなければなりません」

智也の隣に立つ母が息を漏らした。鼻で笑ったような音に聞こえた。小曽根の厳しい目が、母へ向けられる。

「あら、ごめんなさい」

咄嗟《とっさ》に母は謝ってから、こうつづけた。

「でも、怪しい人を見かけたら、っておっしゃっても、ここは三家族だけで暮らしているんですよ。私たちのほかには、農事組合や役場の人、缶詰工場の人、それから、兵隊さんくらいしか見かけません」

すると、片山の妻、郁江《いくえ》も口を開いた。

「こんなところを、見知らぬもんがうろうろしておったら、スパイだってすぐにわかってしまいますわな。そんな間抜けなスパイ、おるもんかな？」

郁江は、きっぷのいい、明るい女性だった。自分の家の子供だけでなく、他の家の子供も同様に目配りをして、落ち込んでいる子がいると、慰めたり、冗談を言って笑わせたりする。このときも、話し方に滑稽な調子があって、子供たちみなが笑ってしまった。

すると、小曽根は怒鳴り声をあげた。

「あなたがたは、現代の諜報戦というものがいかなるものかをわかっておられない。アメリカのスパイだからといって、私たちと違う顔形や、肌の色をしているわけではないのです。いつも見ている、よく知っている人でも、スパイである可能性があります。あるいは、自分ではそれと気づかずに、利敵行為をしている者すらいるのです」

小曽根は痩せた体を半ば反り返らせるようにして、スパイについて滔々と語った。すなわち、もうずっと前から我々の馴染みの者として、この南洋に暮らしていながら、敵のスパイである者がいないとも限らない。彼らはたとえば、普通の雑談の中で、人々からさまざまな地域の事情を聞いたり、あるいは特定の地域の情勢について調べてくれと依頼したりする、と。

「だから、よく知っている者であっても、話している内容がおかしければ、警戒しなければなりません」

ひょっとすると、かく言う小曽根さんがスパイなのではないか――。

智也は腹のうちで、そのように思ったりもした。

「とりわけ島民には警戒を怠ってはなりませんぞ」

小曽根がそう言ったときには、智也は反発をおぼえ、顔をあげた。

もちろん、学校や官舎の周囲にも島民の姿があった。多くが農事組合の売店に荷物を運んだり、警察の補助業務を行う巡警《じゅんけい》を務めたりする人である。また、自分たちが獲った魚などを売りに来る人もいた。みな気のいい人たちばかりで、智也には警戒すべき相手とは思えなかった。

何よりも、智也の脳裏にはシゲルの姿があった。日本人よりも日本人になりたがっているシゲルが敵に寝返り、スパイ行為をするなどとはとうてい思えない。

智也がむっとしているのに気づいたのか、母がこちらを見た。その目が、「大人しくしていなさい」と言っているようだった。

小曽根は、居合わせる者たちが、いまひとつ自分の話を真面目に聞いてくれていないと感じたのかもしれない。これまで以上に声を高めた。

「島民たちは、いままでは日本人を慕うような態度を取ってきたかもしれない。しかし、敵が攻勢をかけ、たびたび空襲を受けるという状況になれば、心が揺らがぬとも限りません。戦下にあっても、彼らは当事者ではありません。これはしょせん、日本人と白人との戦争なのですから。あるいは、白人の真の意図を見誤り、敵と通じたほうが得だと考える者があらわれてもおかしくはない」

小曽根は声を嗄らしながら長々と訓示を垂れたのち、山の上に帰っていった。それを見送って家の中に戻るとき、智也は言った。

「シゲルは、スパイになんかならない」

「そりゃそうよ」

と母は同意してくれた。

父もにっこりと笑って、智也の頭を撫でた。

「安心しなさい。小曽根さんが言っていたのは、シゲル君のことじゃない」

それでもなお、智也の心中のもやもやは晴れなかった。

3

教員たちは、児童がいっさいいない瑞穂国民学校で、残務に当たっている。その主な仕事は、学校を再開させる上で必要な書類をドラム缶に詰め、防空壕に移すことだった。

南洋庁からは、本当に必要なもの以外は焼却しろと指示されていた。しかし、恒昭は、学籍簿や通知表のような書類だけでなく、子供たちの絵や習字などもドラム缶に収めた。子供たちが一生懸命に書いたものを、焼く気にはなれなかったのだ。

ある程度、ドラム缶がいっぱいになると、防空壕へ担いでいくのだが、壕の中はじめじめしているし、虫や鼠などのすみかになっていて気持ちのよい場所ではない。しかも、喘息持ちの恒昭は鼻と口を手拭いで覆わなければならなかったから、息苦しく、暑くて、なかなか辛《つら》い作業だった。

恒昭の息があがっていると、ありがたいことに、同僚の片山丈《じょう》太《た》郎《ろう》訓導が、

「校長先生、休んでください。力仕事は、背の高い者がやります」

と言ってくれた。

片山はそれほど頑丈そうな体つきではないが、身長は五尺七、八寸はあるだろう。生まれた年は恒昭と同じで、誕生日は一ヶ月ほど早いにもかかわらず、恒昭のことを上司としてよく立ててくれた。

「やはり、児童のいない学校は味気ないですな」

揃って壕から出てきて、マンゴーの木陰で一休みしているとき、片山は苦笑しながら言った。

「教える相手がいなければ、教師も用なしか……ドラム缶を運ぶ以外に、やることがないですしね」

「いずれ、学校が再開されるときが来ますよ。私たちの仕事が必要となるときが」

恒昭は、コロール島からバベルダオブ島に転勤させられるに当たり、樋山視学から、腐るな、自棄になるな、戦争が終わればお前が必要となるときが来る、と言われたことを思い出していた。

片山は顔の汗を手で拭いながら、やれやれ、といった口調で言った。

「どうやら、教師も兵隊に行かされるらしいですね」

長らく南洋群島の住民は、兵役を免除されていたが、ここに来て、召集される者が出ていた。学校が閉鎖となれば、教員のところにも召集令状が来ておかしくはないだろう。

「学校の再開は、戦争が終わるのを待たなければならんでしょうがね」

「いったい、戦争はいつ終わるんですかね」

片山の言い方は、うんざりとしたものだった。

昭和十二年七月にはじまった支那事変と、昭和十六年十二月にはじまった対米英蘭戦を合わせて、

日本政府は大東亜戦争と名づけていたが、それは約七年もつづいている。前年には、ヨーロッパでは同盟国のイタリアで誕生したバドリオ政権が降伏してしまった。太平洋では、とうとうサイパン島に敵が上陸する事態となっている。いったい、この戦争はいつ終わり、自分の家族や、教え子たちとの平安な日々はいつ戻ってくるのだろう。そのような思いは、恒昭も共有していた。

だから片山が、ぼそっと、

「もう、いい加減にしてもらいたいですな」

と言ったとき、恒昭も、

「まったくですね」

と応じていた。

すると二人の背後から、声が聞こえた。

「まだまだ戦争は終わりませんよ」

振り返ると、二十代の太った、丸刈りの男が立っている。高田巌《いわお》訓導だった。

自分たちの会話を聞かれたと気づいて、片山は、しまった、という顔つきになった。高田は、先輩二人を責めるような目で見ている。

「大戦果でもあげない限りは、終わるはずがないじゃないですか」

「たとえば、どんな戦果だろうかね？」

恒昭は、場のぎこちない雰囲気を取《と》り繕《つくろ》うため、にこやかに問うた。

「我が連合艦隊が、敵艦隊に対して壊滅的な打撃を与えるとか」

高田がそう応じると、片山はそっぽを向いて煙草に火をつけながら言った。

「連合艦隊も、逃げまわっているばかりのようだしね」

片山にきつい目を向ける高田を宥めるように、恒昭はなおにこやかに尋ねた。

「大きな艦隊決戦で勝利すれば、パラオに敵が上陸することもなくなるかな」

「すぐにそのような大戦果をあげることは、難しいかもしれません」

するとまた、片山が冷ややかに言う。

「では、ここにも敵が来るわけだな。戦争が終わる気配もないか」

「敵が来たら、迎え撃ってやろうじゃないですか。我々が軍と協力し、ここで死力を尽くして戦えば、きっと敵のうちに厭戦《えんせん》気分が広がる」

熱弁をふるう高田に、片山はあいかわらず冷笑的に、

「希望的な見方だ」

と言った。

「希望的？　何をおっしゃりたいのです？」

「楽観的に過ぎるということさ。我々が死力を尽くして戦っても、敵に厭戦気分は広がらないかもしれないだろ」

「じゃあ、どうすればよいと言うんです？」

「それがわからんから、困っている」

「死力を尽くして戦う以外に、戦争を終わらせる方法などあるわけがないでしょう。白人たちは、有色人種が自分たちの支配から脱しようとするのが許せないのです。反抗的な日本人なんか地球上からいなくなれば、いままで通りに有色人種を支配しつづけられると思っている。我々が大人しくしていれば、奴らに殺されるだけです。死力を尽くして戦うより、我々に道はありません」

「まあ、まあ」

恒昭は割って入ろうとしたが、片山は無視して言う。

「では、日本人が一人残らず殺されるか、白人を一人残らず殺すまで、戦いはつづくということかね。そりゃ、えらい話だな」

「最後の一兵まで戦う覚悟を持つのは当然でありましょう。日本とアメリカの違いは何であるか。それは、心構えです。たしかに敵は、兵隊の数も、船の数も多いかもしれない。しかし、日本人には軍民を問わず、必勝の信念がある。そして、滅私奉公の精神がある。だから、サイパンにおいても、敵が束になってかかってきても、これに打ち勝つことができているのです」

「できているのかね？　新聞記事も当てにならんからな」

新聞やラジオの情報によれば、はじめは我が軍は、サイパン島上陸を企図《きと》する敵を、複数回にわたり、水際で撃退しているということであった。それがのちの報道では、敵は島の一角に地歩を占めるようになり、逐次《ちくじ》兵力を増強中であるという。また、マリアナ諸島付近海面に出現している敵艦隊は、航空母艦と戦艦を基幹とする大機動部隊であり、在太平洋方面艦隊の大部を集中したものであるらしい。

これだけを考えると、戦局は相当に厳しいものであるように思えるが、報道は〈我が守備部隊は之を邀撃し、多大の損害を与へつつあり〉などと結ばれていた。いったい、有利な状況なのか、不利な状況なのか、にわかには判断がつかない内容だった。

パラオ大空襲のときに新聞に掲載された大本営発表も、現地に暮らす恒昭らが見た戦闘状況や被害状況とはかなり隔たりがあるかに感じられた。あるいはサイパンの状況は相当に日本側に不利なものではないかとの疑いは、誰もが持ってしかるべきであろうと思われる。

「いずれにせよ自分は、奴隷として生きる屈辱よりは、玉と散ることを選びます」

高田が喧嘩腰で言ったとき、恒昭はとうとう大声を出した。

「待ちなさい。二人とも、戦う相手を間違っているんじゃないですか？　同僚同士、隣組同士がいがみ合っていてどうします？」

しかし、高田は黙らなかった。

「真の敵は、内側にいると考えなければなりません。サイパンで同胞が必死に戦っている中、弱気になり、味方の敢闘精神を失わせる言葉を吐《は》く者こそが、民族の滅亡を招来するのです。それこそが、間諜であります」

それだけ言うと、高田は二人のそばを去っていってしまった。

その背中を睨みながら、片山は言った。

「あの野郎、人を間諜呼ばわりしやがって」

それから、大きなため息をついた。

「だいたい、最後の一人まで戦うなどと言って殺し合っているうちに、人類は地上からいなくなってしまうかもしれない」

恒昭は、考え方においては片山に同情的であった。しかし、校長として、あからさまにどちらかの肩を持つような態度は取れず、

「高田先生も、片山先生のことを、本気で間諜だと思っているわけではないでしょう」

と言っておいた。

4

その日の朝、智也は母に強く叱られ、家を飛び出した。

真次と喧嘩したからだ。いや、喧嘩というよりは、智也が弟に意地悪をした、と言ったほうが正確だった。

真次が前夜、「軍人将棋を貸して」と言ってきた。彼より一つ年下の、片山家の克己《かつみ》に遊び方を教えたいから、と言うのだ。智也は貸してやると約束していたのだが、朝になって「やはり貸さない」と言ったため、口論になった。何となく真次の態度が生意気に感じられて、軍人将棋を貸したくなくなったのである。

やがて、二人のやり取りを聞いていた母が堪忍袋の緒《お》を切らし、智也に「貸してやりなさい」と怒鳴りつけるにいたった。それで、智也は下駄を突っかけて、外出することにしたのだ。

「どこへ行くの？　警報があるかもしれないから、遠くに行っちゃ駄目よ」

玄関で母に言われたが、智也は聞かず、家から一キロ以上離れた海岸に赴いた。

その岩場に突っ立ち、黒い翼を広げて沖合を滑空する軍艦鳥を見ながら、物思いにふけった。自分が悪いことはよくわかっていたが、何だかこの頃、苛々してしまう。

敵がいまにも上陸してくるかもしれない、島民は間諜だと思え、などという話は、毎日のように聞かされており、周囲の大人もぴりぴりしているのが感じられた。智也も、「もし敵軍が本当にここに来たら、どうすればよいのだろうか」と思い悩んでしまう。

自分のような子供に、何ができるのだろうか。少しでも、兵隊さんたちに協力したいとは思うが、警防団の小曽根が今度こそ、「村人は爆弾で死ぬほうがよい」と言うかもしれない……。

そうした考えが頭に巣くって、ごちゃごちゃと喋りつづけていた。そのせいで、智也の心はこの頃まったく落ち着かず、つい弟にも意地悪をしてしまうし、親にも反抗的な態度を取ってしまうのだった。

目の前の海は穏やかで、敵の船など見当たらなかった。空も真っ青で、敵機が来そうな気配も感じられない。波音や、風にそよぐ木々の音しか聞こえない、静かな周囲と、騒がしい内面とがちぐはぐとしていて、それがまた、智也を苛立たせた。

智也は岩場を離れ、さらに家から遠ざかるように歩き出した。砂浜から森の中に入り、鳥や蝙蝠《こうもり》などを観察しながら、当てどなく歩いていく。やがて、川辺に出た。

智也は下駄を脱ぐと、鼻緒《はなお》にベルトを通し、腰に括りつけた。そして素足を川中に入れ、三、四メートル先の向こう岸へ歩き出した。

このあたりも汽水域で、両岸にはマングローブ林が広がっている。何度も渡ったことのある川だったが、ちょうど雨季で、水量が多かった。濁った水は、意外に冷たい。

川の中ほどに来ると、膝がすっぽりと隠れるほどの水位となった。重たい水流が脚にまとわりつき、じっと立っているのもやっとだ。足裏に木の根や岩が当たり、智也は何度もよろけながら、一歩、一歩、進んでいった。

そのうちに、右足が深みにはまってしまった。転倒しそうになるのを、左足を右足の右側につき、両腕を大きく振って堪える。最中、目の端に、大きな黒いものが動いているのが見えた。

それは対岸の茂みからあらわれた。智也よりもずっと長い体をしており、体をくねらせて川の流れに乗りながら、そばに迫る。水の上に出た背中は、ごつごつとした鱗《うろこ》で覆われており、精気のない、針のように細い瞳孔が智也を見ていた。

鰐だ――。

智也は完全に平衡を失い、水中に倒れた。水を飲み、慌てて手足をバタバタと動かしたが、体は強い流れに運ばれていく。

鰐に喰われる――。

恐怖につかれてもがくうち、岩か、木か、硬いものが頭に当たった。意識が朦朧《もうろう》とする。

もはやどちらが上か下かもわからずに、智也は流されていった。薄れゆく意識の中、誰かが自分の腕を摑んだのを智也は感じた。とても力強い手だった。


誰かが、すぐそばで何かを言っている。

ほっぺたが痛い。ひっぱたかれているようだ。

「やめてくれ」

智也は叫んで、顔の前に手をやった。目を醒ます。

ここは、どこだ――。

薄暗い建物の中だった。どこからか陽の光が入ってきており、木の壁や柱がてかてかと光っていた。

智也は、びしょびしょに濡れた服で横たわっていた。下駄も、腰に括りつけたままだ。上体を起こそうとすると、何者かがのしかかってきた。力強く抱きしめられる。

汗臭い、柔らかい肉が顔に押しつけられた。それはむき出しの、女性の乳房であった。両手で押しのけようとしたが、相手は智也の頭や上体を腕で締めつけているから、身動きが取れない。

ふくよかな体の女性は、草の葉を束ねて作った腰蓑しか身につけていない。智也を抱きながら、何

度も、

「ネル、ネル」

と言った。寝ていろ、ということかもしれない。

やがて、別の人がばたばたと床板を踏みならして近づいてきた。そして、

「目を醒ましたか、智也」

と言った。

女性は、智也をまた床の上に横たえると、

「ネル、ネル」

と言って離れた。

代わりに、上から智也の顔をのぞき込んだ男が、

「大丈夫か？」

と言った。

「シゲル……」

智也を見ていた男も、上半身は裸で腰蓑をつけていたが、まぎれもなくシゲルだった。

「智也、気がついてよかった。頭を打ったようだから、寝ていたほうがいい」

おでこの上あたりを触ると、たしかに瘤ができている。しかし、智也は上体を起こした。すぐに、
例の女性が押しとどめようとする。

「もう大丈夫ですよ……シゲル、この人に大丈夫だと言ってよ」

「本当に大丈夫なのかい？」

「大丈夫だ」

シゲルは彼女に、智也には理解できない言葉で何事かを言った。すると、女性は智也から手を放してくれた。

「溺れたのか？　いとこが助けてくれたんだぞ」

シゲルはそばにいた、別の男を指さした。彼もまた腰蓑姿だったが、上半身は彫り物だらけだった。何やら険しい面持ちで、じっと智也を見ている。

「助けていただいて、ありがとうございます」

智也は頭を下げて言った。

「鰐が迫ってきたから、びっくりしてしまって……本当にありがとうございました」

男は黙ったまま頷くと、建物の外に出ていった。

「ここは、どこ？」

「僕の故郷の村だよ」

「シゲルは、こっちに帰っていたんだね。空襲で死ななくてよかった」

別れてから二年以上が経って、智也も少しは背が伸びたけれど、シゲルは本当に大きくなっていた。背だけでなく、上体がかなり太くなっている。

「こっちに帰っていたのなら、どうして家に来てくれなかったんだ？　ここと家はすぐ近くだろう？」

「宮口先生のお宅に伺うなら、きちんとした恰好をしなければならないと思ってさ」

そこで話を打ち切ると、シゲルは、

「みんなを紹介するよ」

と言った。

智也の隣にいた女性は、驚いたことにシゲルの母とのことだった。言われてみれば、ふっくらとした頰の感じや、太い眉毛がシゲルによく似ていた。

「いつも、お世話になります」

と彼女に日本語で言われたので、智也も床に手を突いて、

「いえいえ、こちらこそ」

と挨拶をした。

シゲルはそれから、智也を建物の外に連れ出した。

そこは海につづくなだらかに下った地で、あたりには何軒もの家があった。コロール島の街中では、島民の多くは小さくてみすぼらしい家に住んでいたが、この集落に建っている家は、高床式で高い屋根を掲げた、なかなか立派なものであった。

その中を、シゲルは智也を連れまわし、自分の親戚を紹介していった。この人と自分はどういう間柄だとか、この人とこの人はどういう関係だとか、いろいろと説明をしてくれるのだが、智也には複雑すぎてよく理解できなかった。おじさん、おばさん、いとこ、兄弟姉妹などが、信じられないほど大勢いる。

また、あの人とあの人は兄弟姉妹だと言っても、母親が同じで、父親は別だという場合がたくさんあった。祖母、母、娘、姉妹など、血のつながった女性がひとところに集まって暮らしている例が多いようにも感じられる。だから、ここの家族のあり方は日本人のものとはかなり違うと思われるのだが、多くの人が、タツオ、ノリオ、ジロウ、ハナコ、キヨミ、ハツエなど、日本風の名前を持っていた。

シゲルの父は、村にいないとのことだった。彼はほとんど村の外で仕事をしており、いまは日本陸

軍の測量係の人と島のあちこちを歩いているらしい。

集落においては老若男女を問わず、日本人のような服を着ている者もいれば、上半身裸の者もいた。若い、年頃の女性が乳房をむき出しにしている姿には、智也はどぎまぎしてしまい、目のやり場に困った。

いずれにせよ人々は、シゲルの紹介を受けると、みなにこやかに智也に挨拶し、歓迎してくれた。

「しかし、シゲルが腰蓑姿でいるのには驚いたな。はじめて見た」

「日本人はいつも、日本人の恰好をしている。でも、島民は島民になったり、日本人になったりするんだ」

そう言ったときのシゲルは、ちょっと皮肉な感じだった。自慢しているようでもあり、島民の運命を嘆いているようでもある。

「それより智也、さっきから、女のおっぱいばっかり見ているだろ」

「何だ……そんなこと、あるわけないよ」

「嘘をつけ」

「何を言っているんだ」

「智也はおっぱいが好きなんだな」

シゲルはからかって笑いながら、走っていった。

「待て」

智也が怒りながら追いかけるうち、シゲルは高い土地にある、ひときわ大きな家の前に来た。正面から見ると、三角形の屋根を立てた横長の建物で、コロールにあった伝統的建築のバイを少し小さくしたようなものだった。

入り口の、梯状の階段に手をかけたシゲルは、急に真面目な表情になって、

「ちょっとここで待っていて」

と言った。そして、階段をのぼり、建物の中に入っていった。

しばらくして入り口に戻ってきたシゲルは、

「入っていいって」

と言って、智也に手招きをした。

いったい、ここはどこだろう——。

智也は階段をのぼり、シゲルについて建物の中に入った。

そこは武道場を思わせる、板敷きの広間だった。多くの窓があったから、中は比較的明るい。そのいちばん奥まったところに、顎鬚をもじゃもじゃと生やした、上半身裸の男性が座っていた。その男性のそばまで行くと、シゲルは胡坐をかいた。智也も同じように、シゲルの隣に座った。

シゲルは言った。

「この人、酋長さん」

「あ、そうなの……」

智也は酋長といえば、もっと偉そうに構えた人物を想像していた。しかし、目の前の人物は、恰幅はなかなかよいものの、わりあいに小柄で、大人しそうな印象の人だった。年齢は、自分の父親よりは上かなと思う。

しかしいずれにせよ、相手は偉い人だ。天皇陛下ほどではなくても、江戸時代の殿様くらいには偉いのではないか。そう思って、智也は手を突き、平伏した。

「お目にかかれて光栄に存じ奉《たてまつ》ります。私は宮口智也と申す者にございます。以後、よろしくお引

きまわしのほど、お願い申し上げます」

智也が顔をあげたとき、酋長は少し可愛くも見える笑顔になっていた。そして、小さな声で何かを話し出した。パラオの言葉であったので、シゲルが通訳をしてくれた。

「空襲があるかもしれないのに、よくここへ来てくれた。歓迎する」

「ありがたき幸せにございます」

「今後とも、シゲルと仲良くしてくれよ」

「ははっ」

「パラオは、日本人が来たことによって、とてもよくなった。日本人がいろいろなことをパラオ人に教えてくれたからだ。だから、シゲルが日本人と親しくし、日本人からいろいろなことを学ぶのは、とてもよいことだ」

智也は緊張して、はい、はい、と頷きながら話を聞いた。

また酋長は、戦争のことについても語った。

「いまは、戦争で大変な時期だ。しかし、日本は大きな船を持っているし、たくさんの兵隊もいる。そして、日本人はとても勇敢だ。だから、戦争には勝つだろう」

「御意《ぎょい》の通りにございます」

ところが、それから酋長が喋る言葉を、シゲルは通訳してくれなくなった。やがて、シゲル自身、パラオの言葉で何かを質問し、それに酋長が答えるということがつづいた。

「ちょっと、何て言っているの？」

智也が聞いても、シゲルは相手にせず、酋長とばかり話をしている。

話が終わっても、シゲルは酋長の言葉を日本語に直してくれなかった。やがて、智也に向かって言った。

「行こう」

「え？」

「さ、行くよ」

シゲルが立ちあがったものだから、智也も酋長に、

「これにてお暇《いとま》申し上げます」

とお辞儀をし、去るしかなかった。

建物の外に出たあと、智也はシゲルに尋ねた。

「酋長さん、何て言ってたの？」

シゲルは首をかしげるばかりだ。

「どうしたんだよ？　何か、日本人に失礼なことでも言っていたのか？」

「いや、そうじゃない。あの人、わけのわからないことを言っていたんだ。日本人が戦争に勝てばいいが、勝つか負けるかは、それほど大したことではない、とか」

「どういうこと？」

「さあ……勝った者とて、いずれ負けるかもしれない。負けた者を見下すうち、その負けた者に負かされるかもしれない。だから、人間にはもっと大事なことがある、ってさ」

「それは、何だ？」

「わからない。『勝ったら勝った、負けたら負けたで、やることがいっぱいある』とか……」

シゲルは不貞腐れたような顔つきになっている。

「酋長がどう言おうと、僕はアメリカが許せない。日本はきっと勝たなければいけない。いや、必ず

勝つ。学校の先生に習ったいい言葉がある。『為《な》せば成《な》る　為さねば成らぬ何事も　成らぬは人の為さぬなりけり』だ」

「それは、もちろんだ」

「アメリカの奴らは、人間じゃない。日本の軍人は、敵の軍人を狙って撃つが、アメリカの軍人は、民間人に爆弾を落としたり、機関銃を撃ったりしやがる。コロールの街は、徹底的に焼かれた。智也が住んでいた官舎も、街中のお店なども、みんな焼けてしまった。人もいっぱい死んだよ。僕のおじさんも、おばさんも、病院に担ぎ込まれたけれど死んでしまった。だから、僕はこの島に戻ってきたんだ。学校もなくなってしまったし」

悲惨な光景を目にし、親しい人を失って傷ついているシゲルに、智也は深く同情した。しかし、かけてやる言葉は見つからなかった。

「智也が羨ましいよ」

「どうして？」

「智也は勇敢な男だし――」

「シゲルもそうじゃないか」

「いや、僕は日本人じゃないだろ。日本人は兵隊になって敵と戦える。敵討《かたきう》ちができる。でも、島民はできない。空襲のあと、僕は日本の兵隊さんに、『一緒に戦って敵討ちをしたい』と言ったんだ。でも、『お前は駄目だ。島民だから』って言われた。『島民の世話にはならない。これは日本人の戦争だ』って」

「そんなひどいことを言われたのか……」

智也は日本人の一人として、申し訳ない気持ちになった。ところがシゲルは、こう言い返してきた。

「僕はべつに、あの兵隊さんが悪い人だと言っているんじゃない。あの人は立派な人だ。僕は、『日本の兵隊さんは死ぬのが怖くないのですか？』と聞いたんだ。すると、あの人は『怖くない。死は鴻《こう》毛《もう》より軽しだ』って言ったよ。『戦って死ねば、みんなが靖國神社に会いに来てくれるから、日本の兵隊は死を恐れないんだ』って。とても勇敢な人だ。島民はまだまだ、そこまで勇敢ではない……僕も日本人になって、日本軍の兵隊さんになりたいよ。そして死んだら、靖國神社に行きたい」

智也の心は複雑だ。シゲルのことは無二の友達と思っているが、いっぽうで、日本人と島民という立場を考えると、ときに非常な隔たりを感じてしまう。

その後、昼食を食べていなかった智也は、シゲルの実家でタロイモを潰して焼いたものや、魚のスープをご馳走になった。なかなかおいしかった。戦争のせいで島民も食料には困っているはずだが、日本人よりはまだましなものを食べているように思えた。

「そろそろ帰らないと、お母さんが本当に鬼になっちゃう。瑞穂村には、どうやって帰ればいいんだ？」

食べ終わって、智也はシゲルに尋ねた。

「送っていくよ」

「ならば、家に寄っていけよ。みんな、シゲルが元気なのを知ったら、大喜びだよ」

「本当？」

「もちろんだ。家に寄ってくれよ」

「じゃあ、ちょっと待っていて」

シゲルはしばらくどこかに行ったが、帰ってきたとき、装いをまったく変えていた。日本人の子供のように、白い半ズボンに白いシャツを着ていた。ただし、なんだかぴったりとし過ぎている。

「その服、シゲルにはちょっと小さくない？」

「弟に借りてきたんだ」

照れ臭そうに、シゲルは言った。

二人は集落のみなに手を振り、出発した。そのときには、智也の服はほとんど乾いていた。

5

シゲルの道案内で三十分くらい森の道を歩くと、川にいたった。自分が溺れた川だと智也は気づく。あいかわらず水の流れは激しかったが、シゲルはどこを通れば良いかをよく知っていて、水深が比較的浅く、流れも穏やかなところを選んで渡っていった。シゲルについていくと、智也も難なく向こう岸にたどり着くことができた。鰐の姿もなかった。

学校や官舎が見える場所に来たとき、あたりには強い西日がさしていた。智也も汗をかいていたが、シゲルの大きな体には、ぐっしょりと濡れたシャツがよじれて貼りついている。

「お母さん、お母さん」

智也は繰り返し呼びながら、駆け足で家に近づいていった。シゲルも足を速めてついてくる。

玄関の戸を開けると、奥から出てきた母は、

「どこに行ってたのよ、あんた」

と叱りつけるように言った。

「シゲルが来たよ」

智也はまた玄関の外に出て、シゲルに呼びかけた。

「さ、入りなよ」

シゲルは家の中に入った。三和土《たたき》に立って、

「みな様、ご無沙汰いたしております。お元気でいらっしゃいましたか？」

と頭を下げる。

その途端、母の怖い顔はどこかに行ってしまった。涙目になる。

「まあ、シゲル君、こちらに帰っていたのね。さあ、上がって」

智也とシゲルが家に上がり、母とともに居間に入ると、父と真次が卓袱台についていた。

父の様子は、どこかいつもと違うように見えた。厳しい雰囲気を醸《かも》しているので、ひょっとすると、今朝の兄弟喧嘩のことでお目玉を喰らうことになるかもしれない、と智也は恐れた。

「ああ、シゲル君か。大きくなったな」

父も感慨深げに言った。真次も、うわっ、と感激の声をあげる。

智也とともに父の前に座ったシゲルは、

「みな様も、お元気で何よりです」

と挨拶をした。

「無事でよかった。コロールの空襲はひどかっただろう？」

父に優しい声で尋ねられると、シゲルは急に沈痛な面持ちになった。

「ひどかったです。みんな、死にました。真っ黒に焼けて……」

「そうか。辛かったね。しかし、シゲル君が生きていて嬉しい。生きていてくれて、ありがとう」

父がそう言った途端、シゲルはぼろぼろと涙をこぼした。母もまた、一緒に泣いた。

智也は、卓袱台の上に一枚の紙が置いてあることに気づく。あらかじめ四角い線や活字が印刷され

ているほか、ペンで文字が書き込まれたり、印が押してあったりする。

智也の視線に気づいた父は言った。

「さきほど、役場の人が持ってきてくださったんだ。お父さんは、出征することになった」

父の前に置かれていた紙には〈臨時召集令状〉の文字があった。いわゆる「赤紙」だが、それは赤くはなく、ただの茶色っぽい紙だった。

「他の先生のところにも、召集令状が来たようだ」

日本男子である以上、敵が迫るとあれば召集されて当然だ。それは智也もわかっていたが、喘息持ちの父が兵隊になる姿は想像しがたかった。

「先生、おめでとうございます」

とシゲルが言った。

父はにこりともせず、腕組みをして令状に目を落としている。

「羨ましい。僕も兵隊になりたい」

ともシゲルは言う。

智也もまた言った。

「僕も、兵隊になって戦いたい」

すると真次も言った。

「僕も」

「そうか。みんなは、それほど戦いたいか……」

父が重苦しく言ったのに対して、子供三人は揃って頷いた。

「なるほど、みんな、なかなか勇気があるな。勇気があるのは、偉いことだ。だが、敵から同胞を守るのは、大人の仕事だ。子供の仕事は、何が何でも生き延びることだ。戦うのは、もっと大きくなってからでいい」

「僕は、いますぐにでも戦いたいです。死は鴻毛より軽し、です」

とシゲルが言うと、父は、

「駄目だ」

と叱りつけるように言った。

「兵隊さんたちが『死は鴻毛より軽し』と言って戦地に赴き、勇敢に戦って斃《たお》れるのは、子供たちを守るためだぞ。彼らだって本当ならば、自分の子供や、弟や妹の成長をそばで見守りたかったはずだ。けれども、幼い者たちを敵から守らなければならないから、涙をのんで遠い戦地に行ったんだ。それなのに、銃後に残してきた子供が死んでしまったら、彼らは何と思うか。兵隊さんのことを尊いと思うのなら、みんなは生きなければならない」

うな垂れる子供たちを見まわして、父はさらに言った。

「みんなには、大切な使命がある。戦争が終わったあと、家族を失って悲しむ人も、家業を失う人も大勢いるだろう。そういう人たちを支える次の世代がいなければならない。それが、いまの子供たちの役目なんだ。みんなが担うのは非常に長い年月のかかる、骨の折れる仕事だぞ。そういう仕事ができるように、君たちはよく勉強し、心身を鍛えて、立派な大人にならなければならないんだ。わかるか？」

父の言葉を聞いていた母は、何度も頷きながら涙を流していた。いや子供たちも、家族を残して戦場にいく父の、並々ならぬ思いに胸を打たれ、目を真っ赤にしていた。

数日後、父は他の先生たちとともに、コロールの区隊司令部に向け、近くの波止場から出発した。

見送りには、多くの村人のほか、シゲルも来た。みなで旗を振り、万歳をして見送った。

ポンポン船に乗って遠ざかっていく父を見て、シゲルは何度も、

「先生は、偉い人だ」

と言い、日章旗を振りつづけていた。

第九章　太平洋の防波堤

1

男たちは、まるで蟻《あり》の群れのように、忙しく動きまわっていた。ある者は地面に穴を掘り、ある者はそこへ、大きな石を運んでくる。重機などはなく、穴掘りをしている者はせっせと円匙《えんぴ》を使い、石を運ぶ者はせいぜい手押し車を使う程度で、ほかは両手に石を抱え、歩いている。

彼らが働く場所よりやや下ったところには、石灰質の岩や石の目立つ浜辺があった。そこにも作業をする者たちがいる。木の杭を打ったり、有刺鉄線を張りめぐらせたりしているのだ。あまりの暑さに、多くが日に焼けるのもかまわず上半身裸で、褌一丁《いっちょう》の者も珍しくない。

宮口恒昭もまた、海岸より少し内陸に入ったところで、石を運んでいた。日頃から、南洋の日差しの強さを知る彼は、いくら暑くてもシャツを着て、垂《たれ》付きの略帽をかぶっている。

海辺で切り出した石を抱えながら、恒昭はときおり四方を見まわしたが、そこはまったくもってのっぺりとした島だった。北西部に最高峰が六十メートルほどの山地があるほかは、平地ばかりなのだ。島の東側、とりわけ東北部は、飛行場建設が計画されていたほどだ。珊瑚礁が隆起してできたと考えられるその島の周囲には環礁が広がり、沖合の波がそれにぶつかって白波を立てている。

「おい、もたもたせんと、歩け、歩け」

後ろから声が迫ってきた。誰かが背中にぶつかり、恒昭はよろけた。抱えていた石を放り出して膝を突き、うつぶせに転んでしまった。

むっとして体を起こし、振り返ると、相手は自分からぶつかってきた癖に、こう言った。

「何をふらふらしているんだ、伍長殿。あんた、暑いのには慣れているだろうに」

古関《こせき》一等兵だった。口のまわりは不精鬚だらけで、裸の上半身はいかつかった。真っ赤に日に焼けた両腕に大きな石を重ねて抱えている。まだ二十代前半だろう。

恒昭のほうが歳も階級も上のはずだが、

「すまない」

と謝ってしまった。

古関はますますつけあがって言う。

「戦いがはじまれば、学校の先生なんかどうせ役に立ちはせん。石運びくらいはしっかりやってもらわんとな」

彼は恒昭を追い抜き、さっさと先に行ってしまった。

そこはアンガウル島だった。パラオの行政や経済の中心、コロール島から五十キロ以上南へ下った先にペリリュー島があり、それからさらに約十キロ南にアンガウル島はあった。

東西約三キロメートル、南北約四キロメートルの小さな島だが、燐《リン》鉱石が採掘できたため、ドイツ領時代から真っ先に開発が行われ、日本もその事業を引き継いでいた。燐は海鳥の糞《ふん》が堆積して化石化したもので、肥料の原料などとして利用される。米軍による攻撃が激化する前までは、燐鉱石採掘事業に従事する人を中心に千八百余人の日本人（朝鮮出身者を含む）がいて、現地のカナカ人七、八百人と合わせて二千六百人ほどが住んでいた。

　しかし、いまや民間人は軍夫として残した島民百八十余人のみで、他の住民は本島（バベルダオブ島）に疎開させていた。島にいるのは、千三百八十余の軍人、軍属ばかりだ。彼らは塹壕《ざんごう》を掘り、石を並べ、有刺鉄線を張りめぐらせ、あるいは、岩礁には機雷を、海岸には地雷を敷設して、米軍の上陸に備えているのである。

　パラオ全体の防衛の指揮をとるパラオ地区集団司令官は、満洲から移駐した第十四師団の井上貞衛《いのうえさだえ》師団長（中将）だった。昭和十九年（一九四四）五月には、井上中将はペリリュー島地区隊長に歩兵第二連隊率いる中川州男《なかがわくにお》大佐を、アンガウル島地区隊長に歩兵第五十九連隊率いる江口八郎《えぐちはちろう》大佐を任じていた。しかし、七月末になって、井上中将はバベルダオブ島の防備を重視して、アンガウル守備隊の兵力を約三分の一に縮小した。いまでは、同島守備隊は後藤丑雄《ごとううしお》少佐率いる第一大隊を中心に編制されている。

　恒昭はその第一大隊第一中隊に配属されていた。入営にあたり、「自分は国民学校の校長をしていた」と告げると、下士官の伍長に任じられた。しかし、それは名ばかりの階級で、単に現地召集者の取りまとめ役を期待されただけのことだった。満洲からやってきた兵たちは、恒昭の伍長の襟章など一顧だにしない。

　自分たちは歴戦の精鋭だという強い自負を持つ彼らは、現地召集者などまともな戦力と見なしていなかった。急いで陣地を構築するための労働力くらいに思っているのだろう。

　しかし実際、恒昭もそれは仕方がないと思っていた。入隊後、戦闘訓練はさんざん受けたものの、擲弾筒《てきだんとう》の射撃訓練にしろ、戦車に駆け寄り、「アンパン」と呼ばれる爆弾を貼りつける訓練にしろ、突撃訓練にしろ、からきしなっておらず、上官や先任下士官たちだけでなく、古参兵たちにも怒鳴り散らされる毎日なのだ。

使い物にならない以上、文句も言えまい――。

そう思いながら体を起こそうとしたとき、別の者が近づいてきた。自分が持っていた石を地面におろすと、

「大丈夫でありますか」

と言って、肩を貸してくれた。

コロールのパラオ国民学校で部下であった、小山田哲郎訓導だった。いまでは二等兵だ。

慣れない軍隊生活で、唯一の慰めとなったのは、同じ中隊に小山田が配属されていたことだった。彼が話し相手になってくれるだけで、どれほど心強いかわからない。武道家の彼は、現地召集者であっても訓練の成績もなかなかよく、いまも疲れ知らずで働いていた。

小山田は、恒昭が落とした石を拾って持たせてくれた。それから、自分が持ってきた石を拾いあげる。恒昭はその姿を見て、

「君が伍長で、僕が二等兵であったほうがよかったな」

と言った。

訓練や作業のあいだは厳しい兵たちも、休憩中や、夕べの自由時間には、気のいい、純朴な若者らしさを見せた。

「自分はできが悪いもんで、学校時分は、担任の先生にずいぶんと苦労をかけたもんです」

などと、恒昭や小山田に話しかけてくる者もいた。

例の古関ですら、

「先生が兵隊をやろうというのはなかなか大変だ。俺も、入営したてのときは、右も左もわからずに苦労したんだから、あんたもまあ、だんだんと慣れていくことだ」

と、口はあまりよくないが、慰めるようなことを言ってくれたりもした。これも、「俺たちは精鋭だ」という優越感のゆえかもしれなかった。

「さて、自分などが、経験豊富なみなさん方にどれほど追いつけるか」

などと恒昭が話を向けようものなら、決まって精鋭たちの武勇伝を聞かされることになった。弾雨の中、多くの戦友を失いながらの突撃戦の話、猛吹雪《もうふぶき》の中、渡河して敵を蹴散らした話、凍《い》てつく大地に長時間這《は》いつくばって抗日ゲリラを待ち伏せし、掃討した話などである。

「それでは、ここへ来るアメリカの連中は、貧乏籤《びんぼうくじ》を引いたようなものですな」

と、恒昭が言えば、

「そりゃ、そうだ。この島の地に一歩も踏み込ませるかよ。個人主義に染まったアメリカの憶病者どもなど、蹴散らしてくれる」

「こっちは、覚悟はできている。ここへ来る前に、遺書も書いてあるんだ。俺が戦死したら、靖國神社に会いに来てくれってな」

「俺たちは、太平洋の防波堤だぜ」

などと、みな威勢よく言ったものである。

すでにして、昭和十九年八月も終わりに近づいていた。サイパン島守備隊は七月に玉砕《ぎょくさい》し、同島は敵の手に落ちている。その責任を問われた東條英機内閣は総辞職し、小磯国昭《こいそくにあき》内閣に代わったが、日本の中央における戦争指導体制の混乱や変化は、パラオにいる兵士にとっては遠い話であった。とにかく「我、太平洋の防波堤たらん」という意識のみが、彼らの士気を支えていたと言っていい。

けれども、満洲から移ってきた者たちは、パラオの暑さについては、そうとう困っている様子で、陣地構築の作業中などにしばしば、

「この島には四季というものはないのか。もう九月だってのに」

と文句をつけた。

「この島は、十二月になってもこんなものですよ」

と恒昭が言うと、たくさんの石を担いだ古関は笑いながら、

「こんな暑いところで待っているくらいなら、早く敵と戦って死にたいものだ」

と言った。

2

ペリリュー島、アンガウル島沖に敵の艦隊が姿をあらわしたのは、九月六日のことであった。マーク・A・ミッチャー中将率いる米軍第三十八機動部隊、通称「快速空母群」で、航空母艦十一隻、戦艦二隻、巡洋艦十数隻、駆逐艦三十五隻などから成る大艦隊であった。

以降、パラオ諸島は艦載機による激しい爆撃と機銃掃射にさらされたが、アンガウル島には航空機は配備されていなかったし、他の島からも友軍の戦闘機が飛んでくることはほとんどなかった。地上から射撃しても、敵機に当たることはまずない。よって、守備隊は一方的に攻撃されているばかりで、ただジャングルの茂みや、蛸壺《たこつぼ》と呼ばれる一人用の塹壕にじっと身を潜めているしかなかった。

十二日になると、島の間近に、まさに海上を覆い尽くすほどの敵艦が迫った。そして、猛烈な艦砲

射撃を開始した。

恒昭は内陸の壕に、鼻と口を手拭いで覆って伏せていたが、耳をつんざくような爆音が途切れることなくつづき、砲弾に吹き飛ばされた砂礫《されき》がしばしば鉄兜《てつかぶと》を叩いた。

緑に覆われていた島は見る見る岩や土がむき出しの裸島になっていった。丘は失われて平坦になり、海岸の岩場の地形も崩れていく。当然のことながら、兵らが苦労して築いた海岸線の陣地も吹き飛ばされ、跡形もなくなっていった。

さすがの満洲の精鋭たちも、地面に伏せたまま身じろぎもできない。誰かが背後で何かをさかんにわめいていたが、爆音のすさまじさによく聞こえなかった。

やがて、恒昭は背中をはたかれた。誰かがそばまで這ってきたようだ。

「無視するな、伍長」

顔を向けると、坂本《さかもと》軍曹だった。彼もまた、二十代半ばの若者だが、誰もが一目も二目も置く歴戦の分隊長である。恒昭とは違って、「本物」の下士官と言っていい。

「何でしょう?」

坂本はまるで怒った狼《おおかみ》のように鼻に皺を寄せ、何かを言った。だが、聞こえない。

「何でしょう?」

「歌え、と言っている。『歩兵の本領』だ」

坂本は訓練のとき、いつも兵らに軍歌『歩兵の本領』を歌わせた。

坂本は、周囲にいる者たちにも、

「お前ら、『歩兵の本領』を歌え」

と繰り返し叫んだ。

それから坂本は、鼻に皺を寄せたまま、率先して歌い出した。

万朶《ばんだ》の桜か襟の色
花は吉野に嵐吹く
大和男子《おのこ》と生まれなば
散兵線《さんぺいせん》の花と散れ

坂本の歌声というか、ほとんど遠吠《とおぼ》えのような声に合わせて、右からも、左からも声が響いてきた。恒昭も、必死に歌った。それだけで、恐怖心が和らぐようにも思えた。だがそのうちに、彼らの歌声はかき消された。すぐ近くに砲弾が着弾したのだ。

恒昭の体の上に、大量の土砂が降ってきた。手拭いを顔に巻いていても、口の中がざらざらするのをおぼえる。しかし、体を起こし、土砂を振り払うことはできなかった。そのようなことをすれば、砲弾の餌食《えじき》になりかねない。腹這いになったまま、首や肩を揺らし、少しずつ体の上の土砂を払っていった。シャツの中も、砂がいっぱいでむずがゆい。

鉄兜の縁をつまんでかぶりを振ったが、耳鳴りが止まらなかった。ようやく砂の外に這い出た恒昭が顔を左横に向けると、二メートルほど先の地面に大きな穴が開いていた。砲弾の痕だ。そこにいたはずの二人の兵の姿はなかった。

彼らはどこへ行ったのだろうか——。

後ろを振り返ったとき、恒昭は戦慄した。

すでにそのあたりの木々も多くが吹き飛ばされ、地面が露出していたが、十五メートルほどの高さのパンの木が一本、ぽつんと残っていた。その枝に、千切れた人間の腕と脚がひっかかり、ぶら下がっていた。

夜になると、敵の艦砲射撃はやんだ。第一中隊百六十七名を率いる石原正良《いしはらまさよし》中尉は、兵たちを集め、訓示を行った。

「いいか、まだ死ぬなよ。いまは忍耐のときだ。敵は近々、必ず上陸してくる。そのときに、斬り込んで死ぬんだ」

そして、石原隊長は締めくくりに言った。

「我、太平洋の防波堤たらん」

ほとんどの兵にとって、自分たちがここで「防波堤」として戦い、死ぬのは、家族を残してきている内地を守るためだった。しかし、現地召集組にとっては、守るべき家族はバベルダオブ島にいた。八月から、パラオ各島に暮らす一般住民の、バベルダオブ島への疎開が行われていたからだ。

すでにして失陥したサイパン島に関しては、大本営は七月十八日付で次のように発表している。〈サイパン島の在留邦人は終始、軍に協力し、凡《およ》そ戦い得るものは敢然戦闘に参加し、概《おおむ》ね将兵と運命を共にせるものの如し〉と。

恒昭をはじめ、現地召集組にとって、この報の持つ重さは尋常ではない。もし自分たちがアンガウル島やペリリュー島で不甲斐ない戦いをすれば、敵は目と鼻の先のバベルダオブ島にも上陸するであろう。そしてそれは、バベルダオブ島において、サイパン島と同じ惨劇が繰り広げられることを意味した。

中隊長の訓示が終わっても、兵たちはすぐに眠りにつくことはできなかった。もはや海岸陣地を元に戻すことは不可能だが、少なくとも、昼間の艦砲射撃で崩れた蛸壺を掘り直しておかなければならないからだ。掘り終えて明るくなるまでのわずかなあいだが、眠りにあてられる時間であった。

だが、蛸壺の中に体を縮めて横たわり、眠ろうとしても、恒昭は眠れなかった。疲れているはずだし、敵は明日もまた、厳しい攻撃を加えてくるだろうから、眠らなければならなかった。けれども、眠れないまま、時間ばかりが過ぎていった。

やがて、すぐそばの蛸壺から声が聞こえてきた。

「センセーよ、眠れないのか？」

姿は見えなかったが、その声は古関一等兵だった。

「何だか、目が冴《さ》えてしまって……」

「敵の砲撃に魂消たか？」

他の兵の眠りを妨げないよう、二人は声を低めて囁き合ったが、古関の声はいつものように快活で、余裕を感じさせた。さすがに、何度も死地を潜り抜けてきた男らしいと恒昭は思った。

「みなさんと違って、自分は戦場がはじめてなもので……」

古関は鼻で笑った。

「俺だって、こんなすげえ砲撃ははじめてだよ。キンタマ、縮みあがったさ。だから、俺も眠れない」

すると、どこか別のところから、くすくすと笑う声がした。他にも眠れないまま、古関と恒昭の会話に耳を傾けていた者がいたようだ。

そうか、自分だけではないのか——。

どういうわけかほっとして、恒昭はその後、少しのあいだだが眠りに落ちることができた。

夜が明けると、また艦砲射撃がはじまった。この射撃は三日間つづけられた。使われた砲弾は、一分間に約四十発、一日に約五万七千六百発で、計約十七万二千発、約三千トンにのぼるものであった。

3

九月十五日、米軍はいよいよペリリュー島への上陸を開始したが、アンガウル島には来なかった。ペリリュー島の戦いの詳細については、アンガウル島の守備兵にはよくわからなかった。しかし、十キロしか離れていないから、激しい爆音が響くのは聞こえたし、ひっきりなしに上空に炎や煙があがる様も見え、激戦が展開されていることは疑いようがなかった。

翌、十六日にも敵はアンガウル島への上陸を試みなかったが、地区隊長の後藤少佐は、麾下《きか》の各隊に、

「油断するな。敵はこの島にも必ず来る」

との訓示を発しつづけた。

その夜、空は雲に覆われ、兵たちは漆黒の闇の中で眠りについた。やがて空が明るくなりはじめる頃、東港沖合に敵艦隊があらわれ、またもや艦砲射撃をはじめた。守備兵も、

とうとう敵が上陸する——

と覚悟を決めた。

敵の上陸地点は、島の西側の西港付近か、東北側の東北港付近、そして、東南の東港から南側の海岸であろうと予測された。しかし、島の守備隊千三、四百人のうち、機動的に展開できる歩兵は、第一中隊百六十七名、第二中隊百六十七名、第三中隊百六十五名の五百名足らずしかいなかった。他は

大隊本部の守備隊や砲兵、補給通信、衛生などを担当する人員である。そのため、後藤少佐は第一中隊を島の南に、第二中隊を北に配置し、第三中隊は遊撃隊として中央で待機させていた。

敵は東南から来るか――。

そのように大隊本部が予想していたところ、午前五時三十分になって、敵輸送船団が西港沖にあらわれ、舟艇を浮かべはじめた。

それを確認したのは、西港より一キロメートル余り南の、巴《ともえ》岬の守備隊だった。彼らはその舟艇を、上陸作戦を実行するためのものと判断したが、敵の空爆や艦砲射撃によって、すでにして通信網は断たれていた。そのため、伝書鳩を用いて本部に「敵の上陸地点は西港なり」と報じた。

通報を受けた後藤少佐は、中央に留めていた島武《しまたけし》中尉率いる第三中隊を西港へ向かわせたが、いつまでたっても敵の舟艇が陸地に近づく気配はなかった。そのうちに、敵は東北港沖と東港沖にも舟艇を浮かべはじめた。のちに後藤少佐は、西港沖の舟艇は日本側を混乱させるための陽動作戦と判断し、第三中隊に反転して東港へ向かえと命じるのだが、それは正午頃になってのことであった。

東港を含む、東側海岸の敵を待ち受ける第一中隊の石原隊長は、

「全員決死隊となり、玉砕の覚悟をもって本島を死守せよ」

と訓令した。

米軍は、午前八時に陸に向けて突撃を開始した。先頭を切って迫るのは、数十両の水陸両用装甲車である。環礁に到達しても物ともせずに乗りあげ、走りつづけた。

だが海岸との距離が迫るうち、珊瑚の破片とともに、大きな水飛沫《みずしぶき》があがった。日本軍が敷設した機雷が爆発したのだ。装甲車が一両、また一両と大きく揺れ、岩礁の上に擱坐する。しかし、爆発に

巻き込まれても大した損傷を受けず、海岸へと突き進む装甲車も多かった。

八時三十分、いよいよ米軍は海岸に到達した。陸地から、日本軍の迫撃砲が火を噴く。また、島中央部からも野砲が放たれた。装甲車や上陸用舟艇に乗った兵たちに、はね上げられた海水や砂が襲いかかる。また、地雷が爆発し、煙をあげて動きを止める装甲車もある。

アメリカの多くの兵たちは、狙い撃ちされないよう、かなり沖合で上陸用舟艇から飛び降り、散開した。海水を踏みしめて海岸に走るあいだに斃れる者が続出する。砂浜にたどり着いた者は、銃を構えて地面に這いつくばった。

待ちかまえる日本兵と、海岸の米兵とで激しい撃ち合いが行われる。恒昭は最前線よりはやや後方の塹壕で、突撃命令を待ちながら、その凄絶な戦いのありさまを目の当たりにしたが、彼を含めた日本兵たちは、間近に対峙した米兵の意外な姿に驚いていた。

まず、日本兵が意外に思ったのは、米兵もなかなか勇敢だということだった。それまで、アメリカ社会には個人主義がはびこっているため、米兵は我儘《わがまま》で怯懦《きょうだ》な連中ばかりと聞かされていた。しかし、彼らは味方が弾丸を受け、血を噴いて倒れるのもかえりみず、血液を含んで赤らむ海水や海岸の砂土の中にうつぶしては立ちあがり、前進をつづけた。

もう一つ、日本兵にとって意外だったのは、米兵に黒人が多いことだった。これまで彼らは、大東亜戦争の本質は「白人種対有色人種」の戦争だと聞かされてきた。すなわち、有色人種を奴隷化し、支配してきた白人種から、有色人種を解放する戦いだと思ってきたのであり、アメリカの兵隊と言えば白人だと思い込んでいたのだ。ところが実際には、日米の対決で、有色人種同士が殺し合うにいたっていた。

米軍は東港と東北港の二ヶ所で同時に上陸作戦を開始していた。ミューラー少将率いる陸軍第八十一師団、通称「ワイルドキャット」の二万二千名である。

東港の守備隊は善戦し、水中機雷と砲撃によって、敵の上陸用舟艇三十隻、火砲二十門、水陸両用装甲車十五両を撃破した。しかし、夕方までには、米軍は水際の防衛線を突破した。

米軍の主力が攻撃した東北港正面は、もとは断崖絶壁となった天然の要害だった。しかし、艦砲射撃のためにそうした要害は破壊され、平坦地となっていたため、こちらでも、米軍は夕刻までに千メートルにわたり海岸堡塁《ほうるい》を築くことに成功した。

その日、恒昭や小山田が直接、銃剣突撃を行うことはなかった。暗くなる頃には、彼らが属する第一中隊は水際から内陸地に移動していた。敵への警戒は怠っていないつもりだったが、突如、頭上に照明弾や曳光弾《えいこうだん》があがり、混乱に陥った。目がくらむような閃光《せんこう》が弾け、あたりは昼間のように明るくなったため、恒昭も面喰らった。

「敵襲だ」

という叫びが味方のうちからあがった。と同時に、機関銃の弾丸や野砲の砲弾が飛んできた。いや、照明弾を目当てに、海上からも艦砲射撃が行われる。

爆音と、炎の明かりと、硝煙の臭いが満ちる中、周囲の兵たちが、絶叫しながらばたばたと倒れていった。砲弾の爆発のため、空中にはね上げられる兵もいる。

恒昭は岩陰に隠れたまま、動けなくなった。上官の指示もわからない。「助けてくれ」「無念だ」「天皇陛下万歳」などという絶叫を、震えながら聞いていた。

そこへ、匍匐《ほふく》しながら、分隊長の坂本軍曹が近づいてきた。

「宮口伍長、来い」

と言って、擲弾の詰まった袋を恒昭に押しつけた。それから、腕を引っ張る。

恒昭が立ちあがろうとすると、坂本は、

「馬鹿、伏せろ」

と怒鳴った。

坂本とともに、匍匐しながら前進する者が十数人いる。その中に交じって、恒昭も身を低くしてついていった。最中、照明弾の光に浮かびあがる、右方の人物に目がとまった。小山田だった。彼は怯むことなく、敵に向かって狙いを定め、銃をさかんに放っている。

「『歩兵の本領』だ。歌え」

坂本が叫んだ。

ところが、付き従う者たちはそれどころではない。まさに横殴りの雨のように、闇の中を火の玉が飛んでくる。

身を低くしていても、敵弾に当たって動かなくなる者があとを絶たなかった。機関銃の弾丸を連続して受けた者は、五体がばらばらに砕け散った。負傷して苦しむ者がいても、自分のことで精いっぱいで助けにもいかれない。そのような状況で、とても歌など歌ってはいられなかったが、坂本は一人で〈大和男子と生まれなば　散兵線の花と散れ〉とがなり出した。

また一人、敵弾に撃たれた。鉄兜に穴が開き、顔中血だらけにした戦友が、白々と照明弾に浮かびあがるのを、恒昭は茫然と見つめる。ついこのあいだまで、児童の教育に専念してきた者にとって、やすやすと咀嚼《そしゃく》し、飲み込むことはできない現実だった。

するとまた、坂本が怒鳴るがごとく、

「宮口伍長」

と声をかけた。

「弾を持ってこい。急げ」

坂本は六十センチばかりの擲弾筒を、駐板と呼ばれる台座を地面につけ、立てている。弾はいわゆる投擲弾（手榴弾）と同様のものである。射程は六百五十メートルほどだ。

「早く持ってこい。このままじゃ、敵にやられっぱなしだ」

恒昭は身を屈めながらも走った。そして、坂本の隣に伏せる。

「弾を寄越せ」

坂本は、またもや怒れる狼の顔で叫んだ。恒昭が擲弾を渡すと、坂本はそれを装塡し、筒の角度を調整する。引き金を引いた。

ややあって、前方の森の中で大きな爆発が起きた。敵兵の断末魔の叫びが響く。命中したようだ。

「どんどん弾を寄越せ」

恒昭が渡す擲弾を、坂本は見事な手つきで次々と放った。闇の中で爆発の炎が弾け、大地が震える。擲弾筒の筒身はやがて、真っ赤に焼けた。

こちらの攻撃に怯んだのか、敵の射撃がやんだ。坂本は言う。

「ざまあ見やがれ」

照明弾も消えて、あたりが暗くなっていった。敵の射撃がつづいているのも恐ろしかったが、静寂と暗闇に包まれるのも、同じくらいに恒昭には恐ろしく感じられた。

敵は撤退したのだろうか――。

そう思ったとき、前方のジャングルの奥から、がたがたと喧《やかま》しい音が響いてきた。またも地面が揺れる。

「まずい」

と坂本が言った。

敵からライトがこちらに放たれた。その光に、黒い鉄の塊が浮かびあがっている。塊はキャタピラを回転させ、力強く前進してくる。上部には長い砲が載っていた。戦車だ。

「転進」

という隊長の声が遠くで聞こえた。

坂本も筒を持ちあげ、

「走るぞ」

言うや、恒昭の肩を叩いた。

恒昭も立ちあがり、坂本とともに退却する。

「逃げろ」

「転進だ」

周囲に叫びが満ちる。

彼らが退避する後から、二十両ほどの戦車が追いかけてきた。それは、三十トン級のM４戦車、通称「シャーマン」だった。

歩兵と戦車隊とでは勝負にならない。第一中隊にできるのは、一目散に退却することだけだった。

4

ペリリュー、アンガウル両島に米軍が上陸し、激戦が展開されるにいたったという報は、バベルダオブ島に暮らす人々にも伝わっていた。もちろん、パラオ地区集団の司令部が置かれたバベルダオブ島に対しても、連日、猛空襲が行われている。

恒昭が瑞穂村に残してきた妻の綾子、息子の智也と真次は、山中に暮らす村人のもとに身を寄せていた。ただひたすら、防空壕に隠れている。

その日の夕方近くになり、雨が降り出すと、敵機は引きあげていった。やれやれと思って防空壕から出たが、しばらくすると警防団員が家々をまわってきて告げた。

「このあたりには敵が上陸してくる恐れがあり、避難しなければなりません。準備をして、ただちに組合に集合してください」

組合とは、山の下にある農事組合の事務所のことである。

そこで、宮口家の三人は山をおり、官舎に戻った。急いで着替えや食料をリュックに詰める。配給の玄米など、食料は少しずつ節約し、備蓄してあったが、数日分のみを親子三人で分けて担いだ。

合羽《カッパ》を着て、農事組合の前に行くと、他の村人も集まっていた。おそらく百人以上いるだろう。みな不安げな表情で雨に打たれている。

智也も同じく不安だったし、母も弟も心細そうな顔をしていた。それもそのはずだ。ただでさえ、老人や子供以外の男は、召集されていなくなっているのだ。警防団員も年寄りばかりだ。しかもいったい、どこへ逃げれば安全なのか、いつまで逃げればよいのかがまるでわからない。

やがて、警防団の号令で、一同は歩き出した。はじめは村の畑や、家々の脇を通って歩いていたが、やがては人家もない、森の中の道を歩くようになった。

あたりは真っ暗で、地面は大雨のためにぬかるんでいる。誰もほとんど口をきかなかった。蚊や虻《あぶ》に刺されても、脚に蛭《ひる》が喰いついてもかまわず、とにかく前の人に遅れないように必死に歩いた。

宮口家は母と、国民学校へあがっている二人の子供だけだからまだよいが、乳飲み子を背負い、大勢の子供たちを連れ、また老人の面倒を見なければならない家は大変である。母親が世話をしきれない子供は、一家の年長の子供や、別の家の年上のお兄さん、お姉さんが手を引いてやったりした。

智也もまた、真次だけでなく、他家の者であっても、くたびれて立ち止まったり、しゃがみ込んだりしてしまう小さい子がいると、頑張れ、と励ましてやった。自分はまだ国民学校の五年生に過ぎないが、壮年の男がいなくなった村では、自分も「大人の男」としての務めを果たさなければいけないと思っていた。

一同の中には、父母ともにない子供もいた。智也より一歳下の林学《はやしまなぶ》と、真次と同い年の節子《せつこ》の二人兄妹は、母を数年前に病気で亡くしていたが、父も半年近く前に、アイライの軍事施設で働いていたところ、空襲で亡くなってしまった。彼らは同じ村の子として、まわりから助けてもらって暮らしていたが、智也も大変可哀想だと思っていた。

だから、ぬかるんだ坂道で節子が転び、尻餅をついたとき、智也は急いで手を引っ張り、立ちあがらせてやった。

「怪我はないかい？」

「大丈夫」

「疲れた？」

モンペが泥だらけになってしまったはずなのに、節子は気丈に言った。

「疲れてない」

「歩けるの？」

「うん」

「偉いね」

手をつないだまま喋っていると、兄の学が近づいてきて、節子のもう片方の手を握った。節子と智也を引き離す。

「妹がお世話をかけてすみませんでした」

「いや、いいんだよ」

「ありがとうございました。もうご心配には及びません」

学の言い方には拒絶が感じられた。まるで放っておいてくれ、と言っているようだった。別に感謝されたくて助けたわけではないけれど、正直なところ、智也は愉快ではなかった。

夜が明けはじめる頃、雨は少し弱くなった。とある木陰に入ると、前を行く人たちがみな、座り込んだり、木に背中を預けるように倒れたりし出した。宮口家の三人も同じように地面に腰をおろした。

やがて警防団の人がまわってきて、

「ここで休みます」

と言った。

「いま、どのあたりですか?」

と母が尋ねると、

「ガスパンのあたりです」

という答えが返ってきた。

それが本当であれば、一団は雨の山道を、小さい子供や老人を連れて、十キロ近くも歩いたことになる。みな、倒れ込んだまま、泥のように眠った。

明るくなると雨はあがったが、また上空に敵機の爆音が響いた。しかし、疲れていて誰も動かない。

敵機からもこちらは見えないようで、機銃を浴びせられることもなかった。

智也も一度目を開け、森の木々の葉を透かして銀色の機体を見たが、すぐに目をつぶって、ふたたび正体なく眠ってしまった。


智也が目を醒まし、体を起こしたとき、真次は隣で眠ったままだったが、母はすでに起きていた。そして、

「二人とも、そろそろ起きなさい。夜になったら、また出発しなきゃいけないから」

と言った。

それでも、真次は目を醒まさなかった。虫に刺された痕だらけの顔で、口を開けたまま動かない。

「おい、真次」

智也が声をかけても、真次はぴくりともしなかった。死んでいるのか、あるいは、病気にでもなっているのかと心配になったが、彼はにわかに物を言った。

「バラ寿司だ……卵いっぱい」

「何を言ってるんだ、お前」

智也は噴き出してしまった。母も笑った。

二人の笑い声を聞いて、真次はようやく目を醒ました。体を起こし、自分のいるところを確認するようにきょろきょろする。

笑っていた智也だったが、段々と切ないような、悲しいような気持ちが込み上げてきた。自分もまた、夢の中でもよいから、錦糸卵《きんしたまご》がいっぱいのったバラ寿司を食べたいものだと思った。

「さ、あんたたち、出発する前に食べておきなさい。バラ寿司はないけど」

と母は言って、蒸《ふか》してあった薩摩芋《さつまいも》を渡してくれた。小さな欠片《かけら》のような芋で、しかも冷えて、固くなっていた。けれども、贅沢《ぜいたく》は言えないことは、智也にもわかっていた。真次も文句を言わず、二人とも黙々と食べた。

寝ているあいだに、せっかく服は乾いたというのに、暗くなる頃、また雨が降り出した。よってその夜も、濡れながら歩くことになった。

風雨によって、木々の葉が轟々と音を立てるばかりで、鳥獣の声はまったく聞こえなかった。その中、またもや、どこを歩いているのか、どこに向かっているのかもわからないまま、村人は歩きつづけた。いまにも敵が上陸し、背後から襲ってくるかもしれないとあっては遅れるわけにはいかない。暗い中、前を行く人の影や、呼吸の音、足音などを頼りに、必死についていった。

夜明け前に、バベルダオブ島の西北部にある朝日村に着いた。朝日国民学校まで来ると、雨に濡れないよう、みな、校舎の屋根の下に入ったが、校舎内で寝ることは許されなかった。

「明るくなると、また敵機が来る」

と警防団員が言うので、一団は学校のそばのジャングルに身を隠すことになった。その夜になって、ようやく校舎で寝ることを許された。

翌日もまた、避難してきた者たちは、昼間はジャングルに隠れ、夜、学校の校舎で眠った。そしてその次の日になって、それぞれの避難先が割り当てられることになった。

朝日村は、川沿いに開拓された地であった。平地はほとんどなく、農地の多くは斜面に作られている。作物の多くがパイナップルで、村にはその加工工場もあった。

智也たちが割り当てられたのは、急な坂道をだいぶのぼった先にある、かつて牛小屋として使われていた建物だった。屋根はトタン葺きで、床は板張りであり、そこを三世帯が共同で使うよう言われた。

官舎とはまるで違う、あまりのみすぼらしさに智也ばかりか、母も絶句していた。

しかし真次が、

「ここで暮らすの？」

と不満げに言ったとき、母は、

「屋根があるところで寝られるだけで幸せと思わなければいけません」

と窘めた。

すると、同じ小屋に住むことになった白髪の老人が、苦笑しながら言った。

「校長先生のお子さんは、こんなところには住めないと思うかもしれん。しかし、私らなどは、この島へ入植した当時を思い出すよ」

彼は白山《しろやま》さんの家のお爺《じい》さんだった。息子の妻と、小さな孫娘二人とそこに入ることになった人だが、とても痩せており、背中がずいぶん曲がっていた。彼はしみじみと言った。

「あの頃は、ここよりもっとひどいところで寝たものだ。はじめは瑞穂村も、本当に何もなかったんだよ。家がないどころか、道も、畑もなく、水も引いていなかった。それをこの腕で森を切り開き、一つ一つ作っていったんだ」

真次だけでなく、智也も、母も、老人の言葉を黙って聞くしかなかった。智也は、うしろめたいような気持ちになっていた。

5

軍当局の命令によって、バベルダオブ島には日本人、島民を問わず、他の島からの疎開者も集まっていた。彼らも奥地の村に避難したから、朝日村においても、あちこちで長らく会っていなかった者同士が再会を喜ぶ場面に出くわした。

智也も、コロール島にいた頃の同級生に何人も会い、近況を話し合ったりしたが、いちばん驚いたのは、ひょっこりシゲルがあらわれたことだった。

智也たちを訪ねてきたシゲルは、汗まみれの顔をてかてかさせ、大きな麻袋を担いでいた。

「どうして、ここがわかったの?」

と智也が聞くと、シゲルは、

「このあたりに瑞穂村の人たちが来ていると聞いたから、『宮口先生のご家族はどこにおられますか』と尋ねて探しまわったんだよ」

と言った。そして、リュックの中からタロイモを十個ばかり取り出した。

「これ、どうぞ」

「え、いいの?」

「もちろん」

「シゲルはいま、どこにいるの?」

「どこにでも」

シゲルの話では、智也たちのいる場所からそれほど遠くないところに、他島から疎開してきた島民が集まって暮らしている集落があり、軍からは、バベルダオブ島に住んでいる島民もそこに移るよう指示があったようだ。しかし、シゲルの故郷の村では、言われた通りに移った人もいれば、移らない人もいるとのことで、シゲルはいま、故郷の村と、疎開者の村とのあいだを行ったり来たりしているらしい。

「僕にとっては、この島全体が家のようなものですから」

と、シゲルは母に笑いながら言った。

「つまらないものですが、ぜひこの芋はみな様で召しあがってください」

「ありがとうね」

母が頭を下げると、シゲルは、

「お世話になった方々にお礼をするのは当然のことです」

と応じた。

「このようなところで暮らすのはご不便でしょうが、少しの辛抱です。日本の兵隊さんは強いですから、じきに敵を追い払います」

シゲルが威勢よく言うのを聞いた智也は、父の姿を思い浮かべていた。いま、父がどこにいるのかはわからなかったが、あるいは雨風も避けられないような場所で、国のために一生懸命戦っているのではなかろうか。やはり、屋根のあるところに寝られるだけで幸せと思って頑張らなければならない。そのように、智也が自分に言い聞かせていると、シゲルも言った。

「智也、みなさんのこと、くれぐれも頼んだよ。智也は勇敢な日本人だから、言うまでもないことだが」

「シゲルも、いろいろと大変だろうけど気をつけて」

「いまは辛抱、辛抱。しかし、いずれよいときが来る。為せば成るだ」

「そうだね、為せば成るだ」

「では、これにて失礼いたします。今度は蟹を持ってまいります」

シゲルはそう言って、笑顔で帰っていった。

その後、母は智也に、

「シゲル君からいただいたお芋を、林君のところにも持っていってあげなさい。それから二人には、ときどきこっちへご飯を食べに来なさいとも言っておいて」

と言った。

「わかった」

智也は母に渡された芋を三つ、リュックに入れた。真次も一緒に行くというので、連れ立って出かける。

人に尋ねながら林兄妹を探したが、彼らの宿所は、ある農家の畑の外れにあった。他の人が住んでいる場所からぽつんと離れているし、物置小屋のような狭くて、埃っぽく、柱や壁の歪《ゆが》んだ建物だった。自分たちのいるところのほうがよほどよい、と智也は思った。真次も、まさに「あばら屋」と呼ぶべき建物の様にびっくりしているようだった。

「林君、林君」

智也が声をかけると、小屋の中からぎしぎし音がした。そして、おかっぱ頭の女の子が出てきた。節子だった。

「やっぱり、ここで寝泊まりしているんだね」

節子は頷いた。

「兄さんと二人だけ？」

また、節子は頷いた。親がいない子なのに、どうして他の人から離れたところに追いやられているのだろうか。智也は二人があわれで、腹も立ってきた。

「さっき、知り合いから芋をいっぱいもらったんだ。それで、お母さんが節子ちゃんのところにもわけてあげなさいと言ってさ。持ってきたんだ。少ないけど、どうぞ」

節子は丸顔をほころばせた。

「まあ、ありがとう」

智也が芋を節子に渡そうとしたとき、小屋の中から、兄の学も出てきた。

「節子、そんなもの、受け取るな」

「え？」

「それは、いりません。お帰りください」

智也より背の高い学は、毬栗頭を下げながら言った。

「どうして？」

「食べ物の配給は、僕らもちゃんと受けています」

「でも……」

「また、いろいろな方に、すでに大変お世話にもなっています」

「それはそうだけど、これももらっといたらいいじゃないか」

智也と学のやり取りを、節子がもじもじしながら聞いている。

「それから、僕らのお母さんが、うちにご飯を食べに来なさいって言っているんだけど……」

「そんな心遣いはいりません」

「だって……」

言いかけて、智也は彼らが身を寄せている、傾いた小屋を見た。

「だって何ですか？　僕らには、親がないからですか？　だったら、何なんですか？」

学は、喧嘩を売っているような言い方をした。それに反発したのか、真次が口を開いた。

「芋をあげるって言っているだけじゃないか。何で怒るんだよ」

「いらないって言っているんだ。押しつけがましいな。あんたら、そんなに偉いのか？」

真次も面喰らった様子になったが、またすぐに何事かを言い返そうとした。それを、智也は、

「やめろ、真次」

と止めた。

「わかったよ。変なお節介を焼いてすまなかったよ」

それから、真次に、

「行こう」

と言った。

「何だ、あの人」

引き返すあいだ、真次は文句を言いつづけていた。

智也ももちろん、気分はよくなかった。

第十章　戦時の務め

1

　アンガウル島の戦いに視線を戻せば、九月十七日の時点で、日本の守備隊が米軍の水際突破を許したのは、ある意味で致し方のないことであっただろう。

　米軍の上陸部隊は、先にも記したように総勢二万二千人で、砲兵四個大隊（重砲、野砲約五十門）、戦車一個大隊（戦車約五十両）を擁していたが、戦力はそれだけではない。彼らには、沖合の艦船からの砲撃と、航空機による爆撃の援護もあった。

　いっぽう、守備隊は一個大隊のみで、島の中央部に配置された砲兵第二中隊には野砲と迫撃砲がそれぞれ四門ずつしかなかった。もちろん、戦車などない。これでまともに対抗できるはずもなく、海岸線近くで戦っていた兵は撤退を余儀なくされた。

　しかし、さらに守備隊にとって悲劇的であったのは、その圧倒的な敵の装備や人数を、きちんと把握できていなかったことだ。航空機による偵察活動もできない上、連日の艦砲射撃と空爆のために監《かん》視哨《ししょう》も失われ、通信のための有線もずたずたになっていたのだ。

そのため、地区隊長の後藤少佐は、敵の勢力を実際の十分の一ほどと見て、水際での撃退にこだわり、遊撃隊として温存していた第三中隊に、東方の敵への夜襲を命じた。

東方面に進出した第三中隊は、黎明《れいめい》攻撃を期し、十八日午前五時から突撃を開始した。一時は米軍を海岸線まで押し戻すが、午前六時を過ぎると艦載機が上空にあらわれ、また装甲車による突撃を受けて、兵らは次々と斃れた。中隊長の島中尉も戦死してしまい、後退せざるを得なくなった。

九時過ぎ、矢野《やの》少尉が代わって指揮をとり、彼らは再突入を開始した。しかし、海岸線まで突出したところで、敵の集中射撃にあって損害が続出した。結局、第三中隊は玉砕してしまう。

その報を受けた後藤少佐は、全軍に平地から、北西部の山地への移動を命じた。そこは最高峰で六十メートルとは言っても、切り立った崖が幾つも重なり、また多数の鍾乳洞や燐鉱石採掘場跡を擁するなど、複雑な地形をしていた。戦車をはじめとする大型車両もその奥地には容易に近づけない。そこに潜み、敵を引きつけて、徹底的な持久戦に持ち込むことにしたのである。

いっぽう、島の要所のほとんどを制圧した米軍は、小勢の日本軍を狭い区域に追い詰めた以上、もはや数日のうちにも守備隊を殲滅《せんめつ》できると判断した。そのため、上陸した兵力の一部をペリリュー島に転出させた。

アンガウル島が面積約八平方キロメートルなのに対し、ペリリュー島は約十三平方キロメートルで、守備隊も、中川州男大佐率いる第十四師団歩兵第二連隊を中心に、軍人・軍属を合わせて一万人以上が配備されていた。ペリリュー島への米軍の上陸は、九月十五日よりはじまったが、こちらにおいても中部山岳地帯に築かれた複郭陣地に米軍は手を焼いており、兵力を集中させなければならないと考えたのだ。

部隊移動のあいだ、アンガウル島守備隊に対する米軍の攻撃は弱まったが、九月二十一日、ふたたび猛烈な艦砲射撃がはじまった。守備隊側は陣地に籠もり、じっと耐えているしかない。数キロ先に陣取る敵艦船を叩けるような砲を守備隊は持っていないし、下手に撃ち返せば、こちらの位置を教えてやるようなものだからだ。

守備隊の司令部は、青池《あおいけ》と名づけられた湖沼の近くにあったが、艦砲射撃がやむや、いよいよ米軍の前線部隊がそこへ進撃してきた。青池はアンガウル島におけるほとんど唯一の水源であるから、その一帯は、日本軍としてはぜひとも死守しなければならなかった。

崖と崖に挟まれた隘路《あいろ》をたどって近づいてくる敵を、守備隊は山の稜線上の陣地で待ちかまえた。恒昭も、その中にいる。

いまにも撃ち合いがはじまるかと思うと、それだけで恒昭の息はあがった。喘息の彼は、手拭いで鼻と口を覆っていたこともあって、息苦しくてたまらない。

「米鬼どもは太った奴らが多いのう、伍長殿。きっと、飯をたらふく食っていやがるんだ」

左隣で古関一等兵が、顎の不精髭をなでながら言った。「伍長殿」と言いながら、自分のほうが階級が上であるかのような口振りは相変わらずだ。

「伍長殿よ、戦友たちへの供養に、豚の丸焼きをじゃんじゃん作ってくれよ」

古関は、さらに左へも向いて言った。

「お前も、肝を据えて撃てよ」

「はい」

返事をしたのは、小山田哲郎である。しかし彼は、恒昭とは違って、とても落ち着いて見えた。銃口を眼下の隘路にぴたりと向けている。

「早くこっちへ来いよ。皆殺しにしてくれるわ」

ぶつぶつ言いつづける古関の声を聞いて、恒昭は、あなたがいちばん焦っているのじゃないか、と思った。

分隊長の坂本軍曹も、同じことを思ったらしい。低めながらも鋭い声で、

「古関、焦るな。まだ撃つなよ」

と窘めた。

「わかっとります」

古関の返事は、いささか反抗的に聞こえるものだった。その後は黙ったものの、彼もまた、ひどく荒い呼吸をしていた。

敵の先頭が二百メートルほどまで近づいてきたとき、いよいよ、

「撃て」

という命令が響いた。歩兵銃だけでなく、迫撃砲や擲弾筒などがいっせいに火を噴く。

戦闘経験のほとんどない恒昭だが、擲弾筒を撃つ坂本の〝正助手〟のような立場になっていた。本来、助手を務めるべき者がみな、戦死してしまったからだ。

「遅いぞ。弾を寄越せ」

坂本は恒昭を怒鳴りつけながら、擲弾を矢継ぎ早に放っていった。

守備隊の放つ弾丸の命中率は非常に高かった。崖に挟まれ、逃げ場がない米兵たちは、小銃弾によってばたばた倒れ、また、迫撃砲弾や擲弾筒弾の爆風によって、悲鳴をあげながら吹き飛ばされた。たまらず、米軍は退却をはじめ、算を乱して後方のジャングルに駆け込んだ。

古関は叫んだ。

「どうだ、参ったか」

恒昭も坂本に、

「やりましたな」

と言った。

ところが坂本は、

「このまま引き下がる敵じゃないぞ。油断するな」

と戒めた。

坂本の予言した通りになった。はるか海原の先から、轟音《ごうおん》が響いてきたのだ。艦砲射撃だった。砲弾が空を切る音が迫り、着弾とともに大地が揺れた。

先にも増して凄《すさ》まじい砲撃だった。土砂が立てつづけに舞いあがり、斜面が崩れる。ナパーム弾もまじっており、眩しい火花も降ってきた。兵たちは身動きが取れなかった。蛸壺や洞窟の中でも、わずかに体の向きを変えただけで、吹き飛ばされてしまう。

蛸壺にいた恒昭は、目を開けることもできなかった。顔を伏せ、砂や石が鉄兜や背中に叩きつけられるのにじっと耐えているしかない。熱風も襲ってくる。爆音に紛れ、兵たちの絶叫や、坂本の歌う軍歌『歩兵の本領』が聞こえた。

砲弾の飛んでくる数が減っていき、砲撃がやむと、恒昭は顔をあげた。硝煙《しょうえん》の臭いにまじって、むせ返るような、血の臭いが鼻を突く。そこら中に、ばらばらになった腕や脚、頭部などが転がっていた。中には、煙をあげて燃えている屍もある。まだ息はあるものの、血だらけで倒れている者も多い。

恒昭のすぐそばにいた者のうちでも、古関や小山田、坂本などは生きていたが、そのほかはみな死んだか、負傷によって、まともには戦えない体になってしまっていた。

まさに地獄だ――。

恒昭は、まだ息のある負傷者を担いで引きあげたかった。ばらばらになった骸《むくろ》を拾ってやりたかった。しかし、それはできないのだ。煙の向こうで、敵がまた前進してくるのが見えていた。何百という敵が迫る以上、ただちに迎撃態勢を整えなければならない。

負傷者の泣き声があたりに満ちる中、恒昭は擲弾を抱え、坂本の射撃を支えた。日本の守備隊から敵に向けて放たれる弾は、当初より相当少なくなっていた。しかし、何とか夜まで、米軍の進出を食い止めることができた。

引きあげた米軍に対して、後藤少佐は斬り込み隊を編制し、夜襲を命じた。だが、米軍は照明弾をひっきりなしに打ちあげて、日本軍の位置を特定し、圧倒的な火力で迎え撃った。そのため、夜襲は思ったような成果をあげられなかった。

米軍は翌朝からまた、青池周辺に迫ってきた。戦車十数台に加え、火炎放射器も擁している。火炎放射器は、ゲル化ガソリンなどの可燃性液体を、圧縮ガスを用いて吹きつけ、放火する兵器である。この炎を浴びせられると、体に油がまとわりつき、容易に火を消すことはできない。また、洞窟に潜んでいても、その入り口に炎を吹きつけられただけで、一瞬にして窒息死する場合もあった。

強力な近代的兵器を数多く投入する米軍に対して、日本軍はほとんど〝肉弾戦〟で応じるしかない。たとえば、戦車に対しては、直径十二、三センチの円い形をした爆弾に磁石がついた、「アンパン地雷」と呼ばれる破甲爆雷を用いた。これを兵が抱えて走り、戦車に肉薄して磁石で貼りつけ、爆破させるのである。まさに決死の戦闘法で、戦車にたどり着く前に弾丸や火炎に斃れ、あるいはみずからが抱える爆雷が爆発して死ぬ者も少なくなかった。

しかしその日の戦いでも、先頭を走るシャーマン戦車にアンパン地雷を貼りつけることに何とか成功した。爆発によってキャタピラを切断された戦車は身動きが取れなくなり、隘路の途中で進撃が止まった米軍は、守備隊の集中砲火に晒されることになった。

米軍はいったん退却を余儀なくされたが、そうなると例のごとく、日本軍の頭上には、軍艦から放たれた砲弾が降ってきた。米軍の前線部隊は、沖合の艦隊に日本軍の配置を無線で連絡しているのだろう。砲弾はかなり正確に、守備隊の火砲や機関銃が据えられた場所に落ちた。

山の地形が大きく変わり、塹壕も崩れて、犠牲者が続出した。砲撃が終わっても、生き残った兵たちの多くが孤立し、部隊同士、陣地同士でまともに連絡ができない。恒昭も坂本分隊長を見失い、小山田と二人きりになっていた。

また、敵の前線部隊が進出してきた。もはや命令を仰ぐことはできないが、敵の前進を許すわけにはゆかない。恒昭と小山田は銃を構え、撃った。

隘路を見下ろす各所から、射撃音が響いてきたことによって、自分たち以外にも生存者がいることを恒昭は悟った。だが、彼我の戦力差は明らかに開いていた。槓桿《こうかん》を動かして弾丸を装塡し、一発撃つたびに、その何倍、何十倍もの敵弾が襲ってきた。それが耳元をかすめる音や、周囲の石をはねあげる音がひっきりなしに響く。

頭や腕の位置が少しずれるだけで、敵弾の餌食となるだろう。生と死の境は、まさに紙一重だったが、恒昭はいまでは恐ろしさをあまり感じなくなっていた。

歴戦の精鋭たちすら、あっと言う間に屍と化していくいっぽう、戦闘などほとんど知らぬ自分が生きていた。すなわち、生死をわかつその紙一重は、兵士としての能力によってではなく、運命のごときものによって決まるのではないか。そう思うと、もはやじたばたしてみても仕方がない、命を取るなら取ってくれ、というような、放胆な気分になっていたのだ。だから、砲弾が間近に落ちても、弾丸が頬をかすめてもかまわず、恒昭は体を壕の外に出し、敵に狙いを定めて、引き金を引いた。

かつて恒昭は、戦争に批判的であった。教員の監督者である樋山視学の前ではっきりと「私は、戦争は嫌いです」と発言し、「本心を述べる際には時と場所を考えろ」と窘められたこともあった。憎しみは憎しみを、戦いは戦いを招くだけであり、兵となる民衆は帝国主義国家にいいように使われているだけだ、などとも思っていたのだ。

しかしいまや、恒昭は敵を倒したくて仕方がなかった。もちろん、家族や教え子ら、銃後の人々を守らねばならないという気持ちもあった。かりに悪しき国家体制の下に生まれ、暮らすことが不本意であったとしても、敵が大切な人々の命を取ろうとしているのならば、それを防ぐべく、国軍兵士として戦う以外の選択肢は考えられまい。しかし、何よりも敵が憎くて、憎くて仕方がなくなっていた。自分の放った弾丸に当たり、敵兵が血を噴くさまや、苦悶《くもん》に顔をゆがめて倒れるさまを見て、当然の報いだと思うようにすらなっていた。

陽が傾き、夕闇が近づくと、敵は退却をはじめた。彼らはつねに、早朝から攻撃を開始し、暗くなる前に戦闘を終了させるのであった。

あたりが静かになっても、ずっと銃声や爆発音を聞きつづけていた恒昭の耳は、何かが詰まっているようにしか聞こえなかった。それでもほっとしながら、恒昭は引き金から指を離した。

今日もまた、青池前の隘路を守りきった――。

隣の小山田に笑いかけたとき、はじめて異変に気づいた。小山田はぐったりと伏せたまま動かない。

「小山田先生」

呼びかけながら、近づく。

石だらけの地面を這って動きまわっていたため、恒昭の軍服もそうだが、小山田の軍服もかなり擦り切れている。そのぼろぼろの小山田の服が、血でぐっしょりと濡れていた。右肩や右脇の下のあたりに銃創があった。

「小山田先生、しっかり」

小山田はゆっくりと顔をあげた。ひどく浅く、速い呼吸だ。土気色の顔をして血を吐いていた。

「やられました」

小山田は眉間に皺を寄せながら言った。脇の下の傷からは、折れた肋骨が突き出ていた。彼が喋り、呼吸をすると、傷の奥で、肺臓であろうか、血まみれの内臓がもぞもぞと動くのも見えた。

すぐに衛生兵のところへ連れていかなければならない。そう思って、恒昭は小山田の大きな体を抱き起こした。肩を貸し、歩かせる。しかし、小山田は痛みに喘ぎ、足もなかなか前に出なかった。これでは、とても長距離を歩かせることはできまい。仕方なく、恒昭は小山田を近くの狭い洞窟に連れ込むと、寝かせた。

「衛生兵を呼んでくるから、ここで待っていなさい」

「自分にはかまわんでください。覚悟はできています。自分は独り身でもありますし……」

「小山田先生らしくもない。柔道で鍛えあげた体じゃないか。これくらいの傷で弱気になってどうする。ここで待っているんだぞ」

恒昭は走った。人のいそうな洞窟を手当たり次第に覗いてまわったが、ただ負傷者が並んで横たわっているだけで、どこに司令部があるのかも、どこに軍医や衛生兵がいるのかもわからなかった。戦える者は、山のさらに奥に陣地を移してしまっているのかもしれない。

陽がすっかり落ちると、敵はまた、照明弾を打ちあげた。その明かりをたよりに、洞窟を渡り歩く恒昭は、絶望的な気分になっていった。どこも、まったく薬も与えられず、手当てもされない負傷者で溢れていたからだ。手脚を失った者、脚の骨がむき出しになっている者、胴体に石や敵弾の破片が突き刺さっている者などが、

「痛い、痛いよ」

と泣いていた。また、

「水をくれ。一口でいいから」

「誰か、包帯を持っていないか」

「薬を持ってきてくれ」

などと懇願している。

中には、

「早く殺してくれ。一息にやってくれ」

と叫ぶ者もいた。

それでも何とか小山田を助けたいと思ってうろうろするうち、ある洞窟で、

「宮口先生」

と声をかけられた。

それは、コロール島の南洋庁水産試験場にいた黒田晴海だった。コロールで暮らしていたとき、水産試験場が官舎のすぐ近くにあったため、恒昭自身も黒田とはよく顔を合わせていた。息子たちも黒田をとても慕っていたようだった。

黒田は軍服を着ているから、一見すると立派な兵士だが、その顔は幼かった。おそらくまだ十七、八歳だろうが、そのような若者が、大敵に取り囲まれた守備隊陣地にいることに、恒昭は心を痛めた。

「軍医や衛生兵がどこにいるか知らんかね？」

知らないと言われるだろうと思いながら問うと、黒田は意外にも、

「あっちにいました」

と答えた。

「どこだね？」

黒田は案内に立ってくれた。洞窟の奥へ十数メートル進むと、広い空間があり、蠟燭の明かりに負傷者が並べられているのが見えた。そのあいだに、しゃがんでいる影が二つあった。

恒昭が駆け寄ると、彼らは赤十字の腕章をつけていた。そのうちの一人に、恒昭は言った。

「一緒に来てください。負傷者がいます」

「ここにだって負傷者はいっぱいいるじゃないか」

衛生兵は、うつぶせに横たわる者の背中から目を離さずに言った。おそらく火炎放射器にやられたのだろう。その背中は広範囲に焼けただれていた。

「それはわかっていますが、見ていただきたい人がいます」

「いま、忙しい」

するると、隣の黒田が口を開いた。

「先生を助けてあげてください」

「先生？」

衛生兵は顔をあげた。彼もまた、黒田と変わらず「少年」というべき顔つきをしていた。彼は怪訝《けげん》そうに、恒昭の伍長の襟章を見る。

「この方は、国民学校の先生です。瑞穂村では校長先生でした」

衛生兵は、だから何だ、というような顔つきをした。だがしかし、仕方がないな、というようなため息をつくと、立ちあがった。

衛生兵と連れ立って、恒昭は洞窟の外へ歩き出した。小山田を横たえた洞窟がどこだったかわからず、迷ってしまって、衛生兵に何度か、

「いったい、どこへ行くのですか？」

と責めるように問われた。

ようやく、小山田のもとにたどり着き、

「小山田先生」

と声をかけると、

「宮口先生」

という声が返ってきた。

生きていてくれた――。

「戻ってきてくださったのですね」

小山田の声は、なかなかしっかりしていた。

「戻ってくるに決まっているじゃないか。衛生兵に来てもらったよ」

「ありがとうございます」

「さ、手当てをしてやってください」

恒昭が言うと、衛生兵は小山田のそばにしゃがんだ。しかし、敵の照明弾の明かりのもとでちょっと傷を見ただけで、すぐに立ちあがってしまった。薬をつけようとも、包帯を巻こうともしない。

「どうしたんです？　手当てをしてやってください」

衛生兵は突っ立ったままだ。

「お願いです。薬をつけてやってください」

衛生兵は、黙って首を横に振った。その意味が、恒昭にはわからなかった。

やがて、衛生兵はまた身を屈め、何かを小山田の肩のそばに置いた。手榴弾だった。

「何をしているんです？」

「これ以外に、自分にできることはありません」

「それでも衛生兵か」

恒昭は衛生兵の肩に摑みかかった。すると、小山田が言った。

「もう結構です。宮口先生、これまでのご厚情、ありがとうございました」

恒昭の腕から力が弱まった。すると、衛生兵は、逆に恒昭の肩をぐっと摑み、

「こっちへ来てください」

と言って、洞窟の外へと引っ張っていった。

「待ってくれ」

「いいから、あんた、来るんだ」

衛生兵は、出し抜けにぞんざいに怒鳴った。恒昭を外に連れ出したあとも、洞窟から離れるように引っ張りつづけた。

「手当てをしてやってください」

「もう助かりはしない」

「お願いだ。手当てを」

「薬も、包帯も足りないんだ。助からん者に使うことはできない。下手に手当てなどしたら、かえっ

て苦しみが長引くことになる。手榴弾が鎮痛剤だ。それすらない者だっているんだぞ」

「あの人は、優秀な教員なんだ」

「負傷者の中には、ほかにも優秀な人はいっぱいいるさ。これが戦争だ」

そのとき、大地が揺れ、爆発音が響いた。小山田がいた洞窟の口から炎と煙があがる。恒昭は熱風に煽られた。

「畜生」

恒昭はその場にしゃがみ込んだ。膝を突き、地面を叩く。

「自分だって、助けられるものなら、助けたかった」

衛生兵が言う隣で、恒昭は何度も、畜生、と言って泣いた。

「その気持ちは敵にぶつけるべきでしょう」

言い残すと、衛生兵は恒昭を置いて引きあげていった。

恒昭は泣きながら立ちあがった。空には照明弾が、祭りの花火のように弾けている。山下《さんか》の敵陣には、無数のテントが並んでおり、それがみな、煌々《こうこう》と光を放って星空のように見えた。敵はおそらく、発電機を持ち込んで電灯をつけているのだ。きっと奴らは、夜でも明るい、快適な環境で、水も食料もたっぷりとっていることだろう。

いっぽう、日本軍は水も、食料も、薬も、弾薬も非常に乏しい状態で、真っ暗な洞窟の中で耐えしのんでいる。

「糞っ」

恒昭は叫び、心に誓った。

必ずや、小山田の仇を取ってやる。他の若い兵たちの仇を取ってやる。自分もそう長くは生きられないだろうが、一人でも多くの敵を道連れにしてやる、と。

翌二十三日も、両軍による激戦が行われたが、圧倒的な火力の差によって、青池はとうとう米軍の手に落ち、日本軍は水の手を失った。そして、この日までの戦闘で生き残った兵は、わずか四百人弱となってしまった。

追い詰められた日本軍兵士をさらに驚かせたのは、米軍が占領地にブルドーザーなどの重機を運び込み、それまで日本側が天然の要害として利用していた土地を均《なら》してしまったことだった。両軍の戦いの焦点となった隘路は、瞬く間に戦車や大軍が通行できる道路に変わったのである。

2

恒昭の妻の綾子、息子の智也や真次を含め、バベルダオブ島の朝日村に避難した人々を悩ませていたのは、食料不足であった。

配給はごくわずかで、智也らは蔓草《つるくさ》などを混ぜた薄い粥《かゆ》を一日に二回しか食べられなかった。みな、どんどん痩せていき、真次などは栄養不足のせいか熱を出して臥《ふ》せってばかりいた。

もともと朝日村の村民が暮らしていたところへ、大勢の避難民が来たわけだから、食料不足に悩まされるのは当然であった。一帯に生えていた食べられる草や木の実などは、ほとんど食べ尽くしてしまっていた。やがては、深刻な飢餓《きが》に襲われることは間違いなく、食料増産が喫緊《きっきん》の課題であった。

元気な避難民には作業区画が割り当てられ、畑作りがなされた。

日中は敵機が襲来するので、人々は朝三時に起き出して、六時頃まで畑仕事をした。そして、暗くなって敵機が帰る頃までは防空壕やジャングルの中に身を隠すというのが、彼らの日々の生活であった。

智也も毎日、母の綾子とともに畑へ行き、仕事を手伝った。智也がせっせと鍬《くわ》で木の根を掘り起こしたり、土を耕したりする姿を見て、母は、

「いまの子供は不憫《ふびん》だね」

と漏らしたこともあった。

しかし、腹を空かせた智也にとって、食べ物を得るための作業は、それほど苦には感じなかった。かえって、手伝うなと言われても手伝いたい気分であった。

その中、智也の脳裏につねにあったのは、瑞穂村の官舎に備蓄してある玄米のことだった。避難する際には、朝日村にまさかこれほど長期滞在するとは思っていなかったので、荷物になるからと置いてきたのだ。

そこである日、智也は母に、

「瑞穂に米を取りに行ってくるよ」

と言った。

ちょうど、上空に敵機が飛来し、共同の防空壕に避難している最中であったから、母は言下に、

「駄目よ」

と反対した。

「大丈夫だよ。僕はもう五年生だよ」

「馬鹿な子だね。五年生だろうと、六年生だろうと、空襲にあったらおしまいじゃないの」

「せっかく米があるのに、あのまま放っておくなんて、もったいないでしょ」

「食事が足らないなら、お母さんの分も食べていいから」

「夜なら、敵の飛行機は来ない。夜に歩いていくよ」

「やめておきなさい」

「平気だよ。多田《ただ》さんのお父さんに連れていってもらうから」

智也たちが暮らす小屋には、宮口家、白山家、多田家の三世帯が同居していた。多田家は三十代の母親とその姉、そして三人の息子の一家である。子供は一番上が真次と同じくらいで、一番下はまだ乳飲み子だった。智也が「多田さんのお父さん」と言ったのは、その子供たちの父親である。召集され、瑞穂村の部隊に配属されていたが、軍の任務のために朝日村まで来ており、昨夜、小屋にも顔を出していた。彼はまたすぐに瑞穂村に帰るというので、智也は「一緒に連れていってください」と頼んでおいたのだ。

その夜、軍服姿の多田が智也を迎えに来た。

「どうせ帰らなければなりませんから、瑞穂村までは智也君につき添っていかれますよ」

多田は、背はあまり高くなかったが、肩幅が広く、足腰がしっかりとした、いかにも農家の大黒柱といった雰囲気の男であった。彼は瑞穂村まで行くなど、大したことではないというような、暢気《のんき》な物言いをしながらも、最後には、

「帰りは智也君一人になってしまいますがね」

とつけ加えた。

そのため母は、心配げな表情を崩さなかった。

智也は言った。

「夜なら、敵機に見つからないで歩けるって。ちゃんと道をおぼえて、迷わずに帰ってくるから。米

を持ってくれれば、真次も元気になると思う」

シゲルに「勇敢な日本人」と言ってもらったことが、智也の気持ちを強くしていた。母や病気の弟を助けるためには、多少の危険はいとわないという覚悟があった。

それでも煮え切らないでいる母に、多田は言葉を添えてくれた。

「向こうに着いたとき、また朝日村に用事がある者がいるかもしれません。そのときには、智也君を連れていってもらえるよう、頼んでおきますから」

そこでようやく、母もしぶしぶながら、瑞穂村に行くことを許してくれた。

智也は、多田と連れ立って出発した。すでに敵機は引きあげたあとだったし、雨も降っておらず、月明かりもあった。切り立った斜面の上から、山羊がこちらをじっと見おろしているのはいささか不気味だったが、それ以外は、不安はほとんど感じなかった。

多田は気さくな人で、歩きながら、「うちの子たちも智也君みたいに大きくなってほしい」とか、「ぜひ、子供たちに勉強を教えてやってくれ」とか、いろいろと話しかけてくれた。また、周囲に誰もいないのをよいことに、「兵隊は骨が折れる。パイナップルを育てているほうがよほどよいよ」とか、「班長の鼾《いびき》がやかましくてかなわないんだ」などと、軍隊生活の愚痴《ぐち》を聞かせたりもした。

朝日村を発《た》って一時間くらいした頃、前方から足音が聞こえてきた。森の中の細い道で、木々のあいだに影が動いているのが見える。山羊ではなさそうだ。多田が肩に担いでいた剣付き鉄砲を両手で握りしめたので、智也も緊張をおぼえた。

距離が近づいてくると、相手は子供だとわかった。半袖、半ズボン姿でリュックサックを背負い、手にも大きな布袋を持っている。

「シゲルじゃないか」

と智也は言った。

「あれ、智也」

シゲルも立ち止まり、驚きの声をあげた。

「君たち、知り合いか……」

多田は構えをといた。

「シゲル、どこへ行くんだ？」

「朝日に行こうとしていたんだ。智也こそ、どこへ行くんだ？」

智也は瑞穂村に米を取りに行くという話をした。

「じゃ、このまま瑞穂へ急ぐんだね。智也とゆっくり話ができると思って来たのにな」

と、シゲルは残念そうに言った。

「食べ物もいろいろと持ってきたんだぞ。蟹とか芋とか」

「ありがとう、いつも」

「で、智也はいつ朝日に帰ってくるんだ？」

「たぶん、明後日《あさって》になるよ」

「なら、帰ってきたときにゆっくり話そう」

「明後日まで朝日にいるのか？」

「ああ、せっかくだから待っているよ。奥さんの畑仕事を手伝いながらね」

「本当に、ありがとう」

「気をつけて行けよ」

うに感じられた。

そこで智也は、シゲルと手を振って別れた。シゲルと会ったことで、足取りがずっと軽くなったよ

「ああ」

兵隊と歩くと、「役得」のようなものがいろいろあった。細道から車が通れる本道に出たとき、朝日村から大和村の部隊に帰る軍用トラックに行きあった。兵隊とその連れだということで、しばらく乗せてもらえた。また途中、空襲のせいで橋が落ちているところがあったが、近くに停泊していた軍の渡し船に乗ることもできた。

夜明け前になって、ようやく瑞穂村に着いた。学校のそばの道の脇に、車体がひしゃげ、荷台の幌が焼けた軍用車が止まっていた。敵機の攻撃を受けたのだろう。

自分たちが暮らしていた官舎もまた、爆撃のせいで天井に大きな穴が開いていた。中に入ってみると、壁も焼け焦げており、箪笥《たんす》がひっくり返っていたり、引き戸がずたずたに壊れたりしていた。智也は靴を履いたまま家にあがると、瓦礫《がれき》をどかしながら、ところどころ雨水の溜まった床を進み、防空壕の中に入っていった。

壕の中には、桐の米櫃《こめびつ》が無傷であった。智也はそこから玄米を掬《すく》い、袋に詰めて、リュックに入れた。また、そばにあった鯖やパイナップルの缶詰もリュックに入れた。リュックを持ち上げ、肩に担ぐと、とても重かった。

「行きはよいよいだな」

と呟く。

官舎の外に出ると、待っていた多田が心配そうに言った。

「荷物がずいぶん重そうだね。大丈夫かい？」

たしかにこれを担いで山道を歩くのはかなり辛いだろうとは智也も思ったが、母や弟、それにシゲルの喜ぶ顔を思い浮かべると、荷物を減らす気にはならなかった。

だから、智也は、

「大丈夫です」

と答えた。

二人は揃って、近くの中隊本部に向かった。本部は敵の攻撃を避けるべく、高い木が並ぶ場所に置かれていた。兵舎だけでなく、自動車にも椰子の葉がかぶせてある。

それまで寛《くつろ》いだ様子だった多田は、本部に近づくにつれて、背筋を伸ばし、きびきびと歩くようになった。歩哨の前では踵《かかと》を揃え、敬礼をした。歩哨も敬礼を返す。智也も多田の隣で、背筋を伸ばして敬礼した。

それから多田は、一人で本部の建物に入っていった。

しばらくして、智也のもとに帰ってきた多田は、笑顔で言った。

「夜、軍糧を運ぶトラックが出るそうだ。大和村までなら、それに乗っていいってさ」

智也は歓喜の声をあげた。車で大和村まで送ってもらえるなら、明日の早朝にも朝日村に着けることだろう。

智也は兵舎の中で眠ることを許された。昼頃に目が醒めると、粥を食べさせてもらえた。

その日も敵機はバベルダオブ島上空を飛んだが、瑞穂村には空襲はなかった。よって、大和村行きのトラックは、まだ明るいうちに出発することになった。軍糧とともに、二人の兵隊も乗せた荷台に、智也も便乗させてもらう。

車は本道を通ったが、敵の爆弾のせいで道が崩れていたり、路面に穴が開いていたりするところがあって、トラックはしばしば大きく揺れた。あまりにもでこぼこが大きすぎたり、倒木が道を塞いでいたりして、車が動けなくなるときもあった。そうすると、兵隊たちと一緒に智也も荷台からおりて、倒木をどかしたり、車を後ろから押したりした。しかしそれでも、歩くよりは速く進めたし、兵隊たちと力を合わせて車を押したりするのはなかなか楽しかった。

「この分だと、大和まではあっという間だぞ。大和で少し休んでいったとしても、今夜のうちに朝日まで帰れるかもしれないね」

「乗せていただいて助かりました。ありがとうございます」

荷台に揺られながら、智也が兵隊とそのような話をしていたときである。また、車が止まってしまった。エンジンも止まったようだ。

「さ、俺たちの出番だ」

兵の一人が言った。みな、元気よく荷台から飛びおりた。

まだ陽は落ちていなかった。トラックは橙色《だいだいいろ》の光を浴びている。

地面は軟らかかった。踏みしめると、足が土にめり込んでいく。前に通った車の轍《わだち》も大きくついていた。数日前の雨のとき、このあたりは一時、水浸しになったのだろう。いまは水は引いているが、もともとひどく水はけの悪い土地のようで、泥土にトラックの車輪が埋まっていた。

運転席からおりてきた兵が、トラックの前へ行き、エンジンを調べた。やがて、エンジンが再始動すると、兵らと智也は荷台の後部を押した。トラックは排気口から盛んに煙を吐き、エンジンは苦しそうな音を立てているが、なかなか動かなかった。

ようやく車輪が土の山を乗り越え、トラックが動き出すかというとき、別の機械音が聞こえてきた。

音は、空から響いてくる。

「退避しろ」

と兵隊が叫んだ。

上空からの音が、ひときわ大きく、甲高くなった。智也が荷台から手を離し、空を振り仰ぐと、敵機が大きく見えた。こちらへ急降下してくる。

隣に立っていた兵隊が、智也を突き飛ばした。智也は倒れ、道脇の茂みの奥に転がった。機関銃の射撃音が響き、周囲の木々が細切《こまぎ》れになってすっ飛ぶ。機体はうなりをあげて、トラックの上を飛び去った。直後に、爆弾が落ちてきた。耳をつんざく爆音とともに、大きな炎があがる。

火薬と、焼けた油の臭いがあたりを覆う。智也は泥だらけで地面に伏せていたが、トラックの荷台からは煙があがっていた。

「ああ、米……」

智也は慌てて立ちあがり、トラックに駆け寄ろうとした。リュックはトラックの荷台に置いたままだ。

「馬鹿」

そばに伏せていた兵が、身を起こし、智也を捕まえた。地面に押さえつける。

「米はあきらめろ」

夜通し歩いて、米を取りに来たのだ。やはり、あきらめることはできない。

「米が」

智也は叫んで、また立ちあがろうとした。しかし、兵は智也の体を放してくれなかった。

「母上に米を持って帰るより、元気な顔を見せてやるのが子の務めだぞ」

智也は悔しくて、泣けてきた。兵隊は智也の頭をなでながら、また言った。

「こんなところで君を死なせたら、私は戦地にいる君の父上にも顔向けができない」

すぐそばに、別の兵隊が血まみれで倒れているのを見て、智也はぞっとした。軍服は襤褸《ぼろ》切《き》れのようにずたずたになっている。すでに死んでしまっているのだろうと思った。

敵機は上空で旋回し、もう一度頭上に迫って機銃を放った。焼けたトラックが弾丸を受けて揺れる。

その後、敵機はゆうゆうと飛び去っていった。

智也は伏せながら、燃えあがるトラックを茫然と見つめていた。

3

這いつくばった地面は硬かった。そして、まだ昼間の熱を蓄えて生暖かい。表面が卸金《おろしがね》のようにざらざらしているから、慎重に動かなければ服が引っかかって破れたり、肌を切ったりしてしまうし、銃床などが擦れれば、大きな音が立った。

恒昭はその硬い地面の上で、息を殺している。足音とともに、ひそひそと喋る声が近づいてくるのがわかった。英語だ。

窪地に潜んでいるのだが、すぐ脇の盛りあがった岩の上を、体格のよい二人のアメリカ兵が歩いてくる。革紐《かわひも》で肩から銃を提げるその姿が、照明弾の白光に浮かびあがっていた。日本軍守備隊の夜襲を警戒し、偵察に当たっているのだろう。

恒昭は左に目を動かした。そばには、古関と黒田も潜んでいた。彼らの目はどちらも、「どうすべきか」と伍長の恒昭に問うていた。

まだ、動くときではない——。

　このままじっとして、米兵が去っていってくれるのを待つべきだ。そうは思いながらも、恒昭には懸念があった。咳をしたくてたまらなくなっていたのだ。

　喉はからからだ。いや、喉だけではなく、全身が干からびたような状態で、小便もあまり出なくなっているから、胸の奥底までが、まるで焼けた砂を飲み込んだようにざらついて感じられる。何しろ、敵に水の手を断たれているし、戦闘開始以来、雨もまともに降っていないのだ。生き残った守備兵は誰もが、ほとんど気力だけで死闘をつづけていたと言っていい。

　その上、喘息の持病もあって、咳が噴き出しそうになる。鼻と口は手拭いで覆っていたが、それも毎日使いつづけているから、砂埃で汚れ切っていた。もしいま、わずかな咳払いでもしてしまえば、敵にこちらの位置を知られ、銃撃戦がはじまることになろう。

　歯を喰いしばっても、胸の奥から突き上げてくるものがあった。そしてとうとう、喉の奥を、ぜい、と鳴らしてしまった。古関と黒田がはっとする。

　米兵二人も身構えた。靴底が地面を擦る音がして、銃口がこちらに向いた。すわ撃ち合いだ、と思ったとき、米兵たちのすぐそばの木々の葉がざわついた。羽ばたきの音だ。数頭のオオコウモリが飛び立ったのだ。

　米兵はその音に気を取られた。一人が、木々に向かって射撃する。

　恒昭は立ちあがり、走った。米兵の一人が振り返り、銃口をこちらに向ける。その直後、恒昭の銃剣は深々と相手の腹に突き刺さっていた。

　もう一人の米兵は、ほぼ同時に、古関の銃剣の餌食となった。相手がばったりと地面に倒れたとき、古関は、

「この白豚め」

と言った。

恒昭が刺した相手は黒人だった。もみ合う中、相手は引き金を引いたが、弾丸はあらぬ方向に飛んだ。やがて、彼は目を見開いて地面に倒れた。

恒昭はただちに、自分が仕留めた米兵の服や荷物をまさぐった。ビスケット、チョコレートなどを見つけると、雑嚢《ざつのう》に素早くしまう。水筒はそのままいただいた。古関も自分が倒した米兵の死体から、飲み食いできる物を探し、ぶん捕っている。

「早くしろ。仲間が来るぞ」

と、恒昭は言った。

銃声を聞きつけた他の米兵が、ほどなく駆けつけるだろう。その前に、ここを立ち去らなければならない。

米軍は、日本軍が複郭陣地を構えている島の北西高地を完全に包囲していた。そして、数多《あまた》ある洞窟を、端から一つずつ火炎放射器で焼いたり、爆弾を投げ込んだりして潰しながら、包囲の幅を狭めつつある。よって、場所によっては、守備隊と米軍とはわずか数十メートルの距離で対峙していた。

すでに恒昭は、正確な日付もわからなくなっている。アンガウル島守備隊とバベルダオブ島のパラオ地区集団司令部とはもちろん、ペリリュー島守備隊とも連絡はまったく途絶えており、当然のことながら援軍もなければ、武器弾薬や食料、医薬品の補給もなかった。

アンガウル地区隊長の後藤丑雄少佐は生きてはいるが、同島守備隊はもはやほとんど組織的な戦闘はできず、生き残った兵たちがそれぞれの陣地に拠《よ》って、自らの判断で迫り来る敵と戦っている状態だった。そして、比較的元気な者は、夜になると洞窟陣地を出て、放置された米兵の死体を調べたり、敵の野営地に侵入したりして、わずかな水や食べ物を取ってきて仲間とわけあっていた。

また、新たな照明弾が夜空に打ちあげられ、その眩しい光に、山の上の陣地へと向かう、恒昭たちの姿が晒された。三人とも、髪や鬚は伸び放題である。骨と皮ばかりになったような体は戦塵《せんじん》に塗《まみ》れて真っ黒で、着たきりの軍服はあちこち破れながらも、汗や垢によって肌にへばりついていた。まさに地獄絵図の餓鬼そのものだった。

「急げ」

恒昭はあらためて、咳まじりに言った。三人とも身を屈めながら、先を急ぐ。その最中、古関が笑いながらそばに寄ってきて言った。

「伍長殿、あんたも立派になったな。かつてとは、見違えるようだ」

たしかに、恒昭は変わっていた。昼の戦いにおいても、「死に急ぐな」と周囲に窘められるほど向こう見ずに戦ったし、夜は率先して水と食料を求め、敵に近づいていった。

山上の洞窟陣地には、むっとする悪臭の中、負傷者が大勢横たわって待っていた。すでに、まともに戦える守備兵は百余名しかおらず、他の生き残った百余名は、戦うこともできず、さりとて自決することもできずに洞窟に横臥《おうが》する者ばかりだった。熱帯の地であるから、医薬品がない以上、傷口には蠅《はえ》がたかり、蛆《うじ》が湧き、壊疽《えそ》がみるみる広がっていく。そして、やがては衰弱して死ぬのを、負傷者たちはただじっと待つよりほかになすすべがなかった。

恒昭たちは、彼らに水を飲ませていった。敵兵の水筒に残された水を何十人もでわけるのだから、一人分は舌先を少し湿らせるほどにすぎない。それでも、誰もが恒昭たちの帰りを待ち望んでいたのであり、中には水を一滴、口に垂らしてもらった直後に、ほっとした様子で息を引き取る者もいた。

この惨めな境遇にいつまで堪えられるかは、わからない。しかしそれでも、一日でも、半日でも、あるいは数時間でも長く抗戦をつづけ、敵に少しでも多くの損害を与えなければならないのだ。それがすなわち、銃後に残してきた者を守ることであり、また、小山田のような犠牲者の敵を討つことでもあるのだ。そのように、恒昭はみずからに言い聞かせていた。

第十一章　残る桜も散る桜

1

朝日村に滞在しているシゲルは、かつて「練習生」として宮口家に出入りしていたとき以上にせっせと働いた。綾子と真次のためだけでなく、同じ小屋で暮らす人々のためにも、川から水を汲んできたり、煮炊きをしたり、畑仕事を手伝ったりした。

空襲警報が鳴れば、多田家の子供を背負って防空壕に走った。避難民はいくつかの防空壕を共同で使っていたが、その小屋からは、一番近いところでも、百メートルばかり離れていた。

それにしても、家畜が飼われていたような小屋に、大勢が同居しているのは胸が痛かった。とりわけ、立派な官舎に住んでいた宮口家の人々にとっては、この暮らしは辛いことだろうとシゲルは思った。だからこそ、一生懸命働かないではいられなかった。

夜は同じ小屋の隅に泊めてもらった。自分は島民であるし、太ってもいるから、日本人が暮らす狭い小屋で寝るのは少し気が引けた。しかし、芋やマングローブガニなどを持ってきた上、真面目に働く姿を見たせいもあるのだろう、白山家や多田家の人々も、とても親切にしてくれた。小さい子供たちも、自分によくなついてくれているようで、シゲルは嬉しかった。

白山家の背中の曲がった老人は、

「君は働き者の上に、勉強熱心なようだ。日本人と変わらないくらいに日本語が上手だね」

としきりに感心してくれた。あるときなどは、顔中を皺だらけにして微笑み、こうも言った。

「ありがとうね、シゲル君。羽振りのよいときに世話を焼いてくれる人は世の中にいっぱいいる。でも、本当に人の情けが身にしみるのは、落ちぶれたときさ。苦しんでいるときにこそ、人の性根がわかるのさ——性根ってわかるかい？ そうか、わかるか——君は我々日本人が敵から逃げ、辛い暮らしをしているときに食べ物を持ってきてくれたり、一生懸命、手伝いをしてくれたりする。君は本当に情の深い、美しい真心を持った人だ。どれほど感謝しても、感謝しきれないよ」

そしてしまいには、老人はシゲルの前で、まるで神仏に対するように手を合わせた。

「いえいえ、とんでもないことです」

シゲルがびっくりしていると、そばで洗濯物を干していた綾子が口を開いた。

「シゲル君には、ここで水汲みなどをさせるのではなく、勉強をさせてあげたいわね。だって、あなたはエレアンではなく、エレアルを大事にしなければならないでしょう」

避難民は近くの川で洗濯をしたあと、小屋の前の物干し竿に、洗濯物を干していた。綾子は皺を伸ばすためにシャツやモンペをばたばたと振っていたのだが、シゲルと白山老人とのやり取りを聞いていたようだった。

「エレ……それは何だね？」

白山老人が不思議そうな顔をしたので、シゲルはかつて綾子や智也に聞かせた、パラオに伝わるエレアルとエレアンの話をもう一度披露した。「明日」を象徴する兄のエレアルは働き者で、「今日」を象徴する弟のエレアンは怠け者であるという話だ。すなわち、今日のことばかりを考え、明日のための努力を怠るとやがては痛い目にあうという寓話《ぐうわ》である。これを聞いた白山老人は、またもやいたく感心してくれたが、この話を綾子がきちんと覚えていてくれたことがシゲルには嬉しかった。

たしかに、シゲルは勉強がしたかった。日本語もそうだが、日本の文物や生活についても学びたかった。いずれは日本に渡って学問をし、日本人そのものとなり、パラオを発展させたいという夢を抱いていた。けれどもいまや、戦争の激化によって学校は閉鎖され、日本人でさえ内地へ行くことは困難になっている。

「いまは、戦争中ですから」

とシゲルは綾子に言った。

「みんなで協力し、頑張って、敵に打ち勝たなければなりません。兵隊さんが前線で戦っているのですから、私たちも銃後の務めをしっかり果たさなければなりません。それが、エレアルのために努力するということです。勉強はそれからです」

白山老人は、そうだな、と頷いた。

だが綾子は、

「ああ、悲しい。子供がこんなことを言う世の中になったとはね」

と不満げに漏らしながら、洗濯物を激しく振った。

綾子のその姿は、正直なところシゲルには意外だった。戦争に勝つことが第一だと言えば、きっと綾子は褒めてくれるだろうと思っていたのだ。彼女の態度は、校長先生の夫人という立派な立場の人には相応しくないようにも思えた。

朝日村に向かう夜道で出会ったとき、智也は「明後日」には帰ると言っていた。しかし、予定の日の夕方になっても、智也は帰ってこなかった。

「あの子のことだから、どこかに寄り道でもしているんでしょ」

と言うなど、綾子は表向き、気丈に振る舞っていたが、短くないつき合いのシゲルには、彼女が内心、息子のことを大変心配しているのがわかった。

かつて、綾子はシゲルに対して「自分の本当の息子だと思っています」と言ってくれた。そのとき、シゲルは非常に感激したのをおぼえている。だから、智也が帰ってくるまでは、自分も本当の息子として、そばで彼女を慰め、また、仕事の手伝いをつづけなければならないと思った。そこで予定を変えて、さらに朝日村に留まることにした。

翌朝も三時頃、綾子と一緒に畑に行った。

宮口家が受け持つ畑は、小屋から坂道をだいぶのぼった、山の中にあった。避難者の畑はたいてい、朝日村住民がまだ切り開いていない、山間の斜面などに作られていることが多かったが、それにしてもシゲルには、その畑が集落から遠く離れた、わびしい場所に思えた。

月明かりのもとで、シゲルは芋を植えたり、豆を収穫したりと、忙しく働いた。夜でも蒸し暑かったが、次第に空が白み、朝が近づくにつれて、暑さが増してきたように思えた。けれども、

「少し休んだら」

と綾子に言われても、

「奥さんこそ、休んでください」

と言って、シゲルはほとんど休まず、汗みずくで働いた。

畑に紅の光が差しはじめたとき、シゲルはふと手を止め、あたりを見まわした。

また太陽が戻ってくる――。

空の雲、森の木々、そのあいだを飛びまわる鳥やオオコウモリ、畑の土などが、みな神々しいほどに輝いていた。あたりは静かで、川の流れが遠くに聞こえる。

風が吹いた。目を閉じると、金色に輝く涼しい清流に飛び込んだような、不思議な気分に浸った。目を開けたとき、綾子もまた、屈めていた身を起こし、朝陽に満ちた世界を見まわしていた。やがてシゲルと目が合うと、優しく微笑む。

シゲルは心底、自分の生まれた島は美しい、と思った。戦争が行われているなど、嘘のようだった。だがそこで、シゲルの鼓動が速くなった。静かで、光り輝いていた世界に、神経を逆撫でする、人工的な騒音が入り込んできたのだ。空襲警報だった。それからほとんど間を置かずに、航空機のエンジン音が、木々を揺らしながら響いてきた。

突如、森の上に、ぎらりと輝くものがあらわれた。敵の戦闘機だ。シゲルがそう気づいた瞬間、敵機は火花を放った。畑のまわりの木々がたちまちに弾け、倒れた。反射的に、シゲルは地面に伏せた。

敵機は爆音を響かせて、シゲルの頭上を飛び去った。シゲルは土まみれになったが、無事だった。顔をあげると目の前には土煙がたなびいていた。

ふざけやがって――。

シゲルは怒った。日本軍の大砲や兵隊に向かって機関銃を撃つならばわかる。なぜ、畑仕事をしている避難民を撃つのだろうか。

シゲルは体の土を手で払いながら、立ちあがった。畑の土は穴だらけで、豆や芋の蔓草も見る影もなく崩れている。

綾子の姿が見当たらなかった。

「奥さん」

呼びかけながら、シゲルはうろうろした。

「奥さん、奥さん」

しかし、返事はなかった。

どこに行ったのだろう――。

歩きまわるうちに、畑の端に、布切れのようなものが落ちているのに気づいた。モンペを穿《は》いた脚だった。

シゲルは走った。畑の縁の茂みに、人が倒れている。その片脚が茂みから突き出ていたのだ。綾子だった。櫛《くし》で留めていた髪を乱し、草に埋もれるように、ぐったりと横たわっていた。腕や胴、それに脚からも、夥《おびただ》しい血が流れている。

「奥さん」

そばにしゃがみ、何度も呼びかけた。

うっすらと目を開けた綾子は、

「シゲル君、無事？」

と聞いてきた。

「無事です」

「怪我はない？」

「僕は怪我していないです」

「ああ、よかった」

と言うと、綾子はまた目をつぶってしまった。

「奥さん、大丈夫ですか?」

綾子は目をつぶったまま、苦しそうに顔をゆがめて、

「大丈夫」

と言った。

シゲルは茂みから、綾子を抱きあげた。そして、おんぶすると、

「誰か――」

と叫びながら、坂道を駆け降りていった。

「誰か、誰か、誰か」

綾子の体を支えるシゲルの手は、血液でぬめっている。

急がなければ――。

細い下り坂をゆくうち、前途に炎と煙が立ちのぼるのが見えた。集落や、その近くの軍の駐屯地も、敵の空襲を受けているようだ。

シゲルは迷った。

このまま、集落に向かって走ってよいものだろうか。それはわざわざ炎の中に突っ込んでいくことになりはしないだろうか。しかしここでじっとしていても、綾子は弱って、やがては死んでしまうだろう。

シゲルは意を決し、また走り出した。そのとき、背中の綾子が口を開いた。

「シゲル君、止まりなさい……私をおろして」

「でも――」

「いま動いたら危ない。隠れて」

シゲルは綾子の言葉を無視して走ったが、ある畑のそばを通り過ぎたとき、

「おい、君」

と声をかけられた。声は藪の中から聞こえてきた。

「危ないから、こっちに来なさい」

男の声だ。

「早く、早く」

女の声も聞こえる。

「さ、急いで」

と、背中の綾子も言った。

藪の中に隠れていた男性は、シゲルも知っている、小曽根という年配の痩せた人だった。警防団で重要な役職を務めており、疎開者を指導する立場にあった。もちろん、宮口家の人々も、前からよく知っている人物と思われた。女性は小曽根の妻らしく、彼らもまた、畑仕事をしていたところ空襲にあって、藪に逃げ込んだようだった。

「早くこっちへ来なさい」

小曽根が強く言うので、シゲルは仕方なく藪に入った。彼らはシゲルの背中から綾子をおろすと、地面に横たえた。

小曽根の妻は、綾子の傷口を調べた。綾子が頭に巻いていた手拭いや、襷《たすき》などをほどいたり、自分の手拭いを使ったりして、傷に押しつけ、縛りあげていく。まともに機銃掃射を喰らったため、背中に弾痕《だんこん》があるほか、左腕にも傷がある。腕は骨が折れているらしく、ぶらぶらしていた。また、左のお尻や太腿にも弾丸が当たっていて、歩くことはできない状態だった。左脚の骨も折れているのでは

なかろうか、とシゲルは思った。

「お医者さんのところに連れていかないと……」

シゲルが言うと、小曽根夫婦は迷った様子で顔を見合わせた。まだ爆弾が爆発する音や、機関銃の音、飛行機のエンジン音などが聞こえていた。

「たしかに、すぐに手当てをしたほうがいい……よし、私が助けを呼んでくる。君はここにいなさい」

小曽根は藪の外に出て、坂を走ってくだっていった。

それから、非常に長く感じられる時間が経過した。シゲルはやきもきしながら待った。夫人はその間、綾子の額の汗を拭いてやっていた。

もう小曽根さんに頼ってはいられない。やはり、自分が奥さんを担いで行こう——。

シゲルがそう思って立ちあがろうとしたとき、坂道を複数の足音がのぼってくるのが聞こえた。小曽根が、二人の兵隊を連れて戻ってきたのだ。兵隊は担架を持っていた。

「奥さん、しっかりしなさい」

兵隊は声をかけながら、藪に入ってきた。そして、綾子を藪から担ぎ出し、担架に乗せて、小曽根とともにまた坂道をくだっていった。

シゲルもついていこうとすると、小曽根夫人が、

「待ちなさい」

と言った。けれどもシゲルは、夫人の言うことは聞かず、担架を持って進む兵隊たちのあとを追った。まだ集落のほうで煙はあがりつづけていたが、敵機はだいぶ南のほうへ去り、小さくなっていた。

集落に向かう道から左へ枝わかれした道へ進むと、中隊の本部がある。その兵舎の前には、爆弾が

落ちたせいだろう、大きな穴ができていた。直径三メートルほどもあるだろうか、穴の中を覗くと、木の根がむき出しになっている。また、土嚢を積みあげ、機関銃などを配備してあった陣地もあちこち崩れていて、それを回復するのに、兵たちが慌ただしく働いていた。

兵舎の脇の地面には、屋根のあるところに収容しきれない負傷者が十数人、横たえられていた。兵隊だけでなく、民間人もまじっている。その端に、綾子も横たえられた。

担架を担いでくれた兵隊の一人が、軍医を呼んできた。しかし、軍医は綾子の傷を確認すると、言った。

「ひどい傷だな。ここでは治療はできない」

「どこならできるんですか?」

シゲルが聞いても、軍医はなかなか答えなかった。しばらくして、

「大和の野戦病院へ行けば、なんとかなるかもしれんがね……」

と応じた。

「じゃ、連れていってください」

「君は、このご婦人とどういう関係だい?」

「大変にお世話になった方です。以前には、練習生として預かっていただきました」

「では、この方のご家族とも知り合いだね?」

「はい、そうです。どうか、野戦病院に運んでください」

「ご家族は、朝日村にいるのかい?」

「はい」

「それなら、早くここに呼んであげなさい」

「大和の病院へ――」

「だいぶ出血がひどい。もう動かさないほうがいいだろう」

「え……」

「さっきの空襲で、車両もいくつもやられてしまった。道も破壊されているだろうから、車で運ぶことは難しい。もたもたしているうちに、間に合わなくなるかもしれない。ご家族を呼んであげなさい」

それだけ言うと、軍医は立ち去ってしまった。

あまりにも冷たい扱いだ。シゲルはびっくりして小曽根を見た。小曽根はシゲルの頭を撫でた。

「君の気持ちはわかる。しかし、軍医さんは、ほかにも多くの負傷者を診てやらなければならないんだ……宮口さんのご家族のところへは、私が連絡に行こう。君は奥さんのそばについていてあげなさい」

小曽根が行ってしまうと、シゲルは心細くて仕方がなくなった。綾子を担いできた兵隊も、とっくにどこかに行ってしまっている。軍医に匙《さじ》を投げられ、毛布の上に横たわってただ死を待つだけの綾子のそばに一人きりでついているのは、恐ろしくすら感じられた。

「ごめんなさいね」

綾子が言った。

シゲルは首を横に振ったが、綾子はまた、

「ごめんなさい」

と言った。

「どうして謝るのです?」

「苦労をかけることになってしまって」

まるで、敵機に撃たれたことが、自分の大きな失敗であるかのような言い方だった。ぐずぐずしていたから撃たれてしまった、というような。

「何をおっしゃっているんです。奥さん、頑張ってください。もうじき、真次君が来ます」

シゲルの腹中には怒りが湧いてきた。

綾子は、アメリカ軍に抵抗していたわけではない。畑仕事をしていただけだ。その最中、飛行機に撃たれたことが、綾子の責任であるはずがなかった。残酷で、人間の心を持たない敵の責任であるに決まっていた。

真次は遅いな——。

綾子の〝息子たち〟のなかで、島民の自分は智也や真次以上に強く、勇敢な日本人たらんとしなければならないとシゲルは思ったけれども、やはりひとりぼっちは心細かった。早く、真次に来てほしかった。

智也は、何をしているんだ——。

いったい、智也はどこをほっつき歩いているのだ。一刻も早く無事な声を母親に聞かせて、安心させてあげるべきではないか。

母親が大変なときに、すぐに駆けつけてあげない二人の兄弟に対して、シゲルは怒りを向けた。怒らなければ、心細さをはねのけられなかった。だがやがて、彼は自分自身にも怒り出した。

自分がそばにいたというのに、綾子は撃たれてしまった。そのことが自分の責任であるように感じられてきたのだ。もしこのまま綾子が死んでしまったとしたら、智也と再会したとき、何と詫《わ》びればよいだろうか。そう思うと、涙が止まらなくなってきた。

綾子はまた、目をつむった。浅い息をして、ときおり痛みに耐えているのか、汗まみれの顔をゆがめる。

「奥さん、頑張ってください。死なないでください」

シゲルは泣き声をしぼったが、綾子は目をつむったまま、返事をしなかった。

2

アンガウル島では、まるで目覚まし時計のように、米軍の艦砲射撃の音によって一日がはじまる。そしてその後は、爆撃機が飛んできて爆弾を落とした。

爆弾は日本軍守備隊が籠もる洞窟陣地の真上に落ちてくるが、岩盤は硬く、表面の石や土砂が崩れても、洞窟の屋根が崩落したり、穴が開いたりすることはなかった。しかし、そうは言っても、洞窟内に響く音は凄まじいものだ。爆音が複雑に壁に反射し、耳は痛くなるし、衝撃が内臓にずしりと伝わってくる。蝙蝠《こうもり》もひっきりなしに叫び、洞窟の天井付近を乱舞した。

そのような状況が毎日つづくのであるから、日本兵の負傷者の中には錯乱状態になってわめく者もいた。「殺してくれ」と懇願する者もあれば、「軍司令部は我々を見捨てた」とか、特定の上官の名前をあげて、「あいつが馬鹿な指揮をしたせいだ。許せぬ」などと、怒声を発する者もいる。

かつて、恒昭はそのような者には、「もう少しの辛抱だ。きっと応援部隊が逆上陸をする」などという励ましの言葉をかけていたものだ。しかしいまや、そのような気持ちもすっかり失《う》せていた。それがしらじらしい嘘に過ぎないことくらい、誰もがわかりきっていたからだった。

空爆が終わると、いよいよ米軍地上部隊の車両と歩兵が、守備隊の陣地に向かって前進してくる。

この早朝からの攻撃手順は、日課のように繰り返された。

もちろん敵が迫れば、日本軍守備兵で戦える者は洞窟の入り口から顔を出し、あるいは洞窟より前進した陣地で戦闘をはじめる。恒昭は古関とともに、敵を見下ろす稜線の陣地に出て、射撃をはじめた。

敵は谷間の隘路《あいろ》を縫うように、戦車を先頭に立てて進んでくる。早朝からの艦砲射撃や空爆のせいで、地面の上は細かい砂礫《されき》でいっぱいだから、戦車はそれをもうもうと巻きあげた。

守備隊も迫撃砲や擲弾筒などを撃ったが、それが間近に落ちても、シャーマン戦車はびくともせずに前進してくる。米兵たちは戦車を盾にしているから、歩兵銃で狙っても、なかなか当たらなかった。いっぽう、敵戦車の砲は、守備隊の陣地をどんどん破壊していった。恒昭のそばにも砲弾はいくつも着弾し、それが跳ね飛ばす砂礫を何度もかぶらなければならなかった。

このままではいけないと思った恒昭は、

「古関さん、行くぞ」

と言って立ち、走った。斜面と斜面に挟まれた、細い通路をたどって迂回し、敵の横腹から襲いかかるつもりだった。

古関もついてきた。古関はいまでも、恒昭のことを「上官」とは思っていないだろうが、頼りになる戦友くらいには思ってくれているようだった。

まともに戦える者が少なくなり、二人の分隊長であった坂本軍曹も行方がわからなくなっている。あるいは坂本はすでに戦死しているのかもしれないが、いずれにせよ恒昭と古関はつねに連れ立って、ほとんど自分たちの判断で動き、戦っていた。

二人は、敵が進みくる隘路脇にきた。茂みのうちの岩陰に伏せる。

戦車が三台連なり、砂塵とともに目の前に近づいてくる。恒昭は激しく咳をした。極度の栄養不足と疲労、劣悪な衛生環境などのせいで、発作は日を追うごとにひどくなっていた。日中の戦闘でくたびれ切っていても、夜もほとんど眠れない。

隣では古関が「アンパン地雷」を手にし、飛び出す機会を窺っていた。恒昭はそれを横から取りあげようとした。

「自分が行く」

しかし、古関はアンパン地雷を握って放さなかった。

「馬鹿なことを言うな。伍長殿は咳をしておる」

「だから、自分がやるんだ。自分はほっといても、今夜にも力つきるかもしれない。まだやれるうちに、自分にやらせてくれ。あんたは生き延びねばならん。生き延びて、戦いつづけるんだ」

アンパン地雷を用いるのは、まさに捨て身の戦法だ。だからこそ、自分のような戦闘経験が浅く、年もとっていて、病気持ちの者がやるべきだと思った。自分が命と引き換えに先頭の戦車を破壊したあと、生き残った古関のような精鋭が、混乱する敵を討ち果たす役割を担うべきなのだ。

「駄目だ」

「どうしてだ？」

「アンパンで戦車をやっても、俺は死にはせん。俺にまかせておけばよい」

二人が言い争ううちにも、砂塵とキャタピラの音が近づいてくる。

「私にはできないと言うのか。まだ、戦闘経験が足らないと言うのか。根性がないと言うのか」

「そんなことは言うとらんぞ、伍長殿。今日は俺がやると覚悟を決めてきた。手柄を横取りしようというのは許さん」

「横取りしたいわけでは――」

「ぐだぐだ言うな。俺にまかせろ」

二人とも譲ろうとはせず、地雷に手をかけ、なお引っ張りあっている。

「こっちのほうが階級は上なんだ。たまには言うことを聞け」

「これは兵隊の仕事だ。下士官は引っ込んでおれ」

古関は肩で体当たりをしてきた。恒昭は地雷を奪われ、跳ね飛ばされて、地面に転がった。

古関は岩陰から飛び出した。茂みを抜け、戦車に向かって走る。だが、でこぼこした地面につまずいたのか、戦車のだいぶ手前でよろけてしまった。

戦車の背後にいた米兵の自動小銃が、ダダダダッと放たれた。古関の五体は震えた。アンパン地雷を抱えたまま、うつぶせに倒れた。

「古関さん」

恒昭が叫んだとき、古関はまた立ちあがった。なおも敵の弾丸を受けながら足を前に進め、倒れながら地雷を放った。

炎があがり、砂礫が飛び散る。恒昭はとっさに岩陰に頭を引っ込めた。あたりを硝煙の臭いと黒煙がただよう。

煙が風になびき、晴れたとき、敵戦車のキャタピラが切断されているのが見えた。古関は、隘路の端の、わずかな地面の窪みにはまり込むように横たわっていた。ぴくりともしない。

先頭の戦車が動けなくなり、前進が止まった米軍のもとへ、山の上から擲弾や迫撃砲弾が襲いかかり、次々と爆発が起きた。あたりをいっそうの煙と砂塵が包んだ。

目の前の米軍からも、背後の日本軍からも弾丸が飛んでくる中、恒昭は古関のもとに走った。

「古関さん、大丈夫か？」

呼びかけながら、古関の隣に倒れ込んだ。

「やられた」

と古関は言った。

まだ生きている——。

恒昭は古関を抱き起こした。自分よりも体格のよい彼に肩を貸して立たせ、茂みの中に駆け込んだ。

古関は痛みにうめき、何度も倒れそうになった。しかし、恒昭は、

「これくらいの傷で何だ」

と励ましながら支え、もと来た通路をのぼっていった。

やがて、味方の塹壕陣地が見えてきた。二人の守備兵が銃を撃っている。そのうちの一人は黒田だった。

黒田は撃つ手を止め、恒昭と古関のほうを見た。急げ、急げ、と言うように、腕を大きく振る。

古関の体はずしりと重かった。しかし恒昭は、坂本軍曹が好んだ『歩兵の本領』を歌って自分を励まし、塹壕へと急いだ。

「万朶の桜か襟の色　花は吉野に嵐吹く　大和男子と生まれなば——」

歌う中、敵の砲弾が飛んできて、恒昭の真横で炸裂《さくれつ》した。恒昭と古関は、土石とともに宙に放りあげられる。

地面に叩きつけられ、横たわったとき、恒昭は何が起きたのか、はっきり把握できなかった。耳がおかしい。周囲の音がぼんやりとしか聞こえないのだ。目もまわっている。

左腿が、焼けるように痛かった。見れば、もともと擦り切れていた軍袴《ぐんこ》が大きく破れ、脚の肉が裂

け、抉《えぐ》れている。砲弾の破片が当たったのだろう。傷口はまるで花が咲いたように開き、そこからどくどくと血が噴き出ていた。

塹壕から、黒田が走ってきた。上体を起こしてくれたが、殴られつづけているように頭が痛かった。古関を見ると、彼は恒昭が倒れていたところから五メートルくらい先に飛ばされていた。彼のもとにも、別の兵が駆けつけ、担ぎあげようとしていた。

恒昭は塹壕へと引きずられながら運ばれていくあいだ、

「先生、しっかり。先生……」

という黒田の声を、遠くに聞いていた。


米軍はいったん、退却したようだった。そのあいだに、恒昭と古関は、洞窟陣地の一つに担ぎ込まれた。他の負傷者とともに横たえられたとき、「とうとう自分も、死を待つ列に並ぶことになったか」という感慨を恒昭は抱いた。

黒田は、恒昭が顔に巻いていた手拭いを取り、それを脚の傷に巻きつけ、さらに鞄の革紐をその上からくくりつけてくれた。

「包帯もないですから、これで我慢してください」

「ありがとう……しかし、紅顔の美少年も台無しだな」

真っ黒に汚れ、痩せ細った黒田の顔を見て恒昭は言った。一人前の水産試験場の技師となるべく、まじめに勉強していた若者が、その将来を奪われ、どこにも逃げ場のない陣地にいることが、不憫で仕方がない。

「君が魚や貝ならば、海を泳ぎ、どこへでも行けるのにな」

恒昭が独り言ちると、黒田は呆れた目つきになったが、何も言わなかった。

隣に横たわる古関の傷も、戦友が体のあちこちを布や紐で縛ったりして手当てしていた。しかし、それもちろん、申し訳程度のものでしかない。鎮痛剤もないから、恒昭も歯を喰いしばって痛みに耐えたが、五体に何発もの弾丸を受けている古関は、唸り、全身をがたがたと震わせていた。

「伍長殿……」

古関が言った。

「何だね？」

「伍長殿は優しい人だ。俺を、助けてくれた」

「当たり前じゃないか」

「しくじっちまった」

「しくじってなどいない。君は見事に敵の戦車をやっつけた」

「畜生、やられちまったよ……豚どもにやられちまった」

ぶつぶつ言ううちにも、古関の息は荒くなっていく。

「もう喋らんほうがいい」

恒昭は窘めたが、古関は黙らなかった。

「俺は、たしかにやったな。戦車を吹き飛ばしてやった」

「ああ、やったとも。大したものだ。比類なき勲功だ」

古関は少しだけ笑顔を見せた。

「覚悟していたんだ」

「何を？」

「こうなることさ。やられることさ。屍を戦野に曝《さら》すは固《もと》より軍人の覚悟なり、だ……俺はもう駄目だ。伍長殿、あとは頼んだぜ」

「いや、頼まれても困る。こっちも駄目だ。やられたんだよ」

「ひどいのかね？」

「もう歩けないかもしれない」

また咳まじりに、恒昭は言った。咳で体が痙攣《けいれん》するたびに、脚の傷がずきずき痛む。

「歩けなくても、指は動くだろう。引き金は引ける。俺の代わりに――」

「弱いことを言いなさんな。古関さんも、まだ望みを捨てるな」

古関は鼻で笑った。つまらないことを言いやがってと思っているのだろう。

「散る桜、残る桜も散る桜、か……」

静かに言ったと思ったら、古関は眉間に鋭い皺を作り、干からびた唇をゆがめて、ひときわ激しく震え出した。

「どうした、古関さん？」

「母ちゃん、母ちゃん」

古関は泣いていた。渇き切った体からは、涙はこぼれなかったが、まるで子供に戻ってしまったように、母ちゃん、と繰り返し呼んで泣いている。

過酷な戦場において、つねに堂々たる態度をとってきた古関の変わりように、恒昭はかけてやる言葉を失った。

「母ちゃん……」

ひとしきりめそめそ泣いたのち、古関は大人しくなり、息を引き取った。

3

智也が朝日村に帰ってきたのは、午後になってのことであった。

瑞穂村の官舎に米を取りに行った帰途、乗せてもらった軍用トラックが敵機の攻撃を受けたあと、同乗していた兵隊たちとは別れることになったが、そのうちの一人に「本道を通ってはいけない。細道を行きなさい。それも、暗くなってから歩きなさい」と忠告された。よって、智也はたった一人で、主として森の中の夜道を歩いてきたのだ。途中、何度もくたびれて木陰で眠ってしまったし、また、その日も朝から上空を敵機が飛んでいたため木陰にしばらく隠れていたこともあって、当初の予定より大幅に遅れて村に帰ることになった。

足裏を肉刺《まめ》だらけにし、くたくたになって帰ってきた村には、畑にも、建物にも、人気《ひとけ》がなかった。朝から空襲があったため、人々はまだ森の中や防空壕に隠れているものと思われた。とにかく智也は、母や弟とともに暮らしている小屋に向かった。

集落の中心から、小屋へとつづく坂道の途中に、近隣住民共用の防空壕が設けられていた。その前まで来たとき、

「智也君じゃないか」

と声をかけられた。

同じ小屋で暮らしている、白山家の老人だった。彼がいるということは、母や弟もここにいるのではないか。そう思うと、智也は少しほっとしたが、いっぽうで、とても後ろめたい気持ちもおぼえた。帰りが遅くなり、心配をかけた上、肝心の米を持って帰ることもできなかったからだ。

「真次君はここにいるよ」

やはり、白山老人はそう言って、手招きをした。智也は防空壕に入っていった。

天井の低い壕の中には、ほかにも避難した人々がいた。智也に対して、「いままで、どこへ行っていたんだ」と半ば叱るように言う人もいれば、「無事でよかったよ」と安堵《あんど》の声をかけてくれる人もいた。

「本当に、どこに行っていたんだい？」

白山老人にも問われて、智也は、

「ごめんなさい……米を取りに行った帰り道、途中まで兵隊さんにトラックに乗せてもらったんだけれど、敵の飛行機に狙われて……」

と経緯を説明した。

「そうか。しかし、君が無事でよかった」

白山老人の目は潤んでいるかに見えた。

真次は奥まったところで、老人の義理の娘のそばで寝ていた。しかし、母・綾子の姿はなかった。

「真次、真次」

呼びかけながら智也はそばに寄っていったが、真次は目を醒まそうとしない。

白山老人が智也の肩を叩いた。

「いま、寝ているから起こさなくていいよ。熱があるんだ」

たしかに、真次は上気した顔で寝息を立てている。その額に掌をのせると、やはり熱く感じられた。

ごめんよ。本当は栄養をつけてやるはずだったのに――。

元気なときは喧嘩ばかりしてきた弟だが、こう弱っていると可哀想でならなかった。

「母は？」

智也は見まわしながら、白山老人に尋ねた。すると老人は手招きをし、壕の外へと智也を連れ出した。

「それがね、真次君にはまだ伝えていないんだが……」

老人はひそひそ声で言う。

「君のお母さんも、敵の飛行機にやられてしまったようでね……畑仕事をしているときに……」

智也はおののいた。

「母は、いまどこです？」

「中隊本部に行こう。そこにいるから」

背中の曲がった老人は、先に立って歩いていく。

「母は、どんな様子ですか？　大事ないんですか？」

いくら尋ねても、老人は黙ったまますたすた歩いていく。何が何だかわからないまま、智也は老人について歩いた。

中隊本部へ来てみると、ここがすさまじい攻撃を受けたことが智也にもわかった。地面にはぽっかり大きな穴が空いていたり、周囲の木々が折れていたりするのが目につく。さらには、ひしゃげて使いものにならなくなった機関銃がいくつも放置されていた。

白山老人は、兵隊を摑まえて尋ねた。

「宮口綾子という人はおりませんか？」

「誰です？」

「宮口綾子です。負傷して、ここへ運ばれたと聞いたのですが」

「さあね」

誰に聞いても、そのような人は知らない、と言われた。みな、それぞれの仕事に忙しそうで、民間人の負傷者のことなど構っていられないという様子である。智也は自分で母を捜そうと思い、負傷者らしき人々が横たわっているあたりに歩いていった。

そこへ、兵舎の中から出てきた人物が、

「おい、君」

と声をかけてきた。軍医のようだ。

「君は誰だ？　どこへ行く？」

「私は宮口智也と申します。母を捜しています」

軍医は威厳のある感じで、智也は少し緊張して答えた。すると、白山老人が隣から言ってくれた。

「宮口綾子という人が負傷して、ここに担ぎ込まれたと聞きました。この子はその人の長男でして」

「宮口？」

「シゲルという名の島民の子供がつき添っていると思いますが」

軍医は何かに思いいたった、というように口を開いた。

「ああ、あの人」

「ご存じですか？」

「知っているよ」

「本当ですか。どこにいるのでしょう？」

ほっとして、智也は問うた。軍医は表情を曇らせる。

「ここにはもういない」

「どこへ行ったのです？　大和の野戦病院に運ばれたのでしょうか？」

　白山老人が言うと、軍医はかぶりを振った。

「いや。つき添っていた島民の子は『野戦病院に連れていってください』としきりに言っていたが、使える車がなくてね」

「では……」

「我々にはわからない。目を離しているあいだに、二人ともどこかへ行ってしまったんだ」

　それから軍医は、智也を見た。

「君の暮らしているところに帰ったのではないのかね？」

「違います」

「そうか……あの傷では、そう遠くには動かせないはずなんだが」

　軍医が深刻な顔で「あの傷」と言ったのを聞いて、智也は胸が締めつけられるように感じた。

　お母さん、シゲル、どこにいるんだ――。

　そのとき、空襲警報が鳴った。

「また来たな。しつこい敵だ」

　と軍医は空を見上げる。

「智也君、早く避難しよう」

　と白山老人が言った。

　智也は、ひょっとすると、この本部のどこかに母とシゲルはいるのではないかと思って、なお捜してみたかった。しかし、白山老人が早く、早くとせかすから、とりあえず避難することにした。

その頃、シゲルはジャングルの中を南へ歩いていた。背中には傷ついた綾子をおんぶしている。目指す先は、大和村の野戦病院だった。

あのままじっとして、ただ綾子が死ぬのを見ていることは、シゲルにはできなかった。野戦病院に行けば、治療を受け、助かる見込みがあるのであれば、綾子をそこへ運ばないではいられなかったのだ。大人が運んでくれないなら、自分が運んでやるまでだ。そう決意して、綾子をおんぶして中隊本部を去った。

体が大きいとは言っても、シゲルはまだ十一歳の子供だ。綾子のような小柄な女性であっても、背負って山道を歩くのは楽なことではない。息が苦しく、汗が止まらなかったが、それでも、これくらいで音《ね》を上げてはならない、為せば成るだ、と自分に言い聞かせて必死に歩いた。幸いなことに、綾子の出血は一時ほどひどくはなくなっている。

空から、また敵機が飛ぶ音が轟《とどろ》いてきた。高い木の葉のあいだから、太陽に輝く機体も見える。腹立たしいことに、敵機はまるで「ここは自分たちの空だ」とでも言うように、ゆうゆうと飛びまわっていた。

もし自分が日本人だったら、大きくなって兵隊になり、敵をやっつけてやるのに――。

悔しい思いで空を見ていたとき、

「シゲル君」

という、夢現《ゆめうつつ》のような、綾子の声が聞こえた。

「どこへ行くの?」

「大和村です。病院です」

「おろして」

「何です？」

「私をおろして……重いでしょう。もういいのよ」

「いや、重くありません」

「どうして、こんなことを……」

「どうしてって、奥さんが怪我をしているからです。奥さんを助けたいからです」

「どうして……」

綾子は、か細い声で言う。

「奥さんには、お世話になりました。それに、奥さんは、僕の友達のお母さんです」

「ありがとう、シゲル君」

「お世話になった人を助けようとするのは、当然のことではありませんか。それが日本の修身です
……それが、日本人です」

「私をおろしなさい。朝日村に帰りなさい」

「いや、おろしません。大丈夫です」

シゲルは泣き声で言っていた。

必ず、奥さんを助ける――。

シゲルは涙を流しながら、綾子を背負って歩きつづけた。

4

この脚の傷のひどさからすれば、自分もほどなくして古関のあとを追うだろう。そう恒昭は思って

いたが、表が暗くなっても彼は生きたまま、腐臭が充満する洞窟で横たわっていた。

「散る桜　残る桜も散る桜」とは言うものの、先に散った者が羨ましかった。飢渇《きかつ》に苦しみ、傷の痛みに苦しみながら、死が訪れるのを待つのは辛いものだ。払っても、払っても、蚊や虻はもちろん、蠅も全身にたかってくる。まるで傷つき、弱った人間を虫たちが嘲笑《あざわら》っているようで腹立たしかった。

さらに、恒昭を苦しめているのは喘息の発作だ。その日の戦闘と負傷を経て、発作はいままでになくひどくなっている。

横臥していると、気道が狭まり、咳が激しくなる。また、呼吸のたびに、喉の奥が、ひゅー、ひゅー、と笛を吹いているような音を立てた。だからといって、脚の痛みのせいで、起きあがるどころか、寝返りもろくに打てないでいる。横たわって苦しみに耐えているしかないのだ。他にも咳をしたり、喘いだりしている負傷者もいたが、中でも自分の咳や荒い呼吸が、ひときわ大きく洞窟内に響いていた。

そのうちに、どこからか、

「おい、うるさいぞ」

という声が聞こえてきた。

「咳をしている奴、うるさくてかなわねえ。頭が痛くなる」

俺に言っているのか――。

「おい、聞こえねえのか。咳を止めろ」

止めろと言われても、恒昭には止めようがない。

すると、別の声があがった。

「敵に居場所を教えるようなものじゃないか。咳を止められないなら、ここから出ていってくれ」

敵はもはや目と鼻の先に陣取っている。しかも、日本軍の反撃を警戒し、斥候を放っていた。あるいは、敵兵は洞窟の入り口のすぐそばまで来ているかもしれず、もしここに日本兵がいると知れば、ただちに爆弾を投げ込んでくる可能性もないわけではなかった。

それでも、恒昭は情けなく思った。彼は元気なうちは、夜間、危険を冒して洞窟陣地の外に出て、水や食料を盗んできては、負傷した仲間にわけてやっていた。ところが、自分が負傷者になった途端、他の負傷者から「出ていけ」と言われるにいたっている。

たしかに絶望的な状況で、ただ死を待つばかりの者たちは気が立っていた。まともに物を考えて自制したり、他者を思いやったりすることができなくなるのもわからなくはない。だがそれにしても、ひどいものだと思わないではいられない。

恒昭は、痛みを堪えながらうつぶせになった。そして、口を押さえながら咳をした。それでも、

「うるさい、出ていけ」

という声が投げかけられる。

すると、恒昭から少し離れたところで怒鳴り声があがった。

「そっちこそ黙れよ。大声を出したら、敵に気づかれるだろ」

「何だと、貴様」

「喘息に苦しむ戦友を追い出そうなどと、皇軍の名誉も地に堕ちたものだ」

恒昭を助けようと必死に論じているのは、黒田だった。

「やめなさい、黒田君」

恒昭は言ったが、黒田はやめなかった。

「いままで、先生が入手した水を飲んでおきながら、恥ずかしくないのか。恩を仇で返すとはこのこ

とだ」

「この小僧、戦場においては、多を生かすために少が犠牲になるのは仕方がないことだ。咳がやめられないなら、出ていくことだ」

「そんなに生きながらえたいのか」

「やめなさい」

恒昭はひときわ大きな声を出した。ようやく、黒田は黙った。

恒昭は軍刀を摑むと、匍匐して洞窟の出口に向かった。

「先生、どうなさったのです？」

黒田が慌てて寄ってきた。

「立たせてくれ、黒田君」

「小用ですか？」

恒昭は首を横に振りながら、肘を動かし、下半身を引きずるようにして、出口に向かって進んだ。

「どこへ行かれるおつもりです？」

「ここを出ていく。立たせてくれ」

「出て、どこへ行こうとおっしゃいます？」

「いいから、手を貸してくれ」

恒昭は腕の力で上体を支え、右足の裏を地面につけた。そして、片脚の力で立ちあがろうとした。

ふらつく恒昭を、黒田は支えてくれた。

刀の鞘《さや》の鐺《こじり》を地面に突き、杖《つえ》代わりにして、左脚を伸ばした。体重をかけると激痛に襲われ、恒昭は唸った。おそらく骨は折れている。だが、折れた部分がずれてはいないため、よちよちと前に進むことはできた。

洞窟の外まで、黒田は肩を貸してくれたが、そこで恒昭は彼の助けを断った。

「君は中に戻りなさい。こっちは何とか、一人で歩けそうだ」

「その体で、これからどうなさるおつもりです？」

「斬り込むのさ」

「無理です。まともに歩けもしないのに、敵陣にたどり着く前に――」

「たしかに、敵陣までたどり着くこともできないかもしれない。だがどうせ、この脚はやがて腐り、歩けなくなるんだ。いまのうちなんだ。いまのうちなら、ここから離れ、みなに迷惑をかけずにすむ。いまのうちなら、少しばかりでも敵に近づける」

「近づいても、戦えないでしょう」

「手榴弾を使う。古関さんのように、捨て身で戦うよ。敵と刺し違えるんだ。一人でも、二人でもいいから道連れにする」

「ならば、自分も一緒に行きます」

「何を言っている」

「先生一人では、とてもまともに戦えません。自分も一緒に、古関さんの仇を討ちにいきます」

まだまだ子供のような顔をして、黒田は気丈に言った。しかし、彼を道連れにするなど、恒昭にはとうていできることではない。

何と言葉をかけてやるべきか迷った上、恒昭はこう言った。

「黒田君、もうこれ以上、戦うのは嫌になったのかね？　早く死んで、楽になりたいのか？　君はまだ元気で、戦えるだろう。決戦はこれからだぞ。最後の最後まで戦い抜き、ここを死守するのだ。それが、皇軍兵士ではないか」

黒田は直立した。

「我々はパラオの人間だ。この島々で育み、育まれて生きてきた。しかし、それでも日本人だ。皇軍兵士だ。だろ？」

「はい」

「いいか、死ぬなよ。最後の最後まで」

恒昭は言い残すと、山の下に向かって歩き出した。軍刀にもたれかかるようにして、足を引きずりながら、少しずつ、少しずつ進む。

背後で黒田の足音が近づくのが聞こえた。

「ついてくるな」

振り返らずに恒昭が叱りつけると、背後の足音はやんだ。

空にはその夜も、照明弾が輝いていた。また山下の平地には、米軍陣地の明かりがある。そしてその先に、黒い海が広がっていた。

よし、海を目指すぞ——。

死ぬ前に、水をたっぷり飲みたいと思った。海水で構わないから、胃袋いっぱいに飲みたかった。この体で、どれほどのことができるかはわからなかったが、軍刀を振りまわして敵陣を押し通り、海岸に出てやろう。

「万朶の桜か襟の色　花は吉野に嵐吹く——」

低く、ぶつぶつと歌いながら、恒昭は歩き出した。

目標が決まると、いささか明るい気分になった。それまでより、足も大きく前に出るようになったと感じられる。歩きながら、恒昭は残してきた家族を思った。

妻よ、息子たちよ、俺は死ぬ。お前たちのために最後の戦いに挑み、死ぬのだ。だからお前たちは、元気で生きてくれ。この戦時下を何とか生き延びて、幸せな暮らしを築いてくれ。またかつての楽園のような、美しきパラオの暮らしを取り戻してくれ、と。

第十二章　屍と蠅の島

1

　太平洋における日米の戦いの中でも、ペリリュー島とアンガウル島の戦いは、小島におけるものであり、かつ、日本軍守備隊の圧倒的劣勢にもかかわらず、特筆すべき激戦となった。

　しかし、その理由を、パラオ防衛を統括するパラオ地区集団司令部の作戦・指揮の巧みさに帰することはできないものと思われる。パラオ本島（バベルダオブ島）の集団司令部とペリリュー、アンガウル両島の地区隊本部との連絡は、緒戦のうちにまったく絶えてしまったからだ。集団司令部は何度か両島に援軍を派遣しようとしたが、ほとんど失敗している。

　宮口恒昭が戦っていたアンガウル島においても、集団司令部は零式水上偵察機を派し、無線機をパラシュートで投下することを試みた。しかしそれは、アンガウル地区隊の手には届かなかった。

　いっぽう、アンガウル地区隊の側も、伝令を集団司令部に向けて派遣している。すでに使用できる舟艇もなくなっていたから、伝令は約六十五キロメートル先のバベルダオブ島まで泳いでゆくよう命じられた。伝令に選抜されたのは、泳ぎが上手な、沖縄県出身の金城《きんじょう》一等兵ほか一名であった。

十月一日に出発した彼らは、日中は敵の目を避けるべく無人島などに潜み、暗い時間を中心に島伝いに泳ぎつづけた。そして、十二日になって、金城はバベルダオブ島に到達した。

これは壮挙と言ってよいであろうし、金城二等兵の舐《な》めた苦労は察するに余りあるが、戦局に与えた影響はなかったであろう。アンガウル島にはたしかに生き残った兵がいて、米軍に対してなお抵抗をつづけている事実を集団司令部に知らしめる以上の意味はなかった。

つまり現地の守備兵たちは、何らの救援も、補給もなく、また、指令も受けずに戦いつづけていたわけだ。明確な命令なきままに戦いをやめたり、撤退したりしてはならない、と日頃から教えられていたせいもあるが、しかし何よりも、「我、太平洋の防波堤たらん」という思いが強かった。ここで一日、自分たちが頑張って戦えば、敵の前進が一日遅れることになる。それは、銃後に残してきた、大切な人々の安全な暮らしが一日延びることを意味する。そして、そのような日々を積み重ねていくうち、戦局に変化が生じ、敵が戦意を喪失して、戦争は終わるかもしれない。そのような思いが、兵たちの支えであった。

米軍は攻撃の合間に、拡声器を用い、日本語で日本兵に投降を呼びかけた。いわく、あなたたちは立派に戦ったが、もはや抵抗をつづける意味はない。こちらに降《くだ》れば、食べ物も、水も、薬もあるから、早く陣地を出てきなさい、と。しかしそれでも、防波堤たらんとする守備兵のうちから、投降者はほとんどまったくと言っていいほど出なかった。

軍当局は、日本人だけでなく島民も、事前に戦地となりそうなところから疎開させていた。しかし軍夫として軍と行動を共にしていたり、また、疎開命令に従わずに地元に残っていたりする島民も一部にはいた。彼らもまた、米軍の投降勧告に、当初はまったく耳を貸さなかった。そればかりか、少なからざる者が日本軍に対し、「自分たちも兵士として一緒に戦わせてくれ」と懇願《こんがん》したという。軍側は、あくまでもそれを拒んだが。

守備隊の劣勢が決定的となるにつれて、投降を決意する島民も出はじめたが、日本軍はそれを止めようとはしなかった。中には律義《りちぎ》な島民もいて、親しい日本兵のところに「投降してもよいものか」と相談に来る場合があったという。それに対して日本兵はたいてい、「遠慮なく投降しろ」と言った。兵たちの胸には、どのような思いがあっただろうか。

もちろん、防波堤として陣地を死守するのは戦闘員たる兵の務めで、非戦闘員は守られるべき者だという思いもあったことだろう。だが、このあまりにも悲惨を極めた、絶望的な戦いを経験するのは、自分たちのみで十分だとも思っていたのではなかろうか。自分たち日本人は「アジアの盟主」を自任し、南洋にも先進文明を輸出したと威張ってきた。けれども、このような無茶で、無謀で、理不尽《りふじん》極まりない殺戮《さつりく》については、日本人のまねをするには及ばない、というように。


さて、北西高地の洞窟陣地を、追い出されるように出た恒昭である。

海へ行く——。

それだけは決めていた。

海水でよいから、この乾ききった体にたっぷりと飲ませてやりたかった。

しかし、海は遠い。その上、自分と海とのあいだには、アメリカ軍の支配地があった。

山下《さんか》には、米軍陣地の明かりがあふれていた。日本軍の襲撃を警戒する探照灯や、車両のライトはもちろん、テントで暮らす兵員たちの生活用電灯もまばゆく見える。日本軍守備隊が暗い洞窟の中で、負傷者や死者の腐臭に包まれ、食料も水も医薬品もないままに何とか生き延びているいっぽう、敵は潤沢《じゅんたく》な燃料や発電機を用い、文明的な生活を送っているのだ。しかも、これまで米兵の死体から持ち物をあさってきた経験から、彼らが缶詰の肉やチョコレートなどをたっぷり食べているのもわかっていた。まるで、地獄に天国が隣接しているような情景だ、と恒昭は思った。

いずれにせよ、この砲弾で傷つき、折れた脚を引きずりながら歩み、たった一人で敵の大軍の中を通り抜けて、海にたどり着くなど至難と言えた。もちろん、すでに死は覚悟している。敵に囲まれ、撃たれる運命はもはや定まっていることだろう。けれども、舐めるほどのわずかな量であっても、海水を口にするまでは死にたくなかった。

恒昭は目を凝らし、山下を見まわした。敵陣の明かりが密集しているところもあれば、まばらなところもある。とりわけ、東北方面は闇が広がっている場所が目立った。しかも、その方面の海岸は、自分がいるところからいちばん近いはずだった。恒昭は、とりあえず島の東北部へ向かおうと決めた。

照明弾によって闇が払われ、昼間のように明るくなっているところがあるいっぽう、木の下や、岩の陰などに蓄えられた闇は対照的に濃くなっていた。恒昭は、できるだけその深く、濃い闇をたどって歩いた。

だが、体は闇のうちに隠せても、音はなかなか消せなかった。立ちあがって歩けば、横になっているより咳は穏やかになるが、まったく止められるわけではなかった。しかも、脚を引きずりながら歩いているから、地面と足裏が擦《こす》れる音は響きつづけた。思うように進めず、息は荒くなるし、脚に痛みが走って声を漏らしてしまうこともあった。

恒昭は焦っていた。もたもたすれば、また陽がのぼってしまい、敵に見つからずに海にたどり着くことが不可能となる。だから、ときおり木や岩によりかかって休みつつも、急げ、急げと自分をせかして、山下へとおりていった。すでに撃つべき弾丸もなく、重荷になるだけの歩兵銃は置いてきたが、痛む脚を引きずりながらの歩行はなかなかの難儀であった。

一時間ほど歩いた頃だろうか、猛烈な臭気がただよう場所に来た。蝿の羽音も満ちている。恒昭の顔や体にも、蝿がたかった。手で払っても、直後に一瞬で全身が黒くなるほどの蝿の数だ。

一帯に、無数の死体が蔓草に半ば埋もれながら転がっていた。ほとんどが日本軍守備兵のものだが、中には米兵のものもまじっている。どの死体も、腐って真っ黒になっているのが照明弾の光でわかった。このあたりで激戦が展開されたあと、死体が放置されたままになっているのだ。

日本人であろうと、アメリカ人であろうと、死ねばただの死体になるのだ。そのような当たり前のことを、恒昭は思った。この死者たちは敵兵と、それまで一度も会ったことすらなかったはずだ。にもかかわらず、何の因果かこの戦場で出会って戦い、ともに屍となってしまった。そして、みな一様に腐り、朽ち、虫たちの餌となっている。そのことが、恒昭には不思議にも思えた。

恒昭をはじめ、日本人がずっと聞かされてきたのは、アメリカやイギリスは強欲で残忍な、戦わざるを得ない敵であるということだった。白人種は歴史的に、アジア人を含めた有色人種を奴隷として使役してきたし、今後も使役しつづけようとしている。しかし、有色人種の中で唯一、日本人が反抗的な態度を取っているために、アメリカ人やイギリス人は実力で日本人を屈服させようとしているというのだ。たしかにそうであるならば、日本人としては、すべてをなげうって戦わなければならないことになる。

しかしながら、対峙してきたアメリカ兵は白人ばかりではなかった。黒い肌の者のほうが多く感じられることもしばしばだった。いや、恒昭は直接目にしてはいないけれども、戦友の中には、敵のうちに日本人のような肌色や顔つきの者を見た、と言う者もいた。彼らは白人たちに奴隷として使役されているだけにしても、日本兵を殺そうとしているのならば、敵対者として倒さなければならないだろう。だがやはり、有色人種同士が殺し合わねばならぬことが、日本兵のあいだに複雑な心境を醸したことは間違いなかった。

もっと言えば、米兵の肌の色がどうであろうと、もとはといえばお互いに個人的な恨み辛《つら》みなどなかったはずなのだ。

日本兵にもいろいろな者がいるように、アメリカ兵もいろいろだろう。農家の者もいれば、都会の事務員や商売人もいるだろう。恒昭と同じように、学校の教師もいるかもしれない。金持ちもいれば、貧乏人もいるに違いない。独身の者もいれば、妻子を祖国に残してきた者もいるはずだ。将来に夢を抱き、勉学の最中だったが、戦争のために夢をあきらめて兵隊になった者だっているかもしれない。政治家や軍の高官、財閥一族などがどう考えているのかは知らないが、前線で実際に戦う兵卒にすれば、戦争がなければ、自分の仕事や、勉学や、家族のことを考えるのに精いっぱいで、太平洋を隔てた国の人間のことになど、ほとんど関心は持っていなかったのではなかろうか。だが、いまや顔を合わせるなり、殺し合わなければならない間柄になっている。ただちに殺さなければ、こちらが殺されてしまう。

いざ戦いはじめ、さらに戦いが長引けばそれだけ、相手は許しがたい者となる。何しろお互いに、仲間を大勢殺されているのだから、そう簡単に許せるはずもない。そして、こちらが陣地を決して渡すまいと抵抗しつづければ、向こうは火炎放射器や黄燐弾《おうりんだん》など、守備兵を火達磨《ひだるま》にするような残酷な兵器を次々と投入する。そうなれば、守備兵のほうはますます、米兵を非人道的な奴らと憎み、何としても負けてなるものか、もっと多くの米兵を殺してやる、と思うようになる。結局、蠅のたかった屍になってはじめて、お互いに憎しみ合いや殺し合いをやめ、おとなしくなるのだ。屍になってようやく、肌の色や国籍、あるいはそれまでの経緯などはどうでもよくなるらしい。

不条理だな――。

恒昭は、体つきや、軍服、装備品から米兵のものと思《おぼ》しき死体に近づいていった。脚に激痛をおぼえつつも、そのそばにしゃがむと、わずかばかりでも水が残っていることを期待して水筒に手を伸ばした。死体は水を飲まなくても平気でいられるが、生きている者は水を飲まなければ苦しくて仕方がないことを思うと、死者が羨ましいようにも感じられる。

手を伸ばす恒昭の目の前を、蠅たちが、まるで吹雪のように体をきらきらさせて飛びまわり、顔にぶつかったり、とまったりした。それを払いのけているとき、草を踏みしめる足音を聞いた。恒昭は動きを止め、音の方向を窺った。

敵だ——。

三人の米兵がこちらへやってくる。恒昭は死体と死体のあいだに、うつぶして横たわった。米兵が、自分を死体の一つと見て、通り過ぎてくれることを願ってのことである。ここに生きた日本兵がいると知れば、彼らは途端に射撃をはじめ、こちらは一瞬にして蜂の巣にされるだろう。

焼けただれた死体、骨が飛び出た死体、腐ってぶくぶくに膨れた死体。その中で、恒昭は一人、息をしていた。けれども、蠅どもは死体と同じように、恒昭の全身にも群がった。鼻や口にも集まるし、脚にもたかり、傷を舐めている。

本物の死体は、蠅がどこにとまろうと、どこを舐めようと平気だ。しかし、生きている者は辛い。恒昭は手で鼻を覆い、目をつぶって耐えた。不快極まりなくても、動くわけにはいかなかった。

米兵の足音が近づいてくる中、恒昭は自分だけが周囲の死体たちから仲間はずれにされているような、奇妙な感覚に陥っていた。自分だけ生きていることが、申し訳なくも感じられた。いまにも死体たちが自分を指さし、こいつは生きているぞ、と敵に告げ口をするのではないか。そういう、ありもしない恐れすら抱いた。

蠅が顔を這《は》うむずがゆさと、咳の衝動に耐える恒昭の頭のすぐそばまで来たとき、足音はぴたりとやんだ。恒昭は歯を喰いしばり、咳をすまいとした。

米兵たちは、動こうとしない。いったい、何に気を取られているのだろうか。あるいは、自分が生きていることがわかってしまったのだろうか。

体が震えた。その振動が草に伝わり、音がするのではないかとも恒昭は恐れる。

早く行ってくれ――。

祈るような気持ちで思ううち、頭上でまた足音がした。少しずつ、遠ざかりはじめる。

足音がかすかにしか聞こえなくなったとき、恒昭は顔の蠅を払いながら、体をよじった。すでに周囲には、生者の気配はなくなっている。上体を起こしてあたりを窺ったが、米兵たちの姿は見えなかった。まわりは屍ばかりで、蠅だけが忙《せわ》しなく動いている。

助かった――。

できるだけ音をおさえつつも、恒昭は咳をした。そしてふたたび米兵の死体の水筒に手を伸ばす。水筒を持ちあげ、ゆすってみたが、音はしなかった。弾丸を受けたためか、底に穴が開いていた。

「糞っ」

空の水筒を手放すと、恒昭はまた地面に伏せた。ここから先は、敵がどこにいるかわからないから、匍匐しながら海に向かおうと決めたのだ。

急がなければならなかった。もたもたすれば、朝が来てしまう。

2

肉刺《まめ》だらけの足裏に、石ころや木の根などが突き刺さるように感じられた。太腿や脹脛《ふくらはぎ》にも激しい筋肉痛があった。それでも、十一歳の智也は一人きりで、夜道をせっせと歩いていた。

瑞穂村から朝日村まで苦労して帰ってきたばかりだというのに、またその夜に出発した。だから、くたびれてはいたが、歩かないではいられなかった。母、綾子の行方を捜すためである。

母は、シゲルとともにいるものと思われた。シゲルは負けず嫌いの性分で、何事にもあきらめない男だ。あいつならきっと、朝日村では治療ができないと言われたら、母を大和村の野戦病院に連れていくのではないか。そのような気がして、智也は大和村へ行くことにしたのである。

実はもっと早く、明るいうちに出かけようと思ったのだが、小屋で同居している大人たちに止められた。とくに白山老人には、「二人が大和村に行っているかどうかもわからないのに、出かけるべきではない。それよりも、お母さんがいないあいだ、体調の悪い弟のそばについていてあげなさい」とかなりきつく言われていた。白山老人は、智也の父母が不在である以上、自分が親代わりとして、智也や弟の真次を危険な目に遭わさぬよう、注意しなければならないと思ったのだろう。

白山老人をはじめ、小屋の大人たちが出発を止めたのは、こちらを慮《おもんばか》ってのことであるのはわかるが、しかし智也としても、父が兵隊に行っている以上、自分がその代わりを務めなければならないという強い思いを抱いていたのだ。もし、母が負傷したのち、行方不明になってしまったら、父が帰ってきたとき、何と説明をすればよいだろうか。宮口家の長男として、自分は何としても母を捜し出さなければならないと思った。

智也には、もうコロール島でいじめられていた頃の自分ではないという思いがあった。シゲルも「勇敢な日本人だ」「日本男児の中の日本男児だ」と言ってくれたように、多少の苦労や危険も、頑張れば乗り越えられる者になっているはずだ。そういう自信から、暗くなった後、大人たちの目を盗んで出てきたのだ。

深い森を切り開いた暗い道を、木の枝をかきわけ、またときおりよろける体を、木の幹によりかかって支えながら、智也は汗まみれで歩いた。その間、

「あの馬鹿」

などと、シゲルに対する不満が口から漏れた。

もし、母をどこかに連れていくなら、置き手紙の一つも残してくれればよかったではないか。あるいは、この山道をゆくうちにも、倒れているシゲルと母を見つけるのではないかという心配も胸をよぎる。そして、智也にとってもっと恐ろしいのは、シゲルと母が自分が思うところとはまったく違う方向に行って、会えなくなることだった。

「シゲルの奴め」

智也はシゲルに文句をつけながらも、いっぽうで心のどこかでは、かりに母がひどく傷ついているとしても、シゲルがついていてくれるなら安心できるようにも感じていた。

やがて行く手に、月や星の明かりが大きく差し込む場所が見えてきた。そこだけ、木が何本も倒れているのだ。

森が開けたあたりに来ると、全体に焦げた臭いや、土が掘り返されたときの独特の臭いがただよっていた。敵機が爆弾を落としたものと思われた。このような辺鄙《へんぴ》な山の中に、敵が何を見て攻撃したのかはわからないが、周囲の木々が焼けており、その中心の地面に大きな窪《くぼ》みができている。

夜間の移動に慣れ、夜目がきくようにもなっている智也は、折れて倒れた木の根方に気になるものを発見した。木の根が焼け、硬く縮みあがっているようにも見えるが、それはオオトカゲの死体だった。爆撃のせいで焼け死んだのだろう。首を折り曲げ、長い尻尾もゆがめたまま固まっているが、引き伸ばせば体長は一メートル以上あるものと思われた。智也はそれを持ちあげると、その脚に齧《かじ》りついた。腹が減っていた。

オオトカゲは焦げていて苦かった。骨張っていて、ほとんど食べられるところもない。しかしそれでも、噛みしめると、じわりと肉の味が口の中に広がり、疲れが癒えるように思えた。

智也はしばらく、倒れた木に腰掛けて、黒焦げのオオトカゲを齧りつづけた。それからまた、大和村に向けて歩き出した。

シゲルは綾子を背負い、大和村への道を先行していた。

朝日村と大和村とのあいだの道を、シゲルは何度も歩いており、知り尽くしていると言ってよかった。けれども、綾子を背負ってきたこともあって、想像以上に時間がかかった。

途中、疲れてくじけそうにもなった。しかし、学校の先生に教えてもらった「為《な》せば成る　為さねば成らぬ何事も　成らぬは人の為さぬなりけり」という言葉を繰り返し唱えて自分を励ました。

ようやく大和村に入ったときは深夜になっており、人家からもいっさい光は漏れていなかった。

朝日村はガラムスカン川の北部流域に開かれていたが、大和村も同川南部の支流（カバトウル川）周辺に開かれていた。森に囲まれた内陸部で、朝日村よりずっと小さな集落であったけれども、米軍の侵攻に対抗すべく派遣されてきた陸軍部隊の多くがそこに駐屯し、野戦病院や通信施設などを築いていったため、住民たちは、急激な村の変貌ぶりに驚くばかりだった。

　だが、戦闘が開始されて以降、大和村の景色はさらにまた、目まぐるしく変わっていった。軍の施設はもちろん、人家も、道や畑も敵による爆撃であちこち破壊されていったからだ。そのため、何度もこの村に来ているシゲルも、暗い中では、野戦病院の位置を把握するのに苦労した。

　ようやく、病院の場所を見つけ、ぽつぽつと灯るランタンの明かり目がけて急ぐうち、暗がりから、

「誰だ」

　と声をかけられた。

　夜警に当たっていた兵隊だった。敵襲が繰り返されて、彼も緊張していたせいだろうが、怒鳴りつけるような声であったから、シゲルはびくびくしながら、

「怪我人です」

　と応じた。

「どうしたんだ？」

　兵隊はシゲルが背負っている綾子に目を向けた。

「敵機に撃たれました」

「いつ？」

「昨日の朝です」

「何だって？　君たちはどこの者だ？」

「朝日村から来ました」

　兵隊はしばらく言葉を失った。

「君が一人で、おんぶしてきたのかね……」

「はい」

それまで居丈高《いたけだか》であった兵隊の雰囲気が、しんみりとしたものになった。

「それは大変だったたな……一緒に来なさい」

兵隊は先に立って、シゲルを案内してくれた。

一帯には、森の木々を切り出して柱を立て、椰子の葉で屋根を葺いた、掘っ立て小屋のような建物が並んでいた。空襲によって、何度も壊されては建て直していたから、いびつに天幕がかけられているものもあった。

シゲルが連れていかれたのは、柱の上に屋根はあるが壁はなく、地べたに毛布を敷いただけの病棟だった。蠟燭のほのかな明かりに、ほかにも二十人くらいの怪我人が横たわっているのが見える。その一角に、シゲルは兵隊に手伝ってもらいながら、綾子を横たえた。

綾子は、もうだいぶ前からずっと眠っていた。背負いながら話しかけても、ほとんど返事をしてくれなかった。毛布の上に横たえてから、

「奥さん」

と呼びかけてみても、反応はない。

シゲルは心配になって、綾子の顔に自分の耳を近づけた。かすかにだが、綾子は呼吸をしていた。

「ここまでよく頑張りましたね。もうじき、手当てをしてもらえますから」

シゲルは眠りつづける綾子に語りかけた。

宿直の衛生兵が来てくれた。ランタンの光の下で、手際よく綾子の傷を調べたり、胸に聴診器を当てたり、目のまわりを触ったり、首や手首に手を当て、脈を調べたりした。それから、シゲルに言った。

「朝日村から、一人で背負ってきたのかい？　疲れただろう」

「奥さんを、助けてください」

兵隊の中ではかなり年かさに見える衛生兵は、それには反応せず、

「君は休むといい」

と言った。

「奥さんをお願いします。助けてください」

衛生兵は太い眉を寄せ、渋い顔になった。

「残念だがね、もうこの方を休ませてあげなさい」

「そんな……せっかく、ここまで来たんです。お願いですから」

「苦労してここまで来た君の気持ちはよくわかる。しかしね――」

「お願いです。何とかしてください」

「静かにしたまえ。ここでは多くの傷病者が休んでいるんだ」

シゲルが黙ると、衛生兵はまた優しい口調に戻った。

「君は本当によくやった。立派だよ。このご婦人も、ご家族も喜んでおられるだろう。だがね、すまないが、できることとできないことがある。もうこの方を助けることはできない」

シゲルの目から、涙があふれた。彼は綾子のそばに尻をついて座り込んでしまった。

「負傷してすぐに連れてきたのなら、手の施しようがあったかもしれないがね……私も残念だよ」

シゲルは泣けて、泣けて、返事ができなかった。

「向こうに休めるところがある。そこで少し眠りなさい」

衛生兵はそう言って、シゲルの肩を撫でた。だが、シゲルが綾子のそばを離れようとしないでいると、衛生兵は去っていってしまった。

何ということだろうか。この野戦病院に来れば、偉い軍医さんや衛生兵さんがいっぱいいて、薬や包帯もたくさんあって、きちんとした治療を受けられると思っていた。それなのに、匙を投げられるとは。

「為せば成る」はずだった。「成らぬは人の為さぬなりけり」ならば、自分にいたらなかったことは何なのか。

シゲルは、自分がもはや立ちあがれないほど疲れているのを感じた。涙をこぼしながら、

「ごめんなさい」

と呟いた。

自分は子供だから、助けてあげられなかった。ごめんなさい。

「奥さん、本当にごめんなさい」

すると、綾子が大きな息をついた。

「何を謝っているの？」

綾子は、目を醒ましたようだった。

「恩返しができなくて……」

また、綾子がふっと息を吐いた。笑っているようだ。だが、シゲルはますます泣けてきた。

「奥さんは、島民の僕のことを、本当の息子のように思っているとおっしゃってくださいました。とても親切にしてくださいました。ご飯もいっぱい食べさせてくださいました……先生にも、奥さんにも、とても親切にしていただいたのに、僕は少しも恩返しができません」

「何を言っているの。あなたは十分すぎるほど恩返しをしてくれましたよ。ありがとうね」

綾子は目を開けて、しっかりと話した。けれども、その目はシゲルを見ていなかった。虚空へ向け

られている。

「僕は駄目です。ぜんぜん駄目です」

するど、綾子は叱るような口調になった。

「何を泣いているのです。男の子が、そんな弱いことでどうしますか」

自分の無力さを嚙みしめてうな垂れるシゲルに、綾子はさらに言った。

「エレアル……」

「はい？」

「もし、私や主人に恩を感じてくれているなら、エレアル（明日）に恩返しをしなさい」

綾子は優しい笑顔で言った。

「エレアルのために勉強をしなさい。智也や真次と力を合わせなさい。日本人の子も島民の子も分け隔てなく、みんなで力を合わせて、よいエレアルをつくりなさい。戦争が終わったあと、みんなが仲良く、幸せに暮らせる南洋をつくりあげなさいな。泣いている場合ではありませんよ。一生懸命にやらなくては」

シゲルは泣きながら頷いた。

「智也は、無事かしら？」

綾子はにわかに弱い声で言った。

「もうじき帰ってきます」

「そう？」

「先生も帰ってきます。また、みんなで暮らせます」

「お父さん、智也、真次……」

綾子は虚空を見つめながら呼びかけた。その目からは、一筋の涙が流れた。

「ありがとう、シゲル君」

綾子はかすかに言ったかと思うと、目をつぶった。

「奥さん」

声をかけたが、返事はない。耳を近づけてみたが、呼吸の音は聞こえなかった。

「奥さん」

シゲルは声を大きくし、綾子をゆすった。だが、綾子は目を開けることも、息を吹き返すこともなかった。

再度、奥さん、と呼びかけ、激しくゆすろうとして、シゲルは思いとどまった。

もう休ませてあげよう――。

敵機に撃たれてから、相当の時間が経っている。その間、綾子はずっと苦しんできた。どうせ死んでしまうのなら、朝日村で寝かせたまま、そっとしておいたほうがよかったのだが、自分が大和村まで、悪路を担いできたため、さらに苦しい思いをさせることになってしまった。シゲルはそのように後悔したし、綾子はもう十分に苦しんだのだから、ゆっくり休んでしかるべきだとも思った。

だが、綾子の死をやすやすと受け入れることは、シゲルにはできなかった。体の奥底から激しい悲しみが湧きあがってきて、大声をあげて泣いた。疲れ果ててはいても、泣く力は残っていた。そのため周囲の負傷者がざわめき、また、さきほどの宿直の衛生兵が戻ってきた。

「どうしたんだ？」

衛生兵は、シゲルのそばにしゃがんだ。そしてまた、綾子に聴診器を当てたり、脈をはかったりした。

聴診器を耳からはずしたあと、衛生兵は、まるで悲しみを一緒に担ってくれようとしているみたいに、しばらく黙ってシゲルのそばにいてくれた。やがて、言った。

「明日になったら、ご遺体を朝日村のご家族のところに運んであげよう。今日は遅いから、君は眠らないといけないよ。さ、向こうへ行こう」

「はい」

返事はしたものの、体も心も疲れきったシゲルは座ったままでいた。すると、衛生兵はシゲルの手を引っぱり、立ちあがらせてくれた。

そのときだった。

「シゲル」

と呼ぶ声が聞こえた。

声のほうへ振り返ると、屋根を支える柱の脇に、一人の少年が立っていた。

「智也……どこに行っていたんだ？」

シゲルが責めるように問うと、智也も、

「こっちこそ、シゲルを捜したんだぞ」

と言い返してきた。

智也はシゲルのもとに近づいてくると、足下に目をやった。毛布の上に横たわる綾子を見る。

「お母さん」

智也はゆっくりと膝を折り、綾子の枕元に座った。もう息をしていない母の顔にじっと見入る彼の姿を見て、シゲルはまた激しく泣いた。

智也は、母の死をよく受け止められないでいるのか、静かなままでいた。いっぽう、シゲルは、せっかく衛生兵に立ちあがらせてもらったというのに、悲しみのせいでまた地べたに崩れてしまった。

「ごめんなさい、智也。僕がそばにいながら、奥さんは敵の飛行機にやられてしまった……助けたくて、助けたくて、朝日の中隊本部や、ここまで運んだけど、駄目だった」

シゲルは、左腕で目を覆って、右手は自分の太腿を叩いて泣いた。

智也は、

「そうか」

とだけ言った。それからまたしばらくして、死に目に会えなかった母に対してか、自分が不在のうちに母を助けようと奔走したシゲルに対してかはわからないが、ぽつりと、

「すまなかったな」

と言った。

シゲルは、腹が立ってきた。自分は悲しみのあまり、声をあげて泣かないではいられないというのに、実の母を失った智也がおとなしくしていられるのはどういうわけだろうか。おかしいではないか。納得がいかないシゲルは、智也の背中を拳で叩いた。それでも、智也がじっとしているので、また叩いた。

「何をするんだ?」

智也がようやく、シゲルを見て言った。それでも、シゲルは叩きつづけた。

「何をしているんだよ。やめてくれよ」

叩こうとするほうと、それを止めようとするほうとで、手を摑み合う。

「悲しくないのか？　悔しくないのか？」

「悲しいさ。悔しいさ」

「だったら、もっと悲しめよ。もっと泣けよ」

「敵にやられて死んだのは、僕のお母さんだけじゃない。多くの人が死んでいるんだぞ。民間人もそうだが、戦地では、たくさんの兵隊さんが犠牲になっている。ペリリュー島やアンガウル島では、兵隊さんたちが死を恐れずに勇敢に戦って、敵を何度も撃退しているという。僕たち子供も、泣いていちゃいけない。兵隊さんのように、強くならなければならない」

そう言いながらも、智也の目や頬には、蠟燭の明かりに輝く涙があった。

シゲルと智也はなお手を摑み合っていたが、シゲルはもはや智也を叩こうとはしていなかった。

「敵を討つぞ」

シゲルは言った。

「討つぞ」

と智也も言った。

「もうじき、きっと兵隊さんたちが敵をやっつける」

シゲルが言うと、智也も、

「そうだな。皇軍は無敵だ。子供も、気張らなければならない」

と力強く応じた。

エレアルだ——。

シゲルは、よきエレアルのために、いまは悲しみや苦しみに耐えなければならないと思った。敵を打ち負かし、また自分たちも強い人間になって、よき南洋の未来をつくらなければならない、と。

疲れきった二人の子供は手を握りしめ合いながら、泣きつづけた。

それを、衛生兵が目を潤ませながら、そばに突っ立って見下ろしていた。

3

恒昭は、波音が少しずつ近づいてくるのを感じながら、匍匐しつづけた。やはり、敵が制圧している地域を進んでいるから、敵兵や敵の車両の気配を何度も間近に感じた。そのたびに、彼は咳を堪えて地べたに張りつき、気配を消そうとつとめた。そして、敵が遠ざかるとまた、蚯蚓《みみず》か芋虫のように蔓草にからまり、土に塗《まみ》れつつ、前進をつづけた。

できるだけ藪の中を進み、光のない方向を目指すうち、とうとう藪がまったく尽きるところへ来た。目の前は開けた場所である。岩棚があり、その先に波頭が白くきらめいているのが見えた。海である。とうとう、俺はやった——。

あと少しだ。藪を出て、一気に海まで走れば水が飲める。そう思って身を起こしかけた恒昭だったが、動きを止めた。

岩の表面の凹凸だと思っていたものが、よく見ると横たわる人の影であるのに気づいたのだ。戦友の屍と思われた。それも一つではない。あちらにも、こちらにも、襤褸《ぼろ》をまとった兵士が横たわっているではないか。いや、すぐそばの、藪と岩との境目にも、ごろごろと死体が折り重なって転がっていた。蠅の羽音もうるさい。まるで、日本軍兵士の墓場のような光景だった。

おそらくみな、飢渇に苦しみ抜いた末に、恒昭と同じように海水を飲みたいと思って、この浜に来たのだろう。そして、敵の待ち伏せに遭って死んだのだ。いまもどこかで、敵が待ちかまえていてもおかしくはなかった。

それにしても、哀れなものだ。彼らは米を食べようと思っていたわけでも、真水を飲もうと思っていたわけでもないのだ。海水でよいから飲もうと思って、夜中に忍んでこの海岸に来た。そして、それを見越して待ち伏せていた敵に、まんまと始末されてしまったのである。これほど情けなく、哀れな人間の最期もないだろう。

恒昭は迷った。自分もまた、敵の伏兵の餌食になるのは真っ平だ。しかし、海を目の前にして引き返すのも残念でならなかった。

息を詰め、耳を澄ました。敵兵のかすかな息や、衣擦《きぬず》れの音を聞こうとした。しかし、聞こえてくるのは、波音と、風音と、蠅の羽音しかない。照明弾の光の下で目を凝らしてみても、敵兵の姿は見られなかった。ただ日本兵の屍がじっと臥せっているだけだ。

恒昭は極力音を出さないよう、ゆっくりと茂みから出て、岩場に腹ばいになった。獲物に迫る蜥蜴《とかげ》のように、少しずつ手足を前に出し、屍のあいだを縫うように進む。

潮の香を嗅ぎ、波音を聞くだけで、胃がぎゅっと鳴った。体が水分をほしがっている。岩場の半ばまで来たが、敵の気配はなかった。恒昭は先を急いだ。

波が岩にぶつかる場所まで約一メートルというところで情景が一変した。あたりが真っ白になり、恒昭は目をつぶった。岩場の脇の椰子の林から、眩しい光が差してきたのだ。投光器だ。舞台上の役者のように、恒昭は自分が光の輪の只中《ただなか》にいることに気づいた。

光から逃れようと、恒昭は慌てて岩の上を転がった。藪へ引き返そうと急ぐ。

椰子林から、機関銃の音が響いてきた。赤い火の玉が、逃げる恒昭に襲いかかる。乾いた音とともに、すぐそばの岩に弾丸が食い込み、また跳ね返る。恒昭は藪のうちに転がり込んだが、その直前、左脇腹に太い焼き串を突き刺されたような衝撃を受けた。

「やられた」

弾丸は体の外に抜けていないと思われた。内臓全体が焼けているようで、もはや動けなかった。鉛が体内で砕け散り、多くの臓器を傷つけているかもしれない。

今度こそ、もはや助かるまい。自分もまた、この海岸の屍の一つとなるのだ――。

多くの敵を道連れにして死のうと思っていたが、かなわなかった。海水を飲むこともできなかった。この海岸で死んでいった戦友たちと同じように、敵の罠にかかって死ぬ。悔しいが、これも運命だ。

この島で一緒に戦った多くの兵たちは、「靖國神社で会おう」と言って死んでいった。家族宛てに、「かりに自分の骨が帰らなくても心配はいりません。会いたくなったら九段の靖國神社に来てください」という内容の遺書を書いた、と言っていた者もいた。しかし恒昭は、死んだら、靖國神社よりも、コロールの南洋神社にでも行きたいと思った。ご祭神は天照大神だが、境内の木の陰にでも住まわせてもらえないものだろうか。そうすれば、妻子も来てくれるだろう。南洋の学校に通う子供たちも、南洋の各所で活躍する教え子たちもしばしば会いに来てくれて、淋しくないはずだ。

さあ、死よ、早く来い。俺を連れ去って、南洋神社に行かせてくれ。そう願いながら、血の味がする咳をして、寝転がっているうち、意識がぼんやりしたり、はっきりしたりを繰り返すようになった。だがそれでも、思ったほど速やかには死は訪れてくれないようだった。銃弾が腹の右側に当たっていたならば、肝臓が破裂し、出血多量でもっと簡単に死ねていたかもしれないとも思う。しかし、左側の盲管銃創《もうかんじゅうそう》は、ひどい激痛を味わわせるだけで、なかなか命を奪ってくれないらしかった。

夢現《ゆめうつつ》のような意識状態でも、周囲が明るくなっていくのがわかった。敵の投光器のせいではない。朝陽がのぼりつつあるのだ。

また、新しい一日がはじまる。そしてまた、戦闘が繰り返される。艦砲射撃や空爆によって木々がなぎ倒され、味方の陣地が吹き飛ばされるのだ。そして、兵隊同士の戦いが行われ、火炎放射器や黄燐弾によって人が焼かれる。アンパン地雷や手榴弾を使った肉弾戦によって、彼我の多くの兵士が犠牲となるだろう。

陽がのぼるたびに、死体の数は増えていく。焼け焦げ、腐った屍の上に、また焼け焦げ、腐った死体が重なる。そしてしまいには、この島は屍と、それに群がる蠅で埋め尽くされることだろう。

そのようなことを思いながら、恒昭は昏睡《こんすい》した。


どれほどの時間が経ったことだろう。恒昭はまた、目を醒ました。藪に包まれ、蠅にたかられて、半ばうつぶすように横たわっている。

長いあいだ着たきりで、汗と垢《あか》と泥に塗れた開襟軍衣の腹のあたりは、血液でぐしょぐしょに濡れていた。

まだ、死ねないのか――。

爆弾が破裂する音や、射撃音が遠くに聞こえた。おそらくまた、北西高地の陣地において激しい戦闘が行われているのだ。

そのように思ううち、荒い息が聞こえてくるのに気づいた。獣の声か。とても焦っているように、ぜいぜい喉を鳴らしている。

犬だ――。

別の多くの足音や、話し声も聞こえる。それは、人間が発する音だった。

恒昭は首の向きを変えて、音のほうを見た。五人だろうか。米兵が、軍用犬を連れて歩いてくる。大きな犬だった。黒毛で、鼻先が長く突き出ていた。牙をのぞかせた口から長く、赤い舌をだらりと出し、唾液をまき散らしながら歩いてくる。あちこち、せいた様子で臭いを嗅ぎまわっているのだが、兵隊が引き綱をぐいぐいと引っぱるので、そのたびに嘔吐《えず》くような声を立てた。

敵兵のうち、二人は長い棒を持っていた。岩棚に転がる死体や、藪の中などを、その棒の先でしきりに突《つつ》いている。おそらく、暗いうちに撃った日本兵が死んだかどうかを確かめに来たのだ。まだ生きており、このあたりに潜んでいれば、止《とど》めを刺そうというわけだ。

恒昭は、片脚がほとんど動かせず、しかも、腹にも銃弾を受けている。とても兵士五人と犬を相手に戦うことはできそうもなかった。海水を飲みに来て、犬に喰われて死んだとあっては、これ以上の恥辱はあるまい。

まさに絶体絶命だが、しかし、これぞ「よき死に場所」とも言えるのではなかろうか、とも考えた。飢渇に苦しみ、傷に苦しみながら、よくぞここまで生きていられたものだ。そしてその結果、憎き敵に、最期に一矢《いっし》報いる機会が与えられたとなれば、天に感謝してもしきれまい。

恒昭は咳を堪えながら、右手で手榴弾を握りしめた。そして、左手で安全栓を取りはずした。あとは信管を地面に叩きつければ、数秒後に爆発が起きる。同僚であった小山田訓導が自決したように、自分も粉々になって死ぬのだ。だが、自分の場合はただ一人死ぬのではなかった。米兵たちも道連れにする。

犬の息と、棒で茂みを突く音が迫ってくる。恒昭はじっと横たわってそれを聞きながら、信管を叩く機会をはかった。

迷いもおぼえる。以前のように、米兵たちは自分に気づかず、このまま通り過ぎていってくれないものだろうか。そうすれば、手榴弾を爆発させる必要もない。そして、もう一度、海岸に近づき、海水を飲む機会がやってくるのではないだろうか。そのような、死を手前にした逡巡《しゅんじゅん》に襲われ出したのだ。

あれこれ考えてもたもたするうち、とうとう耳のすぐそばに犬の唸りを聞くようになった。さらに、犬は大声で吠え出しもした。

見つかったか。やはり獣の嗅覚はごまかせないか。

棒もすぐそばに突き入れられるようになった。何度も周囲を突かれるうち、やがて棒の先が背中にしたたかに当たった。

恒昭はうめき、咳をした。

犬はさらに吠える。米兵たちが色めき立つ。

もはやこれまでだ――。

恒昭は、手榴弾の信管を地面に叩きつけた。そして、脚がもげてもかまわぬと思って、周囲の草木を揺らしながら、勢いよく立ちあがった。

犬が飛びかかってきた。手榴弾を手にした恒昭の右腕に喰らいつく。犬に引っぱられてふらつきながら、恒昭は藪から海岸の岩場に出た。二人の米兵が長銃を構え、犬を連れた兵は拳銃を突き出してきた。彼らはいっせいに引き金を引き、恒昭の胸に二発の弾丸が当たった。

恒昭は倒れなかったが、撃たれた衝撃で手榴弾を落としてしまった。手榴弾が岩棚に転がるのを見て、米兵たちは叫びをあげ、そろって藪に飛び込んだり、岩の上に伏せたりした。

犬はなおも、恒昭の右袖を嚙んで離さない。それでも、恒昭は少しでも手榴弾に近づこうとした。確実に死ぬためだ。

けれども、信管は間違いなく叩いたはずだが、岩のあいだの窪みに落ち込んだ手榴弾は、いつまで経っても爆発しなかった。おそらくは、湿気で中が錆びついてしまっていたのだろう。日本軍の陣地では、銃でも、弾丸でも、使えなくなるものが多くなっていた。

「畜生め」

恒昭は犬に袖を嚙まれながら、左手で軍刀を抜いた。それで犬の胴を突き刺す。犬が、ぎゃん、と鳴いて離れ、岩の上に倒れた。

恒昭は刀を両手で持ち、頭上に掲げた。一太刀でよいから、敵に見舞ってやりたい。

「大和男子と生まれなば　散兵線の花と散れ」

言いながら、岩に伏せた米兵たちに向かって、よちよちと足を前に進めていく。

だがそこで、また米兵たちの銃が火を噴いた。さらに何発もの弾丸が、恒昭の胴体と両脚に突き刺さった。恒昭は仰向けに吹き飛び、岩の上に倒れた。

周囲に、足音が集まってきた。誰かが自分の右拳を踏みつけた。手から刀の柄が離れると、米兵はそれを蹴飛ばして恒昭から遠ざけた。また、別の米兵は鉄兜の上から恒昭の頭を蹴った。

恒昭は何の抵抗もしなかった。もはや彼の体には、そのような力は残されていなかった。

米兵と恒昭との戦いが終わっても、遠くの爆音はつづいていた。

また今日も、多くの人間が死ぬ――。

そう思ったところで、恒昭の意識は消えうせた。

第十三章　時代の終わり

1

カーテンの隙間から、陽の光が漏れている。

寝汗をたっぷり吸ったシーツの上で寝返りを打っただけで、背中が痛んだ。サイドテーブルのデジタル時計は、十四時六分を示している。

テーブルに手を伸ばし、備え付けの金属の摘《つま》みを捻《ひね》ると、ベージュ色のシェードがかかったライトの光が、淡く灯った。ライトの下に置いてあった水銀体温計を摑んだが、それだけで肩や肋骨《ろっこつ》が悲鳴をあげた。体中、打ち身や擦り傷だらけの上に、筋肉痛もひどい。体温計を持つ手には包帯が巻いてある。

体温計を腋下《えきか》に挟み、五分ほど天井を見つめた。喉の調子がおかしく、鼻水が出るものの、体温は平熱に戻っていた。

ベッドの上で体を起こし、絨毯《じゅうたん》に素足をのせた。またしても全身に痛みが走ったが、それよりも腹が減っているほうが辛かった。朝食も、昼食もとっていない。

さて、これからどうするか――。

部屋の入り口のドアがこつこつ音を立てた。誰かが外から叩いている。

立ちあがり、浴衣の前を合わせながらドアに近づくあいだ、ドアを叩く音は大きくなっていった。

こちらがまだ起きていないと思っているのか。

覗《のぞ》き穴から相手を確認すると、チェーンをはずし、ドアを開けた。

「調子はどうですかね?」

皮肉に見える笑みを浮かべ、ベラウ語(パラオ語)で尋ねてきたのは、ナカノだった。引き締まった体にスーツを着て、その上からトレンチコートを羽織る姿は、なかなか粋《いき》に見える。

「熱は下がったけどね」

とシゲルが応じると、ナカノは「入っていいか」と尋ねることもなく、薄暗い部屋の中にずかずかと踏み込んできた。窓に近づくと、カーテンを勢いよく引き開ける。眩しい光が、部屋に差し込んできた。

ナカノは窓の外へ目を向けながら、

「東京はビルだらけで息が詰まる」

と言った。

たしかに、シゲルが滞在するビジネスホテルは、狭い裏通りを挟んでオフィスビルに面していた。その左右は、飲み屋などが入った商業ビルで、けばけばしい看板が並んでいる。新橋《しんばし》と呼ばれる、混雑した地区だ。

シゲルはまた全身の痛みを堪えながら、ベッドの端に腰かけた。窓の光から顔を背けている。

「しかし、体のあちこちが痛いよ」

ナカノはすたすたとシゲルの目の前に歩いてきた。シゲルより十歳以上若いこの男は、いつも忙しそうにしているのが特徴だ。

「それは仕方がないでしょう。自分の責任ですからね。二人を相手に喧嘩するなんて」

ナカノはシゲルを見下ろして、呆れたように首を横に振る。

「君には本当に世話になった。感謝している」

シゲルは、ヤクザの下っ端らしき連中と格闘し、警察の厄介になった。そのあと、知り合いの政治家や弁護士など、方々に手をまわし、シゲルを窮地から救い出してくれたのはナカノだった。

「私は、あなたのために働いたわけではありません。パラオのためです」

ナカノは皮肉な口調で言った。

「私たちは、観光で日本に来ているわけではないのですよ。パラオの独立に向けて、準備をしに来ているんです」

そのようなことは、わざわざ言われなくてもわかっている――。

そう思いながらも、シゲルが黙っていると、不満そうな態度だと思ったのか、ナカノは語気を強めた。

「酔っぱらってパーティーをするのは、ビジネスを進める上での日本の慣習です。あなたが子供の頃はどうだったか知りませんが、いまのエコノミック・スーパー・パワーとなった日本においてはそうなのです。私たちが政治家はもちろん、航空会社や旅行会社、商社などの人々と会って食事をし、酒を飲むのもパラオの発展のためです。慎重に、まじめに取り組まなければ」

「本当にすまなかった。もう、宮口さんを捜すのはあきらめたよ。別の機会にするさ」

「ミスター・ミヤグチは、あなたにとってそれほど大事な人だったのですか？」

「昔、大変お世話になった」

「あなたが日本語を非常にうまく操るのも、そのおかげなんですね？」

シゲルは頷いた。

「宮口家の人々は、トーミンの子供だった私を温かく迎えてくれた。実の子供のように。そして、私の向学心を励ましてくれた」

「トーミン？」

「当時、日本人がパラオ人を呼んだ言葉だよ。『島の人』という意味だ」

「日本も島国なのにね」

ナカノが冷ややかに言ったのには反応せず、シゲルは先をつづけた。

「その家には、私と同じ年の子供がいた。彼は、日本人にいじめられていた私を助けてくれた。木の棒を振りあげてね」

「『ナンヨー時代』の美しき思い出というわけですか……不思議なものだ。私には上の世代の人々が、どうして日本統治時代をそれほど懐かしみ、アメリカ統治時代を憎むのかがわからない」

「わからないだろうね」

ナカノは生まれたときから英語教育を受け、しかも、アメリカ本土への留学経験もある。その彼にとっては、「日本時代」は年寄りたちが語る昔話に過ぎないのだろう。

「何も私は、日本よりアメリカが好きだとか、アメリカの統治政策がよいものだと言いたいわけではありません。私が言いたいのは、日本もアメリカも、どっちもどっちではないか、ということなのです。そりゃ、日本時代のほうが街は栄えていて、人々の生活は豊かだったかもしれません。でも日本も、アメリカも、結局のところ、力の弱い私たちをいいように支配しただけじゃないですかね？」

「たしかにね……しかし、そういうことだけじゃないんだ」

シゲルは、どうせわかってもらえないと思いながら言った。ナカノのほうも、まったくわからないと言いたげな笑顔になった。

「道徳教育の問題ですか？　日本時代を知る人にとっては、我々若い世代はギャングみたいなものですからね」

ナカノの正式な名前にはいくつものミドル・ネームがついていたが、彼は日頃、「ナカノ・ギルデマウ」とだけ名乗っていた。第二次世界大戦後の生まれながら、日本人に敬意を抱く親族によってナカノと名づけられたのだ。

「ナカノ」と言えば、日本人にとってはファミリー・ネームのはずだが、彼の場合はファースト・ネームであった。しかしナカノ自身、そのことに何らの感慨も、違和感も持っていないように見えた。彼の世代にとっては、「ナカノ」という響きも、とりたてて日本との特別なつながりを想起させるものではなくなっているのだろう。

これ以上、この問題を語り合っていても仕方がないと思ったシゲルは、話を打ち切るために、

「宮口さんのことは、いっさいあきらめる。すまなかった」

と繰り返した。

ところがナカノは、話を元に戻すように尋ねてきた。

「例の神宮前の住所は、どこで手に入れたんですか？」

神宮前とは、シゲルが格闘したアパートが立っていたところだ。

「コロールでだよ。写真家の日本人が、『知り合いの知り合いに宮口という人がいる。以前に、パラオで暮らしていた家族と関係があるらしい』って教えてくれたんだ」

「写真家？　ダイバーですか？」

「そう」

「日本統治時代に、パラオで暮らしていたミヤグチ姓の人は、何人くらいいたんですか？」

「さあ……」

ナカノは馬鹿にしたような顔つきになった。それから、自分の鞄を開け、メモ用紙の束を取り出す。一番上の一枚をシゲルに差し出した。

「熱が下がって歩けるのなら、原宿《はらじゅく》警察署へ行ってください。いちおう、これが住所と電話番号です。あなたの鞄らしきものが見つかったようです」

「どこで？」

「知りません。近くに捨てられていたようですが」

シゲルは少しほっとした。鞄は格闘の最中、相手の一人に持ち去られていた。

「それから」

と言って、ナカノはもう一枚の紙を差し出す。

「これは？」

「先日会った議員のセンセーが紹介してくださったんですよ。昔、パラオで暮らしていた日本人だそうです。あなたが人を捜していてへまをやらかしたという話をしたら、『何かわかるかもしれない』と連絡先を教えてくれました。せっかくですから、これもいちおう、あなたにお渡ししておきましょう」

そこにはナカノの字で、〈Kuroda Harumi〉という日本人の名と、東京都内の電話番号が書かれていた。

「クロダという名に聞き覚えはありますか？」

シゲルには、ぴんと来る人はいなかった。

「アンガウル島の戦いの生き残りだそうです」

熱がぶり返したように、シゲルの背筋に寒気が走った。ペリリュー島でもアンガウル島でも、日本軍守備隊は玉砕し、生き残った者はほとんどいないと聞いていた。このクロダという人物が本当にアンガウル島の戦いの生き残りならば、自分には想像もできないほどの過酷な運命を味わったに違いない。

「何というところかは忘れましたが、このミスター・クロダはかなり南の、日本領の小さい島に暮らしているようです。しかし、たまたまいま、東京の中心部に住む家族のもとに帰ってきているそうです」

シゲルは、ナカノの目を見つめた。彼の真意をくみ取ろうとした。クロダに連絡を取っていいものだろうか、と。

宮口家のことはあきらめる、と言っておきながら、クロダと連絡を取れば何かわかるかもしれないと思うと、やはりシゲルの心は揺れた。だが、連絡したばかりに、またトラブルに巻き込まれるかもしれないという危惧もおぼえる。ヤクザとの格闘で、シゲルはすっかり自信を失っていた。

現在の日本社会というのは恐ろしいものだとつくづく思う。自然に囲まれ、のんびりとしたパラオとは大違いだ。「自分たちは世界一勤勉で、金持ちで、経済的なスーパー・パワーだ」と自負する人々が肩を怒らせてひしめき合い、満員電車に競うようにして乗っている。他国の人々から「エコノミック・アニマルめ」と白い目で見られてもお構いなしに、みながみな、できるだけ多くの金を稼ぐために押しのけ合い、蹴落とし合っているように見えた。その結果、地上げ屋や借金の取り立て屋があちこちにあらわれ、貧乏な人は住む家から追い出されていく。そのような国では、自分のような者は上手に身を処すことはできないとシゲルは思った。

たしかに、半世紀くらい前にパラオで暮らしていた日本人も勤勉で、島民よりも金を持っていた。けれども、宮口先生とその家族や、シゲルが学んだ公学校の先生たちはもちろん、よく知る多くの日本人たちも、いまとは違っていたように思う。もう少しゆったりと構え、弱い人を助けることを励まし、我欲のために粗暴な振る舞いをすることを恥じ、戒めていたように記憶していた。シゲルにとっては、それが日本人であり、日本精神であったのだが。

あるいはあの当時から、日本人はいまとそれほど変わらなかったのか――。

「ミスター・クロダに連絡するかどうかはお任せしますが、くれぐれも、あまり派手なことはしないでくださいよ」

おとなしく、とっとと故郷に帰ってくれというような口ぶりでナカノは言うと、今度は鞄から液体が入った小さな瓶を取りだし、サイドテーブルの上に置いた。金属製の蓋がついており、黄色いラベルが貼ってある。栄養ドリンクだった。日本の企業戦士に「二十四時間戦えますか？」と問いかけるテレビコマーシャルで話題になっているようだ。

「プレゼントです。今日も外は寒いですよ」

言い残して、ナカノは帰っていった。

2

シゲルはシャワーを浴びたあと、まずは近所の洋品店でコートを買った。日本に着いてすぐに買ったものは、例の格闘で裂けてしまった。あと数日で帰国するし、また破れてしまうかもしれないという思いもよぎったが、風邪をぶり返さないよう、少し高くてしっかりした、茶色のウール・コートを買った。

それから山手線に乗り、代々木へ向かった。盗られた鞄を受け取るべく、原宿警察署に行く。

応対した制服姿の男性警察官は終始、厳しい目でシゲルのことを見ていた。ヤクザと喧嘩した、乱暴なガイジンと思ってのことだろう。しかし、受取書など、いくつかの書類にサインしただけで、鞄はすんなり返してもらえた。不思議なことに、中身を荒らされた様子はなく、財布の中の日本円と米ドルの現金も、そのまま入っていた。神宮前のアパートからほど近い、家屋と家屋のあいだに落ちていたという。おそらく、警察車両のサイレンを聞いた例のヤクザ者は、鞄を持ったまま捕まれば面倒なことになると思って、投げ捨てて逃げたのだろう。

その後、牛丼屋で遅い昼食をとったあと、シゲルはホテルに戻った。そしてしばらく、ナカノから渡された電話番号が書かれたメモを見ながら、物思いにふけった。

かつてシゲルが親しくつき合っていた日本人とは、戦後、交流がまったくなくなってしまった。それには、アメリカの占領政策が深くかかわっている。

アンガウル島での日本軍の組織的な戦いは、昭和十九年（一九四四）十月十九日に行われた、青池方面への最後の斬り込み攻撃で終わったとされる。アメリカの第一海兵師団が全滅判定を受けたほどの激戦が行われたペリリュー島においても、組織的戦闘は同年十一月二十七日に終わっている。両島ともに、その後もわずかに残存する日本兵が抵抗をつづけたが、米軍の占領が揺らぐことはなかった。

アンガウル島とペリリュー島が陥落したあと、米軍は、南洋群島の中心地であったコロール島や、パラオ各島からの疎開者が集まっていたバベルダオブ島を素通りし、フィリピンや沖縄に侵攻した。

また、日本本土に対して盛んに空襲を行うようになった。よって、パラオの疎開者たちは大規模な戦闘に巻き込まれることはなかったものの、深刻な食料不足に苦しめられた。

連合国軍による日本包囲網が狭まる中、取り残された太平洋の島々には、日本の支配地から必要物資が届けられることはなかった。その上、シゲルたちがいたバベルダオブ島にときどき飛来した米軍機は、主として食料の集積所などに爆弾を落としていったから、配給もほとんどなくなった。

そのため、日本人か島民かなどの出自にかかわりなく、人々は協力して畑仕事や、魚捕りにいっそう励んだ。シゲルや智也のような元気な子供たちもまた、魚や蟹、海鼠《なまこ》などをせっせと捕った。

パラオの海岸近くには、海底一面に海鼠がいたものだが、あの当時は瞬く間に取り尽くしてしまった。山には野生の果物や椰子の実もたくさんなっていたが、それもやがてはいっさい見かけなくなった。そのような状況であったから、実際、餓死者も出た。

米軍の巡洋艦エミックがコロール島沖合に来たのは、昭和二十年（一九四五）九月二日である。ちょうど、東京湾に停泊する戦艦ミズーリ艦上で、日本政府代表の重光葵《しげみつまもる》外務大臣と、日本軍代表の梅津美治郎《うめづよしじろう》参謀総長が降伏文書に調印したこの日、パラオ地区集団司令官、井上貞衛中将もエミック艦上で降伏文書に署名している。これによって、パラオの島々は正式に米軍の占領下に置かれることになった。

米軍が食料をもたらしたことで、人々は飢餓からは救われたが、こんどは人の分断がはじまる。進駐した米軍は住民を「日本人」「朝鮮人」「沖縄人」とわけて収容所に入れ、「島民」とは隔離した。これにより、それまでは同じパラオの住民同士として暮らしてきた人々が交流することも難しくなったのだ。

米軍は、武装解除した日本兵を労働力として使い、コロールの中心部などに残された、日本人が建造した役所や官舎、舗装道路、発電施設、給水施設、波止場などを徹底的に破壊した。これについては、多くの島民が「なぜ、まだ使える立派な建物を壊す必要があるのか」と首をかしげたものである。あるいは米軍当局は、日本人が築いたものを取り除くことで、アメリカ統治時代の到来を人々に知らしめたかったのかもしれない。

やがて、島民以外の者たちは、順次輸送船に乗り、パラオから出ていった。「日本人」は内地と呼ばれた日本本土に、「朝鮮人」は朝鮮半島に、「沖縄人」は戦時中に激しい地上戦が行われた琉球諸島に送られた。その際、日本の国籍法に従い、夫が日本人（朝鮮人、沖縄人を含む）である島民女性や、父が日本人で、母が島民である子供は家族と一緒に島から出ることになったが、母が日本人で、父が島民である場合は、母のみが船に乗り、父や子供は島に留まらねばならなかった。

こうして、かつて日本人としてやってきた人々は、パラオからはあらかたいなくなり、日本統治の痕跡もかき消された。しかしその後、新たな統治国となったアメリカからは、人はほとんど来なかった。

たしかに、ごくわずかな軍人や役人は来た。教育や、行政のあり方はアメリカ式に変わった。しかし、一般のアメリカ人、すなわち開拓農民、工場経営者や労働者、貿易会社の社員、商店の経営者、漁師などは来なかった。

国際連盟が日本に統治を委任した、赤道以北の太平洋の島々は、一九四七年に、国際連合がアメリカに統治を信託する太平洋諸島信託統治領（Trust Territory of the Pacific Islands）と呼ばれるようになった。アメリカはその信託統治領に、のちに「動物園政策」（zoo theory）などと批判される統治策をとった。日本人が持ち込んだ「近代文明の悪《あ》しき影響」を取り除き、現地人に「本来の生活」を取り戻させたのちは、最低限の補助金を与えて放っておくのが彼らの幸せであろうという考え方に基づく統治策である。まるで、野生に近い環境に保った檻の中に動物を閉じこめ、最低限の餌を与えておけばよしとするようなものと言っていい。

アメリカは、統治する島々の産業を発展させたり、衛生環境を改善したり、教育や文化の水準を向上させたりするための施策は積極的に行わなかった。また、これらの地域を冷戦下における核戦略の前線基地と見なしていたこともあって、同地に暮らす人々と、外部の人々との交流も厳しく制限した。こうなれば、経済発展や生活向上のための資金も技術も乏しくなる。商売をしようにも、狭い地域内の人々だけを相手にした、小規模なものにならざるを得ない。

日本の南洋経営の中心地であったはずのパラオはこうして、戦後、極端に貧しくなった。かつて、日本人を見習って一生懸命に働いていた人々も、自分が食べる分以上の食物を得ようとはしなくなった。

シゲルが知る日本人は、パラオ人のうちに分け入り、「こうすればうまくゆくぞ」という手本を見せ、そして「おまえたちも日本人と同じように一生懸命に働け」と発破《はっぱ》をかけた。そのときの日本人の心中には、パラオを後進地域として見下す気持ちもあったことだろう。シゲルの脳裏にも、日本人に「三等国民」と言われた記憶が焼きついている。けれども、日本人がパラオ人によい影響を与えたことも間違いないとシゲルは信じていた。

ところが、日本人が去り、アメリカによる統治に代わったことで、パラオは貧乏で、怠け者で、未来にまったく夢を持てない人ばかりになってしまった。パラオ人は豊かな暮らしだけでなく、「エレアル（明日）」を失ったのだとシゲルは思っている。

その後、太平洋諸島には国連や、外国の大学の研究者などによる調査団が何度も入り、そのたびに、アメリカの統治策が現地の人々の幸福につながっていないという批判的報告がなされた。そこで、アメリカ政府は一九六〇年代から、太平洋諸島のための予算を少しずつ増やすようになった。しかし、アメリカはただ補助金を与えただけで、現地人が自活できるほどの経済発展を促す施策を行いはしなかった。その結果、太平洋諸島は、どこもかしこも公務員だらけになった。一日中、道端に座り込んだり、ぶらぶらしたりしていながら、定期的に給料を受け取れる公務員である。あるいはアメリカは、島々を永久に支配下に留めておくべく、わざと現地人を援助に依存させるような政策をとったのかもしれない。

一九七〇年代になると、太平洋諸島と外部との交流の制限は緩和されたが、なお貧乏で、大きな産業も持たない島の人々が、みずから積極的に外部へ出ていけるはずもなかった。しかしながら、「戦争が終わったらまた、南洋を発展させるべく一緒に努力しよう」と言い、戦後、帰国船に乗るときも、「必ず帰ってくるから、待っていてくれ」と言っていた日本人たちも、いまや世界でも有数の金持ちであるはずなのに、どういうわけかシゲルたちのもとにはあらわれなかった。一部の酔狂なダイバーを除いては。

ホテルの窓の外では、すでに街灯やネオンが輝き出していた。ベッドに腰かけ、サイドテーブルの電話を見つめるシゲルの手には、まだ電話番号が書かれたメモがあった。

宮口家の人々に再会したかった。それがかなわなくても、消息の一端でも知りたかった。それは愚かな願いなのかもしれないが、シゲルは探りたかったのだ。あの自分が生まれ育った日本統治時代には、どのような意味があったのかを。あれは無意味な、ただの幻のような時代だったのだろうか。それとも、パラオの今後に何らかの肯定的な意味を持つ、重要な歴史の一ページと言えるのか。

シゲルは受話器を取りあげた。外線電話をかける。呼び出し音が鳴るあいだ、心臓が激しく鼓動するのを感じた。

「はい、クロダでございます」

電話口に出たのは、女性であった。

「あの、私、シゲル・イデイールと申しますが」

「ただいま、留守にしております。ご用件のある方は——」

留守番電話であった。シゲルはメッセージを吹き込んだ。

「シゲルと申します……パラオから、東京に来ました。突然、すみません……クロダ・ハルミさんに伺いたいことがあってお電話いたしました」

それから、お宅の電話番号は、国会議員の紹介を受けて知ったとか、いろいろとしゃべっているうちに、途中で電話は切れてしまった。そこで、もう一度かけ直した。

「あの、すみません、何度も……またかけ直しますが、もしよかったら、そちらからお電話をいただけますか？　宮口恒昭先生がどちらにいらっしゃるか、ご存じでしょうか？」

今度は、自分が滞在するホテルの電話番号まで録音することができた。

電話を切ったあと、シゲルはまたベッドに横たわり、天井を眺めて時間を過ごした。本当は日本の旅行会社の人や、広告代理店の人との懇親会に出る予定だったが、ナカノに「病み上がりだから、あなたは来なくてよいです」と言われていたので、暇だった。

さて夕飯をどうしようかと考えはじめた頃、突然、部屋の電話が鳴った。どきりとして起きあがり、受話器を取りあげる。

「もしもし、シゲルさんですか？」

女性の声であった。おそらく先ほどの、留守番電話の声の主だろう。

「はい、シゲルです」

「私、クロダ・チヒロといいます。ハルミの娘です」

「ああ、わざわざ、ありがとうございます」

「折悪しく、父はいま、おりません」

「そうですか。いつ頃、お帰りでしょうか？」

「わかりません。次に、父がここに帰ってくるのがいつか……チチジマに行ってしまいましたので」

シゲルは、チチジマがどこにあるのか、にわかにはわからなかった。

「小笠原《おがさわら》諸島の父島《ちちじま》です。景色や気候が、かつて暮らしたパラオに似ているとかで、父はいつもはそちらにおります。こちらには、ときどきしか帰ってきません」

シゲルは思い出した。小笠原諸島はかつて、南洋群島への経由地として栄えていた。横浜を出港した船は同諸島の父島、母島《ははじま》などを経由してサイパンに到達したのだ。日米の激戦地となった硫黄島《いおうとう》も小笠原諸島に含まれる。戦後は、昭和四十三年（一九六八）に日本に返還されるまで、アメリカの統治下にあった。

「船に電話できるのか、ちょっとわかりませんが……今朝出たばかりで、向こうに到着するのは明日の午後の予定です」

最初、彼女の困惑の理由がよくわからなかった。しかし、話を聞いていくうち、シゲルは事態を少しずつ理解した。小笠原諸島の中心地、父島まではいまも旅客機は飛んでおらず、そこへ行くには最短でも二十八時間半はかかる船に乗るしかないというのだ。海況によっては、もっと時間がかかるらしい。もし、クロダが父島に落ち着いたところで電話したとしても、話せるのは明日の夕方頃になるということだ。

「シゲルさんがお捜しの方は、ミヤグチ先生とおっしゃるのですね？」

「宮口恒昭先生です」

「その方も昔、パラオにいらっしゃったのですか？」

「そうです。大変お世話になりました。子供の頃に、本当に、本当に、お世話になりました……ご存じでしょうか？」

「いえ、私自身は戦前のパラオのことはよく知らないのですが、今年のお正月に父宛てに届いた年賀状に、ミヤグチという方からのものがありまして……でも、下の名前が違います」

「何という方ですか？」

「これ、ミヤグチ・トモヤさんとお読みするんでしょうかね」

「智也……」

シゲルの胸は熱くなった。まだはっきりしたことは何もわかっていないというのに、目頭《めがしら》が熱くなった。

「心当たりはございますか？」

「はい。私の知っている人かどうかは、まだわかりませんが……連絡先を教えていただけますか？」

「本当は、ご住所をお知らせしてよいのかわかりませんが、母が『パラオから来られた方ならぜひ教えてあげなさい』と申しておりますし……」

そう前置きして、チヒロは年賀状に書かれた住所を読みあげてくれた。神奈川県鎌倉市《かまくら》のものであった。電話番号は書かれていないということだ。

「父は、パラオに暮らしていた頃を非常に懐かしがっているんですよ。父にとって、戦後の人生はつけ足しのようなものみたいです。『いずれはパラオに行って、残してきたままになっている戦友の遺骨をすべて拾ってあげたい』と、いつも申しております」

シゲルは嬉しかった。いまでもパラオのことを思ってくれている日本人は、たしかにいるのだと実感できたからだ。

受話器をおろしたあと、やはり電話をかけてよかった、とシゲルは思っていた。

3

翌日の午前、シゲルは鎌倉に来ていた。大船《おおふな》駅からモノレールに乗って降り立ったのは、丘陵地に広がる街だ。

鎌倉は、シゲルが子供の頃から知っている地名だった。有名な大仏があるところだ。そのほかにも、古刹《こさつ》が並び、また、夏場は海水浴場として賑わうところであるとも知っている。しかし、シゲルが歩いているところは、観光地として人を集める場所ではなかった。東京の中心部とはまったく趣《おもむき》の異なる、落ち着いた住宅地である。

曲がりくねった坂道を、大船駅前の本屋で買った地図を見ながら歩いたが、その日も風は冷たかった。シゲルはずっと洟を啜っていた。

クロダ・チヒロに教えてもらった住所には、庭付きの、戸建ての建物があった。狭い通りに面して三台分の駐車スペースがあり、その奥に、だいぶくすみ、ところどころ罅《ひび》が走った、クリーム色の壁があった。一見、周囲の住宅と変わったところはないが、壁の切れ目に入り口があり、縦長の表札には〈宮口内科診療所〉と記されていた。

診療所の玄関までは短い階段があった。シゲルは脚腰に痛みを感じながらそれをのぼり、中央部に磨《す》りガラスをはめたドアを開けた。すると、目の前にカウンターがあって、奥に、茶色い縁の眼鏡をかけ、黒いタートルネックのセーターを着た、小柄な中年の女性が座っていた。

「おはようございます」

女性はセミロングの髪をまとめた、鼈甲色の髪留めをいじりながら挨拶したが、顔をあげた途端、目を大きくした。おそらく、自分のような肌色の者は、この診療所にはめったに来ないのではないかとシゲルは思った。

待合室には、灰色のビニール・カバーで覆われた長椅子がいくつも並べられていたが、新たに座る場所もないほど、びっしりと人が座っていた。多くが年配者だが、子供連れの母親や、学生らしき男性などもいる。ずいぶんと繁盛した医者だな、とシゲルは思った。

「私はシゲル・イデイールと申しまして……」

「はじめてですか？」

「はい。はじめてです」

「健康保険証をお持ちですか？」

「あの……診察を受けに来たのではありません」

女性の目がさらに大きくなった。

「お忙しいところ、恐れ入ります。私、パラオから来たのですが」

「どこからですって？」

「パラオです」

そこで女性は、何かに気づいたのか、あるいは理解することをあきらめたのか、ああ、と声を漏らした。

「宮口先生にお会いしたいのですが……もしかしたら、古い知り合いかもしれないと思いまして」

「先生ですか？　いますぐはちょっとね……」

シゲルはもう一度、待合室を埋め尽くした人々を見まわした。そのうちの何人もが、シゲルのことをじろじろ見ている。

「いまは、忙しいですよね」

「忙しいことは、忙しいですが」

「昼休みまで待ちます」

「昼休みまで待ってもね……」

「では、いつならいいですか？　少しだけでも、お話をする時間をいただきたいのですが」

「さあ。先生は今日、非常に機嫌が悪いですから」

女性が言った直後だった。診察室から、

「この馬鹿野郎。何を考えているんだ」

という、男性の怒鳴り声が響いてきた。ドスのきいた大声で、受付の女性は首を縮めてぶるっと震えた。待合室の人々もはっとしている。

するとと今度は、診察室のドアが、壊れるかというほどの大きな音を立て、開いた。

「うるせえんだよ。どうせ、俺は馬鹿だよ」

叫びながら診察室から飛び出してきたのは、一人の若い女性だった。シゲルも驚いたが、ほかの人々ものけ反った。

女性は、痩せた体にぴたりとまとわりついた、真っ赤なワンピースを着ていた。そのスカートは、この日本の寒い冬では凍死してしまうのではないかと心配になるほど短い。長くたらした髪は西洋人のように赤茶色をしていて、あどけない顔にはけばけばしい化粧が施されていた。

あとから、白衣を着た、太った男性が診察室から出てきた。

「いったい、こんなことをしていて、お前、どうするんだ？」

「知らねえよ」

日を見張る待合室の人々の前を、若い女性はわめきながら抜け、シゲルが突っ立つところへ走ってきた。

「俺だって、暇じゃねえんだよ。おめえが来いって言うから、わざわざ来てやったのに、がみがみ言いやがってよ」

「親に対して、その口のきき方は何だ」

白衣の男性が怒鳴ると、赤い服の女性はシゲルの脇を通り、玄関のドアを開けたところで振り返った。

「何もわかってねえ癖に、父親面すんじゃねえよ。うっとうしい」

それだけ言って、彼女は外へ駆け出した。

受付の、眼鏡の女性がシゲルに向かって、ほらね、先生は機嫌が悪いでしょう、というような表情を作った。

シゲルは女性から、荒い息で診察室の前に立ち、人々の注目を集めている白衣の人物へ視線を移した。

白衣の男性のほうも、外国人が立ち尽くしていることに気づいたようだ。二人はじっと見つめ合った。

シゲルは確信した。

「僕を覚えているかい、智也？」

目を三角にしていた白衣の男性の顔が、緩んでいった。呆然とした表情になる。

「シゲル？」

頬は膨れ、額にも目尻にも深い皺ができている。白いものが多くなった髪は、生え際がだいぶ後退していた。しかし、その医者は智也に違いなかった。

智也が呆然と立ち尽くしているので、シゲルは歩み寄っていった。

「本当にシゲルなのか？」

目の前に立ったとき、智也はシゲルを見上げながら言った。さらに、自分のことは棚に上げて、

「太ったな」

とも言った。

たしかに、シゲルもここにきて、自分の体重がずいぶん増えたことを実感していた。

「だけど、どうしてここに？」

「捜したんだぞ、智也。ようやく会えた。嬉しい」

言いながら、シゲルは涙が浮かんでくるのを感じた。智也の目も潤んできたようだ。

「でも、変なときに来てしまったかもね。いろいろと大変そうだから」

シゲルが照れ隠しに言うと、智也もにやりと笑った。

「恥ずかしいところを見られてしまったよ。みなさんにもね」

智也は待合室を見まわした。居合わせたみなが、いっせいに噴き出した。

4

午前の診察は十二時半までとのことだったので、シゲルはいったん病院を出て、モノレールの駅から診療所までの途次にあった喫茶店に入り、コーヒーを飲みながら時間を潰した。

十二時半より少し前に病院に戻ったが、まだ何人もの患者が待っていて、結局、シゲルがあらためて診察室で智也と面会できたのは、十三時過ぎのことだった。

「昼、まだだろ。出前を取るけど、何がいい？」

「何でもいい。任せるよ」

「ラーメンでいいか？」

「ラーメン、いいね」

子供の頃は何でも楽しく話せたというのに、四十余年の月日を経たいま、どうもぎこちない雰囲気がつづいた。

「手の包帯はどうしたんだ？　怪我しているのか？」

「ちょっとすりむいただけ」

「そう？　ところで、どうして僕の居所がわかったんだ？　ずっと連絡も取っていなかったのに」

シゲルは大雑把に、いろいろな経緯でクロダさんのお宅に電話することができた、という話をした。

智也はクロダの名前を聞くや、そうか、そうか、と上機嫌な声をあげた。

「それにしても、シゲルは日本語がうまいな」

「いや、子供の頃に比べて、だいぶ下手になった」

「そうかな？」

「下手になった。でもいつも、日本の映画やテレビドラマをビデオで見たり、日本の本や雑誌を読んだりしている」

「そうか……で、いまパラオはどんな様子だ？　あの頃と変わったかい？」

「変わったと言えば、変わった。変わらないと言えば、変わらない」

「たとえば？」

「きれいな海、豊かな森は変わらない。オオコウモリも、マングローブガニも、魚もいっぱいいる」

「そうか。メガネモチノウオもいるか？」

「何、それ？」

「ナポレオンフィッシュ」

「ああ、もちろん、いるよ」

「僕は、あの魚が大好きだった……また行ってみたいよ。黒田さんと一緒に行きたいな。シゲルが連絡した黒田さんはね、昔、南洋庁の水産試験場にいたんだ。いまでも、小笠原で熱心に魚や貝の研究をしているよ。パラオへ行けば、きっと大喜びだ」

「ああ、そう。でも、パラオの自然はそのままだけど、日本人はいなくなった」

「そりゃ、そうだろう」

智也はにやりと笑った。聞きたくないことを聞かされて、嫌な気分になったのをごまかすような笑いに見えた。

「智也がお医者さんになっていたとはね。昔は、海軍士官になると言っていたのに」

また、智也はさっきと同じような笑みを浮かべた。

「そんなものになりようがないだろ。戦争が終わって、兵学校も、海軍もなくなってしまったんだからな」

「でも、やはり智也はよく勉強したんだね。お医者さんになったんだから。そして、休み時間になっても多くの患者を診ている。働き者だ」

シゲルは、智也のいまの姿を見て、やはり日本人に再会できたと思っていた。勤勉で、社会のために貢献する人間だ。

「そんな大したものではないよ。ただの町医者だ。シゲルはパラオで何をしているんだ？」

「いろいろ」

智也が不思議そうな顔をしているので、シゲルは笑った。

「自治政府の仕事をしている。観光業を振興させるために働いている」

「公務員か。シゲルこそ、すごいじゃないか」

「すごくないよ。パラオは公務員だらけだと言われるんだ。日本みたいに、仕事があまりないからね。パラオで公務員とは、怠け者の代名詞だよ」

みなアメリカのせいだ、とシゲルは憎々しく思う。

「僕の場合は、言わば兼業公務員。ホテル経営をしながら、政府の仕事もしている」

「手広くやっているんだな。怠け者にはできないことだ」

「みんな、コネのおかげだよ」

「どういうこと？」

「ホテルは親戚が経営していたのを譲ってもらった。政府の仕事も、親戚の口利きだ。酋長一族は顔が広い」

「いや、いずれにしても大したもんだ」

そのようなやり取りをしているうち、岡持ちを提げた青年が、受付の女性に伴われて診察室に入ってきた。髪をさっぱりと刈り上げた青年は、机の上にラップをかけたラーメンの丼を二つ置くと、

「毎度、ありがとうございます」

と元気よく言って出ていった。

その姿をシゲルは見て、昔、コロールの街にいた、日本人の商売人を懐かしく思い出した。

智也は申し訳なさそうに言った。

「四十何年ぶりの再会で、歓迎の食事がラーメンというのも気が引けるが、ここのはなかなか旨いんだ。店構えはぼろぼろで、いまにも崩れそうだけどね」

「いや、嬉しいよ。旨そうだ」

丼のラップをはずすと、おいしそうな香りが立った。醤油《しょうゆ》味の茶色いスープは澄んでいて、表面に脂が浮いている。冷えた手で熱い丼を持ち、それを啜ったとき、鰹節や昆布《こんぶ》、椎茸《しいたけ》などの出汁《だし》による、深みを感じさせる味が口中に広がった。これもまた、懐かしかった。

ラーメンがもともと、どこの料理なのかはシゲルにはわからない。中国料理なのか、日本料理なのか。しかし、このスープの味は、あきらかに日本人が作ったものだと思った。昔、宮口家でご馳走になった、綾子が作る煮物や汁物が思い出される。

二人は診察室の大きな机を囲み、ただ、旨い、旨い、とだけ言ってラーメンを食べた。

丼の中身がほとんどなくなったところで、智也が言った。

「しかし、さっきはみっともないところを見られてしまったよ」

「娘さん？」

「何で、あんなふうに育ってしまったのか」

智也は肩を落とし、大きなため息をついた。

「高校生の癖して、酒場で酔っぱらって警察の厄介になりやがった。学校の先生から連絡が来たんだ。学校にもあまり行っていないらしい」

「反抗期？」

「さてね……あいつ、家にもあまり帰ってこないんだ。たぶん、男のところに泊まっているんじゃないか。それで『ちょっと来い』って呼びつけて、診察を一時中断してさ、『どういうつもりだ？』って問い詰めたら、あのザマだ……どうしてあんな、ふしだらな人間に育ってしまったのか、わからん。きっと、一人娘だと思って、母親が甘やかしすぎたんだ」

世代間の対立や、子育ての苦労というのは、世界共通なのだろう。どう言葉をかけてやるべきかシゲルが悩んでいると、智也のほうが尋ねてきた。

「シゲルは、子供はいるの？」

「いる。男の子が二人。二十二歳と二十歳」

「へえ」

「いまは、離れて暮らしている。二人とも、ハワイの大学へ行っているから」

「偉いものだ」

「いや、父親から見ると、二人とも怠け者だよ」

「そんなこと、あるものか」

「二人とも怠け者だけど、柔道は一生懸命やっているみたい」

日本式の学校では、自分たちの教室や校庭はもちろん、南洋神社やパラオ公園の清掃などもさせられ、社会奉仕の大切さを教えられた。目上の人は敬いなさい、とも教えられていたから、当時の子供たちは教師や親に対してはもちろん、ほかの家の年長者にも恭しく接し、老人には親切にした。ところが、アメリカ式の教育を受けた息子たちは、ただ自由を謳歌《おうか》するだけで、社会奉仕の精神は持ち合わせていないように見える。そこが、シゲルには不満で仕方がなかった。けれども、少しでも日本人の教えを伝えたいと思って、子供の頃から習わせていた柔道だけは、大学生になったいまでも、息子たちは柔道クラブに所属し、熱心に練習しているようだった。

「それは、いいな。シゲルの教育がうまくいったんだ」

「いやいや、息子たちからしたら、僕も『うっとうしい』、古臭い考えの親父だろうと思う」

シゲルには、自分について語りたいこともいろいろあったが、それよりも、智也に聞きたいことがたくさんあった。その中でも、聞いてみたくて仕方がなかったことを、ようやく聞くことにした。

「ご家族はどうしている？　真次は元気？」

「真次は死んだよ。パラオから日本に帰る船の中で。栄養失調で、排泄機能がおかしくなったのだと思う。尿毒症も患っていただろうな。まともに食事もしていないのに、体がぱんぱんに膨れて死んだ」

「そうか……そうだったのか……」

「お袋も死んだだろ、空襲で。親父も兵隊にとられて帰ってこなかったから、戦争が終わったあと、知り合いの教員の家族について、日本行きの船に乗ったんだ。だけど、船中で弟も死んで、僕は本当に独りぼっちになった」

「それで、どうしたんだい？」

「山口県の、ほとんどつき合いもなかった親戚のもとに預けられてさ。しんどかったな、あの頃は。

戦後の混乱期で、誰もが苦しい時代だったから、僕は厄介者以外の何ものでもなかった」

辛い思い出を語りながら、智也はへらへら笑っている。

「僕のほうも意固地になっていたから、預かるほうも余計に厄介だっただろうよ……朝日村に疎開していたとき、孤児の兄妹がいたんだ。不憫だからって周囲が親切にしてやろうとすると、その兄は『孤児だからって馬鹿にするな』って態度をむき出しにしていた。そのときは、変な奴だと思ったけれど、独りぼっちになってはじめて、僕にもその気持ちがわかったよ。あまりにも惨めな境遇では、意固地にもならなければ生きていられないんだ」

「そうか……お父さんは、やはり戦地へ？」

「アンガウル島にいたらしい」

「玉砕の島……」

シゲルは悲しくて堪らなくなった。戦争とは何と残酷なものだろうかと思う。

「お線香をあげさせてくれ」

「お線香ね」

智也は部屋の壁に掛けてある時計を見た。午後の診察開始時間が迫っていた。

「あとでいい。パラオに帰る前に線香を」

「いつ帰るんだい？」

「明後日」

すると、智也は突然、立ちあがった。

「ついてきて」

智也は診察室のドアへ歩き、開けた。時間は大丈夫なのか、と心配しながら、シゲルも立ちあがってついていった。

　すでに午後の診察を待つ人々が居並ぶ待合室を抜けて、智也は玄関とは反対側にある階段へ向かった。コンクリートに御影石《みかげいし》を模したような薄いタイルが貼ってある階段を、二人はのぼっていった。

　二階にあがると、左右に病室が並ぶ廊下に出た。それを進むあいだ、開かれた引き戸から、いくつものベッドが並び、入院患者が寝ているのが覗けた。看護師とすれ違いながら、智也は廊下を進むと、いちばん奥の部屋の引き戸を開けた。

　そこは個室の病室だった。さして広くない殺風景な部屋に、ベッドが一つだけ置かれてあった。智也とともにベッド脇までいくと、一人の年老いた男性が横たわっていた。

　老人は、哀れなほどに痩せ細っていた。髪も白かったが、長らく陽に当たっていないせいか、肌も蠟細工《ろうざいく》のように白かった。口と鼻は酸素吸入のためにマスクがかぶせられ、腕には点滴がなされている。また、心拍数などをモニターするためか、ほかにも体のあちこちを管につながれていた。

「もしかして――」

　智也は頷いた。

「親父だよ。線香にはまだ早いが、末期の肺癌なんだ」

「生きていたんだ」

「アンガウル島の日本兵で生き残ったのは、五十人くらいだそうだ。そのうちの一人だよ。親父は、体中に弾丸を受けて捕虜になったんだ。そのあと、敵の野戦病院で治療を受けて、命をとりとめた」

「先生……」

　シゲルはあらためて、宮口恒昭を見た。これほど小さな人だっただろうか、と思う。しかし、がりがりに痩せ衰えているとはいえ、その顔にはたしかに往時の面影があった。ずっと会いたいと思っていた人だ。

そっと、恒昭の手に触れた。温かかった。

「先生はずっと、日本で暮らしておられたんだね」

「親父が日本に帰ってきたのは、戦争が終わった翌年の夏だったよ。グアムやハワイなど、あちこちの捕虜収容所に移されたあと、帰国を許されたんだ。親父が生きて帰ってきたときは嬉しかった。砲弾の破片で傷ついた脚を引きずってはいたけれど、たしかに生きていた」

シゲルは本当は、宮口先生と話がしたかった。しかし、生きている先生に再会できただけでも幸せだと思った。涙が溢れる。

「天皇陛下のご病状も、だいぶ悪いらしいね」

智也は目を細めて病床の父を見ながら、唐突に言った。

「要するにいま、天皇陛下も、その名のもとで南の島で戦った一兵士も、最後のときを迎えようとしているということさ」

一つの時代の終わりか――。

シゲルは想起していた。母の綾子が死んだときも、智也はいまと同じように静かであったな、と。

第十四章　眠れる老人

1

病室のベッドの上で、宮口恒昭は多くの管につながれて眠りつづけている。

その父の姿を、シゲルとともに見ているのは、智也にとってはとても不思議な感覚だった。

まさかいまこのとき、自分の目の前に、四十余年前に別れたまま、一度も会っていなかったシゲルがあらわれるとは思いもしなかった。いや、生きているあいだにシゲルと再会できるときが来るとさえ思っていなかったのだ。いまだに、夢を見ているような気分だった。

父の死が近いことは間違いなかった。それが今日のうちなのか、三日後か一週間後か、あるいは年が明けてからなのかはわからないが。いずれにせよ、彼の命が尽きようとするまさにそのときに、パラオからシゲルがやってきたということは、因縁めいたものを感じさせた。

母の死を看取《みと》ったのは、シゲルだったな——。

智也がバベルダオブ島大和村の野戦病院に着いたとき、米軍機の機銃で撃たれた母、綾子はすでに息絶えていた。その傍らには、悲嘆にくれるシゲルがいた。そして、智也に対して、もっと泣け、と怒りをぶつけたものだ。いまもまた、シゲルは智也以上に動揺した様子で、恒昭の寝顔を見下ろしていた。

もちろん智也自身、実の父が死のうとしていることに悲しみを感じていないわけではない。しかし

いっぽうで、すでに覚悟もできていた。

八十歳を過ぎた末期癌患者の死など、珍しくもなかった。とりわけ、日々、人の生き死ににかかわ

っている医療関係者にとってはなおさらだ。平均寿命からしても、とくに不足があるわけでもなかっ

た。一つの生命が老い衰え、死を迎えるのは、至極自然な過程である。

だがしかし、智也は自分の心中が、これまでになく波立つのもおぼえ出した。それは、シゲルがや

ってきて、父の病床のそばで感情的になっている姿に接したからだと思われた。白黒写真の世界がに

わかにカラー写真に変化し、一人の人間の生と死が、非常な生々しさをもって立ちあらわれたような

感覚を智也は味わっていた。

病室に漂う父の体臭も、薬品の臭いも、枕元に飾られた赤いシクラメンの花の色も、いつもより際

だって感じられた。いや、父の肌のあちこちに浮き出た染みもくっきりとし、いつもはかすかにしか

聞こえないはずの呼吸の音も耳に突き刺さるようだ。

「僕は行かなくちゃ」

智也はベッドから離れようとした。たしかに、午後の診察時間がはじまろうとしており、多くの患

者が彼を待っていた。だが、この病室に満ちた、何とも言えない、強烈な生々しさから、できるだけ

早く逃げ出したいという思いに駆られていた。

「仕事はいつ終わる?」

とシゲルが尋ねた。

「お母さんと真次君に、お線香をあげたい」

「外来の診察が終わっても、病室をまわったり、あとは近所のお年寄りを診たりしなきゃならんからな……八時過ぎになってしまうかもしれない」

「わかった」

「シゲルは、時間はあるのか？」

「今日は何時までもいいよ。智也には、仕事をきちんとしてほしい」

「じゃあ、あとで。久しぶりに晩飯を一緒に喰おう」

シゲルを病室に残して、智也は一階の診察室に戻った。

智也が所長を務める診療所は、岳父《がくふ》が開業したものだった。智也はもとは、神奈川県横浜《よこはま》市の大学病院に勤務していたが、十年ほど前、脳梗塞で倒れ、引退を決断した岳父に請われるまま、所長に収まったのだ。岳父は二年前に他界しているが、いずれにせよ言うまでもなく、この診療所の診察室で患者の診察に当たることは、智也の日常だった。

来院する患者たちも、多くが以前から知っている人たちだ。気心が知れているから、彼らは遠慮なく、智也の前で病気や治療の悩みだけでなく、仕事や家族に対する愚痴なども漏らす。智也のほうもそれに慣れっこで、笑顔で軽口を言ったり、励ましの言葉をかけてやったりしていた。

だがその午後は、智也はこの診察室にいて、患者たちの診察に当たることに何とも言えない居心地の悪さをおぼえた。気心が知れているはずの患者や看護婦たちに、いつものようにうまく対応できない自分がいるのだ。彼らの何気ない言葉や態度が、わけもなくいちいち気に入らなかった。彼らは親しみや信頼を込めて智也に対して話しかけている。そのことは理性ではわかっているのに、なぜだかみなが自分を攻撃しているようにすら思え、苛々した。

智也ははじめ、それは娘が問題児であるせいではないかと考えた。午前中の診察時間に、娘の美加《みか》が父親に罵声を浴びせるさまを、病院のスタッフや、患者、そしてシゲルにも見られてしまった。そのことが恥ずかしくて、居心地が悪いのだ。まったく、医者としての権威や社会的信用を傷つける事態だった、と。

だが、診察をつづけながら考えるうち、そのことは大したことではなかった、と思うにいたった。

それはある患者が、

「先生、今日来てた外国の人――」

と尋ねてきたことによってはっきりした。

「待合室で見かけたんだけど」

「誰です？」

「パラオの人？」

「ああ」

患者は、岳父が所長だった頃からこの診療所に通っている七十前の男性で、ここのところは糖尿病を患っており、定期的に診察を受け、薬を受け取っていた。「あんたよりも、この病院のことはよく知っている」という態度を醸してはいるものの、明るく、治療にもまじめに取り組む人物で、その言葉に嫌みなどないことは、智也もよくわかっていた。それでも、彼がシゲルについて話し出した途端、智也は不愉快な気分になった。びくびく脅え、警戒心をむき出しにした自己が、内面で頭をもたげたような感覚である。

「受付の人に聞いたけど、先生のお知り合いなんだってね」

「ええ、まあ」

「先生は子供の頃、パラオにいたんでしょ？」

「ええ」

「なかなか苦労されたんだな、先生は」

「ええ、まあね」

　智也は生返事を繰り返してばかりいた。さっさと彼を診察室の外に追い出したくて仕方がなかった。


　智也が外来患者の診察ののち、入院患者を診てまわり、さらに外まわりの診察までを終えて診療所に戻ってきたときには、とっくに午後八時を過ぎていたが、シゲルは待合室に座っていた。縮れた髪はだいぶ白くなり、胴体はもちろん、首まわりの脂肪も多くなっているが、智也に微笑みかける大きな目の輝きは、子供の頃のままだった。それを見ても、智也の心はざわついた。彼がはるばるパラオから来て、自分を苦労して捜し出してくれたことは嬉しいはずであるのに。

　シゲルは言った。

「お父さんは眠っているよ」

　きっとそうだろう、と思って、智也は頷いた。

「大船まで出て飯を喰うか」

　シゲルは困惑した顔つきになった。

「迷惑じゃなければ、先に仏壇にお線香をあげたいんだけど」

　智也の家は、診療所から歩いて十二、三分くらいのところにあった。

「シゲルは、宗教は何だっけ？」

「何でも」

シゲルは目をくりくりさせた。

「日曜日は、だいたいキリスト教の教会に通っているけど、仏様も拝むよ。パラオの神様も拝む」

「いい加減だな」

「日本人だって、いい加減だよ。神社に行ったり、寺に行ったり。街を歩けば、クリスマスの飾りだらけだし」

「たしかにね」

シゲルは、相手の議論に対してすぐさま反論する。この頭の回転のよさは、昔と変わっていなかった。

「家に来てもらうのは迷惑ではないんだが、あいにく、家族はみな、忙しくしていてさ。家に行っても晩飯はないんだ。だから、まずは飯を喰おう。きちんとしたおもてなしもできなくてすまないが」

「いや、構わない。僕が突然来てしまったのがいけないんだから」

二人は診療所を出て、モノレールの駅に向かった。シゲルは歩いているあいだも、また駅のホームで待つあいだも、さかんに洟を啜っていた。

「風邪、引いてるのか？」

「もう大丈夫。熱はない」

「こじらせるなよ」

「僕は昔から体が丈夫だから、医者も薬もいらない」

負けず嫌いなところも、昔と変わらないな——。

「風邪に薬は効かないんだよ。風邪を治すには、体を温かくして休むことだ」

「わかった」

「日本の冬は寒いだろ」

「寒いのがいいんだ。日本らしくて。本当は雪を見てみたかった」

二人は笑いながら、大船行きのモノレールに乗った。ときおり大きく揺れながら進む車両の、向かい合わせの椅子に座りながら、シゲルは言った。

「お父さん、放っておいていいの？」

「何かあれば、連絡が来るよ」

智也はコートから、ポケットベルを取り出して見せた。シゲルは頷いたが、何だか不満そうな顔だった。智也のことを冷たい奴だと思っているのかもしれなかった。

「宮口先生は、戦後も小学校の先生だったんだね？」

「最初は違った。公職追放処分を受けてね」

シゲルは、真ん丸の目で智也を見つめた。

公職追放とは、戦後、占領軍当局によって、国家主義者や軍国主義者と認定された者が社会の要職から追い出されたことだ。日本が二度と連合国に反抗できないようにするための措置であったと言われている。

「宮口先生は、ただの学校の教員だし、アンガウルで戦った兵士に過ぎないじゃないか。どうして追放されなければならないんだ？」

あまりにも強い憤慨をにじませて言うシゲルを見て、智也はおかしく思ったが、たしかに彼の言う通りだった。

「パラオにいた頃、親父は『アカ』だ、『非国民』だと言われていたんだぜ。僕も『アカの子供』って言われていじめられたもんだよ。親父は若い時分、労働運動にかかわったことがあったようだ。そそれを理由に、戦時下の教師には相応しくないという声があがって、罷《や》めさせられそうにもなったらしい。い。ところがだ、日本に帰ってきたら、こんどは『国家主義者』だ、『軍国主義者』だと言われて、公職追放になった」

シゲルは首をかしげる。

「どうして？」

「親父がパラオで教師をしていた頃、南洋庁の視学が親父のためを思って、上層部にこういう報告書を書いてくれたんだ。『宮口は素晴らしい教師です。決してアカなどではありません。児童らがまっとうな愛国者となり、また将来、立派な皇軍兵士に育つよう、正しく教導しております』とね。その報告書が見つかって、親父はアメリカの占領下では、軍国主義者と批判されたんだ。それでしばらく、大好きな学校の教壇には立てなかった。日本が主権を回復したあと、教師への復帰を許されたけれど、それまでは、親父は日雇いで工事現場などで働きながら、僕を育ててくれた」

シゲルは沈んだ表情になり、大船に着いてからも、口数が少なかった。

本当は、智也は駅から少し離れた、割合に上等な和食店にシゲルを連れていこうと思っていた。しかし、シゲルが「高級な料理は飽きた。焼き鳥やコロッケを食べたい」と言うので、駅近くの安い居酒屋に入った。

壁にいくつもの品書きがべたべたと貼ってある、何と言うこともない庶民的な店だったが、ちょうど忘年会シーズンで、なかなか広い店内のテーブル席は、学生やサラリーマンらしき人々でほとんど埋まっていた。そこで二人は、店の隅の、さらにカウンター席の端っこに案内された。

それまで大人しかったシゲルだが、品書きを眺めるや、

「これを日本で食べてみたかったんだ。注文していい？」

などと聞きながら、驚くほどたくさんの料理を注文した。しめ鯖、烏賊《いか》の塩辛、白子ポン酢、メンチカツ、もつ煮込み、おでんセット、焼き鳥盛り合わせ、焼きそばなどなど。

たくさん食べるだけでなく、ビールも日本酒もよく飲んだ。日本酒の産地にも関心を持ち、新潟県《にいがたけん》産と見れば「ここは上杉謙信《うえすぎけんしん》がいたところだね」とか、福島県《ふくしまけん》産と見れば「野口英世《のぐちひでよ》博士の故郷か」などと聞いてくるのには智也も呆れてしまった。

「どうして、智也はお医者さんになろうと思った？」

「兵学校はなくなったって言っただろ」

「どうして、お父さんと同じように学校の先生にならなかった？」

「うーん」

智也は少し考えた。

「それもやっぱり、親父の影響かな。戦争で負傷した親父は、敵の野戦病院で目を醒《さ》ましたとき、アメリカの軍医に聞いたそうだ。『なぜ、憎い敵であるはずの俺を助けたんだ？』って。そうしたら、軍医は『医者には敵も味方もない。俺の目の前には、ただ救うべき命があるだけだ』と答えたそうだ。その軍医とは、親父は日本に帰ってからも、何度か手紙のやり取りをしていたよ。彼に出会えて、深い、深い眠りから醒めたような気分になったと親父は言っていた。幻の物語世界から引き戻されたようだって……そんな話を聞いて、医者っていいものだなって思ったんだ」

いい話だ、とシゲルは何度も言いながらも、箸を忙しく動かし、杯《さかずき》を干していった。

「しかし、シゲルはよく飲むな」

「いまだに、島民は酒を飲むなって言うのかい？」

日本統治下では、島民は基本的に飲酒を禁じられていた。

「そんなことは言っていないさ」

「それにしても、昔は日本人にはできて、パラオ人にはできないことがたくさんあった。学校での勉強も、パラオ人は短かった」

「そういう恨み言を言うために、会いに来たのか？」

「もちろん、それもある」

「申し訳なかったよ」

「冗談だ。だいたい、どうして智也が謝る必要があるんだ？　あの頃、智也はただの子供だった。政治家でも役人でもなかった」

「僕が、日本人を代表して謝罪するんだよ。申し訳なかった」

智也はカウンターに両手を突いて頭を下げた。

「どうして、日本人は謝罪ばかりしているんだ？　意味がわからない」

シゲルは急に大声を出した。あるいは、シゲルはけっこう酔っぱらっているのかもしれないと智也は思う。

「シゲルは、日本人に対してまったく怒っていないのか？　だって、日本人がいなかったら、パラオは戦争に巻き込まれることもなかったんじゃないか？」

「日本が負けたからいけないんだ。そのことについて、僕は謝ってもらいたいよ」

「何だって？」

「日本軍が太平洋からアメリカ軍を追い払っていれば、パラオに海兵隊が来ることも、グラマンが飛んでくることもなかった。日本が降伏し、アメリカ軍がバベルダオブ島に上陸して、僕はがっかりしたよ。武装解除された日本の兵隊さんが、銃を持ったアメリカ兵の前で整列させられる姿を見たときには、本当に涙が出た」

シゲルの口から思いもかけない言葉が出てきて、智也は唖然としていた。

アメリカ軍の飛行機の機銃で撃たれて死んだ母の亡骸《なきがら》の前で、シゲルと二人で泣いたことを、智也はまた思い出した。あのとき二人で、「皇軍は無敵だ」と言っていた。母が殺され、日本が負けたことは、もちろん智也にとって挫折であった。いや、智也だけでなく、多くの日本人にとっての大いなる挫折であった。とりわけ、南洋群島をはじめ、日本が明治以降に進出した地で暮らした移民たちの挫折は言語に絶するであろう。農地や商店、会社などの生産手段にせよ、村落などのコミュニティーにせよ、血の滲む努力によって築きあげた成果のすべてを、そっくり失うことになったのであるから。

しかし、シゲルにとっても挫折であったのだと知って、智也は驚愕《きょうがく》した。

「そりゃ、勝てるはずはなかったさ。アメリカの経済力は、日本の十数倍だったというからな。あの頃の日本は本当に貧乏だった。だから、国内では喰えない多くの人が、満洲やら南洋やらに出ていったんだ」

「日本人は貧乏だったかもしれないけれど、精神は立派だったと僕は思っている。誇り高く生きることを僕らに教えてくれた。僕は日本人に謝罪なんてまったく求めない」

下を向いていたシゲルは、そこで智也を見た。

「智也は、娘さんには当時のことを何と教えているんだ？　日本人は申し訳ないことをしたと言っているのかい？」

「あまり話したことはないなあ。娘のほうも、それほど興味ないだろうし」

もちろん智也が、自分がパラオで暮らし、そのせいでずいぶん苦労したという話を娘にしたことは何度かある。だが、その当時の生活について、詳しい話をした記憶はほとんどなかった。

「お父さんとは、パラオにいた頃について、どういう話をしていたんだ？」

「それも、ほとんどないかもな。お互いにその話は避けてきたのかもしれない」

「なぜ？」

「さてな……やはり、僕らにとって、辛い思い出が多いからだろう。親父はもともと、山口県の小学校の教員だったんだよ。本来なら、ずっとそのまま日本にいたはずだ。ところが、さっき言ったように『アカ』という評判が立って、日本から当時の南洋に逃げたんだ。そして兵隊にとられて、水も食料も薬もない島で戦って、瀕死《ひんし》の重傷を負い、捕虜になった。そしてようやく帰国を許されたと思ったら、妻と次男が死んでいたと聞かされた上、植民地経営に積極的にかかわった軍国主義者だと非難され、公職追放処分を受けて、故郷にもいづらくなった。それで、今度は僕を連れて、山口から東京に逃げなければならなくなった。僕はそのことをよく知っている。また、僕は僕で、お袋や弟の死を目の当たりにした。それが楽しい思い出であるわけがないだろ」

「智也は、子供の頃、パラオで暮らさなければよかったと思っているのかい？　家族でずっと日本で暮らしていたほうがよかったと？」

「それに答えるのは難しいけれど……パラオに行っていなければ、お袋も、弟も、あんなに早く死ななくてすんだだろうからね。親父も僕も、あんな苦労をする必要はなかっただろう」

「パラオで暮らしたのは、嫌な思い出？」

「そりゃ、いい思い出もあるが……」

「わかった……わかったよ」

シゲルの声には、明らかに憤慨の響きがあった。

「やはり、日本人は変わってしまったんだ。戦時中のことを外国から言われれば謝ってばかりで、原子爆弾を落としたアメリカにも何も言わず、貿易交渉でも譲歩を繰り返している。総理大臣は靖國神社にも行かない」

「どうしたんだ、そんなにむきになって」

「だから、パラオのことなんて、もうどうでもいいんだろ」

「どうでもいいなんて、言ってないだろ」

「いや、だから日本兵の遺骨をほったらかしにしていられるんだ。情けない。まったく情けない。これが、戦後の日本人か」

いきなり遺骨の話をされて、智也は返す言葉をしばし失った。

「シゲル、ちょっと飲み過ぎだ」

「そりゃ、たくさん酒を飲みたくもなる。骨が泣いているんだ。あの骨は、みんな天皇陛下のために戦った人たちのものだ。日本のため、そして南洋のためにも一生懸命に戦った。それなのに、日本人はもう見向きもしない。お金持ちになることに必死で、彼らのことなんてどうでもよくなっている。だから、死んだ兵隊さんは、みんな泣いている」

シゲルは目を赤らめていた。

「智也は、嘘だと思っているんだろ。これは本当のことだ。僕は嘘なんてまったくついていない」

「何の話だ？」

「ペリリューやアンガウルなど、戦地になった島の住人はみんな、泣き声を聞いたことがあるんだ。兵隊さんの泣き声だ。誰もいないはずなのに、夜、声が聞こえるんだ。泣き、怒り、叫んでいる声が聞こえる。その声がうるさくて、眠れないという住民がいっぱいだ。だから、住民たちは捨てられたままの日本の兵隊さんのために祠《ほこら》を作り、お供えをして、慰めの祈りを捧げてきた。だけど、日本人は来ない。日本人の骨なんだぞ。日本のため、日本人の平和な生活のために苦しい思いをし、命を捧げた日本の兵隊さんの骨だというのに、日本人は知らん顔をしているんだ。しかも、日本人は靖國神社にもお参りしない。お参りすることは悪いことだから、総理大臣もお参りしてはいけないと言う。兵隊さんが可哀想だ。骨になった人たちが可哀想だ。まったく情けない」

智也は背後に目を向けた。シゲルが怒鳴るような声を出しているため、テーブル席の客たちが驚いた顔を向けている。お盆を持った従業員の女性も、喧嘩でもはじまったのかと思ってか、立ち止まってこちらを見ていた。

「おい、落ち着いてくれよ。久しぶりに会ったというのに、どうしたんだ？　たしかに、シゲルの言いたいこともわからないではない。遺骨収集が進んでいないことは、僕もよいことではないと思う。しかしね、日本人は戦争に負けて、もう戦争はこりごりだと思ったんだ。だから、戦争の時代のことはあまり思い出したくないんだよ」

「大東亜戦争は、日本にとっては自衛の戦争だろ。戦わないですますことなどできなかった」

「自衛って……」

智也が驚いて口走ると、シゲルは眼をじっと見て、

「いいか日本人よ」

と語り出した。

「あんたらは、パラオ人だけじゃなく、世界中の有色人種に希望を与えたんだ。非欧米圏の人々にエレアルを示したんだ。そのことを忘れるな。誇りを取り戻せ」

智也はもはやまったく言葉を失い、ただシゲルの凄まじい形相を見守るばかりでいた。

「僕はずっと日本人になりたいと思ってきた。それはもうできないだろうが、パラオを発つまで、日

本人になれるものならなりたいと思っていた。しかしいま、日本に落胆している。日本に来なければよかったと思い直している。僕は、帰るよ」

シゲルは立ちあがった。ポケットから一万円札を取り出し、カウンターの上に置いた。

「勘定はいいよ」

「いや、ご馳走なんかしてもらわなくていい。僕はもう、練習生じゃない」

「こんなにはいらないよ。シゲルが帰るなら、こっちも店を出るさ」

立ちあがろうとした智也に、シゲルは言った。

「いいかい、逃げても何の解決にもならない。逃げても、逃げても、過去は追いかけてくるんだ。いい思い出ばかりを集めていい気になっていても駄目だろうが、ただ謝っていたり、恨み言を言っていたりしても、過去に真正面から向き合っていることにはならない。逃げているだけだ。そして、過去から逃げつづけている者には、よき未来はやってこない。僕はそう思う」

呆然とする智也と、カウンター上の一万円札を残して、シゲルはさっさと店の外に出ていってしまった。

周囲の人々の視線が自分に突き刺さるのを感じながら、智也が勘定をすませて店の外に出たとき、シゲルの姿は見当たらなくなっていた。連絡先も聞いていなかった。

「いまだに日本人になりたかったなんて、まったく……線香をあげるんじゃなかったのか」

仕方なく、智也はモノレールに乗って、家に帰ることにした。自宅近くの駅で降り、冬の夜の、ひっそりとした住宅街を歩くとき、智也の足取りは非常に重かった。

はるばる海外から、しかも何十年も会っていなかった友人が訪ねてきたのならば、本当は自宅に招いてやるべきであったと思う。しかし、シゲルのことを家族に説明するのも億劫《おっくう》だった。わざわざ妻にご馳走を作ってくれと頼むのも、娘に今日は家にいて、シゲルに挨拶するようにと言うのも気が引けた。

智也は、自分が家で孤立していることを十分にわかっていた。毎日のように帰りが遅く、妻子と一緒に夕食をとることもめったにない。何もわかってないのに父親面するな、と娘に言われたのは、正直なところ相当こたえていたが、それは彼女の言葉にも理があると自覚していたからだった。

智也の足はいつの間にか、自宅ではなく、診療所に向かっていた。スタッフが使う裏口から建物に入り、二階の父の病室に入った。

父の容体にとくに変化はないようだった。その寝顔に、智也は囁きかけた。

「今日、シゲルが来たんだよ。お父さんは気づいていないかもしれないけれど、コロールにいたときの、練習生のシゲルだよ」

正体なく眠る父を見ていて、智也の胸中には感謝と憎しみとがないまぜになって訪れた。

やはり、父が南洋に移住しようとしなければ、家族四人でずっと日本で暮らしていられたかもしれないという思いは拭えない。けれども、死んだと思っていた父が生きて帰ってきたときは、智也は本当にありがたく思った。折り合いの悪かった親戚の家から救い出してくれ、父と二人で暮らせるようになったことの何と嬉しかったことか。

日本人になりたかった、か――。

かつて、智也は日本人で、シゲルは島民であった。しかし、智也自身も、南洋育ちであるがゆえに、日本人になりたいと思っていた。自分がまともな日本人であることを証明してやりたかった。いつからかそのようには思わなくなったが。

日本が無様な敗戦を経験した、ということもあるかもしれない。あるいは、帰国後に預かってもらった親戚や、周囲の人々との関係がうまくゆかず、日本人や日本社会そのものに幻滅したせいかもしれない。

いずれにせよ、その苦しい境遇から救い出してくれた父は一生懸命に働いて、自分を育ててくれた。そのことには、いくら感謝してもしきれない。だがそのいっぽうで、父はとても忙しい人で、智也はいつも淋しさを噛みしめて育った。その点では、父が憎たらしく感じられる。

自分も父と同様、忙しい人間になったな――。

家族の中で孤立しているのは、自分の責任ではない。仕事が忙しいのだから、なかなか家族をかまってやれなくても当然ではないか。なぜそれを、妻子はわからないのか。そのように言ってやりたい気持ちもあるが、やはり引け目を感じないわけはないし、そもそもなぜ、自分が忙しく働いているのかもよくわからなかった。

シゲルは、日本人はお金持ちになることに必死と言っていた。いわゆる「エコノミック・アニマル」ということだろう。しかし、ほかの人の仕事はどうか知らないが、町医者が忙しく働いたところで、たいして儲《もう》けられるわけでもなかった。終戦後の父の場合とは違って、いまの時代では、自分が少しばかり手を抜いたからといって、家族が生きていけないわけでもないだろう。もちろん毎日、朝から晩まで診察すれば、喜んでくれる人は多くなるだろうが、仕事のスケジュールをいまより少々余裕のあるものにしたところで、周囲にそれほどの影響を及ぼすとも思えなかった。

働くために、働いているということか――。

自分は偉い、立派な人間だ、と思うため働いているのだろうか。家庭内に問題があっても、娘の育ち方がおかしくても、家族に無視されても、自分のせいではないと思いたいのか。「すべては家族を含め、自分以外の者の責任だ。なぜならば、自分はいつも忙しく働いている立派な人間だから」と思いたいだけなのだろうか。

「僕は、逃げているのかな?」

智也は父に語りかけていた。

「逃げても何の解決にもならないってシゲルに言われたよ。あいつは口が達者なんだ」

見るべきものをきちんと見ようとしないから中身が空っぽで、その空っぽさをごまかすために、自分は働きづめに働いているのだろうか。

そのようなことを思いながら、智也はいつまでも父のそばに座っていた。

2

シゲルは智也と別れたあと、大船から東海道線に乗って新橋のホテルに帰った。

シャワーを浴び、ベッドに潜り込んだが、まったく眠れなかった。熱はないのだが、ホテルの空調のせいか喉が渇いて、またひどく痛くなった。しかしそれだけではなく、やはり智也と変な口論になったことについてあれこれ考えて、目が冴えてしまった。

飲み過ぎて、かっかしてしまったかな——。

居酒屋で語り合っていたときの智也の顔が目に浮かぶ。彼は、日本統治時代のパラオの話をすればするほど、迷惑そうな表情になったように思えた。

やはり、日本に来なければよかったのか。智也に会わなければよかったのか——。

パラオ自治政府が日本への接近を図ろうとして、シゲルやナカノらを日本に派遣しているのは、アメリカだけに依存する体制から、できるだけ早く脱却したいと思っているからだった。

現在、パラオは完全な独立を達成できていない。それは、アメリカとのあいだで結んだ、アメリカに安全保障を委ねるかわりに財政援助を受けるという自由連合盟約と、自治政府が制定した憲法の非核条項とに齟齬《そご》があり、それをどう解決するかについて、住民のあいだで対立があるからだ。

かりに今後、アメリカとの交渉や、パラオ内での議論を通じて独立が達成されたとしても、アメリカに「おんぶに抱っこ」の状態はつづくことになるだろう。大きな産業のないパラオは、アメリカの財政援助に頼らざるを得ないのだから。しかしそうであれば、パラオ国民が望むことであっても、アメリカが快く思わないことはできないことになる。

パラオが名実ともに独立を勝ち取るには、まずは政治面、経済面、文化面での国際交流を、できるだけ多角的にする必要があった。その際、パラオ自治政府が最も頼りにできると考えたのが、太平洋の西側の経済大国であり、歴史的にも密接なつながりを持つ日本であったのだ。

ところが、シゲルが日本に来てみて実感したのは、パラオ人が日本のことを思っているようには、日本人はパラオのことを思っていないという事実である。いや、日本人はかつてパラオを統治していたこと自体を恥ずかしく思っているせいか、記憶から抹消してしまっているようにも感じられた。朝鮮半島の国が日本に対し、謝罪しろと繰り返し求めているように、パラオ人も同じことをするとでも思っているのだろうか。特別な友人だと思っていた智也までが、あまりパラオで暮らしていた頃のことを思い出したくない様子であったのは、シゲルにはかなりのショックだった。

欧米諸国の植民地支配から脱して独立した国々で、かつての宗主国に謝罪を要求しつづけているところがあるなどという話は聞いたことがなかった。欧米諸国の統治は、日本による統治とは比べ物にならないほど搾取《さくしゅ》的であった場合が多いと思われるのにである。

たとえば欧米諸国は、支配地の人間は指示通りに働く労働者になればよく、高度な教育を受ける必要はないと考えていた節があるが、日本は、支配地における教育の充実に積極的に努めた。日本人が受けられる教育と、現地人が受けられる教育とでは、その水準や期間に大きな差があった南洋群島で育ったシゲルにとっては羨ましい限りなのだが、朝鮮や台湾においては、高度な学術研究を担ったり、国家的エリートを養成したりする帝国大学すら設置した。かつての韓国大統領、朴正熙《パクチョンヒ》が陸軍士官学校出身であったり、あらたに台湾（中華民国）の総統となった李登輝《りとうき》が京都帝国大学出身であったりするように、韓国でも、台湾でも、国家の中心的人材の多くが、日本の高等教育機関で学んだ経験を持っていた。すなわち、日本は統治時代を通じて、支配地の独立後の発展の礎《いしずえ》を作ったと言ってよいと思われるのだ。

にもかかわらず、かつての日本の支配に対して謝罪を要求する勢力は、独立後の国内事情や政治的利益からそうしているものとしかシゲルには思えなかった。すなわち、日本や日本人が悪辣《あくらつ》であると宣伝することで、国内の問題から国民の目をそらしたり、国民の団結を強め、政権の求心力を高めたりできると考えているのだろう。

日本がこれまで、過ちを犯したことがないなどということはもちろんあるまい。しかし、みずからの過去のすべてを恥じ入っているかのような日本人の姿を見ると、日本統治時代に教育を受け、日本と日本人に憧れを抱いてきたシゲルは、自分の人生や人格の多くの部分が傷つけられ、否定された気分になるのだ。

どうして日本人は、パラオをはじめ、太平洋の小さな島々の人々にとっての、誇り高き友人になろうとしてくれないのだろうか――。

そのようなことを考えて、シゲルはいつまでたっても寝つけなかった。

翌朝、シゲルはベッドから起きあがると、テレビをつけ、朝のニュースを観るとはなしに観た。いつものごとく、天皇の病状についての、宮内庁からの短い発表を、キャスターが神妙な面持ちで報告していた。厳しい、予断を許さない状況がつづいているらしい。

誰もがあからさまには言わないながら、日本人は昭和という時代が終わろうとしていることをひしひしと感じている。つまり人々は幸か不幸か、いやおうなく昭和という時代と向き合うよう迫られていると言えるのだろう。

窓に近づきながら、シゲルは考えた。こののち、日本と日本人はどうなるのだろうか、と。このとき、みずからの来し方を本当に見据え、行く末を考えるようになるだろうか。それとも、このときを過ぎれば、「もはや一つの時代は終わった」として、戦前、戦中はまったく忘却の彼方《かなた》へと捨て去られてしまうのだろうか。

カーテンを開けると、雑然としたビル群が目の前を塞いでいる。ホテルの下の道路には、まだ早朝であるのに、多くの人が蟻のように行き交っていた。

もし金儲けをつづけられなくなったら、あなたたちはどうするのか――。

戦前から戦後へと国際秩序や日本社会が大きく変わったように、今後も世界や日本の状況は大きく変わるかもしれない。もしエコノミック・アニマルとして生きていられなくなったとしたら、日本人はどこへ行くのだろうか。日本人は、「何アニマル」になるのだろうか。しばらく、シゲルはそのようなことを胸中で問いかけながら窓辺に留まりつづけた。

あちこちに電話連絡などをしたあと、昼近くにホテルを出たシゲルは、新橋駅から東海道線に乗り、また大船方面に向かった。

もう宮口家にかかわるのはやめようと思いつつも、真次や綾子の位牌《いはい》に線香をあげていないことが気になっていた。日本統治時代にパラオで暮らし、散った人々に、どうしても敬意を払いたかった。智也やほかの日本人がどう思おうとも、自分はパラオ人としてやるべきことをやりたかった。

宮口内科診療所の玄関にいたったときには、午後の診察がはじまっていた。よって、受付の女性に断って、まずは二階の、恒昭の病室を見舞い、智也の手すきの時間を待つことにした。

ドアを開けると、ベッド脇に、一人の女性が背を向けて座っていた。昔ながらの日本の女学生を思わせる、紺色の制服を着ている。

シゲルが部屋の中に入り、近づいていっても、女性は気づかない様子だった。ベッドに横たわる人にじっと見入っている。

「お邪魔します」

シゲルが声をかけると、女性はびくりとした。クリップ式の髪留めでまとめた赤茶色の髪を揺らしながら、振り返る。化粧気のない、あどけない顔だった。

「ごめんなさい。私はシゲルと申しまして……パラオから来ました」

「ああ、昨日、待合室にいた人」

と女性は言った。

シゲルのほうも気がついた。

「智也先生の娘さんですか」

「そうです」

彼女は昨日、真っ赤な服を着て、派手な化粧を施し、大声で叫んでいたため、同一人物とはにわかには信じがたかった。

「お名前は？」

「美加です。シゲルさんは、お父さんやおじいちゃんがパラオで暮らしていた頃の知り合いですか？」

「ええ、そうです。昔、大変お世話になりました」

美加はずっと眠ったままの恒昭の手を握っていた。しかし、シゲルのために場所を譲るべく、ようやくその手を放した。そして、手振りで自分の左横の椅子を勧めてくれた。

「ごめんなさい」

と言いながら、シゲルはベッド脇まで歩み、美加の隣に座った。

恒昭は昨日と同様に、酸素マスクをつけて、かすかに呼吸をしながら眠りつづけている。

「戦争の前のパラオって、どうだったんですか？」

昨日は自分のことを「俺」と言っていた美加が、シゲルが丁寧な言葉を使っているせいか、同じように丁寧な日本語で応じてくれているのが意外だった。

「とても素晴らしいところでしたよ」

美加が反応しないので、シゲルは自分の発音がおかしかったのかと思い、もう一度、ゆっくりと発音してみた。

「あの頃のパラオは、素晴らしかったです」

「ふーん」

「日本人が大勢いました。彼らはパラオを豊かで、衛生的で、文化的な場所にしてくれました。パラオ人も、日本人をお手本にして一生懸命に勉強したり、働いたりしていました。日本人も、パラオ人も一緒になって、パラオをよいところにしようと努力していました」

美加は目を瞠った。

「本当ですよ。信じられませんか？」

「シゲルさんは、昔のことで、日本人を恨んでいないんですか？」

また、恨みの話か――。

「どうして、昔のことで恨まなければならないのです？　私は日本人になりたいと思ってきたんですよ。かえって私は日本人に対して、いまのことで恨んでいます」

シゲルはまた、つねづね思ってきたことを話した。

「私には理解できません。どうして、日本人は謝ってばかりなのか。どうして、日本人は自分たちの文化や歴史を誇らしく思わないのか。どうして言うべきことを、堂々と言わないのか」

シゲルの声はおのずと大きくなってきた。

「もちろん、日本は間違ったこともしたでしょう。しかし、立派なこともいっぱいしています。かえって、日本こそ『謝れ』と言うべきだと思います。たとえば、第二次世界大戦中に、アメリカ軍が一般の日本市民を空襲で大勢殺したことは、私は犯罪だと思っています。とくに、広島や長崎に原子爆弾を落としたことは、日本人だけでなく、人類全体に対する犯罪です。日本はなぜ、それに対して謝罪を要求しないのかと思います」

「そうなんだ……」

呟いたあと、美加は黙ってしまった。

「ごめんなさい。がみがみ言ってしまって」

昨日、彼女が智也に対して「がみがみ言いやがって」と言っていたのをシゲルは思い出していた。

美加はにやっとする。

「シゲルさんは、子供の頃、日本人の先生に習ったんですか？」

「そう」

「だから、話し方に、お父さんと似たところがあるのかな」

「ごめんなさい。つい……」

美加は、眠る恒昭へ視線を移した。鎮静剤のせいか、彼の顔は安らかそのものだ。

「おじいちゃんは、こう言ってましたよ。日本人が敵を恨んだり、過去にひどい目に遭わされたことについて謝罪を要求したりしないのは、憎しみを若い世代に受け渡さないためだ、って」

「え……」

「相手がひどいことをしたからといって怒りをぶつけたり、仕返しをしたりすると、相手はまた怒って、仕返しをしようとする。そうすると、仕返しはずっとつづくことになるって」

美加は言いながら、また恒昭の痩せ細った手を握った。

「親の時代にされたことを子が根に持って仕返ししてやろうとすると、恨みは孫の代になっても、ひ孫の代になってもつづくことになるから、古い世代の憎しみを若い世代に受け継がせないようにしなければいけないんだって。戦争をなくすいちばんの方法は、恨みや憎しみを自分たちの世代で終わりにすることだって。若い世代を憎しみから解き放ち、自由に羽ばたけるようにしてあげることだって。おじいちゃんは、そう言ってましたよ」

恒昭は眠るばかりで、まったく喋っていないが、その手を握りしめる美加の口を通してシゲルに語りかけているように思えた。

「美加さんは、優しい人ですね。おじいさんに親切にしていて。おじいさんのことが大好きなんですね」

美加は笑った。

「おじいちゃんは、寝てばかりでがみがみ言わないからね。いや、病気になる前から、おじいちゃんはがみがみ言わなかったか……いつも優しかった。話を聞いてくれました。将来の夢のこととか」

「どんな夢？」

美加ははにかんだ。喋るべきか、考えているようだ。

「看護学校に進めたらいいかなって思ってるんだけど」

「素晴らしい夢ですね。では、お父さんと一緒に働くんですね」

「それは嫌かも。早く家を出たいし……でも、お父さんのことは尊敬しています。うっとうしいけど、尊敬しています。休まずに患者さんのために働いているし、夜中でも急患があればすぐに駆けつけている。その点では、偉いと思ってます」

シゲルは、拍子抜けしたような気分になった。昨日の親子の罵り合いの様子からして、美加の口から父への敬意が語られるとは思っていなかった。

「あなたも、そういう偉い人になりたいのですか？」

「なれたらいいとは思うけど。病気で苦しんでいる人のために役に立ちたいって思うけど」

シゲルは、何という素晴らしい若者かと思った。

「お父さんに相談してみたらいいでしょう」

「お父さんはいつも忙しいし……たまに話をしても、喧嘩になるだけだし」

「では、自分の夢はお父さんにはまったく話していないのですか？」

美加は頷いた。

「おじいちゃんには話したことがあります。お母さんにも、少しだけ話した」

「学校の先生には？」

「それはちょっと、ためらっちゃう」

「どうして？」

「私、勉強嫌いだからね。成績も悪いし、先生に鼻で笑われちゃいますよ」

「大丈夫。おじいさんも、お父さんも頭がいいんだから」

「駄目、駄目。私は突然変異」

彼女が嬉しそうに言う姿を見て、シゲルも笑ってしまった。

日本列島から日本人がいなくなったとは、軽々《けいけい》には言えないとシゲルは思いはじめた。たしかに日本人は、若い世代に恨みを受け継がせないように努めたのかもしれず、その結果、かつてシゲルが憧れていた日本人らしさの多くが失われてしまったようにも思える。しかし、昔の日本人の美質のうちには、若い世代にしっかりと受け継がれているものもあるようだった。それは、上の世代が必ずしも積極的に下の世代に受け継がせようとしたわけではなくとも、下の世代のほうが自発的に、たしかに引き継いでいるものなのかもしれない。

シゲルは願った。パラオにおいても、こういう若い人が育ってほしいと。そして、美加のような日本の若人と協力してもらいたいと。

横たわる恒昭に、シゲルは心中で語りかけた。

宮口先生、あなたは本当に立派な人です。よくぞあの戦争を生き延びてくださいました。だからこそ、立派な子や孫が育ったのです。私はあなたを尊敬します。

「あっ、おじいちゃん」

美加の興奮した声で、シゲルは我に返った。恒昭の目が開いていた。

「おじいちゃん、起きたの？」

「先生」

シゲルも呼びかけた。

「おじいちゃん、シゲルさんが来ているよ。パラオのシゲルさん」

「先生、シゲルです」

恒昭の目は、シゲルに向けられているかに見えた。

シゲルは何度も、先生、と呼びかけた。恒昭は何も言わなかったが、それでも「自分のことを覚えてくれているのだろうか。自分が四十年以上の月日を経て、遠いパラオから来たということをわかってくれたのだろうか」とシゲルは思った。

よく来たね——。

恒昭に、そのように言われている気がした。再会できて嬉しいよ。せっかく、日本に来たんだ。智也を励ましてやってくれ。智也に意見してやってくれ。そして、二人でまた、仲良くやってくれよ、と。彼の目には温かい光がたたえられているようだ。

先生、わかりました。安心してください——。

心中で返答したとき、恒昭はまた目を閉じてしまった。

「おじいちゃん、きっとシゲルさんのことがわかったんですよ。だから、目を開けたんだと思う」

寝息を立てている祖父の白い髪を撫でながら、美加は嬉しそうに言った。

「先生、ありがとうございました。日本に来て、本当によかったです」

シゲルはそう言って、頭を下げた。涙が止めどなく溢れてきた。

眠る恒昭の目からも、一筋の涙が流れてきたのがわかった。

第十五章　生きている——物語の終わり——

1

珍しいことが起きた。

午後の診察が終わったあと、智也は診療所の受付スタッフである富田《とみた》から、一枚のメモを受け取ったのだ。妻の芳美《よしみ》から電話があったという。

〈今日はできるだけ早めに仕事を切りあげて帰ってきてください。夕食にすき焼きを用意しています〉

「すき焼き？」

メモを見た智也は、富田に尋ねていた。

「いいですね、すき焼き」

茶色い縁の、分厚い老眼鏡をかけた富田は、目尻に皺を寄せている。

「どういうこと？」

「どう、とおっしゃいますと？」

医局の先輩の紹介で見合いをし、芳美と結婚して二十数年になる。そのあいだ、彼女が智也の仕事のやり方に口を出したことはほとんどなかった。早く帰ってきてくれ、などという連絡をしてきたことも記憶にない。

富田は目をしばたたかせている。もう何年もこの診療所に勤めているはずなのに、芳美の伝言を少しも不思議には思っていない様子だ。智也は、これ以上、彼女に問いかけても仕方がないとあきらめた。

この忙しいのに、勝手なことを言ってきやがって――。

智也は病室の患者の回診をしているあいだ、何度もそうは思ったが、結局その日はいつもより早く、七時過ぎには帰宅した。

芳美は、いつもは愛想がなく、夫が帰ってきても顔を見せないことも多い。ところがその日は気味の悪いことに、ここのところ目立って丸みを帯びた顔をほころばせながら、玄関まで迎えに出た。しかもよく見れば、よそ行きの服装で、化粧まで念入りに施している。

「お帰りなさい」

「何かあったのか？」

「さ、早く上がって」

自宅は、智也が診療所の所長に就任するときに購入した、中古の二階建て住宅で、やはり古さが目立っている。廊下は床板がところどころ浮きあがっており、芳美はそれをがたがた踏み鳴らしながら、さっさと居間に引きあげていった。

智也が居間に入ると、カウンターキッチンの前に据えられた木製の食卓に、娘の美加とシゲルがついていた。すでに卓上には、カセット式の焜炉《こんろ》と鉄鍋が用意されている。

「来てたのか……」

いつもは父親とは口をきこうともしない美加が、赤く脱色した髪をいじりながら、笑顔で言った。

「シゲルさんと、おじいちゃんの病室で会ったの。仏壇にお線香をあげたいって言うから、連れてきた」

「そうか」

昨夜、シゲルとは喧嘩別れのようになっていた。あらためてシゲルと顔を合わせるのは決まりが悪いこともあって、智也は自分もとりあえず仏間に行くことにした。

仏間とは言っても、箪笥や棚がいくつも置かれた四畳半に、さして立派でもない仏壇が据えられているだけだ。智也は大きな鞄を畳の上に置くと、ライターで線香に火をつけ、香炉にそなえた。手を合わせる。

合掌《がっしょう》を終え、目を開けたとき、狭い部屋の隅に、妻子とシゲルが並んで立っていた。シゲルが歩み寄ってきて、仏壇を覗き込んだ。

「とても美しいね」

「何が？」

「これは、とても日本的に思える。まるで本物のお寺みたいだ」

智也には、シゲルの真意がわからない。

「智也は、美しいと思わないの？　いろいろな装飾があって、奥の仏の絵も美しいでしょう」

仏壇など、気が向いたときに拝むだけだし、中をじっくりと観察したこともなかった智也は困惑しながら、みずからも身をかがめ、奥を覗いてみた。小さな掛け軸がさがっており、そこに四方八方に光を放つ阿弥陀如来《あみだにょらい》が描かれている。

シゲルは興奮気味に語りつづけた。

「位牌もいいね。黒色の表面に、金色の字が書かれたコントラストが素晴らしい。これはまさに日本の美だ。お寺の美だよ……せっかく日本に来たのだから、お寺にも行きたかった。鎌倉のお寺にも、京都のお寺にも」

「なるほど、シゲルにはそう見えるのか」

智也は笑いながら言った。同じくシゲルの感心ぶりに戸惑っていたらしい芳美と美加も、一緒になって笑った。

しかし、シゲルはおかまいなしに仏壇に見入っている。やがて、視線を仏壇の左上の壁に移した。そこには、額に収まった一枚の白黒写真が掲げられている。

「これは、いつ撮ったもの？」

「戦争がはじまって間もなくのことだと思う」

と、智也は答えた。

「コロールの写真館で撮ったんだよ。どういうわけか、父が『みんなで撮ろう』って言ってさ」

白い官服姿の父、恒昭が真ん中に立ち、その右側に和装の母、綾子が微笑んで立っている。父の左側に、半袖シャツと半ズボンの智也と真次がいた。真次は、いささか智也の陰に隠れるように立ちながら、こわばった顔を覗かせている。写真館の人に、もっと中央に寄れとか、シャツの襟やボタンがおかしいなどと言われて、緊張してしまったのだろう。

真次は甘えん坊だったな——。

たしかに、自分は家族とともにパラオで暮らしていたのだ、と智也はあらためて思った。と同時に、真次が死んで独りぼっちになったときの悲しみが胸によみがえってきた。

戦争は二度とごめんだ――。

智也が強く心中で唱えたとき、シゲルが感慨深げに言った。

「懐かしい。あの頃を思い出すよ」

「母が亡くなったあと、荷物の中から見つけたんだ。日本に帰るとき、この写真だけは持ってきた」

戦後、帰国船に乗るとき、多くの荷物は持てなかったから、当時の家族の思い出の品は、この写真くらいしか残っていなかった。

芳美が言った。

「お義母《かあ》さんのお骨、パラオに置いてきたんでしょ？」

「お袋は、バベルダオブ島に眠っているよ」

と智也は応じてから、シゲルに問うた。

「日本人の墓地、いまも島に残っているかな？」

「残っているよ」

「できれば見つけ出して、お袋の骨を持って帰りたいな」

智也がまだ十代の頃だ。父とともに山口県に帰郷し、先祖の墓参りをしたおりに、「お母さんの骨はパラオに置いたままだね」と父に語りかけたことがあった。そのとき父は頷きながら、「骨に魂が宿っているわけじゃない。お母さんの魂は天国で真次とともに幸せに暮らしている。そして、お前を見守っている」と言った。母の骨について父と語ったのはその一度きりだけである。

しかし、父が遺骨というものにどのような考えを持っていようとも、いま智也は、父が亡くなったら、パラオに渡って母の骨を見つけ出し、父と一緒の墓に入れてやりたいと思うにいたっていた。父とともにパラオに渡るとき、母方の親戚には反対する人がたくさんいたという。それを押し切って母は父についていき、パラオで死んだのだ。父も帰国後、周囲から後添《のちぞ》えを迎えるようにと勧められても断りつづけていた。そういう二人だからこそ、同じ墓で眠るべきではないかと思った。

「もちろん、戦いで散った他の日本人の骨も持って帰りたいよ」

そうも智也は言った。

昨夜、シゲルに、日本人は日本のために戦って死んだ兵隊の遺骨をほったらかしにしていると責められたとき、胸をつかれた。自分にどれほどのことができるかはわからなかったが、たとえば遺骨収集事業を行っている団体に少しでも寄付をするなど、何らかの貢献をしたいと智也は思うようになっていた。

シゲルは嬉しそうに微笑んだ。

「ぜひ、パラオに来てよ。僕も一緒にお母さんのお墓を捜すよ」

「ありがとう」

そのとき、美加が言った。

「おばあちゃん、どんな人だったの？」

どんな、とあらためて問われて、智也は言葉に詰まった。すると、シゲルが代わりに応じた。

「素晴らしい女性でした。本当に、素晴らしい日本の女性でした」

「おばあちゃんが亡くなるとき、彼はそばについていてくれたんだ」

智也が説明すると、シゲルは悄然《しょうぜん》たる表情になって、美加に語りかけた。

「あのとき、あなたのおじいさんは兵隊になり、アンガウル島で戦っていました。お父さんは、家族のために食べ物を取りに行っていました。叔父《おじ》さんは――お父さんの弟さんは、病気でした。栄養がなかったからです。だから、私はおばあさんと二人で畑仕事をしていました。あの当時は、食べ物がなくて、みな大変な思いをしていました。畑で、できるだけ多くの食べ物を育てなければなりませんでした。それで、私も畑仕事を手伝っていたのですが……そこへ、アメリカの飛行機が来ました。敵は、機関銃で私たちを撃ちました。私はとっさに伏せて無事でしたが、おばあさんは……」

シゲルははらはらと涙を流し、しばらく言葉に詰まった。

「私は、傷ついたおばあさんをあちこちに運びました。でも結局、おばあさんはきちんとした治療を受けられずに亡くなりました。私は、悔しくて仕方がありませんでした」

髪が白くなり、皺が増えても、シゲルの泣き虫ぶりは変わらない、と智也は思った。その泣き顔は子供のときのものにそっくりだった。

「あなたのおばあさんには、私はとても親切にしてもらいました。おばあさんは、『あなたを自分の本当の息子だと思っています』と言って、親身になって世話をしてくださいました。だから、彼女が息絶えようとするとき、私は『助けられなくてごめんなさい。恩返しができなくてごめんなさい』と言って泣きました……でも、彼女は泣いてはいけないと言いました。『男の子が、そんな弱いことでどうしますか』と、私を叱りました。そして、『私や主人に恩を感じてくれているなら、一生懸命に勉強をして、戦争が終わったあとに、日本人もパラオ人も力を合わせて、みんなが仲良く暮らせる南洋をつくりあげなさい』と言いました」

シゲルは壁に掛けられた、古ぼけた宮口家の家族写真を見上げた。

「でも私は、恩返しはできていないと思います。奥さん、ごめんなさい。許してください」

泣き声で言うと、シゲルは腰を折り曲げて頭を下げた。

智也は胸が痛くなった。自分も、母の生前の期待には応えられていないと思ったからだ。第二の故郷とでも言うべきパラオをないがしろにしてきた疚しさも感じる。

しばらくして、芳美が、

「そんなことはありませんよ」

と言った。

「義母《はは》もきっと喜んでいると思います。シゲルさんは大変な時代を乗り越えて、こんなに立派になられて、日本に来てくださったんですもの。この家を訪ねてくださったんですもの。義母が喜んでいないわけはありません」

芳美は泣いていた。美加も泣いていた。

「おばあさんこそ、日本人です。日本人の中の日本人です。人種や民族の違いにかかわらず分け隔てなく家族として受け入れ、頑張りなさい、胸を張りなさい、あきらめてはいけません、一生懸命やりなさい、と励ます人です」

シゲルは頭を下げながらそこまで言うと、ふたたび顔をあげ、宮口家の面々に目を向けた。

「現在とは、過去の積み重ねの上にあります。美加さんに、宮口先生の話を聞きました。日本人は次の世代に恨みを残さないようにしてきた、と。それはとても素晴らしい考えだと思います。本当に、素晴らしい……でも、それだけでは駄目だと僕は思います。日本人は目覚めなければなりません。日本人の過去の立派さを見つめ、誇りを取り戻さなければなりません。過去の日本人がした素晴らしいことを、いまの日本人も、未来の日本人も受け継いでいってほしいと思います」

シゲルは、日本人が戦後、パラオを顧みなかったことに憤慨しているのだ。そう思って、智也は言った。

「君は家族の一員だよ」

智也が手を差し出すと、シゲルはそれをしばらく見つめた。それから、みずからも手を出し、握った。

「君は、いつも一緒にいてくれた。いつも友達でいてくれた。いつも僕の家族を思い、日本のことを思っていてくれた。君は僕の家族以外の何ものでもない。よく来てくれた」

「ありがとう。でも……君のお母さんは、僕ら二人が協力して、よき南洋のエレアル（明日）をつくることを期待していたのに……」

「ああ、そのことは僕もおぼえているけど……いまから、それができるかな？」

智也は考えた。シゲルはパラオの公務員だから、何かできるかもしれないが、自分はただの町医者に過ぎない。しかも、結構な歳《とし》になっている。いったい、何ができるというのだろう。

智也は、仏間の隅に置かれた棚に目を向けた。ガラスの扉の中に、無造作に貝殻が置いてある。智也は棚に近づき、それを取り出した。

直径が十二、三センチメートルの二枚貝だった。外側は灰色で、ざらついているが、内側は金属のような光沢をもっていた。電灯の光にかざすと、さまざまな色が、虹のように混ざり合って輝いた。

「これは、例の黒田さんが送ってくれたものだよ。正式名称は忘れちゃったけど、阿古屋貝《あこやがい》の仲間だそうだ。螺鈿細工《らでんさいく》とか、アクセサリーとかの材料になるらしい。黒田さんは、『この貝はパラオの海でうまく養殖ができるはずだ。そうすれば、現地のいい産業になる』とか言って、これを僕のところに送ってきたんだ。僕にこんなものを見せても仕方がないのにね」

シゲルは智也から貝殻を受け取ると、それにじっくりと見入った。

「シゲルが手伝ってあげれば、黒田さんなら、水産関係でパラオに貢献できるだろう。あの人は、海の生物についての知識が豊富だからね。しかし、僕の場合は……」

智也は考え込んだ。

「僕にできるのは、やはりパラオと日本との関係について、きちんと若い人たちに語り継ぐことかもしれないな。よいことも、悪いことも。そして、パラオの若い人たちと、日本の若い人たちとの交流を進めることだと思う。ささやかだけれど、それくらいならできるかもしれない。まずは、美加と一緒にパラオに行って、お袋の墓を捜すかな」

美加は顔を輝かせた。

「行きたい」

シゲルも頷く。

「なるほど、そこからはじめるのはとてもいいだろうね。日本人はお金持ちだ。技術も持っている。あとは過去を取り戻し、誇りを取り戻しさえすれば、鬼に金棒だ……日本人が自分のことを好きでいてくれれば、パラオ人の僕も、自分を好きになれるんだよ。僕は半分、日本に育ててもらったようなものだから。日本人とパラオ人がまた友達になれたら、嬉しいね。よき南洋のエレアルが見えてくると思う」

智也は呆れながら首を横に振った。

「いや、もう『南洋のエレアル』じゃないだろ。『南洋』なんて、日本が戦争に負けてなくなったじゃないか。日本人が誇りを取り戻すべきであるのは、シゲルの言う通りなんだろうと思う。だけど、日本はもうかつての日本じゃないんだ。いまの日本人として、誇るべきものを見つけていくべく努力するよ。それが南洋のエレアルじゃなくて、『日本とパラオのエレアル』への出発点になるんだと思う。あるいは、『太平洋のエレアル』か。それがひいては、『世界のエレアル』にもつながるんじゃないか」

そこで、智也は照れ臭くなって口をつぐんだ。調子に乗って、ずいぶん大きなことを言ってしまったと思ったのだ。

しかし、シゲルは笑ったり、からかったりすることなく、しごくまじめな顔つきで、

「なるほど」

と応じた。それから、

「日本に来られてよかった。いまの日本人に会えて」

と言って、左手で貝を持ったまま、右手を差し出してきた。智也とシゲルがふたたび互いの手を握りしめ、涙目で見つめ合っていると、美加が、

「男の友情っていいね」

と茶化《ちゃか》すように言った。

「何だ、お前」

智也がつっかかったとき、芳美が割って入った。

「さ、そろそろご飯にしましょう」

「久々のすき焼き」

美加が元気に言ったところで、全員が笑顔になった。四人は連れ立って仏間を出て、居間に向かった。

その夜は、智也は久々に団欒《だんらん》をもった。みなよく食べ、よく話した。

智也とシゲルは、芳美や美加に問われるままに、かつてのパラオでの生活について語った。また、智也とシゲルは、戦後の日本とパラオについてもたくさん話し合った。懐かしく楽しい時間であったが、話すうちにシゲルがしばしば悲しげにも見える顔つきになり、口数を減らしていったことが、智也の気にかかっていた。

2

翌朝、シゲルはタクシーで午前九時前に、中央区日本橋箱崎町《はこざきちょう》にある東京シティエアターミナルに来た。パラオに帰るためだ。そこは新東京国際空港行きのリムジンバスが発着する場所で、日本に来たときも利用していた。

東京国際空港は、都内の羽田にあるが、日本の経済発展によって、発着便の数が増え、パンク状態になったため、新たな空港がつくられたと聞いている。都心近郊では空港を建設できるような広い土地が見つけられず、新東京国際空港は「東京」と言いながら、東京都ではなく、千葉県成田市にあった。バスが渋滞に巻き込まれることなく順調に進んだとしても、途中に検問所もあり、成田の空港までは一時間以上はかかる距離である。そこからアメリカ領グアムへ飛び、パラオ行きの飛行機に乗り換えなければならないから、前途は長かった。

しかしそれにしても、「パンク状態」という言葉ほど、いまの日本をあらわすに相応しい言葉もないだろう、とシゲルは思う。道路はどこも混雑しているし、このバスターミナルに到着するタクシーやバスは引きも切らなかった。細長い建物は、周囲のビルや、高速道路の高架で埋め尽くされた中に立っており、陽当たりはよくない。蛍光灯の明かりを受けて、無機質に輝くその廊下を、シゲルと同じようにスーツケースやキャスター付きバッグを引きずった人々が列をなして歩いていた。

一階には、各航空会社のカウンターが並ぶ。そこで搭乗手続きをするあいだ、シゲルは欠伸《あくび》を繰り返していた。昨夜は智也の家族とずいぶん遅くまで食卓を囲むことになった。酒は控えようと思っていたものの、ビールもたくさんご馳走になった。

搭乗手続きを終え、荷物も預けたシゲルは、ここで出国審査も済ませてしまおうと思って、三階の審査場に急いだ。ところが、エスカレーターで二階まで来たとき、予想もしない光景に出くわした。智也と芳美と美加が揃ってエスカレーターのそばに立っていたのだ。

「あ、来たよ」

美加がシゲルに気づき、声をあげた。智也と芳美も気づいて、シゲルに手を振った。

シゲルはエスカレーターを降り、彼らのもとに歩んでいった。

「どうしたの？　智也、診療所のほうは？」

「大丈夫だ。急遽、大学の後輩に代診をしてもらうことにしたから」

「私は冬休み」

美加が言うと、智也は舌打ちをした。

「お前は、休みの日じゃなくても学校をサボってばかりだろ」

「いまは説教はやめてよ。せっかくシゲルさんを見送りに来たんだから」

美加が言い返したため、またここで激しい親子喧嘩がはじまるかとシゲルは心配した。しかし、智也はそれ以上、何も言わなかった。

「また日本に来てくれよ」

と智也が言ったのに対し、シゲルは、

「今度は、そっちがパラオに来てよ」

と応じた。

「そうだな」

シゲルは美加と芳美を交互に見た。

「お二人も、ぜひ来てください。パラオは、立派な独立国になろうと努力しているところです。それを見てほしいです」

「昔、お父さんやおじいちゃんが暮らしていたところに行ってみたい」

美加が言うと、芳美も頷いた。

「そうね。ぜひ行きたいわね」

出国審査場がある三階へは、バスに乗る者以外は入場券がないと入れない。シゲルが三階へ行き、出国審査を受けるあいだ、宮口家の三人は入場券を購入しに行った。

審査を終え、三階で三人に再会したシゲルは、智也に尋ねた。

「お父さんは、どんな様子？」

「相変わらずだよ。まだ、生きている。たしかにまだ、呼吸をつづけている」

智也は、あきらめが滲んだ笑顔で言った。

「シゲル、覚えているか？　バベルダオブ島に疎開したとき、故郷の村の酋長さんに会わせてくれただろう」

「智也が川で溺れたあとだね」

智也は恥ずかしそうに顔を赤らめた。

「酋長さんは、戦争に勝つか負けるかよりも大事なことがある、というようなことを言っていたと思うんだ。勝った者もいずれは負けるかもしれないとか。それを昨日、思い出した」

シゲルは覚えていなかった。

「勝ち負けよりも大事なこととは、僕は『生きている』ということだと思う。生きている以上、我々は生きていかなければいけないんだ。生きつづけなければならない」

そう言う智也の笑顔は、晴れやかなものに見えた。

「どういう意味？」

「生きている我々は、この世界と何とか折り合いをつけて生きつづけなければならない。気に入らない相手ともこの世界に共属しなければならないし、難しい現実に合わせる必要もある。失敗や挫折も乗り越えなければならない。生きるとはなかなか大変だが、そうやって生きつづけるから、エレアルは切り開かれるんだ」

昨日から、智也はやけに饒舌だな――。

「なるほど、智也はそう考えるんだね」

「そうだ」

「智也にとって、生きるとは呪われているようなことかい？　悪夢みたいなもの？　苦しい義務を果たさなければいけないようなこと？」

「たしかに、そういう面もあるかな……だけど、それだけじゃない。やりがいや喜びを感じることでもあるよ。いつも友達でいてくれる人が、この世界にいる場合にはね」

智也は手を出した。シゲルも笑顔を作り、それを握った。昨日から、何度も握手をしている。

「ありがとう。今後とも、日本人とパラオ人が友達でありつづけることを望むよ」

と言って手を放したあと、シゲルは宮口家の三人に頭を下げ、手を振りながら、ロープで仕切られた、乗客用の通路へと走っていった。

バス乗り場に出ると、白とオレンジで塗装されたリムジンバスが待っていた。ステップを駆けのぼると、七割ほどの座席は埋まっているようだった。シゲルが通路側の座席に腰掛けると、ほどなくしてバスは走り出した。

通路を挟んで反対側には、大学生くらいだろうか、若い日本人女性が座っていた。エルメスのスカーフを首に巻き、ルイ・ヴィトンの旅行鞄と、シャネルの小型ポーチを持っている。左腕には、ブランドはわからないが、これまた見るからに高そうな金色の腕時計があった。そして、日本の繁栄の象徴とも言える、ソニーのヘッドフォンで耳を覆っている。

彼女は年末年始の休暇を利用して、海外へ遊びに行くのだろうか。そしてまた、どこかの免税店でブランド品を買いあさってくるのかもしれない。そのようにシゲルは想像しつつ、女性から視線を逸らした。背もたれに背中をつけ、目をつむる。

たしかに、日本列島には日本人が生きていた――。

智也が言っていたように、日本人は彼らなりに戦後の世界のありように合わせ、生きてきたのだろう。必ずしも、シゲルが望んでいた形ではなかったかもしれないが、それが日本人の選択だったのだ。そして今後、彼らがどのような道を進み、結果としてどのような運命を享受するかもまた、彼らの問題だった。

胸の奥で淋しさが疼《うず》くのもおぼえつつも、シゲルは自分自身に言い聞かせた。

もう自分は日本人にはなれないし、なる必要もないのだ――。

日本がかつてパラオの父母や兄姉であったことは否定しようのない歴史的事実だが、今後のパラオのエレアルは、パラオ人に委ねられている。

バスの揺れに身を任せると、強い眠気が襲ってきた。微睡《まどろ》みつつ、シゲルは思った。

パラオ人も、生きている。そしてこれからも、自分たちらしく、力強く生きてゆかなければならない、と。

主要参考文献（発行年の暦表記は原書に従う）

南洋廳編『昭和十四年版　南洋群島要覧』
南洋群島教育會編『南洋群島教育史』（旧植民地教育史資料集1　青史社　一九八二年）
南洋群島文化協會　南洋協會南洋群島支部編集兼発行『南洋群島寫眞帖』（昭和十三年）
椙山勝行著『パラオ戦従軍記』（新人物往来社　昭和五十九年）
土方久功著『パラオの神話伝説』（三一書房　一九八五年）
須藤健一監修　倉田洋二・稲本博編集『パラオ共和国――過去と現在そして二十一世紀へ――』（おりじん書房　平成十五年）
荒井利子著『日本を愛した植民地――南洋パラオの真実――』（新潮社　二〇一五年）
舩坂弘著『秘話パラオ戦記　新装版』（潮書房光人社　二〇一六年）
Mark R. Peattie, "Nan'Yō: The Rise and Fall of the Japanese in Microbnesia, 1885-1945" (University of Hawaii Press, 1988)

この作品は「中央公論」二〇二一年三月号から二二年六月号に連載された「南洋のエレアル」を加筆・修正の上、書籍化したものです。

中路啓太

1968年東京都生まれ。東京大学大学院人文社会系研究科博士課程を単位取得の上、退学。2006年、「火ノ児の剣」で第１回小説現代長編新人賞奨励賞を受賞、作家デビュー。二作目の『裏切り涼山』や、『うつけの采配』で高い評価を受ける。15年『もののふ莫迦』で第五回本屋が選ぶ時代小説大賞を受賞。綿密な取材と独自の解釈、そして骨太な作風から、正統派歴史時代小説の新しい担い手として注目を集めている。また最近では、『ロンドン狂瀾』など、近代を題材にした作品も多い。近著に『革命キッズ』がある。

南洋《なんよう》のエレアル

2022年11月25日　初版発行

著　者　中《なか》路《じ》 啓《けい》太《た》
発行者　安部 順一
発行所　中央公論新社
〒100-8152　東京都千代田区大手町1-7-1
電話　販売 03-5299-1730　編集 03-5299-1740
URL https://www.chuko.co.jp/

ＤＴＰ　嵐下英治
印　刷　大日本印刷
製　本　小泉製本

Published by CHUOKORON-SHINSHA, INC.
Printed in Japan　ISBN978-4-12-005597-3 C0093